CARA HAY
Schottische Träume –
Die Färberin von Tobermory

ÜBER DIE AUTORIN

Cara Hay wurde in Kanada geboren und hat in London gelebt. Mittlerweile wohnt sie mit ihrer Familie im schönen Siegen, aber sie hat immer noch eine Schwäche für Nebel, Jane Austen und den britischen Humor. Sie träumt von Schottland, und wenn sie schon selbst nicht dort leben kann, so kehrt sie doch in ihren Romanen um die fünf Freundinnen aus Tobermory regelmäßig dorthin zurück.

Cara Hay

SCHOTTISCHE TRÄUME

Die Färberin
von Tobermory

ROMAN

lübbe

Die Bastei Lübbe AG verfolgt eine nachhaltige Buchproduktion.
Wir verwenden Papiere aus nachhaltiger Forstwirtschaft und verzichten
darauf, Bücher einzeln in Folie zu verpacken. Wir stellen unsere Bücher in
Deutschland und Europa (EU) her und arbeiten mit den Druckereien
kontinuierlich an einer positiven Ökobilanz.

Originalausgabe

Dieses Werk wurde vermittelt durch die
Langenbuch & Weiß Literaturagentur.

Copyright © 2023 by
Bastei Lübbe AG, Schanzenstraße 6–20, 51063 Köln

Textredaktion: Susanne George, Bergisch Gladbach
Umschlaggestaltung: zero-media.net, München
Umschlagmotiv: © Composition FinePic®, München
Satz: two-up, Düsseldorf
Gesetzt aus der Kepler
Druck und Verarbeitung: GGP Media GmbH, Pößneck
Printed in Germany
ISBN 978-3-404-18966-3

1   3   5   4   2

Sie finden uns im Internet unter luebbe.de
Bitte beachten Sie auch: lesejury.de

Prolog

Hailey zwang sich, die regennasse Treppe sehr langsam hinabzustürmen. Quasi in Zeitlupe. Sie hatte sogar genug Zeit zu bemerken, dass die Luft mit jeder Stufe ein wenig kühler wurde. Richtig kalt war es direkt vor der Kellertür, wo sie fast zwei Sekunden lang innehielt, um sich zu sammeln. *Benimm dich wie eine Fünfzehnjährige.* Im Schneckentempo riss sie die Tür mit dem Schild »Zutritt ab 16« auf, das sie seit fast zwei Jahren erfolgreich ignorierte.

»Logan, ich habe Geburtstag!«

Wie üblich hockte Logan mit dem Rücken zum Eingang in dem abgewetzten Ledersessel an dem wackeligen blauen Metalltisch, umgeben von Bergen Elektronik. Er teilte sich den Sessel mit seinem geliebten Kabelgewirr, das sich auf dem Tisch fortsetzte. Die Kabel schlängelten sich zwischen fünf kleinen Fernsehern, drei Videorecordern und zwei Kameras hindurch und hielten Logans Welt zusammen. Vielleicht sogar die ganze Welt. Jedenfalls hätte Hailey es niemals riskiert, irgendwo den Stecker zu ziehen. Auch wenn es ihr manchmal in den Fingern juckte, den stets laufenden Fernseher zum Schweigen zu bringen, um Logans ungeteilte Aufmerksamkeit zu erhalten. Wie das wohl wäre? Ob es jemanden gab, den er lieber auf eine einsame Insel mitnehmen würde als die Flimmerkiste? Auf keinen Fall. Schließlich steckten in dem Ding Millionen Menschen – warum sollte er sich da mit einer einzigen Person begnügen? Zumal besagte Person spätestens nach drei Tagen auf der Sandbank nichts mehr zu erzählen hätte. Abgesehen von »Hunger!« und »Sonnenbrand!«.

Doch sie hatte jetzt etwas zu erzählen: »Geburtstag!«

»Ist das mein Problem?«, murrte Logan, ohne sich von dem Röhrenbildschirm abzuwenden, auf dem eine uralte Folge *Seinfeld* lief.

»Ja!«

Sie schloss die Tür hinter sich und durchquerte den dunklen Raum, der nur von der flackernden Mattscheibe erhellt wurde. Wer in dieser Videothek nach Filmen stöbern wollte, hatte es nicht leicht. Wobei die spärliche Beleuchtung die geringste Hürde war. Logans Laune wurde von Woche zu Woche schlechter. Vor wenigen Tagen hatte er sogar ihre Tante Erin rausgeworfen, bloß weil sie *Rendezvous mit Joe Black* ausleihen wollte. Hailey war dabei gewesen, aber sie hatte Erin nicht retten können.

»Marschier ich etwa in deinen Laden, um mir was Gestreiftes zu kaufen?«, hatte Logan ihre Tante angeblafft.

Erin hatte gelacht. »Streifen kommen mir nicht ins Haus.«

»Und Joe Black kommt *mir* nicht ins Haus.«

»Joe Black oder Brad Pitt?«

»Glaubst du im Ernst, ich hätte ein Problem mit Brad Pitt? Du kannst *Twelve Monkeys, Sieben* oder *Fight Club* mitnehmen.«

»Und was ist mit *Legenden der Leidenschaft?* Den musst du doch haben, das ist ein Klassiker.«

Bei dem Wort »Klassiker« hatte selbst Hailey ihrer Tante

einen vernichtenden Blick zugeworfen. Logan hatte nur zur Tür gezeigt und »Raus!« gerufen. Und er war unerbittlich geblieben.

Wie gesagt, in letzter Zeit verstand er keinen Spaß. Was sie ihm nicht verübeln konnte. Seit anderthalb Jahren wartete er nun auf eine Nachricht aus New York, und allmählich ging ihm der lange Atem aus. Nein, schlimmer: die Hoffnung. Abgesehen von ihrer Freundin Cailin war Logan Wallace der Einzige seines Jahrgangs, der immer noch in Tobermory feststeckte. Während ihre Mitschüler nach dem Ende der High School wie überdrüssige Passagiere von Bord der Insel aufs Festland geströmt waren, hatten Logan und Cailin sich fürs Warten entschieden. Cailin auf einen Geistesblitz und Logan auf die Zusage der Filmhochschule in New York. Hailey wusste nicht so recht, was sie sich für ihre beiden vier Jahre älteren Freunde wünschen sollte: dass sie endlich glücklich würden oder dass sie bei ihr auf der Insel blieben. Am liebsten beides. Aber das war unmöglich.

Sie erinnerte sich noch genau an den Tag, als Logan seinen Bewerbungsfilm abgeschickt hatte. Sie war dreizehn Jahre alt gewesen und hatte das dringende Bedürfnis nach *My Girl* gehabt. Doch der magische Keller im Haus der Familie Wallace war verschlossen gewesen. Als sie mit hängendem Kopf die Treppe zurück in die reale Welt hochgestapft war, wäre sie auf der obersten Stufe beinahe mit Logan kollidiert. Er hatte sie bereits bemerkt und auf sie gewartet. *Auf sie gewartet.* Wirklich. Und dabei hatte er mit seinen schulterlangen dunkelblonden Haaren nahezu exakt so ausgesehen wie ihr Lieblingsschauspieler, der tote River Phoenix. In lebendig natürlich. Mit diesem ganz leichten Silberblick, den vermutlich niemand außer ihr wahrnahm, weil keiner ihn (Logan) lange genug betrachtete. Zweifellos hätten die anderen Mädchen in der Schule es ebenfalls gern getan. Ihn betrachtet. Sie trauten sich bloß nicht wegen dieser hochgezogenen Augenbraue, die immer »Geh weg!« zu knurren schien. Aber an jenem Tag vor anderthalb Jahren hatte Logan gelächelt. Nein, er hatte gestrahlt. Seine Augen ein klares Blau, ohne einen Funken Sarkasmus.

»Das wurde aber auch Zeit, Cameron«, hatte er zu ihr gesagt.

Logan war der Einzige, der sie bei ihrem Nachnamen nannte. Eigentlich gab es dafür zu viele Camerons auf der Insel. Es war ein wenig so, als würde man seinen Hund Lucky nennen. Dennoch gefiel es ihr. Es fühlte sich an, als wäre sie die einzige Cameron, die zählte.

»Zeit wofür?«

Er hielt einen braunen wattierten Briefumschlag in die Höhe. »Du musst mich zur Post begleiten.«

Hailey starrte zuerst den Umschlag, dann ihn an. »Ist das dein Bewerbungsvideo für die Filmakademie?«

Logan nickte. »Cailin meint, du bringst Glück.«

»Warum meint sie das?«, fragte sie verblüfft.

»Weil sie deinetwegen mit Ian zusammengekommen ist.«

»*Meinetwegen?*«

»Behauptet sie zumindest. Du wärst ein Glückspenny.«

Hailey warf ihm einen zweifelnden Blick zu. »Und wie soll das mit dem Glück funktionieren?«

Er zuckte mit den Schultern. »Sag du es mir.«

Unsicher schob sie sich die Haarsträhne hinters Ohr, die sich aus ihrem leuchtend roten Pferdeschwanz gelöst hatte. »Ich könnte den Umschlag anpusten.«

»Hast du Cailin auch angepustet?«

»Sehr witzig.«

»Begleite mich einfach zur Post.«

Hailey zögerte. »Aber dann ist er weg.«

»Ja, so läuft das mit der Post.«

Sie nickte und sah zu Boden.

»Hey.« Er stupste mit dem Briefumschlag gegen ihre Schulter. »Mit dieser Grabesmiene bringst du mir kein Glück. Was ist los?«

»Nichts ...«

»Cameron, spuck's aus.«

Sie blickte auf. »Ich dachte, du würdest ihn mir vorher vielleicht zeigen.«

Er hob eine Augenbraue. »Meinen Film? Dir?«

»Wem denn sonst?«

Logans Miene verdunkelte sich, und sie biss sich auf die Unterlippe. *Wem denn sonst.* Am liebsten hätte sie sich die drei blöden Worte zurück in den Mund gestopft. Sie wusste nicht einmal, was sie damit gemeint hatte. Vermutlich nur: *Ich bin die Einzige auf der gesamten Isle of Mull, die Filme annähernd so lieb wie du.* Doch Logan hatte offensichtlich verstanden: *Ich, Hailey Cameron, dreizehn Jahre alt, bin deine einzige Freundin.* Er presste die Lippen aufeinander, als hätte es dieses viel zu seltene Lächeln nie gegeben.

»Vergiss das mit dem Glück«, brummte er und wandte sich abrupt zum Gehen.

»Logan ...«

»Und lauf mir nicht nach.«

Sie war unschlüssig auf dem Gehweg stehen geblieben und hatte ihm hinterhergesehen, bis er um die nächste Straßenecke gebogen war. Sie hatte sich eigenartig verloren gefühlt. Aber vor allem schuldig. Denn ein egoistischer Teil von ihr war unendlich froh darüber gewesen, dass sie den Briefumschlag nicht angepustet hatte. Kein Rückenwind in Richtung New York.

Hailey blinzelte die Gedanken weg. Heute war ihr Geburtstag, und nichts würde sie davon abhalten, endlich ihren Wunschfilm zu bekommen. Auch nicht das trübe Licht oder Logans miese Laune. Entschlossen steuerte sie auf den Metalltisch zu und lehnte sich dagegen. Direkt neben Jerry Seinfeld.

Logan schaute erst von dem Bildschirm auf, als ihr Bein seines berührte. Ihr nacktes, fünfzehnjähriges Bein. Es war ein nasskalter Januartag, aber zur Feier des Tages hatte Erin ihr erlaubt zu frieren. Daher trug sie nun einen der superkurzen karierten Röcke ihrer Tante. Und freute sich über das riesige Loch in Logans Jeans. Hautkontakt mit seinem Knie – das war noch besser als Cailins Geschenk.

Er zog sein Bein weg. »Herzlichen Glückwunsch, Cameron. Und jetzt zieh Leine, du hast die drei Filme von vorgestern noch nicht zurückgebracht.«

Da griff Hailey in ihre Umhängetasche, die Erin aus schwarzgrünem Tartanstoff für sie geschneidert hatte, und kramte ein Video und eine DVD hervor. »Mit Dank zurück.«

»Das sind nur zwei.«

»*Chasing Amy* brauche ich noch.«

Er stellte den brabbelnden Jerry Seinfeld auf Stumm. »Wozu? Du kannst den Quatsch doch schon mitsprechen.«

»Für mein Tagebuch«, sagte sie mit feierlicher Miene.

»Muss ich das jetzt verstehen?«

»Cailin hat es mir geschenkt.« Sie fasste erneut in ihre Tasche und brachte ein in knallrotes Leder gebundenes Buch zum Vorschein. In das Leder war mit goldenen Lettern eingraviert: »BLEIB HUNGRIG«.

»Darf ich vorstellen? Mein neues Tagebuch.«

»Es hat kein Schloss«, bemerkte er unbeeindruckt.

Sie zuckte mit den Schultern. »Cailin mag keine Geheimnisse.«

»Sie hat dir also ein Notizbuch zum Geburtstag geschenkt. Und was hat das mit *Chasing Amy* zu tun?«

Hailey schlug die erste Seite des Buches auf und entzifferte im flimmernden Licht des Fernsehers die Sauklaue ihrer besten Freundin: »Happy Birthday, mein Küken. Werde trotzdem nicht zu schnell erwachsen. Erwachsene vergessen Filme, sobald der Abspann läuft. Am besten schreibst du auf, was du gesehen hast, bevor du blind wirst. Verzweifle nicht, wir alle haben mal Geburtstag. Alles Liebe, C.«

Logan schüttelte den Kopf. »Cailin hat 'nen Knall.«

»Hat sie nicht.« Sie klappte das Buch zu. »Meine Tante weiß morgens schon nicht mehr, was sie am Abend vorher im Fernsehen gesehen hat.«

»Ja, weil es ihr egal ist.«

»Und warum ist es ihr egal?«

»Weil sie sich nur für Klamotten interessiert.«

»Nein, Logan, weil sie alt ist.«

Er verdrehte die Augen. »Deine Tante ist gerade mal fünfundzwanzig oder so.«

»Sechsundzwanzig.«

»Komm zum Punkt.«

Sie hielt das Buch in die Höhe. »Das wird mein Film-Tagebuch. Ich schreibe alles auf.«

Logan lachte auf. »Und ausgerechnet *Chasing Amy* soll den Anfang machen? Sag doch gleich, dass du ein Film-*Sex*-Tagebuch führen willst. Ich hätte ihn dir gar nicht geben dürfen, der ist ab sechzehn.«

Sie musterte ihn für einen Augenblick. Dann rutschte sie auf den Tisch und schlug in Zeitlupe ihre nackten Gänsehautbeine übereinander. »Ich habe schon sekundäre Geschlechtsmerkmale, weißt du.«

Er verzog keine Miene. Ihre kleinen Provokationen hatten ihn noch nie aus der Ruhe gebracht. Dennoch verirrte sich sein Blick für den Bruchteil einer Sekunde zu ihren unter dem engen weißen Pullover eindeutig vorhandenen Brüsten. Hailey lächelte zufrieden. »Du frühreifes Früchtchen«, pflegte Erin zu witzeln. Was ihre Tante wohl zu einem neunzehnjährigen Freund sagen würde?

Doch Logan schaute längst wieder in die Ferne, nach New York, wo Jerry und seine Freundin Elaine es nicht hinkriegten, eine Schokoladen-Babka zu kaufen. Er hatte den Ton wieder eingeschaltet und brummte: »Geh von meinen Kabeln runter.«

Hailey ignorierte seine Aufforderung und lehnte sich ein wenig zur Seite, zwischen ihn und New York. »*Chasing Amy* wird der zweite Tagebucheintrag, der erste ist für etwas Besonderes reserviert. Deshalb bin ich ja hier.«

Er deutete mit dem Daumen hinter sich in die Dunkelheit. »Du weißt, wo *Breakfast Club* steht. Bedien dich und hau ab.«

Sie holte tief Luft. Öffnete den Mund. Und schloss ihn wieder. Den ganzen Tag hatte sie die Worte im Kopf herumgeschoben, die sie ihm sagen wollte. Oder vielmehr: *nicht* sagen wollte. Wenn Erin bereits wegen einer Lappalie wie *Rendezvous mit Joe Black* hochkant aus dem Keller geflogen war, was würde dann erst passieren, wenn ... Es half nichts. Sie musste es tun. Anderenfalls würde Logan für immer auf ihrer Insel gestrandet bleiben und Tag für Tag mehr verbittern, während er hier unten im Dunkeln hockte oder seinen Meeresbiologeneltern dabei half, glitschige Algen aus dem Hafenbecken zu fischen.

Statt Filme zu drehen. Die besten Filme aller Zeiten, davon war sie überzeugt.

»Logan, bitte gib mir dein Bewerbungsvideo.«

Zum ersten Mal war sie froh über Jerry Seinfeld, der in ihrem Rücken einen Keks aß und darüber philosophierte, wie gut der helle Teig mit den schwarzen Schokostückchen harmonierte. Ohne sein Geplapper hätte man ihr Herz klopfen hören. Sie klammerte sich an die Tischkante und hielt Logans verärgertem Blick stand. Er würgte Jerry wieder mit der Fernbedienung ab und sagte gefährlich leise: »Hailey, wenn wir Freunde bleiben wollen, nimmst du jetzt den *Breakfast Club* und verschwindest.«

Sie schluckte. *Hailey.* So hatte er sie noch nie genannt. Aber das war gar nichts im Vergleich zu dem anderen Wort: *Freunde.* Für einen Augenblick verspürte sie den Impuls, diese beiden glitzernden Worte einzupacken und ohne das Video nach Hause zu gehen. Sie hatte genug Stoff für ihr Tagebuch – spätestens, seit sie sein Knie berührt hatte.

Doch hier ging es nicht um das Tagebuch. Es war bloß ein Vorwand, damit er nicht ahnte, dass sie ihm helfen wollte. Dafür nahm sie gern in Kauf, das verknallte Mädchen mit dem Film-Tagebuch zu sein. Zumal Logan längst wusste, wie sehr sie für ihn schwärmte. Das war ihr recht. Es wäre jedoch eine ziemliche Katastrophe gewesen, wenn er von ihrem Plan erfahren hätte, sein Glückspenny zu sein. Sie wollte endlich tun, worum er sie damals gebeten hatte: ihm Rückenwind geben, um die Isle of Mull zu verlassen. Was im Klartext bedeutete, dass ihr sein Glück wichtiger war als ihr eigenes. Die Worte »schwärmen« und »verknallt« waren also die Untertreibung des Jahrhunderts. Und er würde es sofort begreifen. Er begriff immer alles. Vermutlich würde er sie mit einem lebenslangen Kellerbetretungsverbot belegen.

»*Bitte*«, beharrte sie. »Ich zeige es auch keinem.«

»Vergiss es.« Er zögerte kurz, dann fügte er hinzu: »Ich habe sowieso keine Kopie übrig. Dachtest du etwa, ich hätte mich nur bei einer einzigen Filmschule beworben?«

Sie sah ihn verwundert an. »Ja, dachte ich.«

»Ich habe schon sieben Absagen.« Er klang gleichgültig, aber sie wusste es besser.

»Auch aus New York?«, fragte sie entsetzt.

»Nein, die machen sich nicht die Mühe.«

Sie streckte die Hand aus. »Gib mir den Film, Logan.«

»Bist du taub? Ich habe ihn nicht mehr.«

Sie klopfte auf einen der drei Videorecorder und rüttelte an dem Kabelsalat. »Du tust den lieben langen Tag nichts anderes, als zu kopieren, zu überspielen und herumzustöpseln – und da soll ich dir glauben, dass du keine Kopie für dich angefertigt hast? Wenn du mich weiter anlügst, bleibe ich hier sitzen, bis Erin mich holt.«

Seine Augen wurden schmal. »Wozu willst du ihn haben?«

»Hab ich doch gesagt, für mein Film-Tagebuch.«

Logan schnaubte. »Damit du deinem Buch erzählen kannst, was für einen Versager du kennst?«

»Du weißt, dass du brillant bist«, erwiderte sie ungeduldig. »Alle wissen das – zumindest alle, die den Kurzfilm gesehen haben, den du damals mit deiner Abschlussklasse gedreht hast. Wenn dein Bewerbungsfilm auch nur halb so gut ist, verstehe ich nicht, warum du noch hier bist.«

Er musterte sie misstrauisch. *Mist.* Sie kannte diesen Blick. Er war im Begriff, sie zu durchschauen.

»Du überschätzt dich, Cameron.«

»Ich weiß nicht, was du meinst.«

»Du willst den Fehler finden, nicht wahr?«

»Blödsinn.«

»Du willst wissen, warum die mich nicht nehmen.«

Hailey atmete auf. Er lag haarscharf daneben. Sollte er sie doch für neugierig halten. Alles war besser als die Sache mit dem Glückspenny.

Sie sah ihn herausfordernd an. »Du etwa nicht?«

»Doch, aber –«

»Du weißt genau, dass ich eine verdammte Filmexpertin bin.« Erneut streckte sie die Hand aus. »Also stell dich nicht so an und gib ihn mir.«

Logan blinzelte. Und schwieg.

Nach einer Weile wurde ihr Arm schwer, aber sie zog ihn nicht zurück. Sie schwieg ebenfalls. Ohne zu blinzeln.

»Du wirst ihn hier anschauen«, brummte er schließlich.

Sie ließ den Arm sinken. »Hier? Mit dir?«

»Dachtest du etwa, ich lasse dich damit zu deiner Tante Erin laufen?«

Hailey antwortete nicht. Sie war sprachlos. Logan und sie hatten schon über unendlich viele Filme gestritten, einander unzählige Zitate an den Kopf geworfen, und einige Male hatte sie auch seine Videos abgeküsst. (Zum Beispiel *The Thing Called Love* mit River Phoenix.) Aber niemals, wirklich nie hatten sie zusammen einen Film angesehen. Und das hier war nicht irgendein Film, sondern sein Film. Sein Ticket nach New York. Würde sie ihm unter diesen Umständen helfen können, es einzulösen? Eher nicht. Am liebsten hätte sie ihn gebeten, zuerst etwas Langweiliges anzuschauen. Zum Beispiel *The Big Lebowski*. Wenn sie sich in Logans Gegenwart darauf konzentrieren konnte, würde das Bewerbungsvideo ein Kinderspiel sein.

»Logan –«

»Hailey –«

Sie hatten gleichzeitig gesprochen. Und er hatte es schon wieder getan. Sie bei ihrem Vornamen genannt.

»Du zuerst«, sagte er.

»Können wir vielleicht erst mal etwas anderes gucken?« Heiser ergänzte sie: »Zum Aufwärmen?«

Zu ihrem Erstaunen nickte er. »*The Big Lebowski?*«

Sie seufzte erleichtert. »Gute Idee.«

Es folgte eine eigenartige Stille. Aus dem Augenwinkel bemerkte sie, dass eine neue Folge *Seinfeld* begonnen hatte. Gleich würde Logan den Ton wieder einschalten. Sie wartete. Aber es passierte nicht. Er saß nur da und sah sie an. Sie hatte seine ungeteilte Aufmerksamkeit – und nicht den Hauch einer Ahnung, was sie damit anstellen sollte.

Befangen erkundigte sie sich: »Was wolltest du denn sagen?«

Er wandte den Blick von ihr ab, aber dann gestand er leise: »Dasselbe.«

20. Januar

BREAKING THE NEWS
Drehbuch und Regie: Logan Wallace

Liebes Tagebuch,

ich bin Hailey Cameron, und du gehörst jetzt mir. Man sieht es dir übrigens an. Du bist rot, so wie ich. Wir sehen uns insgesamt ziemlich ähnlich. Anders als du trage ich zwar keine goldene Jahreszahl auf dem Rücken, aber die

16

Worte »BLEIB HUNGRIG« stehen mir genauso leuchtend auf die Stirn geschrieben wie dir. Das hoffe ich zumindest. Mein Freund Logan braucht sie nämlich, diese beiden Worte.

Du kennst mich noch nicht, deshalb sage ich es dir: Ich bin selten sprachlos. Aber zu Logans Bewerbungsvideo für die Filmakademie hatte ich im ersten Moment rein gar nichts zu sagen. Und Logan kennt mich. Als der superlange Abspann von ungefähr zehn Sekunden abgelaufen war und ich immer noch keinen Mucks von mir gegeben hatte, hat Logan »Er gefällt dir nicht« gebrummt. Ich wollte widersprechen, aber es ging nicht.

Ich mag verwirrende Filme, wirklich. »Lost Highway« von David Lynch habe ich zweimal gesehen und »Dead Man« von Jim Jarmusch sogar dreimal. Aber »Breaking the News« hat mich nicht berührt. Was vermutlich daran liegt, dass es darin keinen einzigen Menschen gibt. Nur Logans (wunderschöne) Stimme und die (wunderschönen) Berge, Seen und Küsten unserer Insel. Es hätte ein Naturfilm über die Isle of Mull sein können, aber Logans Worte passen nicht zu den Bildern. Er liest monoton die Abendnachrichten vor. Während wir also die friedlichen grünen Ufer des Loch Bà oder den nebelverhangenen Felsbogen von Carsaig betrachten, erzählt seine BBC-Stimme im Hintergrund von Krieg, Wirbelstürmen und Hungersnöten.

»Wo liegt das Problem?«, wollte er sofort von mir wissen.
»Es fehlen Menschen«, habe ich widerwillig geantwortet.
»Und dann ist da noch die Sache mit Simon & Garfunkel.«

Er hat mich perplex angeschaut. »Simon & Garfunkel kommen in dem Film doch gar nicht vor.«

Liebes Tagebuch, er kennt tatsächlich nicht den Song »7 O'Clock News/Silent Night« von Simon & Garfunkel! Bei uns zu Hause läuft der jedes Jahr zu Weihnachten – trotz der nervigen Nachrichtenstimme, die permanent in die Musik reinquatscht. Oder gerade deswegen. Mein Dad liebt Politik.

Logan hat das Video aus dem Recorder gezogen und es gegen eines der Regale gepfeffert. Irgendwann hat er wie zu sich selbst gesagt: »Warum soll man überhaupt etwas tun? Alles ist schon mal da gewesen.«

Ich wollte ihn in den Arm nehmen, aber so etwas erlaubt er nicht. Daher habe ich nur unbeholfen gemurmelt: »Wir nicht, Logan. Wir sind noch nicht da gewesen.«

Doch er hat an mir vorbeigeschaut, auf seine deckenhohen Regale mit all den noch nie da gewesenen Filmen.

»Geh nach Hause, Cameron«, hat er gesagt. Nicht im Befehlston. Eher ein bisschen flehend. Eigentlich tue ich selten, was er will. Aber diesmal habe ich es getan.

1

Hailey sog durstig die kühle Morgenluft ein, die immer noch ein wenig nach Regen schmeckte. Am liebsten hätte sie die leckere Luft in ein Glas gefüllt und es in einem Zug ausgetrunken. Nichts und niemand konnte sie dazu bewegen, diesen ersten sonnigen Tag seit Wochen in dem stickigen Werkraum im Hinterhof zu verbringen. Nicht einmal ihr Färberkurs. Zum Glück hatte sie für seltene Tage wie diese ein Ass im Ärmel: den »theoretischen Teil« des Workshops, wie sie den Rundgang durch ihren Färbergarten nannte. Nun musste sie sich nur noch gegen die nörgelige Lucinda Dingsbums aus Birmingham durchsetzen. Vermutlich wäre sie längst eingeknickt, hätte Cailin sie vorhin nicht so laut angefeuert. Ihre Freundin war ihr vor Kursbeginn im Coffee Shop über den Weg gelaufen, und als Hailey mit fünf Kaffeebechern beladen zurück auf die Hafenpromenade gestolpert war, hatte Cailin ihr hinterhergebrüllt: »Hailey Cameron! Geht in den Garten! Keine Kompromisse heute!«

Keine Kompromisse. Offenbar hatte Cailin einen siebten Sinn gehabt, denn der Gartenrundgang spaltete den Kurs tatsächlich in zwei Lager: Hailey und drei ältere Damen (Edith, Mabel und Mildred) gegen die störrische Lucinda. Sie saßen nun schon seit einer Viertelstunde an dem kleinen Holztisch im Hof hinter Haileys Haus und versuchten, das Mädchen für die Sonne zu erwärmen. Der Kaffee zum Kennenlernen war längst ausgetrunken, aber das störte die jüngste Kursteilnehmerin nicht. Lucinda wollte diskutieren. Und sofort tun, was der Flyer in der Hotellobby versprochen hatte: Färben mit Naturfarben. Sie hatte nach eigenem Bekunden »den echten theoretischen Teil«, wie sie das Internet nannte, gestern Nacht durchgelesen, und nun war sie bereit für die Gummihandschuhe, das Beizbad, die Pottasche, einfach alles. Nur nicht für Haileys geliebte Junisonne.

»Na gut, wir stimmen ab«, schlug Hailey vor, obgleich sie bereits zwei Wackelkandidatinnen identifiziert hatte. Edith war Lucindas Großmutter und somit unberechenbar, und die stille Mabel aus Hertfordshire wirkte ein wenig eingeschüchtert von dem Kommandoton der Achtzehnjährigen. Nur auf Mildred, die Hobbygärtnerin aus Canterbury, schien Verlass zu sein. Doch Hailey lag nichts ferner, als über die Köpfe der Ladys hinweg zu entscheiden. Schließlich hatte Lucinda irgendwie recht: Sie hatten für einen Färberkurs bezahlt und nicht für einen Ausflug in die Botanik. Da half nur Demokratie.

Hailey blickte freundlich in die Runde. »Wer würde gern in meinen blühenden Garten gehen und sehen, wo die Farben der Natur herkommen?«

»He! Jetzt mal nicht manipulativ werden«, funkte Lucinda dazwischen. »Die Frage lautet doch: Wer von euch will einen theoretischen Teil, bei dem es sich in Wahrheit bloß um einen überflüssigen Spaziergang handelt?«

Drei faltige Hände schossen in die Höhe.

»Gut, dann wäre das geklärt.« Hailey unterdrückte ein Schmunzeln und begann, die leeren Kaffeebecher einzusammeln.

Lucinda warf ihr einen giftigen Blick zu. »Ist das überhaupt Ihr Kurs, oder sind Sie nur die Vertretung?«

Sie hielt verdutzt inne. »Wie kommst du darauf?«

»Meine Granny und ich sind schon seit ein paar Tagen in Tobermory, und die Boutique dadrinnen«, Lucinda deutete auf Haileys hellblaues Haus, in dessen Schatten sie saßen, »gehört ganz eindeutig jemand anderem.«

»Wie kommst du darauf?«, wiederholte sie perplex.

»Wir haben uns mit der Inhaberin unterhalten. Klein, kinnlange Haare, kompetent.«

Hailey lächelte. »Du meinst meine Freundin Olivia Greyfriars. Wir arbeiten zusammen.«

»Zusammen?« Lucinda schnaubte. »Ja, klar.«

»Lucy, sei nicht so ungehörig«, warf Edith ein.

»Sie ist bestimmt nur eingesprungen!«, rief ihre Enkelin aufgebracht. »Sie hat keine Ahnung vom Färben, und deshalb will sie lieber spazieren gehen!«

Hailey seufzte und ließ den Turm aus kompostierbaren Pappbechern, den sie soeben gestapelt hatte, auf den Tisch sinken. Das war das Knifflige am Gewinnen: Man musste den Verlierer wieder ins Boot holen. Anderenfalls hätte der Sieg einen faden Beigeschmack. Eine griesgrämige Lucinda würde sich wie eine Gewitterwolke vor die hart erkämpfte Sonne schieben. Da half nur eins: das Gleichgewicht wiederherstellen.

Sie zeigte auf das blaue Gebäude. »Du hast recht, dort drinnen ist Liv Greyfriars der Boss, obwohl das Haus meiner Familie gehört. Ich habe die Boutique vor acht Jahren von meiner Tante aufs Auge gedrückt bekommen. Ich war gerade mal vierundzwanzig und völlig überfordert. Das Einzige, womit ich mich wirklich gut auskannte, waren Farben und Filme. Meine Freundin Liv hat mich damals gerettet. Sie ist Modedesignerin und hat das Atelier im ersten Stock übernommen. Fast alles, was es unten in der Boutique zu kaufen gibt, stammt von ihr – ausgenommen die Ecke mit meiner handgefärbten Biowolle.«

Lucindas Miene hellte sich ein wenig auf. »Siehst du«, sagte sie zu ihrer Großmutter, »sie steht nur an der Kasse.«

Hailey blinzelte. Sie hatte eine Art Déjà-vu. »Du stehst nur an der Kasse.« Hatte Cailin nicht genau diesen Satz erst gestern Abend zu ihr gesagt? Cailin fand, dass sie viel zu oft die Läden ihrer Freundinnen hütete und sich zu selten um ihre eigenen Belange kümmerte. »Aber ihr seid doch meine Belange«, hatte Hailey widersprochen.

Zugegeben, gestern war das Ladenhüten ein bisschen ausgeufert. Nach dem Vormittag in der Boutique hatte sie drei Stunden nebenan in Kirstys Töpferei ausgeholfen, weil Kirsty mal wieder über ihren Entwürfen für eine Ausstellung in ihrem Showroom brütete und ihr Töpferlehrling Maisie im Komitee für die Schulabschlussfeier feststeckte. Gegen vier Uhr hatte Cailin dann eine Magenverstimmung vermeldet, sodass sie in das benachbarte gelbe Häuschen weitergewandert war und den restlichen Tag damit zugebracht hatte, Cailins begehrte Glasvögel an regendurchnässte Touristen zu verkaufen.

»Wir stehlen dir deine Zeit, so kommst du nie vom Fleck.« Noch so ein Satz, den Cailin gestern von sich gegeben hatte. Was ihre Freundin nicht verstand: Dies war genau der Fleck, auf dem Hailey sein wollte. Im Dreieck springend zwischen ihren Färbetöpfen, den drei bunten Läden am Hafen und ihren Freundinnen, die sie brauchten. Zwar war Cailin neuerdings glücklich und daher nicht mehr ganz so pflegeintensiv wie früher. Sie heckte deutlich weniger Streiche gegen arme Inselbewohner aus, seit sie im letzten Sommer endlich wieder mit ihrer Jugendliebe Ian Lennox zusammengekommen war. Hailey konnte sich nicht einmal mehr daran erinnern, wann Cailin ihre Freundinnen zuletzt für eine ihrer berüchtigten Taskforces zusammengetrommelt hatte. Die schreckliche Cailin Buchanan war milde geworden.

Liv hingegen brauchte sie wie eh und je. Nicht nur, weil sie ihr ein Dach über dem Kopf gab. (Im wahrsten Sinne des Wortes: Liv wohnte in der Dachgeschosswohnung im blauen Haus.) Ohne ihre Vermieterin Schrägstrich Ladenhüterin wäre Liv im Sumpf des Alltags versunken. Wenn sie sich tagelang in ihrem Modeatelier verbarrikadierte und ihre Skizzenblöcke vollkritzelte, hielt Hailey ihr unten im Laden den Rücken frei. Häufig stellte sie sich auch für ihre Freundin als Modell zur Verfügung, wie sie es früher für ihre Tante Erin getan hatte. Doch vor allen Dingen versorgte sie Liv mit ihren selbst gefärbten Naturfasern: Schafswolle, Seide, Baumwolle, Leinen, Hanf. Alles, was ihr Herz begehrte. »Du bist mein Joker«, pflegte Liv zu sagen. Und genau das war Hailey: ein Joker. Keine Künstlerin, die vom Fleck kommen musste.

All das hatte sie Cailin gestern Abend zum tausendsten Mal erklärt, als sie mit der Hühnersuppe aus Aidans Pub auf ihrer Bettkante gesessen hatte. Aber die hatte nur gestöhnt: »Sei doch nicht immer so unerträglich zufrieden. Das setzt mich unter Druck.«

Hailey hatte gelacht. »Glaub mir, kein Mensch erwartet von dir, dass du zufrieden bist.«

»Das meine ich nicht.«

»Was meinst du dann?«

Cailin hatte ein eigenartiges, irgendwie schuldbewusstes Gesicht gezogen, und in Hailey hatte sich ein ebenso eigenartiges, irgendwie ungutes Gefühl ausgebreitet. Zuerst diese Magenverstimmung – und jetzt das. Cailin war nie krank. Und erst recht nicht schuldbewusst. Außerdem konnte nichts und niemand sie unter Druck setzen. Hier stimmte etwas nicht. Bevor sie jedoch der Sache auf den Grund gehen konnte, war Ian aus der Praxis nach Hause gekommen, und Cailin hatte geknurrt: »Platz machen, der Arzt ist da.«

Ian hatte Hailey seinen üblichen Blick zugeworfen: *Tut mir leid, dass ich störe.* Und ihre belustigten Katzenaugen hatten wie immer erwidert: *Unsinn, du störst nicht.*

Aber diesmal hatten ihre Augen gelogen. Ian störte. Weil Cailin sich hinter ihm verschanzte. Seit wann versteckte sich die schreckliche Cailin Buchanan vor einer harmlosen Frage? Zumal es nichts Neues war, dass sie sich über ihre chronische Zufriedenheit aufregte. Neu war nur, dass sie sich davon unter Druck gesetzt fühlte. Doch irgendetwas hatte Hailey davon abgehalten, in Ians Gegenwart nachzubohren. Stattdessen war sie mit diesem mulmigen Gefühl im Bauch nach Hause gegangen – und zutiefst erleichtert gewesen, als Cailin ihr heute Morgen putzmunter im Coffee Shop begegnet war und im vertrauten Kommandoton »Keine Kompromisse!« gebrüllt hatte.

Lucinda zog ein säuerliches Gesicht, als sich das Grüppchen in Richtung Garten aufmachte. Der Färbergarten lag eigentlich nur einen Katzensprung von Haileys Laden entfernt, doch um ihn zu erreichen, musste man den grünen Hügel hinter dem Hafen von Tobermory erklimmen. Die Post Office Brae, die den Hang hinaufführte, galt als steilste Straße Schottlands. Dennoch waren die Seniorinnen guter Dinge. Sie würdigten sogar das Wurmkraut am Wegesrand, obgleich die strahlend gelben Blüten, die Hailey zum Färben verwendete, noch auf sich warten ließen. Vermutlich wären diese drei netten Ladys gern dazu bereit gewesen, den praktischen Teil des Kurses gänzlich sausen zu lassen und stattdessen eine Tageswanderung durchs Moor zu unternehmen. Ein anständiger Schottlandtourist sehnte sich schließlich danach, knöcheltief im Torf zu versinken und dabei etwas über all die Flechten, Pilze, Wurzeln, Rinden, Kräuter, Blätter, Blüten und Beeren des rauen Nordens zu erfahren, aus denen Hailey ihre Farben gewann. Natürlich nicht Lucinda. Während die betagten Damen munter schwatzend die Brae hinaufkraxelten, beklagte sich der Teenager über den »Gewaltmarsch«.

Jetzt moserte sie gerade: »Ist das hier ein Färberkurs oder eine Hiking-Tour?«

Lucindas Großmutter warf Hailey einen entschuldigenden Blick zu. Diese winkte unbekümmert ab und hielt der alten Dame eine Tüte mit Fruchtgummis hin, die sie soeben aus ihrer karierten Umhängetasche hervorgekramt hatte. Als Edith sich dankend für einen roten Frosch mit Marshmallow-Bauch entschied, schimpfte ihre Enkelin: »Ich kann nicht fassen, dass in diesem Rahmen Fruchtgummis konsumiert werden!«

»In welchem Rahmen?«, fragte Hailey erstaunt.

»*Die Farben der Natur!* Ich habe von dem Kurs erwartet, dass wir synthetischen Farbstoffen den Kampf ansagen, und nun füttern Sie meine Granny mit dem Feind.«

»Noch kann ich selber essen, Liebes«, warf Edith mümmelnd ein. Sie legte ihre Hand auf Haileys Arm und raunte ihr zu: »Bitte nehmen Sie es ihr nicht übel, meine Enkelin macht gerade eine schwere Zeit durch.«

Unvermittelt sprang Haileys Kopfkino an: Autounfall, Lucindas Eltern beide tot, Beerdigung auf trostlosem Friedhof in Birmingham, Schottlandreise mit Großmutter, um langsam ins Leben zurückzufinden.

Doch nun ergänzte Edith: »Das arme Kind hat die Qual der

Wahl zwischen mehreren Eliteschulen. Wir sind hier, um ihre Nerven zu beruhigen. Das geht am besten, wenn sie sich in ein anderes Thema verbeißt.«

Verbeißt? Hailey schluckte. Das konnte ja heiter werden.

Und es wurde heiter. Offenbar befand sich dieser Teenager in den Tiefen eines dunklen Tunnels. Nur so ließ sich erklären, dass Lucinda – anders als ihre Großmutter – nicht für eine Sekunde innehielt, als die Gruppe ihr Ziel auf dem Hügel erreichte. Selbst die naturverwöhnten Inselbewohner taten sich schwer, an Haileys wildromantischem Gärtchen vorbeizulaufen, ohne sich auf die Bank unter der windschiefen, moosbewachsenen Eiche zu setzen und den Blick über die Bucht schweifen zu lassen. Mit dem Garten im Rücken und dem Hafen von Tobermory zu Füßen verkühlte sich so mancher Spaziergänger den Hintern. Einschließlich Hailey. Sie vergaß regelmäßig die Zeit, wenn sie über die Meerenge von Mull hinweg den Wolken dabei zusah, wie sie ihre gewaltigen Schatten auf die grün-braunen Berghänge des Festlands warfen.

Nun, es sah nicht so aus, als würde Lucinda sich den Hintern verkühlen. Sie machte keinen Hehl daraus, dass sie den Pflanzenkram nur schnell hinter sich bringen wollte. Kaum hatten sie die Bank passiert und die schmiedeeiserne Gartenpforte durchschritten, murrte das Mädchen: »Ihr Schotten habt echt Nerven – Touristen aus England einen Garten zu zeigen und dafür zwanzig Pfund zu kassieren. Bei uns ist jede Verkehrsinsel bunter als das hier.«

Bevor Hailey etwas entgegnen konnte, erkundigte sich die Hobbygärtnerin Mildred mit glänzenden Augen: »Sagen Sie mal, Hailey, ist das da hinter Ihnen Färberwaid? Ich dachte, der braucht viel Sonne?«

Sofort vergaß sie Lucindas garstige Bemerkung über ihren

blühenden Garten. Der Färberwaid ... Sie liebte einfach alles an dieser Pflanze. Dass die Blüten so sonnengelb daherkamen, während die unscheinbaren Blätter ihre wahre Farbe (ein strahlendes Indigoblau) verbargen. Dass dieses Gewächs des Südens sich still und leise an das feuchtkalte Klima des Nordens angepasst hatte und die Blätter mit den Frostschäden die treuesten Farbspender waren. Und dass manche Leute den Waid für einen Bad Boy hielten. Im Westen der Vereinigten Staaten war sein Anbau sogar verboten, weil er als giftiges Unkraut galt.

»Wie vertrauenerweckend«, unterbrach Lucinda ihren glühenden Vortrag.

Unbeirrt fügte Hailey hinzu: »Diese Pflanze wurde schon in der Eisenzeit zum Färben verwendet.«

»Soll mich das beruhigen?«, maulte das Mädchen. »Die Lebenserwartung der Menschen in der Eisenzeit lag bei dreißig Jahren oder so.«

»Was mit Sicherheit an all dem Färberwaid in den Vorgärten lag«, erwiderte sie grinsend.

Lucinda reckte trotzig ihr Kinn. »Nicht auszuschließen.«

Hailey musterte sie. Vermutlich war dieses markante Kinn der Grund, weshalb Lucinda trotz des gekonnt aufgetragenen Lidschattens, der Perlenohrringe und rüschigen Oma-Bluse irgendwie maskulin wirkte. Nein, es lag an ihrer kratzbürstigen Art. Sie fühlte sich immerzu an Cailin erinnert, obgleich ihre Freundin doppelt so alt war wie dieses Mädchen. Auch optisch lagen Welten zwischen den beiden. Cailin trug Sommersprossen statt Schminke und wäre eher gestorben, als sich Ohrlöcher stechen zu lassen. Trotzdem hätten sie Zwillinge sein können. Jedes gebrummte Wort kam ihr merkwürdig bekannt vor. Daher wusste sie auch genau, was zu tun war: einfach weitermachen.

Hailey deutete auf Lucindas Bluejeans. »In Südfrankreich, in der Nähe von Nîmes, hat man im 19. Jahrhundert robuste Baumwollstoffe mit Waid blau gefärbt. Die Farbe hieß *Bleu de Nîmes*, heute bekannt als –«

»*Blue Denim*, schon klar«, fiel Lucinda ihr ins Wort.

Sie fuhr unbekümmert fort: »In Schottland wurde Waid im Mittelalter zum Färben von Kleidung und Teppichen verwendet – für Mel Gibsons Gesicht hätte man sich allerdings etwas anderes einfallen lassen sollen.«

»Hä?«, machte das Mädchen.

Hailey sah in die Runde. »Kennen Sie *Braveheart?*«

Edith, Mildred und Mabel blickten einander ratlos an, aber Lucinda verdrehte die Augen. »Ein alter Film.«

»Mel Gibson spielt einen schottischen Rebellenführer, der sich für den Kampf gegen die Engländer das Gesicht mit Waid färbt«, erklärte Hailey an die Ladys gewandt. »Der leuchtend blaue Mel war ein echter Hingucker, ich hatte sogar mal ein Filmposter über meinem Bett hängen. Meines Wissens gibt es jedoch keinen historischen Nachweis dafür, dass Waid im mittelalterlichen Schottland tatsächlich zur Kriegsbemalung genutzt wurde.«

Edith lächelte sie wohlwollend an. »Haben Sie Geschichte studiert, Liebes?«

»Oh nein!« Hailey lachte. »Ich habe nicht studiert.«

Lucinda riss die Augen auf. »*Nicht* studiert?«

Sie schüttelte den Kopf.

»Und da maßen Sie sich einen theoretischen Teil an? Warum haben Sie nicht studiert? Schlechte Noten?«

Hailey warf ihre rot schimmernde Haarmähne zurück und lachte wieder. »Nein.«

»Ach so. Verstehe.«

»Wirklich?«, fragte sie verblüfft und folgte Lucindas stechendem Blick, der sich zuerst auf ihre Kurven unter dem dünnen indigoblauen Kapuzenkleid richtete und von dort aus zu ihren schlanken Beinen weiterwanderte, die in einer engen schwarzen Leggins steckten.

»Große Titten, flacher Bauch, meterlange Beine – schwanger mit sechzehn«, stellte Lucinda trocken fest.

Edith stieß einen entsetzten Laut aus. Ihr Gesicht war kreidebleich, und ihre Stimme bebte, als sie rief: »Lucy! Nun ist das Maß aber voll! Mit dir besuche ich nie wieder einen Kurs!«

Für einen Moment konnte Hailey nichts weiter denken als: Oh Gott, die Granny kriegt einen Herzinfarkt.

Sie sah Lucinda an. Und stutzte. Da lag etwas in ihrem Blick … Ein Funken Scham, der nicht zu ihrem rotzfrechen Auftreten passte. Erneut fühlte sie sich an Cailin erinnert. Cailin beim Streichespielen. *Sekunde mal.* Wie wahrscheinlich war es, dass dieses Mädchen ihre Brüste kommentierte? Und: *Schwanger mit sechzehn?* Ganz zu schweigen von der Bemerkung mit der Kassiererin und dem Anfall wegen der Fruchtgummis. Alles O-Ton Cailin. Hatte diese Verrückte den Teenager etwa dazu angestiftet, ihre unerträglich zufriedene Freundin auf die Palme zu bringen? Es wäre nicht das erste Mal gewesen, dass Cailin die Hotelgäste ihrer Eltern zu einem ihrer kindischen Streiche überredet hätte. Einmal hatte sie eine verwirrte Italienerin mit weißem Pudel in ihren Kurs geschleust, die sich beharrlich ein zartes Rosa für ihren Hund wünschte. Hailey hatte sich den Pudel schnappen und ihn über einen Färbetopf halten müssen, um dem Spuk ein Ende zu bereiten. Die Frau hatte panisch nach Cailin geschrien – nicht wegen der heißen Flüssigkeit, sondern wegen des currygelben Farbtons.

Hailey sah sich um. Wo versteckte sich dieses freche Unkraut? Ihr Blick wanderte zur Bank unter der alten Eiche. Aber dort saß nur ein Mann, der die Hände hinter dem Kopf verschränkt hatte und offenbar die Aussicht genoss. Keine Spur von ihrer Freundin. Warum zeigte sie sich nicht? Cailin hatte eine Schwäche für ältere Menschen. Es sah ihr gar nicht ähnlich, den Streich weiterlaufen zu lassen, wenn jemand wie Edith dabei einen halben Herzinfarkt bekam.

Verärgert rief sie in den Wind: »Keine Kompromisse? Du spinnst wohl! Edith fällt gleich tot um!«

Keine Antwort. Keine Cailin. Nur eine ziemlich lebendige Edith, die sehr einverstanden aussah.

»Hörst du das, Lucy? Wenn du jetzt nicht sofort lieb bist, falle ich tot um!«

2

Ediths Drohung lief ins Leere. Lucinda nörgelte gnadenlos weiter, während Hailey verstohlen ihre Sträucher und Büsche nach einer kurzhaarigen Blondine in Latzhosen absuchte. Vergebens. Allmählich geriet sie ins Zweifeln. Vielleicht war Lucinda Dingsbums aus Birmingham einfach nur schlecht erzogen. Außerdem hatte sie ihre Großmutter dabei, und die reizende Edith steckte wohl kaum mit Cailin unter einer Decke.

»Wollen Sie uns vielleicht etwas über diese Blätter mitteilen, oder rupfen Sie bloß nebenbei Unkraut?«

Verwirrt folgte Hailey Lucindas Blick, der auf ihre Hände gerichtet war. Bei der Suche nach Cailin hatte sie hier und da ein paar Blätter abgezupft, ohne es zu bemerken.

»Ähm …« Zerstreut wedelte sie mit dem Blätterbüschel. »Leider wollen die hier ihre grüne Farbe nicht hergeben. Erstaunlicherweise ist es tausendmal einfacher, ein leuchtendes Gelb herzustellen als dieses ganz normale Grün, das uns überall umgibt.«

»Erstaunlicherweise?« Lucinda schnaubte verächtlich. »Chlorophyll ist nicht wasserlöslich. Man braucht nicht in Oxford zu studieren, um das zu wissen.«

Hailey, die mit den Eigenschaften von Chlorophyll bestens vertraut war, ließ gedankenverloren die Blätter zu Boden rieseln. »Es wäre auch ziemlich schrecklich, wenn ein bloßer Regenschauer das Grün aus den Blättern waschen könnte. Dann wäre Schottland nach wenigen Tagen grau.«

»Das ist es sowieso«, murrte das naseweise Mädchen.

Hailey verkniff sich einen spitzen Kommentar über Birmingham. Allein Edith zuliebe. Sie wusste allerdings nicht, wie lange sie noch durchhalten würde, ohne Lucinda ins Gartenhäuschen zu sperren. Wo sie vermutlich Cailin vorfinden würden – eingepfercht zwischen Spaten und Rechen, mit einem fetten Grinsen im Gesicht. Vielleicht hatte sie Lucinda für diesen Auftritt sogar ein Skript geschrieben. Eine leichte Übung für Cailin. Schließlich hatte sie innerhalb weniger Monate ein komplettes Drehbuch für eine Produktionsfirma in Hollywood fertiggestellt. Richtig, *Hollywood*. Bei dem Gedanken stockte Hailey immer noch der Atem. Wenn sie zu aufgeregt wurde, verdrehte ihre Freundin für gewöhnlich die Augen und spielte die Sache herunter: »Ohne mein Vitamin B hätten die Hollywood-Fuzzies das Skript sofort in die Tonne geworfen.«

Mit »Vitamin B« meinte Cailin ihren ehemaligen Mitschüler Logan Wallace. Er war im letzten Sommer für ein paar Wochen aus den Vereinigten Staaten zurückgekehrt und hatte die Isle of Mull kurzerhand ins Land der Träume verwandelt. Bei Logan schien alles möglich zu sein: vom Filmegucker zum Filmemacher, vom mürrischen Einzelgänger zu Hollywoods Liebling, vom Nerd zum Frauenschwarm ... Ach ja, und bei Cailin auch: von der Glasbläserin zur Drehbuchautorin. Hailey hatte mit Staunen dabei zugesehen, wie ihre Freundin beharrlich die Liebesgeschichte zu Papier gebracht hatte, die Logan auf ihrer Insel verfilmen wollte. *Dabei zugesehen*. Wortwörtlich. In den dunklen Herbst- und Wintermonaten hatten sie stundenlang nebeneinander an dem Kassentisch in Cailins Laden gehockt, Cailin mit ihrem Laptop und Hailey mit ihrem Ratgeber.

Eigentlich war es Cailins Ratgeber, aber sie hatte den theoretischen Teil lieber übersprungen. (Wie gesagt, Cailin und Lucinda hätten Zwillinge sein können.)

Hailey hatte sich das vernachlässigte Buch geschnappt, das einen etwas verstörenden Titel trug: *Wie man KEIN Drehbuch schreibt – zehn brillante Storys, die es nie auf die Leinwand geschafft haben.* Und dann hatte sie dieses Juwel von einem Ratgeber mit bunten Klebezetteln vollgepflastert. Für Cailin. Es hatte sich jedoch bald herausgestellt, dass ihre Freundin auf die guten Ratschläge verzichten konnte. In Cailins Skript gab es keine unklaren Regieanweisungen, keine zu langen oder zu kurzen Szenen, keine Dialoge ohne Emotion. Intuitiv beherzigte sie die goldene Regel, die Hailey ihr aus dem schlauen Buch vorgelesen hatte: »Bring die Zuschauer dazu, sich etwas zu wünschen. Dann überzeuge sie davon, dass es unerreichbar ist. Und dann ... dann gib es ihnen.«

Eines Tages, so um Weihnachten herum, hatte Cailin ihr den Ratgeber aus der Hand gerissen und gerufen: »Ärgert dich das denn gar nicht?«

Hailey hatte sie erstaunt angesehen. »Was denn?«

»Du warst doch schon verrückt nach Filmen, als ich nur nach Ian verrückt war. Immer wenn ich mich seinetwegen mies gefühlt habe, hast du mich in Logans Videokeller geschleppt und genau den Film rausgesucht, den ich brauchte. Und ...«

Cailin geriet ins Stocken, was völlig untypisch für sie war. Hailey kniff ihr in den Arm. »Was?«

»Du warst schon verrückt nach Logan, als er noch lange Haare hatte und kein anderer Mensch auf diesem Planeten verrückt nach ihm war.«

»Stimmt.« Sie lächelte versonnen. »Und warum genau soll ich mich jetzt ärgern?«

Cailin stöhnte. »Weil Logan dich immer noch wie die Pest behandelt, obwohl du der liebste Mensch auf der ganzen verdammten Insel bist. Und weil er ausgerechnet mich darum gebeten hat, für ihn dieses Drehbuch zu schreiben, obwohl er und seine Filme mir piepegal sind.«

Nun ja. Wenn man es so ausdrückte, klang die Sache schon ein wenig ärgerlich. Andererseits hatte Cailin ein Talent, Dinge auf diese Weise auszudrücken. Sie hatte generell ein Talent, Dinge auszudrücken. Genau deshalb hatte Logan sie ja darum gebeten, die wahre Geschichte von Fiona und James zu erzählen. Hailey war an jenem verregneten Sommerabend im letzten Jahr dabei gewesen, als dem preisgekrönten Regisseur und zugleich völlig talentfreien Drehbuchautor ein Licht aufgegangen war. Sie hatte zwischen Logan und Cailin im Pub an der Bar gesessen und fasziniert dabei zugesehen, wie ihre Freundin aus seiner ersten Filmidee Kleinholz gemacht hatte.

Cailin hatte nicht zulassen wollen, dass Logan ihren guten Freund James Lennox wie einen Triebtäter darstellte. Und Fiona wie eine missbrauchte kleine Lolita. Schließlich war sie damals bereits achtzehn und schwer verliebt gewesen. Zugegeben, in ihren Lehrer. Einen verheirateten Mann mit vier Kindern, der obendrein den Dreh mit der Verhütung nicht ganz raushatte. Alles in allem keine moralische Sternstunde – von James. Auf den ersten Blick hatte Fiona die Affäre allein ausbaden müssen. Sie hatte sich mit ihrer Mutter überworfen und einen Vorgeschmack darauf erhalten, wie ihr Leben in Tobermory künftig aussehen würde. Daher hatte sie – im dritten Monat schwanger, gerade mal neunzehn Jahre alt und allein – ihr Zuhause verlassen und war ins Unbekannte aufgebrochen. James hingegen durfte sein gewohntes Leben weiterführen. Was er jedoch nicht getan hatte. Er hatte zur Flasche gegriffen und sich selbst verloren. Wer hatte es also letztlich ausbaden müssen? Seine vier Kinder. Vor allem sein jüngster Sohn Ian.

Doch das war aus Cailins Sicht noch lange kein Grund, James als Bösewicht auf die Leinwand zu bannen. Die Geschichte war nun einmal kompliziert. Und letztlich war etwas Gutes dabei herausgekommen. *Jemand* Gutes: ihre Freundin und Töpfergöttin Kirsty. Niemand durfte Kirstys Eltern durch den Schmutz ziehen, obwohl dieser unselige Film auf Fionas eigenem Mist gewachsen war. Manchmal musste man die Leute nun mal vor sich selbst beschützen. Und vor Hollywood natürlich.

All das hatte Logan nicht interessiert. Die Realität war noch nie sein Ding gewesen. Er hatte Cailin unumwunden dazu aufgefordert, ihm die Geschichte von Fiona und James auf ihre Weise zu erzählen. Dabei lag die Betonung auf dem Wort *Geschichte*. Logan brauchte wie eh und je konkrete Bilder und eine Handlung, um sich wirklich mit der Welt zu verbinden. Und zufällig war er damit bei Cailin an der richtigen Adresse. An jenem Abend in Aidans Pub hatte einfach alles gepasst. Während Cailin ein paar Biergläser geleert und dabei mal eben die ersten Filmszenen aus dem Ärmel geschüttelt hatte, war Hailey so glücklich gewesen wie seit Langem nicht. Endlich hatten sie wieder über Filme gesprochen, über Erfundenes und Wahres. Es hatte sich fast so angefühlt wie früher. Bevor ihre beiden Freunde die Insel und sie verlassen hatten.

Doch der Abend im Pub war eine Ausnahme geblieben. Offensichtlich hatten sie, Hailey und Logan, während seiner jahrelangen Abwesenheit aufgehört, Freunde zu sein. Seit dem ersten Tag seiner Rückkehr hatte er einen großen Bogen um sie gemacht. Sie hatte ihn nicht einmal fragen können, was ihn nach so langer Zeit nach Mull zurückgelockt hatte. Als er im letzten August dort draußen auf der Terrasse des Glengorm Castle wie ein Geist aus der Vergangenheit vor ihr aufgetaucht war, war sie ihm stürmisch um den Hals gefallen. Genauso gut hätte sie einen Stein umarmen können. Sie sei keinen Tag älter geworden, hatte er festgestellt und kühl hinzugefügt: »Das war kein Kompliment, Cameron.«

Hailey schämte sich dafür, wie sehr sein Verhalten sie verletzt hatte. Zumal seine Worte ins Schwarze getroffen hatten: Innerlich war sie keinen Tag älter geworden. Manchmal fühlte sie sich wie Lindsay Lohan in *Freaky Friday*. Eine Fünfzehnjährige, die im Körper einer Erwachsenen gefangen war. Welche vernünftige Frau ließ sich denn mit Anfang dreißig noch von ihrem Teenieschwarm aus der Bahn werfen? Vielleicht war ihre innere Uhr damals stehen geblieben, als Logans weitergelaufen war. Ob sie ihm damals aus seiner Warteschleife herausgeholfen hätte, wenn ihr die Folgen klar gewesen wären?

Sie hatte ja nicht ahnen können, dass er für sechzehn Jahre nach Amerika verschwinden und das Warten von nun an ihr überlassen würde. Nun, niemand hätte das ahnen können. Jedes halbwegs vernünftige Mädchen hätte die Hoffnung auf seine Rückkehr endgültig aufgegeben, als Logans Eltern ein knappes Jahr nach seiner Abreise ebenfalls fortgezogen waren. Doch Hailey war nicht vernünftig. Zudem lebte sie auf einer dünn besiedelten Insel, auf der es nicht viele Leute gab, in die man sich verlieben konnte. Also hatte sie den Atem, die Zeit angehalten und gewartet. Sie hatte selbst nicht so recht gewusst, worauf. Aber sicher nicht darauf, einen Stein zu umarmen.

Wahrscheinlich war ihre defekte innere Uhr der Grund, weshalb sie sich trotz allem wie ein Kind auf die Dreharbeiten zu dem Film über Fiona und James freute. In wenigen Wochen würde es losgehen. Laut Cailin würden Logan und seine Crew schon bald eintreffen, um die Drehorte festzulegen, Szenenbilder vorzubereiten und ein letztes Casting für Fionas Schulklasse durchzuführen. Logan war seit fast einem Jahr nicht mehr hier gewesen. Nachdem er Cailin dazu überredet hatte, das Drehbuch für ihn zu schreiben, war er wieder in seinem »La La Land« verschwunden, hatte – laut Regenbogenpresse – mit einer Handvoll Stars geschlafen und zwei Thriller gedreht. Und die Welt hatte sich weitergedreht.

»Erde an Kursleiterin«, knurrte Lucinda. »Ich laufe hier herum und lerne nichts.«

Abrupt blieb Hailey vor ihrem Beet mit dem gelb blühenden Johanniskraut stehen. Sie musste sich zusammenreißen. Schließlich hatten sie und ihr Färberkurs einen Ruf zu verlieren. Zum Glück wirkten Edith, Mildred und Mabel immer noch bestens gelaunt. Und wissbegierig. Jetzt drängten sie den mürrischen Teenager beiseite und scharten sich um das Johanniskraut, um zu hören, wie Hailey letztens aus denselben Blüten dieser wunderbaren Heilpflanze drei verschiedene Farben gewonnen hatte: ein Goldgelb, ein helles Orange und ein zartes Rosa.

»Man muss nur Geduld haben und warten, bis der Farbsud abkühlt«, berichtete sie. »Wir gehen gleich in den Werkraum, dort können Sie alles selbst ausprobieren.«

»Das wird auch Zeit«, kam es aus der zweiten Reihe. »Wenn wir schon einen theoretischen Teil über uns ergehen lassen müssen, dann verwenden Sie doch wenigstens die lateinischen Pflanzennamen. Ach nein, die kennen Sie bestimmt gar nicht, ohne Collegeabschluss und so.«

»*Hypericum perforatum*«, entgegnete Hailey mit einem müden Lächeln. »In der Antike glaubte man übrigens, Johanniskraut würde böse Geister vertreiben. Aber wie wir sehen, funktioniert es leider nicht.«

Von irgendwoher drang ein Lachen an ihr Ohr. Ihr Blick schoss zu dem verwitterten Gartenhäuschen am Ende des Kieswegs. Vielleicht spähte Cailin durch das Loch in dem blinden Fenster? Nein, dort rührte sich nichts. Zudem hatte es wie ein Männerlachen geklungen. Sie sah erneut zu der Bank unter der Eiche, aber der Spaziergänger von vorhin war verschwunden.

»Lucy! Was ist denn heute mit dir los?«, hörte sie Lucindas Großmutter schimpfen. Sie klang sehr kurzatmig.

Hailey legte beschwichtigend die Hand auf ihre Schulter. »Edith, es liegt an mir«, sagte sie so laut, dass es selbst Cailin hören musste, wenn sie denn in der Nähe war. »Für manche Menschen bin ich UNERTRÄGLICH ZUFRIEDEN.«

»Liebes, ich kann noch einwandfrei hören.«

»Ihre Enkelin ist nicht die Erste, die deshalb auf mich losgeht«, fügte Hailey hinzu, diesmal in Richtung Eiche.

Edith blickte sie mitfühlend an. »Oje, Liebes, gibt es etwa in jedem Kurs so ein schwarzes Schaf wie meine Lucy?«

»Nein, Ihre Lucy ist einzigartig.«

Sie ignorierte Lucinda, die im Hintergrund darauf hinwies, dass sie weder Lucy noch Cindy sei. Schon gar nicht für jemanden, der ihr ohne Studium zwanzig Pfund für einen dämlichen Spaziergang abgeknöpft hatte.

»Aber wegen meiner Zufriedenheit bin ich seit jeher ein rotes Tuch für MISSMUTIGE LEUTE«, erklärte Hailey. Sie hielt kurz inne. Wo blieb diese Verrückte? Wieso sprang die schreckliche Cailin Buchanan nicht hinter einem Busch hervor, um klarzustellen, dass sie NICHT MISSMUTIG, SONDERN ANSPRUCHSVOLL sei?

Na gut, dann eben anders. Sie würde Cailins ausgeprägten Beschützerinstinkt wecken. Ihre Freundin würde es nicht zulassen, dass sie sich vor englischen Touristen zum Narren machte. Auf die Gefahr hin, Ediths vollkommen intakte Ohren zu beleidigen, fuhr sie in unverminderter Lautstärke fort: »Wissen Sie, Edith, es gibt ein Video von mir, wie ich als Baby im Garten auf einer Picknickdecke sitze und unendlich zufrieden den Schmetterlingen beim Flattern zuschaue. SPLITTERNACKT UND GLÜCKLICH, wie der erste Mensch. Aber dann schiebt sich plötzlich ein dünner, langer Ast ins Bild, gefolgt von meinem fünf Jahre älteren Cousin Marty. Man sieht, wie er mich für eine Weile mit grimmiger Miene beobachtet. Dabei lässt er ununterbrochen den Ast durch die Luft sausen. Ich grunze fröhlich und greife danach. Er zieht ihn weg, doch statt zu jammern, gluckse ich fröhlich vor mich hin und wende mich wieder den Schmetterlingen zu. Da pikst Marty mit der Astspitze in mein nacktes Babybäuchlein – und was tue ich?«

»Weinen?«, kam es zaghaft von der stillen Mabel.

»Kichern«, erwiderte Hailey. »Aber Marty lässt nicht locker. Er drangsaliert mich eine gefühlte Ewigkeit mit dem Ast, bis ich endlich anfange, herzzerreißend zu weinen. Es ist schrecklich mit anzusehen. Bei dem bloßen Gedanken daran könnte ich LOSHEULEN!«

Sie linste an Mabel vorbei zum Gartenhäuschen, aber Cailins freches Sommersprossengesicht erschien nicht im Fenster. Hailey seufzte. Die nächste Eskalationsstufe wären Tränen, doch fürs Heulen auf Knopfdruck fehlte ihr das schauspielerische Talent. Außerdem beschlich sie ein schlechtes Gewissen wegen Lucindas Granny, die sehr betroffen aussah.

»Warum hat dieser böse Junge das bloß getan?«, fragte Edith erschüttert.

»Für manche Leute ist die Zufriedenheit anderer nun mal die reinste Provokation. Wissen Sie, ich habe eine Freundin, sie heißt CAILIN BUCHANAN –«

Sie wurde von einer dunklen Stimme unterbrochen, die keineswegs Cailin gehörte. Und diese Stimme erkundigte sich mit einem ironischen Unterton, den sie nur zu gut kannte: »Welcher Bastard stand eigentlich hinter der Kamera?«

20. Januar

CHASING AMY
Drehbuch und Regie: Kevin Smith – wer sonst?

Ich weiß, das ist schon der zweite Tagebucheintrag heute. Egal, ich habe Geburtstag. Zumindest noch für dreiundzwanzig Minuten. Und »Chasing Amy« hängt untrennbar mit meinem ersten Eintrag zusammen – ich habe nur keine Ahnung, warum. Wenn ich das nicht herausfinde, kann ich nicht einschlafen. Also verrate mir, liebes Tagebuch: Was hat Amy mit Logans Bewerbungsfilm zu tun?

Nichts. In »Chasing Amy« gibt es jede Menge Menschen und keine Abendnachrichten. Es geht um die Comiczeichnerin Alyssa, bei der sich fast alles um Sex dreht. Sie hat schon ziemlich viel ausprobiert: Frauen, Männer, Gruppen, Gegenstände. Aber dann findet sie in ihrem Comiczeichner-Kollegen Holden die wahre Liebe, und ihr Bedarf an Experimenten ist gedeckt. Holden kommt jedoch nicht darüber hinweg, dass sie in ihrem Leben spannen-

deren Sex hatte als er. Daher schlägt er ihr einen flotten Dreier mit seinem besten Freund vor. Alyssa ist verletzt und macht Schluss. (Cailin, falls du das jemals liest: Achtung, SPOILER!) Ein Jahr später laufen sie sich auf einer Comic-Convention über den Weg. Holden gibt Alyssa ein Exemplar seines Comics »Chasing Amy«, der von ihrer Liebe handelt. Nachdem er gegangen ist, will Alyssas neue Freundin von ihr wissen, wer der Mann war. Sie antwortet mit Tränen in den Augen: »Ach, nur so ein Typ, den ich mal kannte.«

Logan findet allen Ernstes, das sei ein Happy End. Holden habe einen fabelhaften Comic gezeichnet, und Alyssa sei endlich wieder lesbisch, wie es sich gehört. Er hat mich doch glatt als »homophob« bezeichnet, weil ich das Ende kein bisschen happy finde. Ich habe das Wort nachgeschlagen und kann dir versichern, liebes Tagebuch: Der Kloß in meinem Hals wäre genauso dick gewesen, wenn Alyssa und Holden zwei Frauen oder zwei Männer gewesen wären. Ich pfeife ganz einfach auf Holdens blöden Comic »Chasing Amy«. Oh. Mist. Jetzt habe ich es kapiert. Logans Bewerbungsfilm ist sein »Chasing Amy«, nicht wahr? Für ihn wäre ein Brief aus New York das Größte – ungefähr so:

»Lieber Mr Wallace,
wir freuen uns, Ihnen einen Platz in unserer fabelhaften Filmhochschule anbieten zu können. Wir haben nämlich noch nie etwas von Simon & Garfunkel gehört.
Hochachtungsvoll
Ihre Oscar-Academy«

Logan versteht unter einem glücklichen Ende etwas völlig anderes als ich. Und deshalb können er und ich niemals ein gemeinsames Happy End haben. Selbst dann nicht, wenn er für immer in seinem Keller – bei mir – bliebe. Cailin, hast du mir deshalb dieses Tagebuch geschenkt? Damit ich endlich meinen Gedanken zuhöre? Ich will sofort ein Schloss haben. Nicht so eins mit Prinz. Eins zum Abschließen.

3

»LOGAN!«, entfuhr es Hailey.

Bevor sie sich bremsen konnte, fiel sie dem Mann in der schwarzen Lederjacke um den Hals, der wie ein Traumbild in ihrem Garten aufgetaucht war. Wie von selbst verschränkten sich ihre Arme in seinem Nacken, und ihre Wange schmiegte sich an seinen kratzigen Dreitagebart. (Dank ihrer »meterlangen« Beine, wie Lucinda es ausgedrückt hatte, waren Logan und sie genau auf Augenhöhe.) Verstohlen schnupperte sie an ihm. Oje. Er war unter die Raucher gegangen. Warum nur roch er trotzdem so gut?

»Cameron.«

Hailey seufzte. Sie kannte diesen Tonfall. Sie sollte ihn auf der Stelle loslassen. Und sie wollte es. Wirklich. Schon allein ihrer Würde zuliebe, nach letztem Sommer und allem. Sie musste irgendwie ihre glücklichen Tentakel davon überzeugen, von ihm abzulassen, bevor er sie vor allen blamierte. Bevor *sie* sich vor allen blamierte.

Doch was geschah jetzt?

Sie spürte seine Hände an ihrer Taille.

Und was war das?

Ihre Füße hoben vom Boden ab. Nur ein bisschen, aber es bestand kein Zweifel: Er hatte ihr den Boden unter den Füßen weggezogen. Wollte er sie auf den Arm nehmen? Nun, er tat es gerade. Für eine Sekunde verspürte sie den Impuls, ihre Beine um seinen Körper zu schlingen und kopfüber mit ihm ins Johanniskraut zu kippen. Als hätte Logan die Gefahr gewittert, ließ er sie abrupt zu Boden sinken. Er schob sie von sich fort und sah sie mit seinen blauen Augen forschend an.

Hailey schwankte unmerklich und war froh, dass seine Hände immer noch an derselben Stelle lagen. Sie blinzelte ihn an. Seine Haare waren etwas länger als letztes Jahr. Wilder. Sie passten zu der Lederjacke und den dunklen Bartstoppeln. Irgendwie hatte sie ihn blonder in Erinnerung gehabt. Vermutlich hatte er in letzter Zeit nicht genug Tageslicht abbekommen. Er war blass, und unter seinen Augen lagen Schatten. Er wirkte fehl am Platz in ihrem bunten Garten, in dem es surrte, zwitscherte und nach Blumen duftete. Dieser Mann sah nach Nikotin, Kaffee und schlaflosen Nächten aus. Nach allem, was ungesund war. Dennoch konnte sie die Stars gut verstehen, die mit ihm schlafen wollten. Es lag an diesem intensiven, suchenden Blick. Wenn Logan Wallace einen auf diese Weise ansah, fühlte man sich schlagartig … vorhanden.

Er ließ sie los und fragte: »Wer hat es gedreht?«

»Hm?«, machte sie geistesabwesend.

»Das Gewaltvideo mit dem Baby«, fügte er hinzu.

»Ach, das …« Hailey blies sich eine Haarsträhne aus ihrem erhitzten Gesicht. »Ich habe keinen Schimmer, wer es gedreht hat. Es hat ja keinen Abspann. Im Zweifel war es der sadistische Rupert, mein ältester Cousin. Bestimmt hätte der Marty auch den Ast besorgt. Er arbeitet jetzt als Therapeut in Edinburgh.«

Verschmitzt lächelte sie ihn an, und zu ihrem Erstaunen lächelte Logan zurück. Sie blinzelte erneut. Die Umarmung, dieses Lächeln – was war hier los?

»Seit wann bist du wieder hier?«

»Seit gestern.«

»Weiß Cailin davon?«

»Sie hat mich von der Fähre abgeholt.«

Hailey zog die Augenbrauen zusammen. »Wann?«

»Gestern am späten Nachmittag. Du hast doch auf ihren Laden aufgepasst.«

»Jaha, und danach war ich eine geschlagene Stunde im Pub, weil Aidan fand, er müsste mir beibringen, wie man Hühnersuppe kocht. Für *Cailin*.«

»Ist sie krank? Das hätte sie mir ruhig mal sagen können. Ich warte hier schon seit einer halben Stunde auf sie.«

»Sie ist nicht krank«, murrte Hailey und musste sich eingestehen, dass ihre Freundin es geschafft hatte: Sie war sauer. Warum hatte sie ihr verheimlicht, dass Logan kommen würde? Und war es wirklich nötig gewesen, ihr eine Magenverstimmung vorzugaukeln? Wie war sie überhaupt unbemerkt von ihrem Bett zum Auto gelangt, um zum Fähranleger in Craignure zu fahren? Anscheinend war diese unmögliche Person durch die Hintertür in den Hof geschlüpft, während sie vorne im Laden bedient hatte und ...

Warum stand Lucinda plötzlich so dicht neben ihr?

»Wir haben noch immer nicht geklärt, warum Sie nicht auf dem College waren«, meinte sie unvermittelt. »Lag ich mit der Teenagerschwangerschaft richtig?«

Hailey warf ihr einen fassungslosen Blick zu. Sie wollte etwas entgegnen, als ihr die feuerroten Flecken auf Lucindas Hals ins Auge sprangen. Oje. Hoffentlich handelte es sich nicht um eine allergische Reaktion auf den Garten. Sollte sie es ansprechen? Und die zart besaitete Granny in Panik versetzen? Besorgt sah sie sich nach Edith um. Die drei Ladys hatten sich während der hollywoodreifen Umarmung diskret in den hintersten Winkel des Gartens verzogen. Sie standen in der Gute-Laune-Ecke, in der die herrlich krautige knallgelbe Färberkamille zwischen den Steinmäuerchen vor sich hin strahlte. Edith und Mildred unterhielten sich angeregt, während Mabel selbstvergessen an den Blüten schnupperte. Offensichtlich hatte der Wind die Teenagerschwangerschaft nicht bis zu ihnen getragen. Und Lucinda wirkte trotz der roten Flecken putzmunter. Wie es aussah, durften die Ladys ihre gute Laune vorerst behalten.

»Hailey hatte eine kranke Mutter, drei kleine Brüder und einen Vater, der Hilfe auf dem Hof brauchte. Nicht dass dich das etwas anginge«, hörte sie Logan sagen. Ablehnung pur, verpackt in feinstem Oxford-Englisch. (Logans Mutter stammte aus Südengland, und obgleich er seine gesamte Jugend auf Mull verbracht hatte, war der schottische Akzent einfach an ihm abgeprallt. Cailin hatte ihn damals immer »unseren Mann von der BBC« genannt.)

Ungläubig sah Hailey ihn an. Hatte er sie soeben vor Lucinda in Schutz genommen? Sofort breitete sich das vertraute Logan-Flattern in ihrem Bauch aus, das sie sich seit letztem Sommer so mühsam abgewöhnt hatte. Dennoch fühlte es sich schräg an, dass er über ihre Mutter gesprochen hatte.

»Woher weißt du das denn?«, erkundigte sie sich perplex. »Als das mit meiner Mum passiert ist, warst du doch längst in New York.«

»Cailin hat es mir erzählt«, sagte er leise, und der abweisende Tonfall war wie weggeblasen.

»Ihr redet über mich?«

»Ich nicht, aber sie.« Er räusperte sich befangen. »Es tut mir leid, Hailey. Ich habe es nicht gewusst.«

Unwillkürlich hob sie abwehrend die Hand. Sie wollte hier und jetzt, in Lucindas Gegenwart, wirklich nicht über ihre

Mum sprechen. Sie wollte nicht einmal von ihm Hailey genannt werden. Selbst seine unerwartete Umarmung hatte ihren Zauber verloren. Auf Beileidsbekundungen legte sie keinen Wert – schon gar nicht mit einem guten Jahrzehnt Verspätung.

»Das ist zwölf Jahre her«, erwiderte sie kurz angebunden. »Was hat sie noch gesagt?«

Da Logan sie nur zerstreut ansah, ergänzte sie ungewohnt schroff: »Cailin.«

»Offenbar ist keiner vor deiner Hilfe sicher«, sagte er.

Sie tauschten einen sonderbaren Blick aus, und Hailey musste schlucken. Seine flapsigen Worte passten nicht zu der sanften Stimme, die sie in mehrfacher Hinsicht nervös machte. *Keiner ist vor deiner Hilfe sicher.* Im ersten Moment hatte sie an den Glückspenny denken müssen. Sie schüttelte den Gedanken ab. Er war völlig abwegig. Logan konnte nicht ahnen, dass sie damals das Ticket nach New York für ihn eingelöst hatte.

»Cailin behauptet, du hättest den ganzen Winter damit zugebracht, ihr beim Drehbuchschreiben zu soufflieren.« Er lächelte, und seine sonst so frostigen blauen Augen wirkten plötzlich warm. So warm, dass sie es kaum hörte, als er fortfuhr: »Den Ratgeber hatte sie übrigens von mir.«

Lucinda, die leider immer noch bei ihnen stand, gab ein gekünsteltes Räuspern von sich. »Wenn man nichts gelernt hat, bleibt einem nun mal nichts anderes übrig, als anderen zu helfen. Das nennt sich *Aushilfe*.« Sie reckte ihr markantes Kinn. »Ich möchte mein Geld zurückhaben, wenn Gutherzigkeit die einzige Qualifikation ist, die Sie vorweisen können.«

Logan blinzelte, und das frostige Blau war zurück. »Wie viel kostet es, damit du verschwindest?«, fragte er unumwunden und zog ein Bündel Dollarscheine aus der hinteren Tasche seiner Jeans.

Doch Lucinda rümpfte nur die Nase. »Erwarten Sie etwa, dass ich mich hier im tiefsten Nirgendwo auf die Suche nach einer Wechselstube begebe?«

Er ignorierte ihren Einwand und drückte ihr ungefähr das Dreifache der Kursgebühr in US-amerikanischer Währung in die Hand. »Ich habe lange dort drüben auf der Bank gesessen und höre mir deine Frechheiten keine Sekunde länger an.«

Lucinda starrte zuerst das Geld, dann ihn an. Die Flecken auf ihrem Hals waren mittlerweile violett, und bei genauem Hinsehen zitterte das Geldbündel in ihrer Hand. Ihre Stimme klang seltsam schrill, als sie fragte: »Wirklich? Haben Sie auch meine Bemerkung über die großen Titten mitbekommen?«

Aus unerfindlichen Gründen schoss Hailey das Blut in die Wangen. Früher, vor tausend Jahren, hatte sie Logan bei jeder Gelegenheit auf die Existenz ihrer Brüste hingewiesen. Aber jetzt fühlte sie sich irgendwie entblößt. Außerdem störte sie Lucindas vulgäre Wortwahl. Vielleicht war ihre innere Uhr seit damals doch weitergelaufen, zumindest für ein paar Sekunden. Logan hingegen zeigte wie üblich nicht das geringste Interesse an ihren Brüsten. Er nickte ungerührt.

Lucinda atmete hörbar auf. »Dann reicht es jetzt.«

Sie gab ihm das Geld zurück und sagte mit feierlicher Miene: »Mr Wallace, ich bin Lucinda Talbot, und es ist mir eine Ehre, Sie kennenzulernen.«

Er hob eine Augenbraue. »Was soll das werden?«

»Ein Casting?« Sie klang ungewohnt unsicher. »Cailin Buchanan meinte, Sie suchen einen impertinenten Teenager für eine Nebenrolle in Ihrem nächsten Film. Ich habe zwar noch keine Filmerfahrung, aber Zusagen von mehreren renommierten Schauspielschulen wie der *Bristol Old Vic*.«

Hailey entfuhr ein Lachen. Sie wäre niemals darauf gekommen, dass dieses barsche Mädchen in der Oma-Bluse Schauspielerin werden wollte. Eher ... Vorstandsvorsitzende. Dann fiel ihr ein, wie Cailin ihr heute Morgen im Coffee Shop hinterhergebrüllt hatte: »Geht in den Garten!« Offenbar hatte sie Logan hierhergelockt und nichts dem Zufall überlassen wollen. Und ihr war nur die Nebenrolle in diesem kleinen Theaterstück zugekommen. Sie war die nichts ahnende Aushilfe gewesen, an der Lucinda ihr Können demonstrieren durfte, und zwar vor einem exklusiven Publikum: dem berühmten Regisseur Logan Wallace und drei entsetzten älteren Ladys.

»Sag mal, weiß deine Granny, dass dieses ganze Theater nur Theater war?« Hailey hielt inne. »Ist Edith überhaupt deine Großmutter?«

Ein zerknirschtes Lächeln huschte über Lucindas Gesicht. »Ja, sie ist meine Granny, und nein, sie weiß nichts davon. Das hätte mich total aus dem Konzept gebracht. Meine Performance hat sich recht nah an der Realität bewegt. Deshalb ist Cailin ja neulich in der Hotellobby auf mich aufmerksam geworden. Ich habe meine arme Granny ziemlich lautstark für das schlechte Wetter verantwortlich gemacht.«

»Eine Diva kann ich am Set nicht gebrauchen«, warf Logan trocken ein. Er wirkte nicht begeistert.

»Ach, stell dich nicht so an«, meinte Hailey unbekümmert. »Ich habe mir Fionas beste Freundin genau so vorgestellt.«

»*Kates* beste Freundin«, korrigierte er, und Hailey seufzte innerlich. Cailin verbesserte sie auch ständig. Sie konnte sich einfach nicht daran gewöhnen, dass Fiona und James im Film Kate und Henry heißen würden. »Im wahren Leben hatte Fiona keine Freundinnen, soweit ich weiß.«

Verblüfft sah sie ihn an. »Wirklich nicht? Im Skript erschien mir Ella-Mae realer als alle anderen.«

Er seufzte. »So ist das meistens, wenn eine fiktive Figur auf echte Menschen trifft. Die Realität kann selten mithalten. Ella-Mae ist Cailins Erfindung.«

»Das erklärt, warum sie sich ins Casting einmischt.«

Logan seufzte erneut. »Glaub mir, Cailin braucht keinen Grund, um sich irgendwo einzumischen.«

»Aber hier hatte sie einen ziemlich guten«, entgegnete Hailey und zwinkerte der Kandidatin zu. »Ich bin beeindruckt, wie gut du improvisieren kannst. Dass Gutherzigkeit meine einzige Qualifikation sein soll – Cailin hätte das nicht besser ausdrücken können.«

»Ehrlich gesagt stammt der Satz von ihr«, räumte Lucinda mit einem verlegenen Lächeln ein. »Sie hat mich vorgestern, als meine Granny so einen langweiligen Töpferkurs besucht hat, im Frühstücksraum angesprochen und gefragt, ob ich bei ihrer *Taskforce Casting* mitmachen würde. Als sie erfahren hat, dass ich angehende Schauspielstudentin bin, hat sie vor Freude so einen lustigen kleinen Freudentanz aufgeführt. Direkt vorm Frühstücksbüfett.«

Das Mädchen warf Logan einen geradezu schüchternen Blick zu. »Ich konnte kaum fassen, dass sie mir allen Ernstes eine Rolle in einem Logan-Wallace-Film besorgen wollte. Beim Frühstück haben wir dann überlegt, wie wir meinen Charakter bestmöglich in Szene setzen könnten. Cailin fand, der Färberkurs ihrer Freundin Hailey wäre die perfekte Bühne. Sie meinte, Hailey würde häufig in ihrem Laden hinter der Kasse stehen, und hat vorgeschlagen, ihre Qualifikation als Kursleiterin anzuzweifeln.«

»Unfassbar«, murrte Logan, doch sie fuhr an Hailey gewandt hastig fort: »Ich schwöre, Ihre Freundin hat kein Wort über Ihre Ausbildung verloren. Als Sie vorhin sagten, dass Sie nicht auf dem College waren, ist meine Rolle einfach mit mir durchgegangen. Es tut mir wirklich leid – Cailin hat mir mehrfach versichert, niemand wäre so sehr mit sich selbst im Reinen wie Hailey Cameron aus Tobermory.«

Hailey gluckste. »Das ist ihre Standardausrede, wenn sie mich mal wieder mit einem Ast drangsalieren will.«

Logan sah sie verärgert an. »Das war kein Ast, Cameron, sondern ein Baseballschläger.«

»Und was ich noch sagen wollte«, murmelte Lucinda kleinlaut. »Ich hoffe, Ihrer Mum geht es wieder gut.«

Wie im Reflex öffnete Hailey den Mund, um »Ja« zu lügen, aber Logan war schneller. Kalt entgegnete er: »Nein, sie ist gestorben, und wenn du für die Rolle der Ella-Mae vorsprechen willst, findest du dich wie alle anderen Kandidatinnen nächste Woche Samstag um eins in der Turnhalle der Tobermory High School ein.«

Die violett-roten Flecken hatten inzwischen auch Lucindas Wangen erreicht. »Nächste Woche Samstag, alles klar«, stammelte sie. »Das sind noch zehn Tage, dann müssen wir eine Woche länger bleiben als geplant und das Hotelzimmer –« Sie unterbrach sich. »Ich werde dort sein.« Niedergeschlagen blickte sie Hailey an. »Ach ja, und wegen Ihrer Mum –«

Hailey hob erneut abwehrend die Hand. Ohne die Erwähnung ihrer Mutter wäre sie bestimmt dazu in der Lage gewesen, ein weiteres gutes Wort für sie einzulegen. Aber ihre Kehle war plötzlich wie zugeschnürt.

Für einen Augenblick senkte sich eine merkwürdige Stille über den Garten. Lucinda starrte Logan an, als hoffte sie auf einen Sinneswandel. Für ihn hingegen war das Gespräch offensichtlich beendet. Dennoch bewegte er sich nicht vom Fleck. Es schien, als wartete er auf etwas.

»Ich geh dann mal zu meiner Granny und erkläre ihr alles«, meinte Lucinda verzagt.

Hailey nickte und sah ihr mitleidig hinterher, wie sie mit hängenden Schultern über den Kiesweg zu den Gute-Laune-Ladys schlurfte.

Kaum war sie außer Hörweite, fragte Logan gereizt: »Findest du das in Ordnung?«

Sie blickte ihn verständnislos an.

»Deine beste Freundin schleust eine Laienschauspielerin mit einem Sack voller Beleidigungen in deinen Kurs, und du setzt dich auch noch für sie ein.«

»Cailin hat etwas in ihr gesehen, und meistens hat sie mit so was recht.«

»Ich hätte sie direkt ablehnen sollen«, brummte er wie zu sich selbst. »Schon allein, um Cailin die Grenzen aufzuzeigen.«

»Cailin und Grenzen?« Sie lachte auf. »Träum weiter.«

Logan stöhnte. »Sie will einfach nicht begreifen, dass ihre Arbeit an dem Film mit der Abgabe des Drehbuchs beendet war. Hast du mitbekommen, wie sie im April meinen Location Scout in den Wahnsinn getrieben hat?«

»Ja, hab ich«, gestand Hailey mit einem schiefen Lächeln. »Sie wollte bei jeder Tour dabei sein. Ein paarmal musste ich mitfahren, um zu vermitteln. Kein Wunder. Der Typ fand, die Basaltklippen auf Ulva würden genauso aussehen wie die Säulen in der Fingal's Cave.«

Er seufzte. »Die Höhle wäre mir auch lieber gewesen. Leider ist es so gut wie unmöglich, für das Naturreservat auf Staffa eine Drehgenehmigung für ein Filmprojekt in dieser Größenordnung zu bekommen.«

Sie warf ihm einen interessierten Blick zu. »Warum brauchst du überhaupt einen Location Scout? Du hast doch dein halbes

Leben hier verbracht – und Cailins Vorschläge für die Drehorte waren wirklich gut.«

»Cameron, wir produzieren kein Heimvideo. Der Film hat über dreißig Motive, die technisch durchführbar sein müssen. Dafür gibt es Scouts, Aufnahmeleiter, Szenenbildner, das Technikteam, mich. Cailin hat hierbei nichts verloren. Ich will gar nicht wissen, was passiert, wenn sie –« Er verstummte und wich ihrem Blick aus.

»Was?«

Er zögerte. »Hast du eine Minute für mich?«

Verwundert sah sie ihn an. Im letzten Sommer hatte er keine einzige Minute und kaum ein Wort für sie übrig gehabt. Und nun bat er sie um ein Gespräch? Das konnte nur eines bedeuten: Er brauchte ihre Hilfe. Worauf es natürlich nur eine richtige Reaktion gab: *So nicht, mein Lieber.* Oder zumindest: *Siehst du nicht, dass ich gerade mitten in einem Workshop stecke?*

Stattdessen hörte sie sich quer durch den Garten rufen: »Ladys, haben wir es eilig?«

Die drei grauhaarigen Köpfe wandten sich zu ihr um.

»Ich gehe hier nicht mehr weg!«, flötete Mildred, die mit der stillen Mabel zwischen blühenden Ginsterbüschen lustwandelte.

Und Edith rief über die Beete hinweg: »Lucy und ich haben noch ein Hühnchen zu rupfen!«

Hailey seufzte innerlich. Ein Hühnchen rupfen. Vielleicht sollte sie das auch viel öfter tun – statt gewissen Leuten eine Hühnersuppe zu kochen.

4

Logans Blick war aufs Meer geheftet. Offenbar wusste er nicht, wie er mit der Sprache herausrücken sollte. Es war unwirklich, mit ihm hier zu sitzen, auf ihrer Lieblingsbank, unter knallblauem Himmel und mit der Welt zu Füßen. Sie wartete nun schon seit einer ganzen Weile auf das angemessene Glücksgefühl. Doch es wollte nicht aufkommen. Alles, was sie empfand, war Wehmut. Früher, wenn sie ihn wie ein lästiger Hausgeist in seinem Videokeller heimgesucht hatte, war sie immer an dieser Bank vorbeigelaufen. Nun lebte sein Onkel Nathan mit zwei Hunden in dem weißen Haus am Ende des Weges. Sie hatte es seit damals nicht mehr betreten. Der Vorgarten von Logans Mum war verwildert, und sie wollte sich gar nicht ausmalen, wie der Keller jetzt aussah. Vermutlich waren die Regale, die ihre Träume beherbergt hatten, mit Werkzeugen und Hundefutter vollgestopft.

Dennoch hätte ein Treffen in Nathans Keller sich nicht annähernd so seltsam angefühlt wie diese Bank im Freien. Früher waren Logan und sie einander nur sehr selten außerhalb seiner vier Wände begegnet. Einmal hatte Hailey gescherzt, sie wären wie eine Sitcom. Weil es dort auch keine Außenaufnahmen gab. »Aber über uns lacht keiner«, hatte er eingewandt. Sie hatte noch wochenlang das Wörtchen »uns« wie einen Schatz mit sich herumgetragen. Ihr Herz hatte nun einmal die

Angewohnheit, nur die angenehmen Gefühle hineinzulassen. Die unerwünschte Realität blieb für gewöhnlich draußen – es sei denn, sie war über einen längeren Zeitraum allein. Stille war der perfekte Nährboden für Tatsachen. Wenn niemand da war, um sie niederzuquatschen, wuchsen sie wie Unkraut.

So wie jetzt. Logans Schweigen schuf ein ungemütliches Vakuum. Und in diesem leeren Raum konnte sie plötzlich nur noch an all das denken, was ihr fehlte. *Wer* ihr fehlte. Ungewohnt schwermütig blickte sie über das glitzernde Wasser zum Festland, das ihr gestohlen bleiben konnte. Manchmal stellte sie sich vor, dass ihre Mutter dort war. Auf dem Festland mit seinen zerklüfteten Bergen und allem, was dahinterlag. Vielleicht stand sie am anderen Ufer und sah zu ihr hinüber, nur eine kurze Bootsfahrt entfernt. Nein, ihre Mum wusste es besser. Selbst im Jenseits würde sie ihr Inselleben niemals aufgeben.

Warum mussten die Lebenden eigentlich andauernd ohne Not getrennte Wege gehen? War es nicht schrecklich genug, dass Menschen starben? Hätte sie zaubern können, hätte sie die Isle of Mull für immer im dichten Nebel verschwinden lassen. Damit die Fähre sie nicht mehr finden würde. Kommen und Gehen waren untrennbar miteinander verbunden – daher hätte sie nur zu gern auch auf Ersteres verzichtet. Alle, die zählten, waren ja hier. Seit gestern. Dummerweise konnte sie nicht zaubern, und in wenigen Monaten stand bereits das nächste große Gehen an. Logan würde die Insel wieder verlassen, dicht gefolgt von ihrer Cousine Maisie.

Maisie ... Noch so eine Tatsache, die sich in der Stille zu Wort meldete. Maisies Zeit in ihrem blauen Haus neigte sich allmählich dem Ende zu. Sie war erst kürzlich an der Londoner *University of the Arts* für das Bachelorstudium in Keramikdesign angenommen worden. Als sie vor ein paar Tagen mit der guten Nachricht in die Küche gehopst war, hatte Hailey schwer schlucken müssen. Ohne ihre Lieblingscousine würde es furchtbar still sein bei ihr zu Hause. Maisie war mit zwölf Jahren bei ihr eingezogen, um die Tobermory High School zu besuchen. Anfangs war sie noch jedes Wochenende mit dem Bus über die ganze Insel zu ihrer Familie am Ross of Mull gekurvt, aber Hailey hatte immer mehr Raum in ihrem Leben eingenommen. Und umgekehrt. Sie konnte sich ihren Alltag ohne das quirlige Mädchen, das jeden sofort in sein Herz schloss, nicht mehr vorstellen. Am liebsten hätte sie Liv darum gebeten, das Dachgeschoss zu räumen und zu ihr nach unten in den zweiten Stock zu ziehen. Um das Maisie-Loch zu stopfen. Doch Liv brauchte ihre Unabhängigkeit. Im Herbst würde sie sich also ans Alleinsein gewöhnen müssen.

Schlimmer, sie würde sich *allein* ans Alleinsein gewöhnen müssen. Wenn Liv jemanden vermisste, vergrub sie sich in ihrer Arbeit. Und sie würde Maisie zweifellos furchtbar vermissen. Genau wie der Rest der Bande. Ihr neuestes Clanmitglied Kirsty hatte Maisie vor einem Jahr unter ihre Fittiche genommen, als sie aus heiterem Himmel die Töpferei ihrer Großmutter geerbt hatte. Vermutlich würde Kirsty ähnlich wie Liv um ihr Töpferküken trauern und sich in dem rumpeligen Atelier hinter dem Laden verbarrikadieren. Oder im Schlafzimmer. Mit Aidan. Auf diese Weise würde auch Cailin – ein Häuschen weiter – im Herbst den Maisie-Blues überstehen: im warmen Bett mit Ian.

Natürlich würde keine von ihnen Hailey vergessen. Sie würden sie in Aidans Pub schleppen und sie mit Bier und Knoblauchcroutons abfüllen. Und alle naselang den Ersatzschlüssel zu ihrer Wohnung missbrauchen, um den Fernseher auszuschalten. Vermutlich würde es ein wenig so sein wie vor acht Jahren, als ihre Tante Erin wegen der Liebe auf die Isle of Harris umgesiedelt war. In jener Zeit war Haileys Fernseher auf Hochtouren gelaufen. Tagein, tagaus hatte sie in Erins ausrangiertem Tobermory-Sweatshirt auf dem Sofa gelegen und die Einsamkeit auf allen Kanälen bekämpft. Die Fernbedienung hatte stets einsatzbereit auf der Ablage neben der Wohnungstür auf sie gewartet, denn sie ertrug keine Stille in ihren vier Wänden. Und die Illusion von Gesellschaft war besser als keine. Manchmal war die Illusion sogar besser als die Realität. Aber das änderte nichts daran, dass sie die unzähligen geistreichen Fernsehleute nur zu gern gegen eine einzige, mitunter nervige Mitbewohnerin eingetauscht hätte.

Erin fehlte ihr noch heute, trotz Maisie. Genau wie ihre Cousine war Hailey im Alter von zwölf Jahren nach Tobermory gezogen, um in der Nähe der High School zu wohnen. Damals war ihr das viergeschossige Haus am Hafen, in dem nur Erin lebte, wie ein Palast erschienen. Ein leerer Palast. Wenn man wie sie mit drei kleinen Brüdern, Großeltern im selben Haus, vier Hunden, achtzig Rindern und etwa dreihundert Schafen aufgewachsen war, lagen unbewohnte Räume außerhalb des Vorstellbaren. Sie hatte entsetzt den Kopf geschüttelt, als ihre verrückte Tante ihr angeboten hatte, die leer stehende Wohnung unterm Dach zu beziehen. Was zum Henker sollte sie mit einem »eigenen Reich« anfangen? Nein, sie wollte lieber den kleinen Raum mit Meerblick im zweiten Stock haben, direkt neben Erins Schlafzimmer.

Zum Glück hatte sich damals schnell herausgestellt, dass ihre Tante Erin mehr Trubel bedeutete als drei Brüder, achtzig Rinder und dreihundert Schafe zusammen. Ständig wirbelte sie zwischen ihrer Boutique im Erdgeschoss und dem

Modeatelier im ersten Stock hin und her, und sie hatte immer irgendwen im Schlepptau: Kundinnen, Freundinnen, Männer, Partygäste. Fast jeden Gast verdonnerte Erin dazu, ihre karierten Kreationen anzuprobieren oder für sie in ihrem Atelier zwischen einem halben Dutzend Schneiderpuppen Modell zu stehen. Erins Lieblingsmodell war jedoch die rothaarige Bohnenstange mit den grünen Katzenaugen und der glücklichen Aura. Und Hailey war tatsächlich glücklich gewesen. Sie liebte ihr neues Leben in dem himmelblauen Haus in Tobermory – die Tage und die Nächte und alles dazwischen. *Dazwischen.* Das war die Zeit, in der die vier vergessenen Giebelfenster zum Leben erwachten. Wenn buntes Licht, schräge Musik und das Gelächter von Erins Gästen in warmen Wellen aus der unbewohnten Dachgeschosswohnung ins Zwielicht schwappten. Und ein Stockwerk tiefer eine Zwölfjährige in ihrem Bett lag und sich in den Schlaf lächelte.

Irgendwann waren Cailin und Logan hinzugekommen, und das Dazwischen war nur noch die zweitbeste Zeit des Tages gewesen. Ihre beiden Freunde aus der Abschlussklasse hatten alles andere in den Schatten gestellt – sogar die wunderbare Erin, die ihr Cailin Buchanan sozusagen zum dreizehnten Geburtstag geschenkt hatte. Sie hatte Hailey bei dem Töpferkurs von Dee Boyd, Kirstys Großmutter, angemeldet, ein typisches Erin-Geschenk. Der Kurs fand jeden Dienstag nebenan in dem gemütlichen Natursteinhaus statt, in dem es immer ein wenig verboten nach Gras roch. Dort, in Dees Töpferatelier, hatte Hailey die vier Jahre ältere Cailin kennengelernt.

Cailin war – wie immer – sauer gewesen. Weil Töpfern total zwecklos war gegen Liebeskummer. Und weil die summende Dreizehnjährige an der Drehscheibe neben ihr so unverschämt glücklich wirkte. Hailey hatte sofort gespürt, dass Cailin sie brauchte. Bereitwillig hatte sie ihr eine große Portion von ihrem Glück abgegeben. Und es hatte funktioniert. Kurz nachdem sie Freundinnen geworden waren, hatten Cailin und Ian sich zum ersten Mal geküsst. Hailey stritt jede Verantwortung ab, aber ihre neue Freundin war fest davon überzeugt, dass ihr Glanz auf sie übergesprungen war. Eines Tages hatte Cailin sich bei ihr revanchiert und ihr die Tür zum Paradies geöffnet – die mit dem Schild »Zutritt ab 16«.

Wenn sie es sich recht überlegte, war keine Zeit in ihrem Leben so aufregend und voller Wunder gewesen wie die beiden Jahre zwischen ihrem dreizehnten und fünfzehnten Geburtstag. Cailin und Logan hatten ihr erlaubt, die gähnende Leere zu füllen, die das Ende der Schulzeit bei ihnen hinterlassen hatte. Nun, eigentlich hatte Erin es erlaubt. Ihre Eltern hätten ihr zweifellos verboten, ihre gesamte Freizeit mit einer mürrischen Achtzehnjährigen ohne Zukunftspläne zu verbringen, die an ihrer Fernbeziehung mit einem Medizinstudenten verzweifelte. Und sie hätten mit Sicherheit nicht zugelassen, dass sie fast täglich die Videothek aufsuchte, um sich mit einem weiteren mürrischen Achtzehnjährigen über Filme zu unterhalten, die sie noch längst nicht hätte kennen sollen.

Ein elterliches Verbot hätte ihr ohne Frage eine Menge Kummer erspart. Obwohl weder Cailin noch Logan etwas mit Drogen zu tun hatten, verwandelten sie ihre kleine Freundin binnen kürzester Zeit in einen Junkie. Die Droge waren ganz einfach sie selbst. Sie teilten zwar keinen Joint mit ihr, aber dafür umso mehr Gedanken. Und die hatten ein erstaunliches Suchtpotenzial. Im Vergleich zu Cailins faszinierenden Grübeleien darüber, ob sie jemals mit dem hochbegabten Ian auf Augenhöhe sein würde und Kunst genauso wertvoll war wie Medizin, wirkten die Sorgen ihrer Mitschüler über das verlorene

Freundebuch, die verhagelte Mathearbeit oder die kotzende Katze irgendwie banal. Selbst wenn sie über Filme sprachen, war Hailey mit den Gedanken woanders. Bei Logan, der über den Gewinner der Goldenen Palme sprechen wollte und nicht über *Ice Age*. Logan, der nichts richtig gut, dafür aber umso mehr Dinge richtig schlecht fand. Der niemanden mochte, jedoch Filme liebte – so sehr, dass sie sich manchmal wünschte, selbst einer zu sein. *Night on Earth* zum Beispiel.

Wahrscheinlich hatten ihre beiden Freunde ihr ohne böse Absicht etwas Wichtiges weggenommen, und zwar das Leben eines durchschnittlichen Teenagers. Doch sie wollte es nicht haben, dieses Leben. Das Einzige, was sie haben wollte, war ihr persönliches Rauschmittel: *Logan und Cailin.* Als die beiden ihre Heimatinsel letztlich doch noch in Richtung Zukunft verlassen hatten, war ihre Abwesenheit für Hailey einem kalten Entzug gleichgekommen. Seither wusste sie, dass sie ein Rudeltier war. Und ihr Rudel musste vollzählig sein. Anderenfalls wurde sie zur einsamen Wölfin, die den Mond anheulte. Mit der Einsamkeit verhielt es sich wie mit Schmerzen: Wenn man sie einmal gespürt hatte, erkannte der Körper sie bei jedem Ziepen wieder. Sobald sie allein war, ziepte es, und obgleich Alleinsein und Einsamkeit ja zwei völlig verschiedene Paar Schuhe waren, erschien ihr das eine wie der unweigerliche Vorbote des anderen. So ähnlich wie beim Kommen und Gehen.

»Ich habe das Ende gelöscht«, platzte Logan in ihre Gedanken. Er klang seltsam nervös, und nach kurzem Zögern gestand er: »Ehrlich gesagt den Anfang auch.«

Zerstreut tastete er seine Lederjacke ab. Schließlich zog er eine Packung Zigaretten und eine Streichholzschachtel aus der

Innentasche hervor. Hailey sah ihm dabei zu, wie er sich hinter vorgehaltener Hand eine Zigarette anzündete und den Rauch in den Wind blies.

»Die Rahmenhandlung ist weg.« Er fuhr mit der Zigarette durch die Luft. »Es gibt nur noch das Damals.«

Hailey runzelte die Stirn. Er hatte das Jetzt gelöscht? Oje. Cailin würde toben. Sie hatte viel Zeit und Energie in die Rahmenhandlung gesteckt, und zwar Kirsty zuliebe, die sich nichts sehnlicher wünschte als ein Happy End für ihre Eltern. Nur deshalb hatte Kirsty dem Film über ihre Familie zugestimmt. Weil sie aus tiefstem Herzen daran glaubte, dass Kunst die Realität verändern konnte. Cailins Glaube an die Macht der Kunst war zwar deutlich wackliger als Kirstys, aber sie hatte sich große Mühe gegeben, den Wunsch ihrer Freundin in ihrem Skript zu erfüllen. Daher hatte sie Fiona und James nach einem gewaltigen Zeitsprung von dreißig Jahren zusammen in den Sonnenuntergang segeln lassen. Jedenfalls so ungefähr. In Cailins Jetzt waren sie zu einer gemeinsamen Weltreise aufgebrochen. Auf den Spuren der jungen Fiona.

»Ein Glück – das Ende war eine totale Katastrophe«, hörte sie sich zu ihrem Entsetzen sagen. Eigentlich lag ihr nichts ferner, als Cailin in den Rücken zu fallen.

Logan sah sie überrascht von der Seite an. »Du bist die Letzte, von der ich diese Reaktion erwartet hätte.«

»Ich weiß«, murmelte sie schuldbewusst, »ich habe Cailin den ganzen Winter beim Schreiben zugesehen, aber –«

»Nein, das meine ich nicht«, unterbrach er sie. »Ich hätte schwören können, du stehst auf das Ende.«

Unwillkürlich gab sie seiner Schulter einen Schubs. »Entschuldige mal, seit wann steh ich denn auf ein orangefarbenes Ende?«

Er lachte auf. »Entschuldige mal, du hast dir jede Schnulze mindestens fünfmal ausgeliehen.«

»In deinem Keller gab es überhaupt keine Schnulzen.«

»Abgesehen von *Pretty Woman, Harry und Sally, Bridget Jones, Notting Hill* –«

»Das sind keine Schnulzen, sondern Liebeskomödien«, fiel sie ihm empört ins Wort. »Haben die dir in New York denn überhaupt nichts beigebracht?«

Er warf ihr einen amüsierten Blick zu. »Tut mir leid, ich bin wirklich davon ausgegangen, du würdest mit Klauen und Zähnen euer Happy End verteidigen.«

Sie strich sich eine flatternde Haarsträhne aus dem Gesicht. Der Wind frischte auf und würde bald neue Regenwolken bringen. Zum Glück hatte sie heute Morgen die sonnigen Stunden genossen. Wenn man das Beste aus dem Tag herausgeholt hatte, konnte der Regen getrost kommen. Offenbar verfolgte Logan mit seinen Filmen die gleiche Strategie: keine Kompromisse. Selbst wenn er sich dafür mit der schrecklichen Cailin Buchanan anlegen musste.

»*Euer* Happy End?« Sie gab seiner Schulter einen weiteren Schubs. »Ich habe das Drehbuch nicht geschrieben, wie du weißt.«

»Ach, komm.« Er zog an seiner Zigarette, und aus unerfindlichen Gründen bedauerte sie, dass der Wind den Rauch von ihr forttrug.

Logan musterte sie. Immer noch belustigt. »Manche Sätze klingen so sehr nach dir, dass ich beim Lesen deine Stimme gehört habe.«

Sie blinzelte. *Er hatte beim Lesen ihre Stimme gehört?* Hätte er nicht so seelenruhig mit seiner Zigarette und diesem amüsierten Gesichtsausdruck dagesessen, wäre das ihr Stichwort gewesen, um die Kontrolle zu verlieren. Vermutlich hätte sie ihn überschwänglich darüber in Kenntnis gesetzt, dass sie – ganz ohne Drehbuch – ziemlich oft seine Stimme hörte. Selbst nach all den Jahren spukten ihr immer noch bei jedem Quatsch, den sie im Fernsehen sah, seine bissigen Kommentare durch den Kopf. Und bei grandiosen Filmen, die sie als »lebensverändernd« einstufte, murmelte eine warme BBC-Stimme in ihrem Inneren: »Der ging.« Manchmal meldete sie sich sogar bei ihren Dates zu Wort, von denen bislang keines lebensverändernd gewesen war. Allerdings klang die Stimme in diesen Fällen weder warm noch nach der BBC, sondern knurrte ungläubig: »Mit *dem?* Wirklich?«

Dank seiner blitzenden Augen gelang es ihr, nichts von alldem zu erwähnen. Stattdessen erwiderte sie betont gelassen: »Ach ja? Zum Beispiel?«

»*Wenn du erwachsen wirst, stirbt dein Herz.*«

»Das ist ein Zitat aus *Breakfast Club*, du Genie.«

»Eben.«

Er grinste, und Hailey verdrehte die Augen. »Glaub mir, der Frühstücksclub schwirrte Fiona und ihrer fiktiven Freundin Ella-Mae damals permanent im Kopf herum. Dein Film spielt doch in den achtziger Jahren.«

Sein Grinsen erlosch. »Ja, und zwar ausschließlich.«

Ach ja, das gelöschte Jetzt. Unwillkürlich lehnte sie sich mit der Schulter gegen seine. Als wären sie immer noch Freunde. Sie bemerkte ihren Fehler sofort und wollte von ihm abrücken, doch er legte sanft seine Hand auf ihren Arm. Seine Wärme sickerte durch den dünnen Stoff ihres Ärmels, und sie wünschte, sie hätte die Zeit anhalten können. Auf »Pause« drücken. Zumindest lange genug, um sich den sanften Druck seiner Finger einzuprägen. Doch die Zeit lief weiter, seine Hand glitt außer

Reichweite, und wie aus weiter Ferne hörte sie sich sagen: »Dein Film braucht kein Happy End.«

Abermals sah er sie überrascht an. »Findest du?«

Sie nickte. »Kein Happy End und kein Jetzt. Durch die Rahmenhandlung rückt die Geschichte der jungen Fiona zu weit in die Vergangenheit. Als Zuschauer will man dabei sein, nicht zurückblicken. Das habe ich Cailin auch gesagt, aber sie meinte, bei *Titanic* hätte der Zeitsprung doch prima funktioniert und –«

Logan ließ seine Zigarette sinken. »*Titanic?* Wir drehen einen Coming-of-Age-Film und kein Epos!«

»*Titanic* ist auch ein Coming-of-Age-Film. Schließlich geht es darum, wie die siebzehnjährige Rose erwachsen wird.«

»Oh bitte«, stöhnte er. »Es geht um ein Schiffsunglück.«

»Das ist nicht dein Ernst.«

»Können wir jetzt bitte nicht über *Titanic* sprechen?«

»Wie endet der Film eigentlich?«, wollte sie wissen.

»Das Schiff sinkt.« Seine Mundwinkel zuckten, und diesmal fiel der Schubs, den sie ihm verpasste, heftiger aus. Er und seine Zigarette stürzten beinahe von der Bank.

Als er wieder aufrecht saß, meinte sie achselzuckend: »Wenn du mir das neue Ende deines Films nicht verraten willst, reden wir eben über *Titanic.*« Sie sah ihn herausfordernd an. »Hast du ihn überhaupt gesehen? Die Geschichte geht nämlich noch eine halbe Ewigkeit weiter, nachdem das Schiff längst gesunken ist. Die junge Rose muss noch inkognito an Land gehen, um ein neues Leben zu beginnen. Und die alte Rose muss ihre Kette loswerden und auf die Titanic zurückkehren.«

Er musterte sie interessiert. »Wie findest du das Ende?«

Versonnen lächelte sie ihn an. »Ach, es geht doch nichts über ein Happy End.«

»Das verstehst du unter einem Happy End? Ertrinkt Leo nicht im eiskalten Atlantik?«

»Ja, für ihn ist es nicht so schön, aber Rose darf danach noch ein sehr langes erfülltes Leben ohne ihn leben.«

Er warf ihr einen schrägen Blick zu und drückte die Zigarette an dem Mülleimer aus, den sie eigens für Leute wie ihn neben der Bank aufgestellt hatte.

»Du hast dich verändert, Cameron«, murmelte er.

Bevor sie sich darüber klar werden konnte, ob seine Worte süß oder bitter schmeckten, räusperte er sich und sagte leichthin: »James geht in den Pub, und Fiona steht an Deck der Fähre Richtung Festland.«

»Das ist ja das gleiche Ende wie bei *Titanic*«, entfuhr es ihr. »Er ertrinkt, und sie darf ohne ihn an Land gehen.«

Er lachte auf, doch Hailey fügte besorgt hinzu: »Das wird Cailin gar nicht gefallen.«

Logan zuckte mit den Schultern. »Aber dir gefällt es.«

»Das spielt keine Rolle.«

»Und ob«, widersprach er. »Cailin legt großen Wert auf deine Meinung, und das weißt du genau.«

Sie seufzte. »Ich habe tausendmal mit ihr über die Rahmenhandlung diskutiert, aber Kirsty ist nun mal wichtiger als ein perfektes Drehbuch.«

»Was hat Kirsty damit zu tun?« fragte er perplex.

»Einfach alles.«

Plötzlich verspürte sie das dringende Bedürfnis, Cailins Ruf als grandiose Geschichtenerzählerin zu retten. Der berühmte Regisseur, der zufällig gerade neben ihr auf dieser Bank im Wind saß, sollte begreifen, dass das missglückte Jetzt nicht mehr war als ein Freundschaftsdienst. Nicht mehr und nicht weniger. Und daher setzte sie ihn nun ins Bild.

Sie erzählte ihm, wie sehr Kirsty sich wünschte, dass ihre Mutter etwas anderes in James sehen würde als einen freundlichen alten Mann in unförmigen Cordhosen, mit dem sie erstaunlicherweise vor dreißig Jahren ein Kind gezeugt hatte. Kirsty wollte für ihre Eltern das ganz große Kino, und zwar nicht allein wegen der Schmetterlinge im Bauch. Fiona fehlte ein Anker, und Kirsty befürchtete, dass sie sehr bald weiterziehen würde.

Fiona wohnte nun schon seit fast einem Jahr in Aidans ehemaliger Wohnung über dem Pub, und sie bestand darauf, ihm als Gegenleistung Abend für Abend hinter der Bar zu helfen. »Von der Diplomatengattin zur Bardame«, pflegte sie zu witzeln, aber Kirsty wusste es besser. Ihre Mum wollte zurück in die große weite Welt. Nur diesmal ohne Kirsty, die mit Aidan, ihren Freundinnen und der Töpferei in Tobermory Wurzeln geschlagen hatte. Der Gedanke an ihre Mutter, die ganz allein durch die Welt driftete, deprimierte Kirsty. Und Cailin konnte es nun einmal nicht ertragen, wenn eine ihrer Freundinnen traurig war. Nachdem es ihr im wahren Leben trotz zahlreicher Versuche bislang nicht gelungen war, Fiona und James miteinander zu verkuppeln, hatte sie es mit der Fiktion versucht.

Hailey hielt inne, und der berühmte Regisseur, der ihr aufmerksam zugehört hatte, meinte kopfschüttelnd: »Das erklärt einiges. Ich konnte mir kaum vorstellen, dass die brillanten Teenagerszenen aus derselben Feder stammten wie das orangefarbene Ende. Ich hatte schon den Verdacht –«

Er verstummte, doch sie hakte nach: »Welchen Verdacht?«

»Dass du den Teil mit den Teenagern geschrieben hast.«

Ihre Augen weiteten sich. »*Ich?*«

»Wie gesagt, einige Sätze klangen verdächtig nach dir.«

»Jaha, aber nur, weil ich Cailin beim Schreiben vollge-
quatscht habe.«

»Und als die Geschichte tieforange wurde, hast du den
Mund gehalten?«

Hailey lächelte. »Orange ist nicht meine Farbe.«

Nun lächelte auch er. »Das war mein Satz, Cameron.«

Sie wechselten einen langen Blick, und sie spürte erneut
das Logan-Flattern im Bauch. Wäre er jemand anderes gewesen, hätte sie geschworen, dass es ihm ähnlich erging. Er wirkte
so versunken, als könnten es ihre Katzenaugen mit dem Meer,
ja, vielleicht sogar mit den lockenden Bergsilhouetten des Festlands aufnehmen. Als bräuchte es keinen Nebel, um die Welt
jenseits der Insel von ihren Ufern fernzuhalten. Nur zwei Menschen, die keinen gesteigerten Wert auf Sonnenuntergänge
legten.

Ohne nachzudenken, fragte sie: »Glaubst du, Filme können
die Realität beeinflussen?«

»Ich denke, alles, was wir sehen und hören, nimmt Einfluss
auf unsere Gedanken und damit auf unsere Realität.«

»Aber ...« Sie räusperte sich. »Kannst du Cailin dann nicht
vielleicht verstehen? Fiona und du, ihr seid doch auch irgendwie befreundet.«

Er runzelte die Stirn. »Wir haben im letzten Sommer ziemlich viele Flaschen Wein zusammen geleert, und sie hat mir
ihre Geschichte erzählt, aber –«

Sie unterbrach ihn. »Sie ist unglücklich, Logan. Willst du
nicht auch, dass sie endlich all das Orange wahrnimmt, das sie
hier umgibt?«

»Ich bin nicht der sadistische Rupert.«

Sie sah ihn perplex an.

»Ich bin kein verdammter Therapeut«, sagte er, plötzlich

gereizt. »Ich will einen guten Film drehen, das ist alles. Ist euch eigentlich mal in den Sinn gekommen, dass sich Fiona und James für das vermeintliche Happy End in Grund und Boden geschämt hätten? Nur weil Kirsty wegen Aidan mit der rosaroten Brille herumläuft, gilt das noch längst nicht für ihre Eltern. Zumal James ein alter Mann ist. Und Fiona ist noch nicht mal fünfzig. Glaubt ihr wirklich, es wäre das Höchste der Gefühle für sie, mit James Lennox in den Sonnenuntergang zu segeln? Vielleicht hat die Frau ja noch etwas anderes mit ihrem Leben vor. Und wir alle wissen, sie trinkt eine Menge Rotwein – findet ihr allen Ernstes, Fiona ist die Richtige für einen abstinenten Alkoholiker? Nur weil er nicht mehr ihr Lehrer ist, sind die beiden noch lange keine gute Idee. Manche Leute sollten einfach besser die Finger voneinander lassen. Sogar im Film.«

Sie sah ihn mit großen Augen an. »Dafür, dass du bloß einen guten Film drehen willst, hast du dir aber ganz schön viele Gedanken über die echten Leute gemacht.«

Genervt fuhr er sich mit beiden Händen in die Haare, und für einen Moment überlegte sie, wie sich das wohl anfühlen mochte. Durch seine dichten, windzerzausten Haare zu fahren. Ihre Fingerspitzen kribbelten, doch seine kühle Stimme holte sie zurück in die Wirklichkeit, die gerade kein bisschen orange war. »Ich hätte nicht herkommen sollen.«

Er sprang von der Bank auf und ließ sie buchstäblich sitzen. Ohne sich umzusehen, lief er den Weg entlang, der sie damals immer zu ihm geführt hatte. Zu dem weißen Haus mit dem magischen Keller, den es nicht mehr gab.

Wehmütig blickte sie ihm hinterher. *Ich hätte nicht herkommen sollen.* Worauf bezog sich das? Auf diese Bank? Oder auf die Insel? Irgendetwas sagte ihr, dass er mehr gemeint hatte. Das Hier im Allgemeinen. All die störenden Menschen, bei denen er nicht einfach der berühmte Regisseur sein konnte, der einen guten Film drehen wollte. All die Orte seiner Jugend, an denen hinter jeder Ecke die Realität lauerte, mit ihren Hoffnungen und Erwartungen. Mit ihren Rahmenhandlungen und Lucindas. Oje. Logan bereute das Filmprojekt. Er wünschte sich weit fort von hier, in die Traumfabrik, zu den Profis, die Träume fabrizierten wie Dosensuppe. Zum Auslöffeln und Sattfühlen. Träume nach Art der aufwendigen Thriller, die er zuletzt so oft gedreht hatte und die kein bisschen lebensverändernd waren.

26. Januar

HARRY UND SALLY
Drehbuch: Nora Ephron
Regie: Rob Reiner

Ich nenne die Drehbuchautoren immer zuerst und dann erst den Regisseur. Weil die Geschichte ohne den Film existieren kann, aber der Film nicht ohne die Geschichte. Außerdem tun mir die Autoren leid. Sie verdienen schlecht, werden kaum beachtet und müssen ihre Story komplett umschreiben, wenn sie dem Produzenten oder dem nörgeligen Testpublikum nicht gefällt. Logan dagegen behauptet felsenfest, die Autoren in meinem Tagebuch wären im Zweifel steinreich, hätten jede Menge Preise gewonnen und würden ihre Geschichten nur gegen Schmerzensgeld ändern. Und wenn schon. Sie haben es verdient! Schließlich war es nicht Rob Reiner, sondern Nora Ephron, die sich gefragt hat: Können Männer und Frauen Freunde sein?

Ein ganz klares Nein, findet Harry. Weil Männer auf alles draufspringen wollen, was nicht bei drei auf den Bäumen ist. Trotzdem werden er und Sally Freunde. Also, erst nachdem er Traubenkerne gegen ihre Autoscheibe gespuckt und sie ihn zehn Jahre lang gehasst hat. Aber danach funktioniert es einwandfrei.

Logan sieht das mal wieder ganz anders. Die Sache zwischen Harry und Sally sei keine Freundschaft, sondern ein jahrelanges Vorspiel gewesen. Weil Männer und Frauen nun einmal keine Freunde sein könnten. Ich habe ihn gefragt, ob unsere Freundschaft in Wahrheit auch nur ein Vorspiel wäre. Da ist er sauer geworden. Ich wäre ein Mädchen und keine Frau. Ich weiß, danach hätte ich Ruhe geben sollen, aber ich konnte es nicht.

Ich: »Und was passiert, wenn ich eine Frau bin?«
Er: »Wir hören auf, Freunde zu sein.«
Ich: »Weil du dann auf mich draufspringen willst?«
Er hat sich die Haare gerauft, doch dann hat er genickt.
Daraufhin ich: »Und wann bin ich in deinen Augen eine Frau?«
Er, wie aus der Pistole geschossen: »Wenn du achtzehn bist.«

Ich muss gestehen, liebes Tagebuch, dass mir ein Stein vom Herzen gefallen ist. Wir können noch drei Jahre lang befreundet bleiben, obwohl ich mich in seiner Nähe total geschlechtsreif fühle. Praktischerweise scheint es nicht darauf anzukommen, ob ich auf ihn draufspringen will. Warum auch? Ich kann trotzdem seine Freundin sein. Frauen können ja zwei Dinge gleichzeitig tun – oder sein. In mei-

nem Fall sogar drei: Frau, Freundin und Glückspenny. Wie ich das mit dem Glück anstellen soll, weiß ich allerdings noch nicht. Egal, mir wird schon was einfallen.

PS: Er will auf mich draufspringen, wenn ich achtzehn bin? Gut zu wissen.

5

Hailey zog hastig den Ersatzschlüssel zur Töpferei aus ihrer Umhängetasche. Es regnete, und außerdem war sie spät dran. Zumeist war sie diejenige, die auf die Mädels warten musste, aber heute war ihr die Moorwanderung in die Quere gekommen.

Lucinda und die drei Ladys hatten am Vormittag nach dem Besuch des Gartens einstimmig beschlossen, den Färberkurs zu vertagen. Sie wollten in die Natur, und zwar mit ihrer Kursleiterin. Unbedachterweise hatte Hailey ihnen daraufhin eine Wanderung zum nahe gelegenen Speinne Mòr vorgeschlagen. Zu spät war ihr eingefallen, dass die morastigen, steilen Trampelpfade für Edith eine Herausforderung darstellen würden. Als ihr Verstand sich endlich eingeschaltet hatte, waren die Ladys längst Feuer und Flamme gewesen. Sie freuten sich darauf, von der Anhöhe aus die drei kleinen Mishnish Lochs zu bewundern, die wie silberne Perlen einer Kette im Hellgrün des Frühsommers dalagen. Und sie wollten auf dem Bergrücken des Speinne Mòr zwischen Farnen und moosbewachsenen Felsen stehen und auf den einsamen Loch Frisa hinabblicken, während in der Ferne der karge Ben More wie eine Pyramide in den Himmel ragte.

Nachdem sie wie ein Reiseprospekt dahergeredet hatte, gab es kein Zurück mehr. Nicht einmal der Wind mit seinen Regenwolken hatte Lucinda und das schwatzende Trio von der Wanderung abhalten können. Die gute Nachricht war: Edith hatte sich nicht auf den glitschigen Felsen die Hüfte gebrochen. Aber der Ausflug hatte statt der üblichen drei Stunden fast die doppelte Zeit in Anspruch genommen, und auf dem Rückweg hatte der Regen sie eingeholt. Edith hatte sich bei ihr untergehakt, sodass Hailey die meiste Zeit neben den schmalen Pfaden durchs sumpfige Gras gestapft war. Lucinda indessen war eine gute halbe Stunde vor ihnen wieder am Parkplatz angelangt. Sie hatte sich durch das Fenster des Mietwagens überschwänglich bei Hailey bedankt. Langsames Tempo und Regen wären so gar nicht ihr Ding. Hailey hatte unwillkürlich an Logans Worte denken müssen: *Eine Diva kann ich am Set nicht gebrauchen.*

Allerdings sehnte sie sich jetzt auch nach einem trockenen, warmen Ort. Sie schloss die Tür zu Kirstys Töpferei auf und huschte durch den leeren Laden hindurch zur Seitentür, vorbei an dem Tisch mit Maisies erstaunlich filigranen japanischen Trinkschalen.

Im Treppenhaus angekommen, schlüpfte sie aus ihren Wanderschuhen und hängte die tropfende Öljacke an einen der fünf bronzenen Garderobenhaken, von denen vier bereits besetzt waren. Bevor sie sich der nahezu senkrechten Holztreppe zuwandte, die zum Showroom und zu der gemütlichen Wohnküche im ersten Stock führte, zog sie Ediths Geldbündel aus ihrer Jackentasche. Sie hatte es nicht annehmen wollen, und da hatte die alte Dame es ihr einfach in die Tasche gestopft. Sie zählte die Scheine. *Zweihundert Pfund?* Oh Mann. Sie würde ein Hühnchen mit Edith rupfen müssen, wenn sie morgen den Färberkurs nachholten.

Mit dem Geld in der Faust stieg sie die knarzenden Stufen

hinauf, immer der Nase nach. Es duftete nach Aidans Scotch Pie, und wie es aussah, kam sie gerade rechtzeitig. Als sie den Kopf durch die Küchentür steckte, war Kirsty gerade dabei, die begehrten Fleischpasteten unters Volk zu bringen. Die rote Keramikschüssel mit dem Radieschensalat und den Gartenkräutern stand wie immer unbeachtet im Abseits. Cailin, Liv und Maisie hockten in Reih und Glied auf der Küchenbank und hatten nur Augen für das heiße Ofenblech, das Kirsty auf dem Tisch abstellte.

Unwillkürlich musste Hailey lächeln. Dort war er, ihr Clan. In voller Aktion. Seit Kirsty hier wohnte, hatte Dees alter Küchentisch nichts zu lachen. Wahrscheinlich würde er von dem Ofenblech eine dunkle Brandwunde davontragen. Doch Kirsty schob sich zufrieden mit dem Topfhandschuh ihre zerzausten Locken aus dem Gesicht und strahlte die Mädels so stolz an, als wäre das Aufwärmen von Aidans Pasteten eine kulinarische Meisterleistung. Inzwischen beschwerte Aidan sich nicht mehr darüber, dass seine Vorräte verschwunden waren, wenn er spätabends aus seinem Pub nach Hause kam. Kirstys Küche war nun einmal das Hauptquartier von fünf hungrigen Wölfinnen. Und es war bestimmt kein Zufall, dass sich zwischen die Fleischpasteten auf Kirstys Blech ein paar Spinat-Quiches geschmuggelt hatten – Aidan wusste natürlich, dass Maisie keine Tiere aß.

Vielleicht lag es an Aidans Vorräten, dass Dees alter Küchentisch mittlerweile der Dreh- und Angelpunkt ihres sozialen Lebens war. Zudem befand sich die Töpferei mitten im Sandwich zwischen Cailins Glasbläserladen und der blauen Boutique, also im Zentrum des Geschehens. Belustigt musterte Hailey ihre Gastgeberin, die vor lauter Eifer nun schon zum zweiten Mal den Pfannenwender scheppernd zu Boden fallen ließ.

Nein, es lag weder am Essen noch am Ort. Diese chaotische Frau in Topfhandschuhen war der Grund, weshalb sie hier fast jeden Abend zusammenkamen, um herumzualbern und sich ihre Neuigkeiten zu erzählen. Irgendwie kreisten alle um Kirsty, ohne dass sie es wusste oder gar wollte. Dafür war sie viel zu sehr mit ihren tausend Ideen beschäftigt, die sie und ihr Zauberlehrling Maisie in außergewöhnlichen Skulpturen aus Ton zum Leben erweckten.

Doch jetzt war Kirsty voll und ganz damit beschäftigt, ihr Wolfsrudel zu füttern. Wie üblich wedelten Cailin und Maisie mit ihren Tellern um die Wette, während Liv sich dezent im Hintergrund hielt. Maisies lange Affenarme gewannen gegen Cailins Ellbogen, und Cailin schnitt eine Grimasse, die Hailey ein wenig an Lucinda erinnerte. An Teenager im Allgemeinen. Dank der frechen Fratze und den unzähligen weißen Farbsprenkeln, die aus unerfindlichem Grund Cailins Stirn und die kurzen blonden Haare bedeckten, war es schwer zu glauben, dass sie doppelt so alt war wie die triumphierende Achtzehnjährige zu ihrer Rechten.

Hailey entfuhr ein leises Seufzen, als ihr Blick an ihrer Cousine hängen blieb. Sogar mit Spinat-Quiche in jeder Backe war Maisie eine wahre Augenweide – die Jungs und Mädels in London würden sich im Herbst der Reihe nach schockverlieben. Wahrscheinlich würden in Mayfair übergroße Holzfällerhemden, ausgelatschte Turnschuhe und Pferdeschwanz in Mode kommen, weil jede Frau so aussehen wollte wie dieses katzenäugige Mädchen, das keinen blassen Schimmer von ihrer Wirkung auf andere hatte.

Endlich bewegte sich Kirstys Pfannenwender auch in Livs Richtung. Neben den beiden anderen hatte sie weder in puncto Pasteten noch optisch eine Chance. Sie wirkte wie immer ein wenig kränklich mit ihren blassen, schmalen Wangen und den tief liegenden, beinahe schwarzen Augen, die ihren Freundinnen in die Seele blicken konnten. Livs Augen bewogen Hailey häufig dazu, für die Bande den Clown zu spielen. Sie liebte es, wenn sie Liv mit einem beiläufigen Grunzen dazu brachte, ihre Ernsthaftigkeit über Bord zu werfen und wie eine Verrückte loszukichern. Diese ausgelassene, rotwangige Version ihrer sonst so scheuen Freundin war das Gegenteil von Stille – der ultimative Trost.

Hailey bezweifelte jedoch, dass sie Liv oder irgendwen anderes heute Abend zum Lachen bringen würde. Dieser Tag hatte sich wie eine Woche angefühlt mit Lucindas missglücktem Casting, Logans Drehbuchbeichte und dem Schneckenmarsch durchs verregnete Moor. Sie konnte sich nicht erinnern, wann sie sich zuletzt so erschöpft gefühlt hatte wie heute. Dennoch würde sie gleich mit Cailin ein ausgewachsenes Huhn rupfen müssen. Damit sie endlich wieder aufhören konnte, auf ihre beste Freundin sauer zu sein. Denn dieser Zustand war ihr so fremd, dass sie regelrecht Heimweh nach sich selbst bekam.

Sie schob die Tür weiter auf und erkundigte sich unvermittelt: »Cailin, woher kommen diese weißen Flecken auf deiner Stirn?«

Ihre Freundin blickte von dem dampfenden Scotch Pie auf, und für den Bruchteil einer Sekunde erkannte Hailey es wieder, das schuldbewusste Gesicht von gestern Abend. Immerhin hatte sie offenbar ein schlechtes Gewissen wegen Lucinda. Oder wegen Logan und der Magenverstimmung.

Cailin wischte sich – ohne Erfolg – mit dem Handrücken über ihre besprenkelte Stirn. »Ian und ich renovieren.«

Hailey hob die Augenbrauen. Ach so. Das erklärte, weshalb sie sich heute Morgen nicht im Gartenhaus versteckt hatte. Die

Arztpraxis ging vor. Ian hatte das ziemlich verwahrloste Haus im letzten Jahr von Doc Munro übernommen und sanierte die schäbigen Räume in Zeitlupe, um die Gefühle seiner älteren Patientinnen nicht zu verletzen. Als er vor einiger Zeit die muffigen Gardinen im Wartezimmer durch Jalousien ersetzt hatte, waren Sandy Elliot, Martha Hancock und ihre Clique beinahe in den Sitzstreik getreten.

Sie sank gegenüber ihrer mampfenden Cousine auf einen Stuhl und streckte ihre müden Beine unter dem Tisch aus, während die hochmotivierte Küchenfee zwei Fleischpasteten auf ihren Teller warf.

»Du bist aber spät dran heute.« Kirstys Blick fiel auf das Geldbündel in ihrer Hand. »Was ist das?«

»Schmerzensgeld«, antwortete sie und sah vorwurfsvoll zu Cailin, die ungewohnt eifrig einen Berg Vitamine auf ihren Teller schaufelte und dabei fast in die rote Salatschüssel hineinkroch. Sie musterte ihre Freundin erstaunt. Dieses ausweichende Verhalten sah ihr gar nicht ähnlich.

»Sie hat die Rolle übrigens nicht bekommen«, fügte sie mit einem Achselzucken hinzu.

Abrupt blickte Cailin von den Radieschen auf. »Was?«

»Wer?«, wollte Kirsty wissen und ließ sich auf dem Stuhl am Kopfende nieder.

»Lucinda Talbot aus Birmingham, Cailins Wunschbesetzung für die Rolle der patzigen Ella-Mae. Sie hat heute meinen Kurs sabotiert, um Logan zu beeindrucken.«

»Ich verstehe kein Wort«, warf Liv ein, und Kirsty fragte verblüfft: »Logan ist schon hier?«

Sie nickte. »Cailin hat ihn gestern trotz ihrer höllischen Magenschmerzen von der Fähre abgeholt.«

Unversehens leuchtete Cailins Gesicht auf. »Bist du sauer?«

Völlig unbeeindruckt von dem mörderischen Blick, den Hailey ihr zuwarf, erkundigte sie sich: »Was stört dich am meisten? Dass ich Lucy in deinen Kurs gelotst habe oder dass ich dich gestern nicht zur Fähre mitgenommen habe?«

»Dass du mich belogen hast«, murrte Hailey und fühlte sich eigenartig. War das Wut? Wann war sie das letzte Mal so richtig wütend gewesen? Vermutlich im letzten August, als sie irrtümlich geglaubt hatte, Ian würde ihr Cailin wegnehmen. Das Gefühl passte nicht zu ihr. Es fühlte sich an wie ... Jeans. Die passten auch nicht zu ihr.

»Nein, warte«, korrigierte sie sich, »dass es dich freut, wenn ich wütend bin. Du bist schlimmer als der sadistische Rupert. Ich warne dich, Cailin, es kommen schwere Zeiten auf dich zu. Weil ich in diesem Sommer nämlich unfassbar glücklich sein werde. Logan braucht mich für seinen Film, und ich werde jeden einzelnen Drehtag genießen.«

Sie hielt inne. *Logan braucht mich für seinen Film?* Wo war das denn jetzt hergekommen? Zumal es ganz und gar nicht zutraf. Mit heißen Wangen blickte sie in die verdutzten Gesichter ihrer Freundinnen.

Allein Cailin wirkte nicht erstaunt. »Wie es aussieht, ist wenigstens ein Teil meines Plans aufgegangen«, stellte sie mit zufriedener Miene fest und schob sich einen Pastetenturm in den Mund.

Liv räusperte sich. »Logan möchte dich bei seinem Film dabeihaben? Ich dachte, er redet nicht mit dir.«

»Das dachte ich auch«, murmelte Hailey, »aber heute hat er mich irgendwie –«

Sie brach den Satz ab, doch ihre Freundinnen riefen wie aus einem Mund: »Was?«

»Umarmt.«

Abermals riefen alle vier: »Was?«

»Ist seit letztem Sommer irgendetwas zwischen euch passiert, wovon wir nichts wissen?«, wollte Kirsty wissen.

Bevor Hailey mit einem ratlosen Nein antworten konnte, meinte Cailin: »Ja, klar.«

»Da bin ich jetzt aber mal gespannt«, brummte Hailey.

»Lucy ist passiert«, erläuterte sie unbekümmert. »Wenn alles nach Plan gelaufen ist, hat Logan mindestens eine halbe Stunde auf der Bank vor deinem Gartenzaun gesessen und mit angehört, wie dieses Mädchen nach allen Regeln der Kunst auf dir herumgehackt hat. Hätte er dich danach nicht in die Arme genommen, hätte ich sein Herz offiziell für tot erklärt.« Sie grinste. »Lucy ist der perfekte Eisbrecher.«

»Hör auf, sie Lucy zu nennen«, entfuhr es Hailey. »Das klingt, als wäre sie harmlos.«

»Ach, komm.« Cailin lachte. »Als könnte dir so ein kleines Touristenmädchen etwas anhaben. Sie sollte doch bloß ein bisschen Logans Beschützerinstinkt wecken.«

Normalerweise hätte sie mitgelacht. *Schwamm drüber.* Doch heute erschien ihr die ewige gute Miene wie ein Ding der Unmöglichkeit. Sie war sauer und müde und ... sauer. Sie wollte keine Mitleidsumarmung von Logan haben.

»Nun, das hat dieses kleine Touristenmädchen prima hingekriegt«, entgegnete sie tonlos. »So gut, dass er sie sogar über den Tod meiner Mutter aufgeklärt hat.«

Die Mädels tauschten alarmierte Blicke aus, und Cailin ließ langsam ihre Gabel auf den Teller sinken. »Warum um Himmels willen habt ihr über deine Mum geredet?«

»Warum um Himmels willen haben *Logan und du* über meine Mum geredet?«, gab Hailey zurück und spürte erneut diese ungewohnte Wut in sich hochkochen.

Ihre Freundin strich sich mit der Hand über die Schläfe, als wollte sie sich eine Haarsträhne hinters Ohr schieben. Hailey kannte diese Geste. Wenn Cailin sich unwohl fühlte, vergaß sie ihre Kurzhaarfrisur, obgleich ihre blonde Mähne schon seit Jahren Geschichte war.

»Du weißt doch, in meiner heißen Schreibphase habe ich nachts immer bei ihm in New York angerufen und –«

Hailey fiel ihr ins Wort: »Über mich gesprochen?«

»Manchmal.«

»Warum denn?«

»Weil ich manchmal nicht über mich sprechen kann, ohne über dich zu sprechen.« Cailin zögerte, aber dann fügte sie hinzu: »Und wenn ich einmal damit angefangen hatte, war es schwierig aufzuhören.«

»Womit genau?«

»Über dich zu reden.« Cailin strich sich erneut über ihre farbbekleckste Schläfe. »Er hat all diese Fragen gestellt – aber keine Sorge, die meisten davon konnte ich sowieso nicht wirklich beantworten.«

Hailey schluckte. »Was für Fragen?«

»Ach, nur so komisches Zeug ... Warum du nicht erwachsen geworden bist, warum Liv deine Boutique führt, wie zur Hölle du mit der Färberei deinen Lebensunterhalt verdienst, warum du ...« Cailin griff nach ihrer Gabel und schaufelte sich eine Ladung Radieschen in den Mund.

»Oh bitte, Cailin«, stöhnte Maisie, »erzähl weiter.«

»Waaaaum sie kaaa Mmmmm uuuu kaaa Kinner hat«, brachte sie schmatzend und widerwillig hervor und schob einen Berg Pastete hinterher.

»Hä?«, machte Maisie, und Liv übersetzte: »Warum sie keinen Mann und keine Kinder hat.«

Kirsty schüttelte den Kopf. »Ich hätte nicht gedacht, dass Logan Wallace so konservativ ist.«

Cailin nahm einen großen Schluck Wasser und erwiderte: »Ist er nicht. Aber er weiß, was Hailey unter einem Happy End versteht, und er ist davon ausgegangen, dass sie es sich längst geholt hat.«

»Er weiß, was ich unter einem Happy End verstehe?« Hailey schnaubte. »Bestenfalls seit heute – falls er es sich gemerkt hat.«

»Ich würde es auch gern wissen«, warf Maisie ein und fixierte sie erwartungsvoll mit ihren grünen Augen, als wäre dies die spannendste Frage aller Zeiten.

Sie zuckte mit den Schultern. »Na, der Held ertrinkt, und die Heldin darf hundert Jahre alt werden.« Die Mädels lachten auf, doch sie fügte an Cailin gewandt hinzu: »Hauptsache, du hast ihm nicht von dem Glückspenny erzählt.«

»Von dem *Glückspenny?* Wie kannst du das nur von mir denken?«, rief ihre Freundin bestürzt, während die anderen wieder einmal verwirrte Blicke wechselten.

»Hm, lass mich überlegen«, entgegnete Hailey sarkastisch. »Vielleicht, weil du bescheuerte Dinge tust? Zum Beispiel Logan heimlich von der Fähre abholen, eine Möchtegern-Schauspielerin in der Hotellobby rekrutieren und auf mich hetzen oder meine superleckere Hühnersuppe essen, die deinem vollkommen gesunden Magen nicht zusteht, oder –«

»Bitte hör auf damit«, sagte Cailin leise. »Du weißt doch, wie ich es hasse zu lügen. Ich habe es nur getan, damit nicht wieder alles von vorne losgehen würde. Du hättest mich zur Fähre begleitet und wärst ihm wie eine Irre um den Hals gefallen, und er hätte dich wieder links liegen lassen. Ich habe keine Ahnung, weshalb er sich letztes Jahr so abweisend verhalten hat. Aber ich kann mit Sicherheit sagen, dass es nicht zu ihm passt. Du bist die Einzige, die er so behandelt. Und zugleich bist du die Allerletzte, die seine kalte Schulter verdient hat.«

Cailin stocherte in ihrem Essen herum und senkte den Blick, als sie fortfuhr: »Du bist doch der liebste Mensch auf Erden, und ich halte es einfach nicht aus, wenn jemand dich traurig macht. Wenn ich dir ausreden könnte, ihn zu mögen, hätte ich es längst getan.« Sie sah auf. »Aber vielleicht kann ich dafür sorgen, dass ihr wieder Freunde werdet. Lucy war ein Versuch. Ich dachte, mit dem Casting in deinem Garten schlage ich zwei Fliegen mit einer Klappe: Logan würde die Idealbesetzung für Ella-Mae finden, und ihr beide würdet wieder zueinanderfinden. Doch anscheinend ist Lucy total übers Ziel hinausgeschossen. Sonst hätte Logan wohl kaum deine Mum erwähnt. Es ... tut mir leid.«

Hailey stutzte. Eine Entschuldigung von Cailin? Das war neu. Es fühlte sich an wie Jeans. Irgendwie unorganisch. Höchste Zeit, dass alles wieder normal wurde ...

Unversehens beugte Maisie sich über den Tisch und raunte ihr zu: »Womöglich stört es Cailin gar nicht, wenn du den ganzen Sommer lang unfassbar glücklich bist?«

»Meinst du?«, raunte Hailey zurück und spürte, wie sich ein warmes Lächeln auf ihrem Gesicht ausbreitete.

»Meine ich«, bestätigte Maisie todernst.

»Klar stört es mich«, brummte Cailin. »Diese chronische Zufriedenheit gehört in ärztliche Behandlung.«

Hailey verpasste ihr unter dem Tisch einen Tritt. »Du willst mich ja bloß in Ians Praxis locken, damit ich euch beim Renovieren helfe.«

Erneut entdeckte sie diesen merkwürdig schuldbewussten Ausdruck in Cailins Augen. Zu ihrer Erleichterung entgegnete sie nun jedoch in ihrem üblichen herrischen Tonfall: »Hilf mir lieber mit meinem Film. Wie konntest du nur zulassen, dass Logan meine Lucy abblitzen lässt?«

»*Dein* Film, *deine* Lucy.« Sie verdrehte die Augen. »Dein Film ist Logans Film, und deine Lucy ist eine Diva.«

»Sagst du nicht immer, ohne die Geschichte gäbe es keinen Film?«, erwiderte Cailin. »Ich war zuerst da.«

»Ja, und jetzt ist es Zeit, beiseitezutreten und die anderen ihre Arbeit machen zu lassen.« Sie biss sich auf die Zunge. Sie war zu müde für diese Diskussion. Eigentlich wollte sie dieses Gespräch überhaupt nicht führen. Sollte Logan ihr doch beibringen, dass es sein Film war. Und dass er ein gutes Viertel ihres Drehbuchs in die Tonne gekippt hatte.

Zu spät. Cailin musterte sie aus schmalen Augen. »Ihr solltet Freunde werden, nicht Verbündete.«

Ohne nachzudenken, murmelte Hailey: »Männer und Frauen können keine Freunde sein.«

Der Reihe nach ließen die Mädels ihr Besteck klirrend auf die Teller fallen.

»Und was ist mit mir und Hamish?«, wollte Maisie wissen.

»Und mit *mir* und Hamish?«, kam es von Kirsty.

»Und mit mir und Hamish und Aidan?«, stimmte Cailin ein.

»Und mit mir und Hamish und Aidan und Ian?«, rief Liv lachend.

Hailey atmete auf. Themenwechsel geglückt. Sie deutete mit der Gabel auf Maisie. »Glaub mir, das mit dir und Hamish ist keine Freundschaft, sondern ein jahrelanges Vorspiel. Deinetwegen sitzt er sogar im Komitee für eure Abschlussfeier.«

Maisie warf ihr einen entrüsteten Blick zu. »Hamish war vor mir in dem Partykomitee.«

»Jaha, aber nur, weil er wusste, dass du mitmachen würdest.« Bevor ihre Cousine protestieren konnte, zeigte sie mit ihrer Gabel auf den Rest der Bande. »Und kommt mir nicht mit Aidan und Ian. Für Verliebte gelten andere Regeln.«

»Und was ist mit James?«, warf Cailin ein.

Hailey lachte auf. »Dein Schwiegervater in spe?«

»Schwiegervater? Träum weiter«, brummte sie. »Wenn du auf eine Hochzeit wartest, frag Kirsty und Aidan. Kein Mensch darf mich mit so einem spießigen Ring markieren – nicht einmal Ian. Und sein Dad ist und bleibt mein Freund.«

»Ja, weil alles andere igitt wäre. Außerdem ist er unsterblich in Fiona verliebt.«

»Vielleicht ist Logan ja auch unsterblich in jemanden verliebt«, überlegte Maisie. »Dann könnt ihr Freunde sein.«

Hailey schluckte und bemerkte, wie Cailins Blick sich von brummig in mitfühlend verwandelte. Kein Wunder. Diese alte Nervensäge kannte ihr Inneres wie ihre Westentasche. Oder zumindest wie ihr Tagebuch mit der goldenen Aufschrift »BLEIB HUNGRIG«, das sie ihr damals geschenkt hatte. Das ohne Schloss. Vermutlich hatte Cailin sich die Sache mit dem Hunger irgendwie anders vorgestellt. Eine Frau, die etwas auf sich hielt, hungerte nicht nach einem Mann, sondern nach ihren Träumen. Was natürlich voraussetzte, dass man überhaupt welche hatte. Was hatte Cailin noch gleich zu Lucinda gesagt? »Niemand ist so sehr mit sich selbst im Reinen wie Hailey Cameron aus Tobermory.« Aus Cailins Mund war diese Aussage kein Kompliment. Für sie war Zufriedenheit in etwa so erstrebenswert wie eine chronische Erkrankung.

Doch jetzt sprachen ihre mitfühlenden graublauen Augen eine völlig andere Sprache. Sie sahen aus, als wollte sie sofort ein zweites Drehbuch schreiben. Über einen berühmten Regisseur, der sich in eine zufriedene Färberin auf einer abgeschiedenen, verregneten Hebrideninsel verliebte. Er würde sein aufregendes Leben in New York aufgeben, um mit ihr in ihrem blauen Haus auf dem Sofa zu liegen, Popcorn zu futtern und die Filme anderer Regisseure anzuschauen. Seine Karriere wäre zwar nach kurzer Zeit Schnee von gestern, so ganz ohne Hunger. Aber Schwamm drüber. Wenn die Liebe stimmte, war der Rest egal. Es ging doch nichts über ein Happy End.

Haileys Katzenaugen verengten sich, und ihre Gabel richtete sich wie eine Waffe auf ihre verdutzte Freundin. »Denk nicht mal dran, Cailin. Orange ist nicht unsere Farbe. Da verhungere ich lieber.«

6

Das Schweinegehege, das James Lennox im letzten Spätsommer mithilfe von Cailin, Ian und Aidan errichtet hatte, war inzwischen eine kleine Touristenattraktion. Anfangs hatten sie geglaubt, es läge an dem aufwendigen Parcours mit seinen Wassergräben, Schlammsuhlen und Brücken, dem Labyrinth aus Heuballen, dem Hügel mit der Matschrutsche und den beiden riesigen Baumstümpfen, in deren Hohlräumen Obstsalat wuchs. Doch in Wahrheit war Cailins Ferkel Gertie der Touristenmagnet. Mittlerweile war sie zwar ein prächtiges Schwein, aber für die Bewohner von Tobermory würde sie wohl immer Cailins Ferkel bleiben. Jeder kannte Gertie – und umgekehrt. Sie hielt sich zweifellos für einen Menschen. Oder zumindest für einen Hund. Jedenfalls tat sie mit unermüdlichem Eifer Dinge, die eigentlich nicht ins Schweineuniversum gehörten. Für ihre Freunde und Fans ließ sie sich gern auf ihre Schinkenbacken plumpsen, um Pfötchen, ähm, die Klaue zu geben, oder sie stellte sich auf Cailins Geheiß tot, und an besonders guten Tagen apportierte sie Äpfel, ohne sie dabei aufzufressen. (Letzteres geschah nur, wenn Cailin sie zuvor ein bisschen gemästet hatte.)

James hatte für die glückliche Schweinerotte seinen sogenannten Garten – ein weitläufiges, teilweise bewaldetes Gelände hoch oben über der Bucht – geopfert. Den Garten und sein ruhiges Rentnerleben. Die zwölf ehemaligen Ferkel, die Cailin ihm aufgeschwatzt hatte, hielten ihn auf Trab. Ebenso wie die Touristen mit ihren Karotten und Kindern. Doch es gefiel ihm, den Kindern die Geschichte von Gertie, Cailin und Aidans Tante Tibby, der schweineschlachtenden Hexe, zu erzählen.

So wie jetzt gerade. Schmunzelnd lehnte Hailey neben ihm an dem Holzzaun und lauschte seiner lebhaften Erzählung, wie die Ferkel ihrem Schicksal entronnen waren, indem Gertie als wackeres Detektivschwein Cailins Herz erobert hatte. Die beiden kleinen Mädchen, die mit ihren Eltern vor ihnen standen und die Schweine mit Rüben fütterten, waren dankbare Zuhörerinnen. Und Hailey war ihnen dankbar. Aus tiefstem Herzen. Weil sie ihren Freund James, der noch vor einem Jahr der einsamste Mann auf Mull gewesen war, glücklich machten.

Ihr Freund James ... Der zugleich Kirstys und Ians Dad war. Versonnen musterte sie den Mann mit dem markanten Profil und den aufmerksamen Augen. Der Gedanke, mit Cailins oder Livs Vater oder gar Uncle Charlie (Maisies Dad) befreundet zu sein, war völlig abwegig. Doch James war anders. Irgendwie war es unmöglich, ihm eine Rolle zuzuweisen. *Vater. Rentner.* Nein, es funktionierte nicht. Er war einfach nur James, der ständig Fragen stellte und nicht enttäuscht war, wenn er keine Antwort erhielt. Der niemanden belehren wollte und dennoch einmal Lehrer gewesen war. Vermutlich war die Rolle des Lehrers ebenso an ihm abgeprallt wie jedes andere Etikett, und deshalb hatten er und seine Schülerin Fiona damals die Orientierung verloren. Schubladen konnten ja enorm hilfreich sein, wenn es darum ging, sich an Regeln zu halten.

Jedenfalls war James ihr Freund – ganz gleich, ob Männer

und Frauen Freunde sein konnten. Schließlich war die Kategorie »Mann« auch ein Etikett. Bei genauerem Hinsehen war »Freund« die einzige Rolle, die ihm wie angegossen zu passen schien. Herrje, er hatte seiner verrückten Freundin Cailin zuliebe einen Schweine-Zoo gegründet. Es war kaum zu glauben, dass jemand wie James jahrelang völlig isoliert gelebt hatte. Nachdem Fiona damals mit seinem Baby im Bauch die Insel verlassen hatte, war er bekanntermaßen ertrunken. In Sehnsucht und Selbstverachtung. Und irgendwann hatten die anderen Leute auch begonnen, ihn zu verachten. Abgesehen von Dee Boyd hatte zwar niemand in Tobermory von seiner größten Sünde (der Affäre mit Fiona) gewusst, aber die zweitgrößte (der Whisky) hatte locker ausgereicht, um allseits in Ungnade zu fallen. Einen betrunkenen Lehrer wollte niemand haben – erst recht keinen, der am Tag seiner Suspendierung derart ausgetickt war, dass er den besten Freund seines Sohnes mit einer abgebrochenen Bierflasche attackiert hatte.

Nach dem Vorfall mit Aidan hatte James dem Alkohol abgeschworen und sich aufs anonyme Festland zurückgezogen. Dort hatte er zwar wieder als Lehrer arbeiten können, aber im Übrigen hatte er sich von Menschen ferngehalten. Weil er sich als Zumutung für andere empfand. Nur Fiona und seine Tochter konnte sein Herz nicht loslassen. Daher war er vor sechs Jahren nach Mull zurückgekehrt, hatte dieses riesige, entlegene Grundstück gekauft und auf ein Wunder gewartet. Und eines Tages war das Wunder (Kirsty) tatsächlich in sein Leben gestolpert – und mit ihr die vier Mädels, zwölf Ferkel und sogar Ian, der die alkoholfreie Version seines Vaters kaum wiedererkannte. Allein Fiona hielt sich beharrlich fern von ihm.

Hailey runzelte die Stirn. Ein ertrinkender Mann war vermutlich doch nicht das, was sie unter einem Happy End verstand. Ob Logan sie neulich auf der Bank durchschaut hatte? Ob er ahnte, wie schrecklich sie es fand, wenn jemand allein zurückgelassen wurde? Gegen James' Einsamkeit war Leonardo DiCaprios Ende im eiskalten Atlantik geradezu ein Klacks gewesen. Schließlich hatte er es nach ein paar Minuten hinter sich gehabt. James hingegen hatte fast dreißig Jahre lang kein Land gesehen in seinem Eismeer. Und mit dieser hoffnungslosen Perspektive würden Logans Zuschauer das Kino verlassen. Denn anders als James würden sie nie von der rettenden Insel, von Kirsty, ihrem Clan und den Ferkeln erfahren. Wie konnte Logan nur so herzlos sein? Vermutlich wusste er ganz einfach nicht, wie es sich anfühlte, irgendwo allein zurückzubleiben.

Sie beugte sich über den Zaun und kraulte Gertie hinterm Ohr. Das Schwein warf ihr einen erwartungsvollen Blick zu. *Gibst du mir jetzt den Apfel?*

Lächelnd kramte sie das obligatorische Mitbringsel aus ihrer Umhängetasche. Unterdessen drückte James seinen beiden kleinen Zuhörerinnen Karamellbonbons in die Hände und bedankte sich für den Besuch. Hailey sah ihn von der Seite an. Vielleicht war der Geschichtenerzähler mit den aufmerksamen Augen der wahre Touristenmagnet. Jedenfalls war er ihr Magnet. Es verging kaum eine Woche, in der sie nicht bei ihm vorbeischaute, um mit ihm an diesem Zaun zu stehen und zu plaudern, während Gertie die feuchte Steckdosennase gegen ihre Handfläche rieb. James' und Gerties Gegenwart war ein wenig wie Livs Lachen. Der ultimative Trost.

Als die Touristen außer Hörweite waren, fragte sie ihn daher: »Kümmert ihr euch um mich, wenn Maisie nach London gezogen ist?«

Er drückte ihr ebenfalls ein Bonbon in die Hand. »Keine

Sorge, Gertie und ich sind hier – es sei denn, sie beschließt, als Filmschwein Karriere in Hollywood zu machen.«

Sie wickelte das Bonbon aus dem silbernen Papier und steckte es sich in den Mund. »Falls Logan hier auftauchen sollte, musst du Gertie vor ihm verstecken.«

»Zu spät«, erwiderte James mit einem schiefen Lächeln.

Sie folgte seinem Blick und sah zwei Männer, die über die leicht abschüssige Wiese auf sie zukamen. Den einen von ihnen kannte sie nicht. Neben Logan, der eine ausgewaschene graue Jeans und einen schwarzen Pullover trug, wirkte sein Begleiter im grün-gelben Hawaiihemd sehr bunt. Mit seinen knallroten Haaren und dem leicht hopsenden Gang erinnerte er Hailey ein wenig an jemanden ...

Als die beiden bei ihnen angekommen waren, stellte sie verwundert fest, dass der Paradiesvogel alt war. Nun, nicht so alt wie James. Aber bestimmt so um die sechzig. Jedenfalls war seine gelbliche Haut ziemlich zerknittert. Vermutlich vom Rauchen, aber ganz offensichtlich auch vom Lachen. Denn jetzt deutete er mit einem breiten Lächeln auf ihre rot schimmernden Haare, die sie sich über die linke Schulter nach vorn geworfen hatte, und erkundigte sich unvermittelt: »Liebes, woher bekomme ich diesen Farbton?«

»Von meinem Vater«, erwiderte sie mit dem gleichen breiten Lächeln.

»Ist er zufällig Friseur?«

Sie schüttelte bedauernd den Kopf. »Schafbauer.«

Er seufzte. »Zu schade.«

»Das ist Jasper Adams, mein Regieassistent«, warf Logan ein. Er sah nicht sie an, sondern James. »Und das ist –«

»Unser Henry!«, beendete der Mann den Satz.

Er umfasste James' Hand mit beiden Händen und schüttelte

sie genauso heftig, wie Hailey es bei solchen Anlässen zu tun pflegte. Verwundert musterte sie ihn. Einen Regieassistenten hatte sie sich völlig anders vorgestellt. Viel jünger. Mit Brille, Bleistift, Block und ... Impulskontrolle. Der zerknitterte Jasper Adams hingegen hatte offensichtlich scharfe Augen, nichts zu schreiben und keinerlei Kontrolle. Sie spürte, wie sie ihn anstrahlte.

James lächelte ebenfalls. »Im wahren Leben heiße ich übrigens James.«

Jasper hielt inne, aber er ließ seine Hand nicht los. »Verzeihung, das habe ich ganz vergessen.«

»Was? Das wahre Leben?«, fragte Logan spöttisch.

»Genau das«, bestätigte Jasper mit ernster Miene, ohne den Blick von James abzuwenden. »Das muss ich jetzt erst mal verdauen.«

»Was genau?«, erkundigte sich James.

»Ihr Alter«, antwortete Jasper unverblümt.

Als James ihn fragend anblickte, erläuterte er: »In meiner Vorstellung sind Sie so um die vierzig und sehen aus wie Gregory Mailer.«

James lachte laut auf, aber da brummte Logan: »Ich warne dich, Jasper, wenn du so weitermachst, wirst du Fiona nie kennenlernen.«

Endlich ließ sein Assistent James' Hand los. »Wie? Ich darf ihr nicht sagen, dass sie in meinem Kopf achtzehn Jahre alt ist, Kate heißt und aussieht wie Nova Townsend?«

»Wollen Sie damit sagen, Fiona und James werden von *Nova Townsend und Gregory Mailer* gespielt?«, entfuhr es Hailey.

Jaspers humorvolle grüne Augen leuchteten auf. »Ja, meine Liebe, so läuft das, wenn Logan Wallace einen winzig kleinen Low-Budget-Film drehen will und auf irgendwelchen Partys in

Beverly Hills davon schwärmt, zu seinen schottischen Wurzeln zurückzukehren.«

Unwillkürlich machte sie einen Freudensprung. Beinahe hätte sie vor Aufregung ihr Karamellbonbon verschluckt, als sie in die Hände klatschte und »Gut gemacht, Logan!« jubelte.

»Ich war betrunken und hätte die Klappe halten sollen.«

Ihre Augen weiteten sich. »Aber warum denn?«

Logan warf ihr einen gereizten Blick zu. »Zum einen, weil ich authentische Schauspieler aus Schottland haben wollte und keine Stars, die einen auf Highlander oder Outlander machen. Zum anderen ist ein weiterer Blockbuster wirklich nicht das, was ich unter meinen Wurzeln verstehe.«

»Warum hast du denn dann nicht einfach Nein gesagt?«

Er lehnte sich gegen Gerties Zaun und verschränkte die Arme. »Weil man nicht Nein sagt, wenn einer der einflussreichsten Schauspieler Hollywoods und das heißeste Nachwuchstalent begeistert vor einem stehen und mit ihren pinken Cocktails auf das gemeinsame Projekt anstoßen wollen.« Er zögerte kurz, dann ergänzte er: »Außerdem ist dadurch die Finanzierung gesichert.«

Verblüfft sah sie ihn an. Der Logan, den sie kannte, hatte jedem jederzeit ein Nein entgegengeschleudert. Ohne Rücksicht auf Verluste. Deshalb hatte er ja – abgesehen von ihr – keine Freunde gehabt. *Keine Kompromisse.*

»Du hast dich verändert«, meinte sie, ohne nachzudenken.

Was für eine törichte Feststellung. Natürlich hatte er sich verändert. Abweisende Einzelgänger konnten vielleicht als Computernerds oder Atomphysiker Karriere machen. Aber nicht in Hollywood, wo Nova Townsend mit ihrem pinken Cocktail auf das Filmprojekt anstoßen wollte.

Bevor Logan etwas erwidern konnte, erkundigte sich Jasper in einem merkwürdigen, beinahe vorsichtigen Tonfall: »Sie sind doch nicht etwa Cameron?«

Perplex schob sie ihr Bonbon von einer Wange in die andere. »Im wahren Leben heiße ich Hailey.«

James entfuhr ein Lachen. Jasper indessen starrte sie an wie einen Geist. »Das muss ich jetzt auch erst mal verdauen. In meiner Vorstellung bist du eine neunmalkluge Fünfzehnjährige mit Zahnspange. Logan, warum hast du mir nicht gesagt, dass *sie* es ist? Und warum hast du nie erwähnt, dass sie rote Haare hat und Bonbons lutscht und schön ist wie eine Birke im Mondlicht?«

Ihr Blick schoss zu Logan, doch der tötete Jasper gerade mit seinen frostblauen Augen. Sie wollte ihn fragen, warum zum Henker er mit seinem Regieassistenten über sie gesprochen hatte, aber stattdessen hörte sie sich stammeln: »Eine ... eine Birke im Mondlicht?«

Jasper stieß einen übertriebenen Seufzer aus. »Lang und schmal und vornehm blass und traumhaft schön.« Unvermittelt erkundigte er sich: »Was hältst du von *Coda*?«

Sie blinzelte verwirrt. »Meinst du den Film?«

Als er eifrig nickte, antwortete sie: »Der beste Coming-of-Age-Film seit *Call Me by Your Name*.«

Jaspers Katzenaugen leuchteten auf. »Das sehe ich ganz genauso.« Und dann wollte er wissen: »Wie war er früher?«

»Hm?«

»Du meintest, er hätte sich verändert.«

»Oh ... Logan?« Sie blinzelte erneut. »Also, er ...«

»Jasper, es reicht«, fuhr Logan dazwischen. »Du hast deinen Henry ja jetzt gesehen, also lass uns gehen.«

»Ihr seid nur gekommen, um mich zu besichtigen?«, fragte James, der das Gespräch amüsiert verfolgt hatte.

»Ja«, gestand Jasper ohne einen Anflug von Scham. »Ich bin ein furchtbar neugieriger Mensch.«

James lächelte. »Ich auch. Darf ich fragen, wer die Rolle des alten Henry spielt?«

Hailey warf Logan einen alarmierten Blick zu.

»Welcher alte Henry?«, entgegnete Jasper verdutzt.

»Cailin meinte, es gäbe eine Rahmenhandlung.«

Jasper sah seinen Regisseur perplex an.

»Die Rahmenhandlung wurde gestrichen«, murmelte Logan. »Ich habe noch keine Zeit gefunden, um es Cailin zu sagen.«

»Ach so.« James nickte verständnisvoll.

Für einen Augenblick standen sie allesamt stumm da. Nur Gertie und ihre Geschwister unterhielten sich im Hintergrund in ihrer herrlich unkomplizierten Schweinesprache.

Schließlich erkundigte sich James zögerlich: »Ich dachte, der Film sollte *Die Rückkehrer* heißen? Fiona und ich sind erst auf die Insel zurückgekehrt, als Kirsty schon erwachsen war – ergibt der Titel ohne die Rahmenhandlung überhaupt noch Sinn?«

»Der Film wird anders heißen«, sagte Logan unumwunden.

»Ach so.« James legte den Kopf schief. »Wie denn?«

Wie üblich wirkte er weder skeptisch noch enttäuscht. Einfach nur interessiert.

Logan räusperte sich. »*Geliebter Fehler.*«

Erneut senkte sich ein Schweigen über die Gruppe. Alle blickten James mit einer Mischung aus Sorge und Erwartung an, während er gedankenverloren seine Schweine musterte, die längst das Interesse an den Zaungästen verloren hatten und ihren Alltagsgeschäften (Wühlen und Suhlen) nachgingen.

Als die Stille allmählich zu laut wurde, sah James in die Runde und fragte: »Wovon handelt der Film? Also, ich meine, im *Kern*.« Er klang ein wenig verlegen, als er an Jasper gewandt hinzufügte: »Cailin hat mir angeboten, das Drehbuch zu lesen, aber ich konnte mich nicht dazu überwinden. Wissen Sie, der Film war Fionas Idee, und ich kann mich immer noch nicht so recht mit dem Gedanken anfreunden.«

Jasper schenkte ihm ein warmes Lächeln. »Der Film handelt natürlich von der Liebe.«

»Nicht nur«, widersprach Logan. »Er handelt auch von der Einsamkeit.« Er räusperte sich und ergänzte leise: »Wenn die einzige Person, die einen versteht, zu jung ist, um einen zu verstehen.«

Zu ihrem Entsetzen spürte Hailey, wie ihr das Blut in die Wangen schoss. Sie war sicher, die anderen konnten ihren trommelnden Pulsschlag hören. So was Dämliches. Sie sprachen doch bloß über den Film und nicht über ... sie?

»Und was genau kann die junge Kate nicht verstehen?«, wollte James wissen.

Dankbar blickte sie ihn an. Sie hätte niemals gewagt, diese Frage zu stellen. James hingegen klang ein wenig wie ein Englischlehrer, der einfach nur zum Kern der Geschichte vordringen wollte.

Logan zuckte mit den Schultern. »Sie ist zum ersten Mal verliebt und begreift noch nicht, dass Liebe allein nicht glücklich macht. Henry martert sich wegen seiner Familie. Er will nicht dieser Mann sein, der seine Frau mit einer Schülerin betrügt und seine vier Söhne vernachlässigt. Trotzdem kann er sich nicht von Kate fernhalten. Zum ersten Mal seit Jahren ist da jemand, der ihn sieht. Mit dem er lachen kann. Kate erkennt jedoch nicht, wie verliebt er ist. Sie sieht nur sein schlechtes

Gewissen und hält ihre Liebe für tiefer als seine. Nur deshalb kann sie ihn am Ende fortschicken.«

»Verlassen«, korrigierte Jasper.

Logan blinzelte ihn an. »Hm?«

»Kate verlässt ihn.«

»Was habe ich denn gesagt?«

»Fortschicken.« Unversehens richteten sich Jaspers grüne Augen auf Hailey. Er zog seine rot gefärbten buschigen Augenbrauen zusammen und bedachte sie mit einem derart intensiven Blick, dass erneut die Hitze in ihre Wangen stieg. Herrje, hier ging es nicht um sie. Die Freud'schen Versprecher und Metabotschaften waren pure Einbildung. Der neunzehnjährige Logan war nicht in einen zappeligen Quälgeist verliebt gewesen. Sie war bloß ein Mädchen gewesen, und zwar ein besonders nerviges. Davon abgesehen hatte sie ihn damals nicht fortgeschickt. Sie hatte ihm nur geholfen, seinen Weg zu gehen. Nach New York. Und dieser eigenartige Regieassistent wusste wohl kaum, was nicht einmal Logan wusste. Dennoch taxierte er sie mit seinen allwissenden Katzenaugen.

»*Geliebter Fehler*«, hörte sie James wie aus weiter Ferne murmeln. »Der Titel gefällt mir außerordentlich gut.«

Ihr Blick wanderte zu Logan, und sie bemerkte, wie er aufatmete. Er hatte sich tatsächlich verändert. Den Logan von damals hatte die Meinung anderer völlig kaltgelassen. Dieser neue Logan hingegen fuhr sich mit der Hand über sein stoppeliges Kinn und raunte seinem Mitarbeiter, nein, seinem Freund, zu: »Buddy, jetzt brauche ich eine Zigarette.«

Jasper fasste in die Brusttasche des Hawaiihemds und zog eine Zigarettenschachtel hervor, doch James intervenierte ungewohnt streng: »Auf meinem Grundstück wird nicht geraucht. Selbst die Touristen halten sich daran.«

Und jetzt kramte er doch tatsächlich zwei Karamellbonbons aus seiner Hosentasche und drückte sie den beiden überrumpelten Männern in die Hände.

Hailey entfuhr ein heiseres Lachen, gefolgt von einem herzhaften Grunzen, das wie üblich tief aus ihrem Inneren kam. Gertie, die gerade am Zaun herumschnupperte, grunzte freundlich zurück. Da prustete Jasper ebenfalls los, genauso heiser wie sie. Er grunzte nicht, aber er war verdammt nah dran. Sie sah ihn an und vergaß vor Staunen zu lachen. Dieser mutmaßliche Kettenraucher mit den rot gefärbten Haaren, den echten grünen Augen, dem sonnigen Gemüt und dem mürrischen Freund war verdammt nah dran. An ... ihr.

3. Februar

THE BREAKFAST CLUB
Drehbuch und Regie: John Hughes

Die Story ist schnell erzählt, liebes Tagebuch. Fünf grundverschiedene Teenager müssen an einem Samstag gemeinsam in der Schulbibliothek nachsitzen und einen Aufsatz darüber schreiben, wer sie sind. Obwohl der verbiesterte Lehrer es längst zu wissen glaubt: ein beliebtes reiches Mädchen, ein Rebell, ein Sportler, ein Streber und eine Außenseiterin. Was natürlich nicht stimmt. Jeder von ihnen ist viel mehr – und sie haben mehr gemeinsam, als sie geglaubt haben. Ängste, Unsicherheiten, Mut, Sehnsucht. All so was.

Ich höre gerade den Titelsong »Don't You Forget About Me« und frage mich, ob es an den Simple Minds liegt, dass ich den Breakfast Club niemals vergessen könnte. Böse Zungen behaupten, es liegt an »der Rothaarigen«. Aber die schöne Claire ist definitiv nicht der Grund, weshalb der Film bei mir einen Nerv trifft. Allenfalls Allison, die schwarz gekleidete Außenseiterin mit dem düsteren Blick. Allison ist die Einzige, die nichts ausgefressen hat. Sie ist nur dort, um nicht allein zu sein. Dass sie das den anderen gesteht, finde ich unfassbar mutig.

»Glaub mir, du bist nicht Allison, sondern Claire«, hat Logan gemeint, als ich ihm vorhin das Video zurückgebracht habe. Ich bin sauer geworden und habe ihm gesagt, dass er nichts, aber auch wirklich gar nichts verstanden hat. Weil ich nämlich Allison UND Claire sein kann. Und natürlich John Bender, der Rebell. Denn niemand ist nur eine Person. Dieser Gedanke ist so tröstlich, finde ich. Wenn jeder etwas vom anderen in sich trägt, besteht zumindest die Chance, dass wir einander verstehen. »Oder dass du an einer multiplen Persönlichkeitsstörung leidest«, hat der Idiot gebrummt.

In Wahrheit liebt er den Film genauso sehr wie ich. Sonst würde er wohl kaum so ziemlich alles über John Bender wissen. Dass der Schauspieler Judd Nelson damals beinahe gefeuert wurde, weil er in den Drehpausen der Rebell geblieben ist (Method Acting). Und dass der Comicautor Matt Groening seinen Bender aus »Futurama« nach genau diesem Rebellen benannt hat. (Wenn es um »Die Simpsons« & Co. geht, ist Logan ein wandelndes Lexikon.)

»Warum lieben wir den Film so?«, habe ich ihn gefragt.
Er hat gleichgültig mit den Schultern gezuckt.
*Aber das mit der Liebe hat er nicht geleugnet. Und als ich
schon halb zur Tür heraus war, hat er gebrummt: »Perfektes Casting.«*

Als Hailey die blaue Metalltür zur Turnhalle aufstieß, schlug ihr lautes Stimmengewirr entgegen. Bevor sie die Menschenmenge, den Würstchen- und den Waffelstand, das Bierfass, die Dudelsackbläser in schwarz-grünen Kilts, das Bällebad für die Kleinen und den Tisch mit dem Plakat »Rettet die Wale« verarbeiten konnte, griff jemand nach ihrem Arm. Es war Jasper. Genau wie die drei anderen Crewmitglieder stand er mit dem Rücken zur Wand, und zwar in jeder Hinsicht. Die zappelige Aufnahmeleiterin Juliet kaute nervös an den Fingernägeln, während Laurel, die Castingdirektorin, reglos an der Sprossenwand lehnte und die fünf Jungs mit den Dudelsäcken durch ihre dicken Brillengläser anstarrte. Ihre Assistentin Holly hielt sich die Hände vors Gesicht. Sie spähte nur durch einen Spalt zwischen Zeige- und Mittelfinger auf die schwatzenden und mampfenden Menschen.

»Sie stehen unter Schock«, raunte Jasper in Haileys Ohr. »Jemand muss vergessen haben, die Halle abzuschließen. Als die Leute heute Morgen die Bühne aufgebaut haben, war noch alles in bester Ordnung.«

Hailey deutete auf Phil Hancock, der neben seiner Frau Dana hinter dem Waffeleisen stand und gut gelaunt mit der Puderzuckermühle herumwedelte. »Vermutlich steckt Rektor Phil dahinter. Wo ist Logan?«

»Auf der Suche nach dem Hausmeister und dem Mikrofon, um jeden wegzuschicken, der über zwanzig Jahre ist.« Er sah zum Bällebad und fügte seufzend hinzu: »Oder unter fünf.«

»Lass mich mal machen«, erwiderte sie kurz entschlossen und ließ Jasper mit der verstörten Crew zurück, um auf den Waffelstand zuzusteuern, vor dem sich eine lange Schlange gebildet hatte. (Danas Waffeln waren nie ganz durch und entsprechend beliebt.)

Sofort entdeckte sie Kirsty und Maisie, die sich gerade zwei Pappteller von einem Stapel nahmen. Als die beiden sie ebenfalls bemerkten, winkten sie ihr fröhlich zu, doch Hailey rauschte an der Schlange vorbei und baute sich breitbeinig vor dem Rektor in der schwarz-grün karierten Kochschürze auf.

»Phil, was soll das?«

Erstaunt sah er sie an. »Hallo, Hailey – du musst dich hinten anstellen.«

»Ich will nichts essen.« Aufgebracht zeigte sie auf die Dudelsackspieler, die im Gänsemarsch die Treppe zur Bühne erklommen. »Hier sollte jetzt ein Casting stattfinden und kein ... kein Volksfest.«

Verlegen schob Phil die randlose Brille auf seiner Nase zurecht. »Wir fanden, ein kleines Fest, auf dem die jungen Schauspieltalente Kraft tanken können, wäre eine gute Idee. Eigentlich sollte es draußen vor der Tür stattfinden, doch dieser Platzregen –«

»Es regnet seit Tagen!«, rief Hailey entrüstet.

»Eben!«, kam es von Dana, die mit ihrer Schöpfkelle bewaffnet war. »Kein Mensch will nasse Waffeln essen.«

»Kein Mensch braucht Waffeln bei einem Casting!«

»Doch! Wir!«, krakeelte Maisie lachend aus der Schlange.

Sie ignorierte ihre verfressene Cousine. »Phil, gib mir das Mikro. Ich weiß, dass du es hast.«

»Also wirklich, Hailey«, meinte Dana vorwurfsvoll, »wo sind denn deine Manieren geblieben? Du verbringst zu viel Zeit mit Cailin Buchanan.«

Hailey runzelte die Stirn. *Cailin*. Guter Hinweis. Ihre resolute Freundin würde keine drei Sekunden benötigen, um den Saal zu räumen. Und zwar ganz ohne Mikro.

Sie wandte sich zu Kirsty um. »Ist Cailin hier?«

Kirsty schüttelte ihren braunen Lockenkopf. »Krank.«

»Schon wieder? Wen holt sie denn diesmal von der Fähre ab? Brad Pitt?«

Maisie gluckste, aber Kirsty antwortete mit ernster Miene: »Ich war dabei, als sie sich vorhin übergeben hat. Wir wollten uns noch schnell einen Backfisch am Pier holen – wir wussten ja nicht, dass es hier Verpflegung geben würde. Jedenfalls musste Cailin auf halbem Weg umkehren, und nun will sie nie wieder Backfisch anrühren, obwohl wir gar keinen gegessen haben.« Sie warf Dana einen hungrigen Blick zu. »Ich brauche jetzt wirklich eine Waffel.«

Dana nickte mütterlich und lud nicht eine, sondern drei Waffeln auf ihren Teller. Währenddessen erkundigte sie sich beiläufig: »Sag mal, Kirsty, wo steckt eigentlich Fiona? Ich hätte gewettet, sie würde dabei sein wollen, wenn ihre Schulklasse gecastet wird.«

»Mum war hier«, bestätigte Kirsty und nahm dankbar den Waffelberg entgegen. »Doch sie hat entsetzt kehrtgemacht, als sie die vielen Menschen gesehen hat.« Sie schenkte Dana ein resigniertes Lächeln. »Wenn es um den Film geht, ist sie wie diese Leute, die gern Fisch essen, aber seine Augen nicht sehen wollen. Die Zuschauer sind ihr sehr willkommen, aber sie sollen meine Mum möglichst nicht anschauen.« Seufzend fügte sie hinzu: »Ich glaube, der Einzige, der sie vielleicht zurückholen kann, ist Logan.«

Hailey seufzte ebenfalls. Offenbar war heute der Wurm drin. Ausgerechnet. Sie hatte die ganze Woche voller Vorfreude dem Casting-Samstag entgegengefiebert. Seit die ersten Mitglieder der Filmcrew am letzten Wochenende auf die Insel gekommen waren, nahmen die Dinge Gestalt an. Was natürlich Unsinn war. Die Dinge hatten längst Gestalt angenommen. Aber nun war ihr neuer Freund Jasper Adams hier und hatte seit Sonntag jeden Abend mit ihr im Pub gehockt und geduldig eine Frage nach der anderen beantwortet. Jasper war ihr Guckloch in die Filmwelt. Und bei genauerem Hinsehen war diese Welt viel weniger glitzernd als erwartet. Bislang hatte sie sich nie wirklich Gedanken darüber gemacht, was vor Drehbeginn alles zu tun war. Unter anderem eine Produktionsfirma auftreiben, das Filmbudget erstellen, die Crew zusammenstellen, Verträge schließen, Castings durchführen, Drehorte finden und das Drehbuch im sogenannten Storyboard in eine Art Comic verwandeln, der die einzelnen Kameraeinstellungen zeigt.

Offensichtlich waren das Finden einer Produktionsfirma und die Finanzierung des Projekts nach Logans Cocktails mit Gregory Mailer und Nova Townsend kein Problem mehr gewesen – trotz ihrer astronomischen Gagen, auf die sie bei dem vermeintlichen Low-Budget-Film keineswegs verzichten wollten. Auch die Schlüsselpositionen in der Crew waren schnell besetzt gewesen, wie sie von Jasper erfahren hatte. Alle wollten mit Logan Wallace zusammenarbeiten, selbst bei einem vergleichsweise kleinen Film wie diesem.

Jasper hatte sie über sein Bier hinweg angegrinst. »Zum

Glück bin ich sein bester Freund. Ich habe so eine Art Dauer-abo auf den Job als Mädchen für alles.«

Sie hatte ihn ungläubig angesehen. Logan hatte einen besten Freund? Und fast noch unwahrscheinlicher: Alle wollten mit ihm zusammenarbeiten? Sie erinnerte sich daran, wie er damals die Doku über seine Abschlussklasse gedreht hatte. *Inselkinder*. Jene Inselkinder – seine Mitschüler – waren heilfroh gewesen, als die letzte Szene des Films im Kasten war. »Er ist ein schlimmerer Tyrann als ich«, hatte Cailin gestöhnt und geschworen, nie wieder vor eine Kamera zu treten. Zumindest nicht vor Logans. Sie hatte Ian sogar dazu überreden wollen, aus der gemeinsamen Biologie-Lerngruppe mit »dem scheiß Perfektionisten« auszutreten, wie sie ihn fortan genannt hatte. Hailey war dabei gewesen, als Ian sich Cailins Aufruf zum Boykott widersetzt hatte. Ihr Zorn war verheerend gewesen, und Hailey war eine Zeit lang nur noch auf Zehenspitzen zum Videokeller geschlichen.

All das hatte sie Logans bestem Freund gestern Abend erzählt, als sie wieder einmal die beiden letzten Gäste im Pub gewesen waren. (Wenn man seinen chronisch zufriedenen Doppelgänger gefunden hatte, wollte man nicht nach Hause gehen. Selbst dann nicht, wenn er das Gespräch tausendmal unterbrach, um draußen eine zu rauchen.)

»*Inselkinder*«, hatte Jasper ein wenig betrunken in sein Bierglas gemurmelt. »Den Titel kannte ich noch nicht.«

Sie hatte gelacht. »Warum auch? Es war bloß ein Schulprojekt.«

»Die einen sagen Schulprojekt –« Abrupt hatte er das Glas an die Lippen gehoben und es in einem Zug ausgetrunken.

»Und was sagen die anderen?«, hatte sie nachgehakt.

Da hatte er ihr mal wieder seinen allwissenden Blick zugeworfen und achselzuckend gemeint: »Der Beginn einer Weltkarriere.«

Wie so oft in letzter Zeit war das Blut in ihre Wangen geschossen. Ihre sonst eher heisere Stimme hatte schrill geklungen, als sie ihn gefragt hatte: »Wie kommst du denn darauf?«

»Na, es war sein Regiedebüt, oder etwa nicht?«

Bevor sie weiter nachbohren konnte, war Jasper von seinem Barhocker gerutscht, hatte bei Aidan ihre Rechnung beglichen und ihr eine Gute Nacht gewünscht. Verwirrt hatte sie ihm hinterhergeblickt. *Regiedebüt.* Wieder so eine Metabotschaft, die keine sein konnte. Jasper Adams konnte es unmöglich wissen. Niemand wusste es. Abgesehen von Cailin und Ian. Doch die hatten geschworen, es keiner Menschenseele zu verraten. Schon gar nicht Logan. Dennoch hatte sein bester Freund diesen Satz gesagt. *Der Beginn einer Weltkarriere ...*

»Ich bin wieder da«, riss eine ungeduldige Stimme sie aus ihren Gedanken.

Hailey stöhnte innerlich. Auch das noch. Lucinda war wieder da. Sie hatte nicht mit ihrer Rückkehr gerechnet, nachdem Edith sich geweigert hatte, den Urlaub um eine Woche zu verlängern. Beide Hotels von Cailins Eltern waren für den Rest des Sommers wegen einer gewissen Filmproduktion komplett ausgebucht, weshalb Lucinda und ihre Großmutter in ein muffiges, aus Ediths Sicht völlig überteuertes Cottage hätten umziehen müssen. Also waren sie wie ursprünglich geplant letzten Samstag abgereist, mit jeder Menge selbst gefärbter Biowolle im Gepäck.

Doch nun stand Lucinda hier, und von ihrer kleinlauten Version, die sich im Garten für den unmöglichen Auftritt entschuldigt hatte, war nichts zu sehen. Mürrisch wie eh und je beschwerte sie sich: »Ich warte schon seit einer Stunde darauf, dass es aufhört. *Wann hört es auf?*«

»Meinst du das Fest?«, fragte Hailey vorsichtshalber. Bei Lucinda konnte man nicht wissen, wo genau der Schuh drückte.

»Was denn sonst?« Sie bedachte Maisies vollgeladenen Waffelteller mit einem vernichtenden Blick. »Ich dachte, hier findet jetzt ein professionelles Hollywood-Casting statt. Ich bin wohl kaum den weiten Weg aus Birmingham hergekommen, um diese Teigpampe zu essen.«

»Ich fürchte, das Hollywood-Casting hat längst stattgefunden, und zwar in Hollywood«, erwiderte Hailey ein wenig mitleidig. »Hier geht es nur noch um die Komparsen für die Schulklasse.«

Genervt hielt Lucinda einen mit bunten Klebezetteln versehenen Papierstapel in die Höhe. »Ella-Mae ist die tragende Nebenrolle.«

Hailey sah sie verblüfft an. »Ist das ein Auszug aus dem Drehbuch? Hat Cailin dir den gegeben?«

Das Mädchen nickte. Sie zog ein triumphierendes Gesicht, als handelte es sich um Backstage-Karten für ein Popkonzert. Oder das Ticket nach Hollywood.

Kirsty und Maisie, die futternd neben ihnen standen, ließen überrascht ihre Waffelteller sinken.

»Dann scheint Cailin dich unbedingt für die Rolle haben zu wollen«, meinte Maisie anerkennend.

Hailey wurde es augenblicklich warm ums Herz. Ihre Cousine und Lucinda waren gleich alt, aber sie hätten nicht unterschiedlicher sein können. Sie warf dem Mädchen mit dem zerrupften Pferdeschwanz und den mit Puderzucker bestäubten Lippen einen zärtlichen Blick zu. Hinter ihrem Waffelberg, in dem Holzfällerhemd und den schlammbespritzten Chucks strahlte Maisie eine unerschütterliche Gelassenheit aus. Die sorgfältig frisierte Kandidatin in Seidenbluse und Bügelfaltenhosen hingegen hatte vermutlich seit gestern nichts mehr gegessen. Tatsächlich sah sie aus, als wollte sie Maisie auffressen, als sie entgegnete: »Jedenfalls will *ich* diese Rolle unbedingt haben – du etwa auch?«

Maisie lächelte sie freundlich an. »Auf keinen Fall. Ich bin nur zum Anfeuern hergekommen.« Sie deutete auf den schlaksigen Jungen, der gerade eine pummelige Zweijährige ins Bällebad setzte. »Mein bester Freund Hamish will bei dem Film mitmachen, und ich passe solange auf seine kleine Schwester auf. Seine Eltern arbeiten viel – also, eigentlich bin ich als Babysitterin hier.«

»Ach, wirklich?« Lucinda warf ihr einen argwöhnischen Blick zu. »Auf mich wirkst du eher wie die Hauptrolle. Gib's zu, du warst in L. A. beim echten Casting, und jetzt stehst du hier selbstzufrieden mit deiner Waffel und deiner Hauptrolle herum und flüsterst gleich Logan Wallace ins Ohr, mit wem du gern drehen würdest.«

»Lucinda, hör auf mit dem Method Acting«, warf Hailey kopfschüttelnd ein, während Maisie lachend in ihre Waffel biss. »Das ist bloß meine Cousine Maisie, die Danas Teigpampe liebt, und außerdem ist die Hauptrolle bereits an Nova Townsend vergeben.«

Lucindas Augen weiteten sich, und selbst Maisie fiel das Lachen aus dem Gesicht.

Hailey biss sich auf die Unterlippe. Niemand hatte sie in Sachen Starbesetzung um Geheimhaltung gebeten, doch ihre unbedachte Bemerkung fühlte sich wie ein Vertrauensbruch an. Genau aus diesem Grund hatte sie in der vergangenen Woche einen großen Bogen um Kirstys Küchentisch gemacht. Man konnte nicht zugleich einem Clan und einer Crew angehören, ohne in tausend Fettnäpfchen zu treten.

Natürlich hatte Logan keinen blassen Schimmer davon, dass sie seiner Filmcrew angehörte. Dafür hätte er sich in letzter Zeit mal im Pub blicken lassen müssen – was nicht der Fall gewesen war. Ganz im Gegensatz zu seinen Leuten. Die lustige Truppe hatte bereits am zweiten feuchtfröhlichen Abend beschlossen, Hailey ehrenhalber ins Team aufzunehmen. Jede Crew brauchte einen einheimischen Anker, fanden sie. Jemanden, der ihnen mitteilte, dass Laurie Ferguson in ihrem Gemischtwarenladen eigens »für Hollywood« eine US-amerikanische Ecke eingerichtet hatte, in der es abgepackten Caesar Salad, Peanut Butter, Donuts, Marshmallows, ach, einfach alles gab, was Laurie für amerikanisch oder ungesund hielt. (De facto stammten die meisten Crewmitglieder aus England, aber davon wollte Laurie nichts wissen.)

Außerdem brauchte jede gute Filmcrew jemanden, der so eng mit dem Inhaber des Pubs befreundet war, dass man nur lange genug an der Bar sitzen bleiben musste, um eine Mitternachtssuppe aufs Haus zu bekommen. Eine allseits beliebte Person, die ungeschoren über den Tresen greifen und Aidans Schüssel mit den hausgemachten Knoblauchcroutons mopsen durfte. Sprich: die fabelhafte Cameron, die auf dieser wolkenverhangenen Insel jeden Tag die Sonne aufgehen ließ. (Das waren Jaspers Worte gewesen, und die anderen hatten mit ihm auf sie angestoßen.)

Hailey hatte ihre neuen Freunde vorsichtig darauf hingewiesen, dass Logan aller Wahrscheinlichkeit nach mit ihrer Rolle als Anker ganz und gar nicht einverstanden sein würde. Doch niemand hatte ihr geglaubt. Laurel, die angesäuselte Castingdirektorin, hatte ihren Kopf mit den schwarzen Igelstacheln an Haileys Schulter gelegt und etwas von Birken im Mondlicht gefaselt. Und davon, dass Hailey beim Casting am Samstag auf keinen Fall fehlen durfte. Jemand musste sie doch vor den Kandidaten warnen, die kifften oder bei laufender Kamera in der Nase bohren würden. Und das konnte nun einmal niemand anderes als ihr schottischer Joker.

Zum Glück war Liv nicht im Pub gewesen. Schließlich war Hailey zuallererst *ihr* Joker. Wie gesagt, seit der Ankunft der Crew fühlte sie sich irgendwie untreu. Streng genommen schon seit Lucindas Casting im Garten, als Logan ihr von dem gelöschten Happy End erzählt hatte. Sie hatte gehofft, James würde nach ihrem kleinen Plausch am Schweinegehege in den sauren Apfel beißen und Cailin über das geänderte Drehbuch ins Bild setzen. Doch er hatte es nicht getan. Ebenso wenig wie Logan. Cailin und Ian hatten sich bereits mehrfach darüber beschwert, dass sie ihn nie zu Gesicht bekamen. Anscheinend mied Logan »die echten Menschen«, wie Jasper die Inselbewohner schmunzelnd nannte.

Jasper, die Aufnahmeleiterin Juliet und die Szenenbildner hingegen verbrachten sehr viel Zeit mit Logan an den Drehorten und oben auf dem Hügel in dem weißen Haus seines Onkels, das offenbar zum Hauptquartier umfunktioniert worden war. Der Drehplan wurde finalisiert, die Drehorte mussten besichtigt werden, und bald stand bereits die finale Motivtour an, bei der Logan, Jasper und Juliet mit den Kamera- und Tonleuten, den Beleuchtern und den Szenenbildnern ein letztes Mal sämtliche Schauplätze abklappern würden, um die technische Durchführbarkeit der Einstellungen zu prüfen. Logan war sehr eigen, was diese Produktion anging. Keine Studioszenen und jede Menge Originalschauplätze. Seine Aufnahmeleiterin Juliet war schwer genervt, zumal sie für die Außendrehs schwarzsah wegen des Wetters. Immerhin würden sie eine Vielzahl der Szenen in der Schule drehen, die dank der Sommerferien leer stand.

Logan war nicht nur eigen, was die Produktion anging. Er war an keinem einzigen Abend bei seinem Team in Aidans Pub aufgetaucht. Hailey hatte nichts anderes von ihm erwartet. Das war der Logan, den sie kannte. Der Einzelgänger, der sich in seiner Filmwelt verlor und vermutlich bis spät in die Nacht hinein an seinem Projekt feilte. Aber wie es aussah, waren seine Leute etwas anderes von ihm gewohnt. Wenn man Jasper und Laurel Glauben schenken konnte, war ihr Regisseur normalerweise der reinste Partylöwe. Immer mittendrin, mit tausend Leuten im Gespräch. Sie erkannten ihn nicht wieder. Und sorgten sich um ihn. Anscheinend gehörten seine dunklen Augenringe und der exzessive Kaffee- und Nikotinkonsum auch nicht zum Standardprogramm.

Hailey ließ den Blick durch die Turnhalle schweifen. Noch immer keine Spur von Logan. Vielleicht war dieses spontane Volksfest der Grund, weshalb er verschwunden war. Zu viele echte Menschen ... Ach ja, die echten Menschen. Zwei von ihnen hatten sich offenbar von ihrer Sprachlosigkeit erholt und quiekten nun wie aus einem Mund: »NOVA TOWNSEND!«

Hailey funkelte die beiden böse an und machte: »Pssst!«

Die Mädchen hielten sich die Hand vor den Mund und strahlten einander an. Ganz so, als wären sie Freundinnen. Hailey und Kirsty tauschten ein ziemlich erwachsenes Kopfschütteln aus, aber eigentlich wussten sie es besser. Nichts verband so sehr wie ein gemeinsames Idol.

»Nova Townsend«, flüsterte Maisie ehrfürchtig zwischen ihren Fingern hindurch, und Lucinda nickte wie verrückt.

Maisie ließ die Hand sinken und zwickte in Lucindas Arm.

»Stell dir mal vor, du und Nova zusammen auf einer riesigen Kinoleinwand!«

Da ließ sie ebenfalls die Hand sinken und fragte atemlos: »Kannst du dir das vorstellen?«

»Absolut«, sagte Maisie zuversichtlich. Und dann: »Du, die Rolle holst du dir jetzt.«

Hailey traute ihren Ohren kaum, als Lucinda unsicher bat: »Kommst du mit?«

Maisies unbekümmerte Antwort hingegen war keine Überraschung. »Klar, Lucy.«

Genau wie Cailin benötigte Lucinda kein Mikro, um ein Volksfest zu beenden. Es reichte völlig aus, dass die Dudelsackspieler abrupt aufhörten zu spielen. Sie hatten die Existenz ihrer Instrumente schlagartig vergessen, als Lucinda die Bühne betreten und ihnen den gleichen vernichtenden Blick zugeworfen hatte wie zuvor Danas Waffeln. Als die Musik verstummte, richteten sich unversehens alle Augen auf die Bühne. Selbst die drei Kleinkinder im Bällebad stimmten in die plötzliche Stille ein. Die Jungs mit den Dudelsäcken verkrümelten sich, und nun waren sie nur noch zu dritt: Lucinda, Maisie und Hailey.

Hailey unterdrückte den Impuls, die Augen zu verdrehen. Wie war sie nur auf diese Bühne geraten? Schließlich war Maisie diejenige gewesen, die vollmundig »Klar, Lucy« getönt hatte. Doch gleich darauf hatte sie nach ihrer Hand gegriffen und sie flehend gefragt: »Du kommst doch mit?«

Und Lucinda war plötzlich eingefallen, dass die Szene aus Cailins Drehbuch, die sie für ihr Vorsprechen ausgesucht hatte, drei Personen umfasste: die patzige Ella-Mae, die verliebte Kate und Henrys betrogene Ehefrau Mrs Crawford.

Also stand sie nun hier auf der nackten Bühne zwischen

den beiden Mädchen und verstand zum ersten Mal, warum Kirsty ihr dieses wunderschöne kurzärmlige Wollkleid hatte ausreden wollen. In Kirstys Besitz war es einigermaßen lang und blütenweiß gewesen, aber seit es in ihre Hände geraten war, hatte es sich in ein violettes Minikleid verwandelt. Was nicht etwa daran lag, dass sie es zu heiß gewaschen und eine violette Socke in die Wäsche geworfen hatte. Sie nutzte die ausrangierten Klamotten ihrer Freundinnen häufig für ihre Färbeexperimente, und diesmal hatte sie es mit Schwarzer Johannisbeere probiert. Sie hatte die vorgebeizte Wolle einen kompletten Tag in dem Farbsud ziehen lassen, und das schimmernde Perlviolett, das dabei herausgekommen war, hatte ihr derart gut gefallen, dass das Kleid auf direktem Weg in ihren Schrank gewandert war – ungeachtet der Tatsache, dass es nur das Nötigste (an ihr) bedeckte. Kirsty war nämlich einen guten Kopf kleiner als sie.

Verstohlen zupfte sie an dem Saum, doch es half nichts. Dieses Ding war verdammt kurz. Was mit flachen Schuhen vielleicht nicht weiter aufgefallen wäre. Aber sie hatte ja zur Feier des Tages unbedingt in die roten Lackstiefeletten mit den hohen Absätzen schlüpfen müssen, die weder zum Sommer noch zum Platzregen, dafür aber fabelhaft zu dem Kleid passten. (Rot und Perlviolett waren eine prima Kombination, wenn man sich darauf einließ.) Hoffentlich würde sie in diesem Aufzug nicht Lucinda die Show stehlen. Sie sah es bereits vor sich. Wie das Mädchen das arme Kleid beschimpfen würde. Bestimmt würde früher oder später das Wort »Straßenstrich« fallen.

Sie unterdrückte ein belustigtes Glucksen und sah in die zahlreichen Gesichter der jungen Schauspieltalente, der Lehrer, Eltern und diverser Schaulustiger, die sie erwartungsvoll anblickten. Hamish stand neben dem Bällebad und hielt grinsend zwei Daumen hoch. Logan hingegen war immer noch nirgends zu sehen – nur Jasper mit seinen signalroten Haaren, der sich dicht gefolgt von Laurel, Juliet und Holly den Weg zur Bühne bahnte.

Lucinda reckte ihr kantiges Kinn und richtete den Blick auf die silbernen Girlanden an der gegenüberliegenden Wand der Turnhalle. (Es handelte sich um die Überbleibsel der Party, die Maisies Abschlussklasse letzten Freitag gefeiert hatte.) Mit klarer, erstaunlich fester Stimme teilte sie den Girlanden mit: »Ich bin Lucinda Talbot aus Birmingham und spreche für die Rolle der Ella-Mae vor.«

Laurel entgegnete aus dem Publikum: »Ich bin Laurel Burnett aus Manchester, und ich bestimme, wer hier wann für welche Rolle vorspricht.«

Da schnellte Lucindas Blick aus luftiger Höhe von den Girlanden zur Castingdirektorin hinab. »Haben Sie etwa die Dudelsackband auf die Bühne gebeten?«

»Nein.«

»Und haben Sie dafür gesorgt, dass sie verschwindet?«

»Nein.«

»Dann sind Sie entweder unfähig oder unzuständig.«

Laurel funkelte Lucinda durch ihre dicke Hornbrille an. Bevor sie das Mädchen vom Casting ausschließen konnte, hörte Hailey ihre eigene heisere Stimme sagen: »Das ist bloß Method Acting, Laurel, bitte gib ihr eine Chance.«

Sie wechselten einen vielsagenden Blick, und Lucinda nutzte den Moment, um Hailey den Blätterstapel in die Hand zu drücken, den sie die ganze Zeit mit sich herumgeschleppt hatte. Eifrig raunte sie Maisie und ihr zu: »Nehmt das Skript, ich kann meinen Part auswendig.«

Ohne ihre Reaktion abzuwarten, deutete sie auf Hailey und erklärte dem Publikum: »Das ist Mrs Crawford, und sie sucht verzweifelt nach ihrem Mann Henry. Er ist seit vier Tagen nicht nach Hause gekommen, aber seine Söhne haben ihn in der Schule gesichtet, wo er Englisch und Geografie unterrichtet.«

Sie zeigte mit dem Daumen auf Maisie, die neben ihr stand und aufmerksam zuhörte. »Das ist Henrys Schülerin Kate, mit der er die letzten drei Nächte verbracht hat, und zwar im Raum seiner Abschlussklasse.« Ein Raunen ging durch die Menge, und Lucinda nickte zufrieden. »Es ist genauso, wie Sie jetzt denken.«

Hailey bemerkte, wie die arme Maisie bis in die kastanienbraunen Haarspitzen errötete. Kein Wunder. Die Leute sahen sie an, als hätte sie tatsächlich mit ihrem Lehrer geschlafen. Und Dana Hancocks Augen blitzten so empört, als wollte sie ihre Waffeln zurückhaben.

»Guck nicht so, Dana!«, entfuhr es ihr. »Maisie spielt bloß eine Rolle. Wenn das zu kompliziert für dich ist, musst du deine Waffeln woanders backen.«

Hamish rief »Yo!«, und ein paar Leute kicherten hinter vorgehaltener Hand, doch Lucinda fuhr unbeirrt fort: »Ich bin Kates beste Freundin Ella-Mae. Die letzte Unterrichtsstunde ist längst vorbei, und wir sind allein im Klassenraum, weil ich sie soeben wegen Henry zur Rede gestellt habe. Ich habe seine neongelbe Windjacke und ihren kindischen Eisbärenrucksack im Spind neben der Tür entdeckt, zusammen mit zwei Schlafsäcken und zwei Isomatten. Kate hat alles gestanden, ich bin auf hundertachtzig, und jetzt platzt die ahnungslose Mrs Crawford herein.«

Sie warf Hailey einen auffordernden Blick zu. *Los!*

Hailey hielt sich den Blätterstapel vors Gesicht und las mit eigenartig hölzerner Stimme: »Verzeihung, ihr beiden, habt ihr Mr Crawford gesehen?«

»Sie sind doch Mrs Crawford«, entgegnete Lucinda.

»Das ist richtig.«

»Warum nennen Sie ihn dann Mr Crawford?«

»Das tue ich nicht.«

»Doch, Sie haben es gerade getan.«

»Aber nur, weil ich mit euch rede.« Hailey hatte die Blätter sinken lassen, und prompt waren ihr die Worte viel natürlicher über die Lippen gekommen.

Ella-Mae deutete auf Kate. »Also, sie nennt ihn Henry.«

»Tu ich nicht«, widersprach Kate hastig, ebenfalls ohne Blick ins Skript.

Ihre Freundin lachte auf. »Du sagst *Mr Crawford* zu ihm?«

Kate starrte sie warnend an, und Mrs Crawford blickte gereizt zwischen den Mädchen hin und her. »Nun, es ist mir ziemlich egal, wie ihr euren Lehrer nennt.«

Ella-Mae hob eine Augenbraue. »Vielleicht haben Sie deshalb keine Ahnung, wo er steckt.«

»Wie meinst du das?«, wollte Mrs Crawford wissen.

»Ich weiß auch nie, wo Leute sich aufhalten, die mir egal sind.« Ella-Mae zog ein spöttisches Gesicht. »Meine beiden nervigen Brüder kommen mir zum Beispiel ständig abhanden, und dann zwingt meine Mum mich dazu, sie zu suchen.« Belustigt musterte sie die Frau ihres Lehrers. »Wer hat Sie eigentlich dazu gezwungen, Mr Crawford zu suchen?«

»Du bist sehr respektlos«, erwiderte Mrs Crawford kühl. »Wie heißt du?«

»Warum? Wollen Sie mich dem Rektor melden?«

»Genau das habe ich vor.«

Ella-Mae gab ein rebellisches Lachen von sich. »Und was

wollen Sie ihm sagen? Dass ich mich danach erkundigt habe, wer Sie dazu gezwungen hat, Ihren Mann zu suchen?«

Mrs Crawford taxierte Ella-Mae eine Weile mit ihren grünen Katzenaugen. Schließlich sagte sie leise, so leise, dass es bis in den letzten Winkel der Turnhalle zu hören war: »Mein jüngster Sohn hat mich dazu gezwungen. Er ist fünf Jahre alt und vermisst seinen Vater.«

Aus dem Augenwinkel nahm sie wahr, wie sich abermals alle Blicke auf Maisie richteten, die bislang gerade einmal drei Worte gesagt hatte. Doch ihre Mimik sprach Bände. Die Erwähnung von Henrys jüngstem Kind schien ihr physische Schmerzen zu bereiten. Sie wirkte wie das leibhaftige schlechte Gewissen. Was Mrs Crawford jedoch nicht bemerken durfte. Denn die war tief in ihrem eigenen Tunnel gefangen, wie Hailey nur zu gut wusste. Schließlich hatte sie den gesamten Winter damit zugebracht, der Drehbuchautorin beim Schreiben zuzusehen.

Wie von selbst rollten ihre Hände das Skript zusammen. Sie hob das Papierfernrohr an ihr linkes Auge und richtete es auf die patzige Ella-Mae. »Ich habe dich im Blick, junge Lady.«

Lucindas quadratisches Gesicht füllte den runden Horizont aus und starrte sie durch die Röhre hindurch an. Das Fernrohr war natürlich nicht Teil des Skripts. Genauso wenig wie Lucindas Reaktion. Sie trat einen Schritt auf sie zu und hielt ihr rechtes Auge an das andere Ende der Röhre. Und hier standen sie nun, Aug in Aug, bis Ella-Mae endlich ihren Satz sagte: »Wenn Sie in die falsche Richtung schauen, finden Sie Ihren Mann nie.«

Hailey schluckte. Aus irgendeinem Grund gingen ihr die Worte durch Mark und Bein. Vielleicht lag es an dem kalten Auge am Ende des Tunnels. Oder an der hämischen Stimme.

Keine Frage, Lucinda hatte Bühnenpräsenz. Und Mrs Crawford hatte ... nichts. Nur einen Fünfjährigen, der nach seinem Vater fragte. Sie hatte nicht einmal eine Antwort. Denn die versteckte sich tief in dem dunklen Papiertunnel.

Als sie das Fernrohr wieder auseinanderrollen wollte, meldete sich Kate unvermittelt zu Wort: »Mr Crawford ist im Lehrerzimmer.«

Lucinda fuhr herum und fauchte Maisie an: »Das steht doch gar nicht im Skript!«

Maisie zuckte mit den Schultern. »Es geht mir einfach besser, wenn Mrs Crawford ihren Mann findet.«

Ein paar Zuschauer prusteten los, aber Lucinda rief aufgebracht: »Mir ist völlig egal, wie es dir dabei geht! Die Szene soll doch gerade zeigen, dass sie Henry verloren hat und ihn nicht mehr wiederfindet!«

»Woher soll ich das wissen?«, erwiderte Maisie ungerührt. »Außerdem verstehe ich nicht, warum Ella-Mae so gemein zu der armen Frau ist. Sie hat ihr doch nichts getan.«

Lucinda warf ihr einen fassungslosen Blick zu. »Sie ist zu *jedem* gemein. Und es ist doch sonnenklar, weshalb sie wütend auf Mrs Crawford ist! Wäre Henry seiner Frau nicht egal, würde er nicht mit Kate schlafen. Und zufällig will Ella-Mae nicht, dass ihr kaputter Lehrer das Leben ihrer besten Freundin zerstört.«

Nun war Maisie diejenige, die ein fassungsloses Gesicht machte. »Du gibst allen Ernstes der betrogenen Ehefrau die Schuld an der Affäre?«

»Nicht ich! Ella-Mae!«

»Das klang aber verflixt nach –«

Hailey gab dem Hinterkopf ihrer Cousine einen Klaps mit dem Fernrohr. »Leute, es reicht.«

»In der Tat, es reicht«, sagte eine klangvolle Männerstimme aus dem Publikum. »Ihr verlasst jetzt sofort die Bühne, und zwar alle drei.«

Ablehnung pur, verpackt in feinstem Oxford-Englisch. Der Regisseur war neben seine Castingdirektorin getreten und bedachte sie mit einem kalten Blick. Nicht die Castingdirektorin. Auch nicht die beiden zankenden Mädchen auf der Bühne. Nein, seine frostblauen Augen waren allein auf die rothaarige Frau mit dem Fernrohr gerichtet.

8

Wie sich herausstellte, war Logan weder auf der Jagd nach dem Hausmeister noch nach dem Mikro gewesen. Offenkundig hatte er Fiona gesucht. Und gefunden. *Und* sie davon überzeugt, die Turnhalle trotz all der Augen zu betreten. Nur so ließ sich erklären, dass sie bei Kirsty und den Waffeln wartete, als das Trio die Bühne verließ.

Hailey bemerkte sie sofort, die Modelversion ihrer Freundin. Neben ihrer Mutter, die den gleichen braunen Lockenkopf hatte wie sie, wirkte Kirsty immer ein wenig pausbäckig und kurzbeinig. Ersteres lag an Aidans gutem Essen, aber Letzteres war vor allem auf Fionas lange Statur zurückzuführen. Wenn hier jemand den Titel »Birke im Mondlicht« verdient hatte, dann war es Kirstys grazile, zutiefst modebewusste Mum. Heute trug sie einen dunkelblauen Nadelstreifenanzug, in dem sie noch mehr nach Mailand oder Paris aussah als sonst.

Während Fionas Äußeres konstant makellos daherkam, war ihre Persönlichkeit wie die gute alte Schachtel Pralinen. Bei ihr war von allem etwas dabei – Anhänglichkeit und das scheue Reh, Scharfzüngigkeit und Sprachlosigkeit, kindlicher Übermut und grenzenlose Mutlosigkeit, mütterliche Wärme und Eiseskälte, überbordender Humor ebenso wie die totale Unfähigkeit zu lachen. Aber vor allen Dingen eines: »das Fragezeichen«, wie Cailin Fionas erstaunliche Unsicherheit nannte.

Genau dieses Fragezeichen baumelte jetzt über ihrem Kopf, als Hailey und die beiden Mädchen auf sie zukamen.

Kaum hatten sie den Waffelstand erreicht, meinte Fiona zaghaft: »Logan hielt es für eine gute Idee, dass ich dabei helfe, die Schulklasse auszusuchen?«

Fragend blickte sie Hailey aus ihren schüchternen braunen Augen an, und sie bestätigte unumwunden: »Das war definitiv eine gute Idee.«

»Fiona, du wirst von Nova Townsend gespielt!«, platzte es aus Maisie heraus. Der schroffe Verweis von der Bühne hatte ihre gute Laune nicht trüben können. Was man von Lucinda nicht gerade behaupten konnte. Wie in Trance war sie ihnen durch die Menschenmenge gefolgt. Sie war nicht einmal dazu in der Lage gewesen, Maisies vorlautes Mundwerk oder zumindest die nutzlose Aushilfe in dem eingelaufenen Wollkleid zu verfluchen.

Bei der Erwähnung von Nova Townsend erwachte Lucinda jedoch zum Leben. Ehrfürchtig blinzelte sie Fiona an. »Sind Sie die echte Kate?«

Unversehens löste sich das Fragezeichen über Fionas Kopf in Luft auf, und sie schenkte dem Mädchen ein warmes Lächeln. »Genau die bin ich. Und du, meine Liebe, bist die echte Ella-Mae.«

Lucinda sah sie verblüfft an. »Ich dachte, Ella-Mae wäre erfunden?«

»Eben«, meinte Fiona. »Deshalb bist du ja die echte.«

»Ich glaube, Mr Wallace ist da anderer Meinung.«

»Dann hat Mr Wallace keine Ahnung«, entgegnete Fiona leichthin, und Hailey staunte mal wieder über die Schachtel Pralinen. Hatte diese Frau nicht soeben noch daran gezweifelt, ob sie überhaupt hier sein sollte? Das war offenbar vergessen.

Denn nun fuhr sie voller Zuversicht fort: »Unsere Hailey regelt das für dich.«

»Ich?« Sie blickte Fiona perplex an. »Warum denn ich? Er hat dich doch extra geholt, damit du ihm bei der Auswahl hilfst.«

Prompt erschien wieder das Fragezeichen, diesmal auf Fionas gerunzelter Stirn. Sie deutete auf die vier Crewmitglieder, die sich vor der Bühne um Logan versammelt hatten. »Ich dachte, sie wären deine Freunde?«

Hailey seufzte. Manchmal – ach, eigentlich immer – war es kaum zu glauben, dass Fiona fast fünfzig Jahre alt war. Sie wagte es tatsächlich nicht, sich den Filmleuten zu nähern. Das hatte jedermann mit Augen im Kopf Abend für Abend im Pub beobachten können. Sogar Jasper war aufgefallen, dass die Crew ausnahmslos von Aidan bedient wurde, weil Fiona zufällig immer woanders beschäftigt war. Schuldbewusst hatte er sich bei Hailey erkundigt, ob es an ihm lag. Als sie die beiden am letzten Sonntag einander vorgestellt hatte, war Jasper zwar deutlich charmanter gewesen als am Schweinegehege bei James. Fiona hatte jedoch mit seiner offenherzigen kleinen Bemerkung (»Bitte lass dir von niemandem einreden, ich sei schwul.«) nichts anfangen können. Sie war rot angelaufen und schnell in der Küche verschwunden.

»Hast du nicht gesehen, wie ich gerade von der Bühne geflogen bin?«, entgegnete Hailey. »Logan hat mich angeschaut, als wäre ich die Pest. Ich bin wirklich die Letzte, die ein gutes Wort für Lucinda bei ihm einlegen könnte.«

Fiona verdrehte die Augen. »Und hast *du* nicht gesehen, wie er dich angeschaut hat, als du dir das Fernrohr vors Gesicht gehalten hast?«

»Nein, habe ich nicht.«

Da lachte Kirsty auf. »Ich hab's auch gesehen. Mein altes Kleid scheint ihm ziemlich gut zu gefallen.« Sie grinste Hailey an. »Oder die Frau, die darinsteckt.«

Unwillkürlich sah Hailey quer durch die Halle zu dem Tisch vor der Bühne hinüber, an dem Logan lehnte und in ein Gespräch mit seiner Castingdirektorin vertieft war. Er hatte die Arme verschränkt und beugte sich ein wenig vor. Die Ärmel seines grauen Hemds waren hochgekrempelt, und ihr Blick blieb an den gebräunten Unterarmen hängen, die nach Kalifornien aussahen und nicht zu seinem müden Wintergesicht passten. Genauso wenig wie der Rest von ihm. Trotz der tiefen Schatten unter seinen Augen wirkte er irgendwie ... kraftvoll. Seine Körperhaltung, die entschlossene Art, wie er sich Laurel zuwandte, ließ keinen Zweifel daran, wer dort drüben der Boss war.

Wie üblich erfasste sie das Logan-Flattern. Doch es war anders als sonst. Es beschränkte sich nicht mehr auf die ungefähre Bauchgegend, sondern befiel ihren gesamten Körper. Ihr fünfzehnjähriges Ich hätte vermutlich selig in sein Tagebuch notiert, dass es sich heute ganz besonders geschlechtsreif gefühlt habe. Doch die Hailey von heute ärgerte sich über das Flattern. Es war eine Sache, auf einen knurrigen Künstler abzufahren. Aber dass ihr Puls so heftig auf dieses selbstgefällige Alphatier reagierte, das sie noch vor wenigen Minuten mit diesem kalten Blick taxiert und hochkant von der Bühne geworfen hatte, passte ihr nicht in den Kram.

»CAMERON!«

Sie fuhr zusammen und sah Jasper, der sie über Laurels Kopf hinweg anblickte und mit einem Mikro durch die Luft wedelte. Logan und Laurel waren ebenfalls zusammengezuckt und funkelten ihn entgeistert an, doch er rief unbekümmert erneut in sein Mikro: »MAYDAY! LAUREL BRAUCHT IHREN JOKER!«

Da wandte Laurel sich zu ihr um. Als ihre Blicke sich trafen, nickte ihre neue Freundin unmerklich. Oje, Laurel brauchte tatsächlich ihren Joker. Wie von selbst setzten sich ihre Füße in Bewegung, und Fiona konnte ihr gerade noch hinterherrufen: »Sag ihm, Lucinda oder keine!«

Später im Pub würde sie Jasper fragen, ob sie sich das mit dem Laufsteg bloß eingebildet hatte. Bestimmt würde er sie auslachen. Doch in diesem Moment erschien es ihr, als starrten sie allesamt – Logan, Jasper, Laurel, Juliet und Holly – auf ihre nackten Beine. Wäre das Alphatier nicht unter den Gaffern gewesen, hätte sie vielleicht sogar ein bisschen mit ihnen geflirtet. Eine kleine Pirouette eingebaut, kokett ein Bein angewinkelt, so etwas in der Art. Sollten sie doch gucken. Sie hatte noch nie zu den Leuten gehört, die sich vor Blicken verkriechen wollten. Sogar als Jugendliche hatte sie sich wohlgefühlt in ihrer blassen, sommersprossigen Haut. Zwar legte sie keinen gesteigerten Wert auf Bühnen oder den Mittelpunkt im Allgemeinen, aber mit einem kecken Pfiff oder einem Augenzwinkern kam sie bestens zurecht.

Womit sie allerdings nicht zurechtkam, war Logan. Ihr treuloser Körper mochte von seinem dominanten Auftreten angetörnt sein – doch sie war es nicht. Die Kälte, die sie vorhin auf der Bühne gespürt hatte, erinnerte sie an letzten Sommer. Und sie hatte keine Lust auf dieses Gefühl. Sie machte sich keine Illusionen. Seit der Mitleidsumarmung in ihrem Garten waren sie zum Status quo zurückgekehrt. Er machte wieder einen riesengroßen Bogen um sie. *Freunde?* Keine Chance. Und wer nicht ihr Freund war, sollte auch nicht ihre Beine anstarren. Oder den entrückten Blick über ihre perlvioletten weichen Wollkurven gleiten lassen. Aber am allerwenigsten durfte er blinzeln und ihr in die Augen sehen, als wäre sie sein Anker.

»Hailey, du musst mir helfen«, kam es von Laurel, die auf sie zugestürmt war und sie an der Hand zu dem Tisch zog, an dem Logan immer noch mit verschränkten Armen lehnte.

»Na klar – wobei genau?«

»Er will meine beiden Rohdiamanten wegen dieser unbedeutenden kleinen Disziplinlosigkeit auf der Bühne vom Casting ausschließen«, jammerte Laurel.

»Genau das will er«, bestätigte Logan ungerührt. Weit und breit keine Spur mehr von seinem verlorenen Blick. Vermutlich hatte sie ihn nur geträumt. Eisklötze brauchten bekanntlich nichts und niemanden – abgesehen von Kälte.

Also zeigte sie ihm die kalte Schulter und wandte sich Laurel zu, die sich anscheinend gründlich die Haare gerauft hatte. Jedenfalls standen ihre kurzen schwarzen Igelstacheln in noch mehr Richtungen ab als üblich.

»Und mit Rohdiamanten meinst du –«

»Lucinda Talbot aus Birmingham und das Mädchen mit dem Gesicht natürlich!«, rief ihre Freundin erregt.

Sie konnte sich ein Grinsen nicht verkneifen. »Das Mädchen mit dem Gesicht? Das wird Maisie gefallen.«

»Ich glaube, sie steht nicht auf meiner Liste. Aber sie wird unsere Schülerin Nummer eins, und ich bin sehr dafür, dass wir für sie ein paar Sätze ins Drehbuch schreiben«, erwiderte Laurel mit feierlicher Miene. »Dann besteht eine wirklich gute Chance, dass sie für die großen Produktionen entdeckt wird mit ihrer Wahnsinnsmimik und diesem *Gesicht.*«

Hailey entfuhr ein Lachen. »Ich will dich wirklich nicht enttäuschen, aber ich bezweifle, dass Maisie für so etwas zur Verfügung steht.«

Laurel sah sie verständnislos an. »Wofür?«

Sie zeigte zur Bühne. »Dafür.«

»Aber das sind die Bretter, die die Welt bedeuten!«

»Ich fürchte, Maisies Welt liegt ganz woanders.«

»Das lasse ich nicht gelten.« Vorwurfsvoll blickte Laurel sie durch ihre Brille an. »Hast du nicht versprochen, mein Joker zu sein?«

»Laurel, es reicht«, warf Logan ein. »Das Casting hat noch nicht einmal richtig begonnen, und wir sind schon fast zwei Stunden in Verzug.«

Jasper nickte. »Die Volleyballmannschaft braucht um Punkt sieben Uhr die Halle.«

»Ich wäre längst fertig, wenn du mich meinen Job machen lassen würdest«, zischte die Castingdirektorin in Logans Richtung. »Seit wann mischst du dich überall ein?«

»Seit du die Rollenbesetzung mit Laien besprichst«, entgegnete er mit einem genervten Seitenblick auf Hailey.

»Das sagt der Richtige«, schnaubte Laurel. »Wer hat denn die halbe Insel auf der Suche nach Fiona durchkämmt, um sie dazu zu überreden, mir in mein Casting reinzuquatschen?«

»Ich gehe dann mal besser«, murmelte Hailey und wollte sich von ihnen abwenden, als ihr Fionas Bitte einfiel. »Nur noch eins ...«

Unwillkürlich ging sie einen Schritt auf Logan zu und legte die Fingerspitzen auf seinen Arm. Für einen Moment glaubte sie, er würde ausweichen, aber er stand nur da und sah sie an. *Wie vom Blitz getroffen.* Wirklich? Jedenfalls rührte er sich nicht. Als hielte er den Atem an. Sie verspürte den starken Drang, mit der Handfläche über seinen warmen Unterarm zu streichen. Und die Lücke zu ihm zu schließen, die keine halbe Armlänge betrug und ihr plötzlich endlos erschien. Doch sie tat es nicht.

»Fiona möchte Lucinda für die Rolle der Ella-Mae haben«, hörte sie sich in unangemessen sachlichem Tonfall sagen. Allein das letzte Wort, das sie nun ein wenig atemlos hinzufügte, passte zu dem Drängen in ihrem Inneren: »Unbedingt.«

Geistesabwesend wiederholte er das Wort, das aus seinem Mund noch drängender klang als bei ihr: »Unbedingt.«

»Ich wusste es! Du bist mein Joker!«, jubelte Laurel.

Er blinzelte und zog abrupt den Arm weg. »Schluss damit«, sagte er gereizt. »Jasper, jetzt räum endlich die Halle.«

Gleich darauf ertönte Jaspers Stimme durchs Mikro, die das Fest für beendet erklärte und die Kandidaten für das Casting zur Bühne bat. Die Aufnahmeleiterin Juliet zog einen Laptop und drei Tablets aus einem Rucksack hervor und verteilte sie auf dem Tisch, während Laurels Assistentin Holly davonstürmte, um schnell noch ein paar Waffeln für alle zu besorgen.

Als Hailey sich zum Gehen wandte, hielt Laurel sie am Ellbogen zurück. »Will Maisie wirklich nicht mitmachen?«

Sie seufzte. »Mitmachen vielleicht schon. Aber erwarte nicht zu viel Ehrgeiz von ihr.«

»Warte.« Laurel umklammerte ihren Arm. »Hast du irgendwelche Empfehlungen für die übrigen Komparsen?«

»Klar.« Sie deutete auf den schlaksigen rothaarigen Jungen, der gerade dabei war, mit schmutzigen Tricks das Bällebad zu evakuieren. Gespielt achtlos warf er eine Handvoll glitzernder Schokoladenbonbons über seine Schulter, und die Kleinen hatten es plötzlich sehr eilig, aus ihrem Bällemeer aufzutauchen und an Land zu stolpern.

Hailey grinste. »Darf ich vorstellen? Hamish Kincaid – die perfekte Mischung aus Zuverlässigkeit und Kreativität.«

»Hailey, du hast den Durchblick«, meinte ihre neue Freundin anerkennend. Gleich darauf zog sie einen Schmollmund. »Bitte bleib hier und hilf mir.«

Doch Hailey bemerkte, dass der Regisseur die Stirn in Falten legte. Bevor er ihr erneut seinen frostigen Blick zuwerfen konnte, antwortete sie schnell: »Tut mir leid, aber das sind meine Lieblingsbonbons.«

Ohne Laurels Antwort abzuwarten, hopste sie auf ihren hohen Absätzen davon, auf direktem Weg zu den Kindern mit den Bonbons.

Als sie leichtfüßig die Halle durchquerte, hatte sie wieder das diffuse Gefühl, sich auf einem Laufsteg zu befinden. Sie sah sich nicht um, aber sie spürte seinen Blick, der von ihren Waden über die Kniekehlen zu den Rückseiten ihrer spärlich bedeckten Schenkel wanderte. Alles nur Einbildung – oder? Nun, sie würde sich eher die Zunge abbeißen, als seinen allwissenden besten Freund später im Pub dazu zu befragen.

Später im Pub konnte sie Jasper ohnehin zu nichts befragen. Anders als an den vorangegangenen Abenden saß ihr Doppelgänger nicht neben ihr, sondern am anderen Ende der Bar zwischen Kirsty und Laurel, die munter auf ihn einredeten. Oder vielmehr: brüllten. Liv hockte rechts neben Kirsty und drückte sich hin und wieder verstohlen die Finger gegen die Ohren. Was keineswegs allein an den beiden Brüllaffen lag. Der Pub war noch überlaufener als an anderen Samstagen im Juni. Zu den Touristen, den Stammgästen und der Filmcrew kam heute auch noch die lärmende Abschlussklasse der Tobermory High hinzu. Zwei von Maisies Freunden hatten sich freundlicherweise bereit erklärt, für Aidan Türsteher zu spielen. Es durfte niemand mehr hinein. Doch der Rest der Bande befand sich längst auf der begehrten anderen Seite der grünen Tür und besetzte zwei der Tischnischen, die sich an der linken Wand des Pubs aneinanderreihten.

Hailey lehnte mit ihrem Bier an der rechten Ecke der Bar und sah mit einem schiefen Lächeln zu Maisie und ihren Freunden hinüber. Wie konnten zehn Jugendliche bloß solch einen Lärm veranstalten? Zugegeben, die Crew war auch nicht gerade leise. Doch die Teenager lachten so ausgelassen, als hätte Aidan sie komplett abgefüllt. Was nicht der Fall war. Sie saßen noch beim ersten Bier. Allesamt trunken vor Freude über ihre Teilnahme an dem Logan-Wallace-Film. Aber vor allen Dingen über die Teilnahme von Nova Townsend, die sich bereits wie ein Lauffeuer herumgesprochen hatte. Der Name war in aller Munde. Jede von Maisies Freundinnen wollte – und würde! – sie kennenlernen. Denn die weltbeste Fiona, die mit dem weltberühmten Regisseur und einer Flasche Rotwein an der Bar saß, hatte dafür gesorgt, dass die gesamte Abschlussklasse bei dem Film mitmachen durfte.

Hailey hätte nur zu gern gehört, worüber Logan und Fiona gerade sprachen. Doch es war unmöglich. Sie war von Juliet, Holly und der Szenenbildnerin Vonda umringt, die fröhlich über irgendwelche Leute aus der Filmbranche lästerten. Obgleich sie nicht wirklich zuhörte, blockierten die Ladys ihre Ohren. Die gute Vonda aus Queens, New York City, war mindestens ebenso laut und aufgekratzt wie die frisch gecasteten Schüler. Dasselbe galt für den guten Hamish aus Tobermory, Isle of Mull, der wie jeden Samstag mit Aidan und Ian hinter der Bar stand und Bier zapfte. Heute war Hamish jedoch nicht bei der Sache. Maisie und er würden im Film die Schülerin »Nummer eins« und den Schüler »Nummer eins« verkörpern, was ihn sehr aufzuwühlen schien. Ständig verirrten sich seine Blicke zu der Tischnische, in der Maisie mit ihren Freundinnen saß, und in regelmäßigen Abständen platzte er heraus: »Hey! Mrs One!«

Dann grinste Maisie, hob ihr Bierglas und rief zurück: »Hey! Mr One!«

Jetzt brüllte er gerade: »Maisie! Du und ich, wir gehen zusammen nach Hollywood!«

»Nee! Ich gehe nach London!«, brüllte Maisie zurück, und ihre Freundin Beth schrie hinterher: »Und zwar mit mir!«

Unversehens spürte Hailey einen Stich in der Brust. *London.* Dank Jasper und der Crew hatte ihr der Gedanke an den Herbst für ein paar Tage nichts anhaben können. Doch heute funktionierte der Hollywoodzauber nicht. Vielleicht lag es daran, dass Jasper so weit weg saß. Oder es lag an Logan, der sie wie üblich komplett ignorierte. Für ihn war sie kein Joker und schon gar kein Mitglied seines Filmteams. Zum ersten Mal fühlte sie sich zwischen seinen Leuten fehl am Platz. Wie im falschen Film. Ein Gefühl, das sie seit Ewigkeiten nicht verspürt hatte – genau genommen seit damals nicht mehr, als sie zu ihrer Familie ans Ross of Mull zurückgekehrt war.

Anders als Maisie hatte sie nach dem Ende der Schulzeit nie mit ihren Freunden im Pub sitzen und unbekümmert auf die Zukunft anstoßen können. Obgleich sie sich so sehr auf das magische Dazwischen – die herrlich leere Zeit zwischen der Schule und dem Rest des Lebens – gefreut hatte. Als das Alte vorbei gewesen war und das Neue noch nicht begonnen hatte. Keine Ferien, nein: Freiheit. Oder wie Maisie es letzte Woche nach der Abschlussfeier mit dieser wunderbaren Mischung aus Wehmut und Vorfreude ausgedrückt hatte: »Das wird der Sommer meines Lebens.«

In Haileys Leben hatte es einen solchen Sommer nicht gegeben. Ihr Vater war damals allein zu ihrer Abschlussfeier erschienen und hatte ihr sofort reinen Wein eingeschenkt. Ihre Mutter war an Bauchspeicheldrüsenkrebs erkrankt. Sie hatten es selbst erst kurz zuvor erfahren, doch der Krebs hatte längst Metastasen gebildet. Im Krankenhaus in Glasgow hatte man ihnen erklärt, in diesem fortgeschrittenen Stadium sei in der Regel keine Heilung mehr möglich. *In der Regel.* Die gesamte Familie hatte sich verzweifelt an diese drei Worte geklammert. Und an Hailey.

Nach der Feier war ihr sorgenfreies Leben in dem hellblauen Haus in Tobermory abrupt vorbei gewesen. Sie hatte keine einzige Nacht mehr in ihrem kleinen Zimmer mit Blick auf das Wasser, den Pier und die Segelboote verbringen können. Keinen einzigen Tag mehr bei Erin im Atelier sitzen, ihren starken Kaffee trinken und zum Sound der Nähmaschine die Skizzenblöcke durchblättern dürfen. Denn Edward, Patrick und Davie – ihre drei jüngeren Brüder – brauchten sie. Die beiden Großen gingen zwar bereits auf dem Festland zur Schule, aber ausgerechnet die erste schwere Zeit der Chemotherapie fiel in die Sommerferien. Die Jungs mussten versorgt werden. Ihre Großmutter war gebrechlich, und ihr Vater und Großvater schufteten wie üblich ununterbrochen auf dem Hof. Es blieb nur Hailey. »Nur für den Sommer«, hatte ihr Vater gesagt, aber sie hatte es besser gewusst. Jemand würde sich um ihre Mum und den elfjährigen Davie kümmern müssen. Um den Haushalt, das Essen, Davies Schulaufgaben – aber vor allen Dingen um das Lachen. Jemand musste mit ihnen lachen. Und lachen unter widrigen Umständen konnte nun einmal nur sie.

Während also ihre Mitschüler in den Sommer ihres Lebens aufbrachen, kehrte sie nach Hause zurück. Nur dass es nicht mehr ihr Zuhause war. Tobermory war ihr Zuhause geworden. Und Hailey fühlte sich mies, weil das Heimweh genauso schwer auf ihrer Seele lastete wie die Sorge um ihre Mutter. Anders als ihre Eltern hatte sie kein Problem damit, dass sie nicht wie geplant im Herbst nach Edinburgh gehen würde, um Modedesign zu studieren. Die Zukunft war ihr egal. Was ihr nicht egal war, war die Vergangenheit. Sie sehnte sich nach ihrem unbeschwerten Leben in Tobermory: der Schule, den Filmabenden auf Erins Sofa, den gemütlichen Nachmittagen im Atelier, den vielen Stunden in der blauen Boutique und nebenan in der Töpferei bei Dee Boyd mit ihren bittersüßen Geschichten über ihre geliebte Tochter Fiona, die aus unbekannten Gründen vor vielen Jahren die Insel verlassen hatte und nie mehr zurückgekehrt war.

Hailey war einfach noch nicht reif gewesen für die Zukunft – ganz gleich, ob sie nach Edinburgh führte oder auf den Hof ihrer Eltern. Wenn sie es sich recht überlegte, waren die Jahre nach der Schule die einsamste Zeit ihres Lebens gewesen. Obwohl es ihr nicht an Gesellschaft gemangelt hatte. Ihr Dad hatte die Schafsfarm seines Vaters, Großvaters und Urgroßvaters in den letzten zwanzig Jahren zu einem Öko-Bauernhof mit angeschlossener Spinnerei, Färberei und Weberei umgebaut. Gefühlt jeder zweite Bewohner am Ross of Mull arbeitete für Angus Cameron, und fast jeder von ihnen kannte Hailey seit ihrer Geburt. Alle hatten sich über ihre Rückkehr gefreut – und sie auf freundliche, aber unerbittliche Weise hineingedrängt, in die Zukunft. Genauer: in den Betrieb ihrer Eltern. Wenn sie sich nicht gerade um ihre kranke Mutter, das Essen für die Familie, Davies Rechtschreibschwäche oder sein viel zu seltenes Lachen sorgte, half sie auf dem Hof.

Hin und wieder hatte sie sich mit ihren Großeltern abends einen Film angesehen, aber zumeist war sie erschöpft dabei eingeschlafen. Was nicht weiter schlimm gewesen war. In jener schweren Zeit hatte sie in Filmen ohnehin keine Zuflucht finden können. Erst später war ihr klar geworden, woran das gelegen hatte. In Filmen – egal ob Drama oder Komödie – ging es immer um eines: die Probleme von Menschen. Und davon hatte sie nichts mehr hören oder sehen wollen. Weder von den Problemen noch von den Menschen.

Zum ersten und einzigen Mal im Leben war ihr das Alleinsein willkommen gewesen. Wann immer sie konnte, war sie in die Natur geflohen. Meistens hatte sie sich einen der Hunde geschnappt und war durch das grün-braune Grasmeer zwischen Schafen und Rindern bis zur Küste gestapft, wo das echte Meer mal still, mal tosend auf sie wartete. Dort hatte sie sich auf einen Felsvorsprung gesetzt, um das Gesicht in den salzigen Wind zu halten, zu weinen und mit den Worten der Ärzte zu hadern. *In der Regel.* In der Regel gab es keine Heilung. Alle klammerten sich an die drei Worte in der blinden Hoffnung, dass ihre Mum eine Ausnahme war. Aber wenn sie nun die Regel war? Dann würden genau diese Worte, die Hoffnung versprachen, auf tragische Weise nach hinten losgehen.

Letztlich war Jessica Cameron keine Ausnahme gewesen. Sie war zwei Jahre nach der Diagnose im Alter von fünfundvierzig Jahren gestorben. Und hatte Hailey allein zurückgelassen. Wenn man sich mit jeder Faser nach einer einzigen, für immer verlorenen Person sehnte, waren die anderen Menschen nämlich nicht mehr vorhanden. Ausgenommen Davie natürlich. Er war so vorhanden gewesen wie eh und je. Davie brauchte seine große Schwester, und das machte ihn für sie real. Er entpuppte sich als ihre Rettung. Denn es war einfach unmöglich, jemand anderen zum Lachen zu bringen, ohne an etwas Lustiges zu denken. Und was sich anfangs falsch angefühlt hatte, erwies sich schließlich als richtig. Ohne es zu wissen, hatte ihr kleiner

Bruder dafür gesorgt, dass sie nach und nach zu ihrem natürlichen Gemütszustand (der Zufriedenheit) zurückfand.

Unterdessen war sie für Davie zu der Ausnahme geworden, die ihre Mum nicht hatte sein können: die eine Person, die blieb. Obgleich er mittlerweile mit seinen beiden großen Brüdern die Schule auf dem Festland besuchte, hatte sie zu Hause die Stellung gehalten. Ihr Vater hatte sie bekniet, endlich ihr eigenes Leben zu leben. Aber er hatte Davies erleichtertes Gesicht nicht gesehen, wenn sie ihn freitags von der Fähre abholte. *Sie ist noch da.* Drei weitere Jahre war sie geblieben. Erfreut hatte sie beobachtet, wie ihr Dad sich neu verliebte. (In die quirlige Jill, die seit dem Tod von Haileys Mutter im Hofladen aushalf.) Und wie Davie nach und nach flügge wurde. Irgendwann wollte er die Wochenenden nur noch in Oban, bei seiner Freundin Ally, verbringen. Das Festland hatte ihn verschluckt, wie so viele zuvor. In seinem Fall war Hailey jedoch froh darüber gewesen. Davie hatte begonnen, sein eigenes Leben zu leben. Und sie konnte nach Hause zurückkehren. Zu Erin.

»Bist du krank?«, brüllte eine vertraute, leicht verärgerte Stimme in ihr Ohr. »Warum guckst du so trübe aus der Wäsche?«

Hailey blickte von ihrem Bierglas auf, das sie gedankenverloren zwischen den Handflächen gedreht hatte. Cailin stand vor ihr. Offensichtlich hatten die beiden Türsteher, die Aidan vor dem Pub postiert hatte, nichts gegen sie ausrichten können. Natürlich nicht. Cailin brauchte sich für so etwas nicht einmal in Schale zu werfen. Sie trug wie immer ihre zerschlissenen Latzhosen und Gummistiefel. Samstage, Pubs und Türsteher hatten keinen Einfluss auf ihre Garderobe.

»Bist *du* krank?«, gab Hailey in der gleichen Lautstärke zurück. »Kirsty sagt, du hättest dich vorhin übergeben.«

Cailin machte eine wegwerfende Handbewegung. »Das war der Backfisch!«

Da warf Hailey ihr einen strengen Blick zu und rief über den Lärm hinweg: »Du hast doch gar keinen gegessen!«

Ihre Freundin zog ein unschuldiges Gesicht und tippte sich ans Ohr, als hätte sie nicht verstanden. Mit den kurzen blonden Haaren und den Sommersprossen, die ihre vorwitzige Nase übersäten, wirkte sie dabei wie ein Lausbube, der etwas ausgefressen hatte. Wahrscheinlich würden dank Cailin alle Besucher des Pubs morgen mit einer Magen-Darm-Grippe aufwachen. Trotzdem gelang es Hailey nicht, den strengen Blick beizubehalten. Cailin sah einfach zu niedlich aus, wenn sie log. Und sie war bemitleidenswert schlecht darin.

Jetzt schrie sie: »Alles muss man selber machen!«

Hailey grinste. »Jaha, du musst den Fisch schon selber essen, um dich davon zu übergeben!«

»Ich meine LUCINDA!«

Sie stutzte. Lucinda? Ihr letzter Stand hierzu war Logans »Unbedingt« von heute Mittag. Zugegeben, er war nicht so ganz auf der Höhe gewesen, mit ihrem Wollkleid und allem. Doch nachdem Fiona der gesamten Abschlussklasse eine Rolle in dem Film verschafft hatte, war sie fest davon ausgegangen, dass Lucinda ebenfalls zu den Glücklichen gehörte. Andererseits war sie nirgends zu sehen …

»Weißt du, wo sie steckt?«, rief sie in Cailins Ohr.

Die verdrehte die Augen. »Zu Hause natürlich!«

Bevor sie fragen konnte, ob damit Birmingham oder das überteuerte Cottage gemeint war, hatte Cailin sich bereits von ihr abgewandt. Mühelos schob sie die Szenenbildner wie einen lachenden Vorhang beiseite und steuerte zielstrebig auf Logan zu, der gerade dabei war, Fionas Weinglas nachzufüllen. Gespannt beobachtete Hailey über den Tresen hinweg, wie Cailin dem vermeintlichen Alphatier einen Klaps auf den Hinterkopf gab. Logan verschüttete ein paar Tropfen Rotwein, als er sich verdutzt zu ihr umdrehte. Ihm blieb keine Zeit, Cailin zu begrüßen, denn sie brüllte ihm bereits etwas ins Gesicht. Hailey fiel auf, dass Fiona enthusiastisch nickte. Logan hingegen stellte kopfschüttelnd die Weinflasche ab und verschränkte die Arme.

Was er offenkundig nicht wusste: Verschränkte Arme gehörten nicht zu den Dingen, die Cailin tolerierte (außer bei sich selbst). Sie rüttelte mit einer Hand an seinem Armknoten, während sie mit der anderen hinter sich zur Tür deutete. Dabei verfehlte ihr Zeigefinger nur knapp das linke Auge des frisch eingetroffenen Chefkameramanns Jeff Harris, der mit seinem Assistenten und den Szenenbildnern hinter ihr stand. Logan schüttelte abermals den Kopf. Doch auch Kopfschütteln gehörte bekanntlich nicht zu den Dingen, die Cailin tolerierte. Sie nickte herrisch und zeigte erneut zur Tür – haarscharf an Jeffs rechtem Auge vorbei.

Vermutlich sorgte Logan sich um die Augen seines Kameramannes. Jedenfalls zog er seine schwarze Lederjacke unter dem Tresen hervor und erhob sich ohne weitere Diskussionen von seinem Barhocker, um Cailin nach draußen zu folgen. Sie steuerte jedoch nicht auf den grünen Ausgang zu, auf den sie so vehement gezeigt hatte, sondern bahnte sich den Weg an der Bar vorbei zur Hintertür, die sowohl zu Fionas Wohnung über dem Pub als auch in den Garten hinter dem Haus führte.

Endlich kam Leben in Hailey. Ihre sonderbare Melancholie war wie weggeblasen. Sie musste unbedingt erfahren, welches Hühnchen ihre Freundin mit Logan zu rupfen hatte. Nun ja, streng genommen wusste sie es bereits. Das Hühnchen hieß Lucinda Talbot. Aber es ging doch nichts über einen kleinen Henne-Hahn-Kampf zwischen der schrecklichen Cailin Buchanan und einem attraktiven, völlig unterlegenen Mann. Eifrig wühlte sie sich zwischen den Crewmitgliedern und Stammgästen hindurch, huschte unbemerkt hinter den Rücken von Jasper und ihren Freundinnen vorbei und schlüpfte durch die Hintertür in die plötzliche Stille hinein.

Der Flur im Treppenhaus war dunkel, und es war niemand mehr zu sehen. Doch Hailey kannte ihre beste Freundin. Fionas gemütliche Wohnung im Obergeschoss kam für den ungemütlichen Plausch mit Logan nicht infrage, obgleich Cailin vermutlich einen Ersatzschlüssel parat hatte. (Bis zum letzten Herbst hatte Ian dort gewohnt, bevor er bei Cailin eingezogen war.)

Ohne zu zögern, öffnete sie die Tür, hinter der sich der Regen befand. Mit den runden Holztischen auf dem Rasen, der dank des Dauerregens und der fehlenden Besucher immer noch wie ein dichter grüner Teppich dalag, wirkte Aidans ummauerter Garten zwar ein wenig wie ein Hinterzimmer des Pubs. Aber ein Dach suchte man vergebens. Es gab nicht einmal ein kleines Vordach am Haus oder zumindest einen robusten Sonnenschirm. Nur ein Netz aus Lichterketten, die zwischen den hohen, efeubewachsenen Natursteinmauern gespannt waren und trotz des Regens tapfer vor sich hin leuchteten. Hailey wusste, für wen sie leuchteten. Wenn Aidan eine Pause einlegte, verzogen er und Kirsty sich hierher und besuchten die alte Platane, die in der hintersten Ecke des Gartens auf ihr Liebespaar wartete. *Rain or shine.*

Die Frau und der Mann, die sich jetzt unter ihrem dichten Blätterdach eingefunden hatten, waren jedoch das glatte

Gegenteil eines Liebespaares. Cailin war gerade dabei, Logan die Fluppe aus der Hand zu reißen, bevor er sie hatte anzünden können. Hailey schmunzelte. So viel zum Thema Alphatier. Vorsichtig überquerte sie in ihren Lackstiefeletten den Rasen und beneidete ihre Freundin um die Gummistiefel. Als sie die beiden erreicht hatte, stellte sie dankbar fest, dass die Platane sie wie ein riesiger Regenschirm vor dem dunklen Himmel beschützte.

Im Gegensatz zu Logan, der ihr einen überraschten Blick zuwarf, hatte Cailin offenbar mit ihrem Kommen gerechnet. Ohne Umschweife meinte sie: »Hailey, kannst du diesem nichtsnutzigen Regisseur bitte mal erklären, warum Lucy für seinen Film unverzichtbar ist?«

Hailey lehnte sich mit dem Rücken gegen den Baumstamm und verschränkte die Arme vor der Brust, ohne dass ihre Freundin dagegen protestierte. »Zuerst würde ich gern wissen, weshalb er sie partout nicht dabeihaben will, obwohl Laurel meint, sie wäre ein Rohdiamant.«

»Laien erhalten bei mir keine Sprechrollen«, sagte Logan. Anscheinend hatte er den Verlust seiner Zigarette bereits verwunden. Er schob die Hände in die Taschen seiner schwarzen Jeans und sah ziemlich entspannt aus.

»Du wolltest doch jemanden aus Schottland!«, rief Cailin.

Seine Augen blitzten belustigt. »Erstens kommt Lucinda aus England, und zweitens: Willst du damit andeuten, in Schottland gäbe es nur Laienschauspieler? Sean Connery dreht sich gerade im Grab herum.«

»Sean Connery wäre absolut ungeeignet gewesen für die Rolle der Ella-Mae«, murrte Cailin.

Hailey lachte auf, doch Logan gestand unumwunden: »Ich mag sie nicht.«

Cailin legte den Kopf schief und rollte die erbeutete Zigarette zwischen den Fingern. Für einen Moment schienen ihr die Worte zu fehlen. Sie wirkte geradezu verletzt, als sie sich schließlich ungewohnt leise erkundigte: »Du magst meine Ella-Mae nicht?«

Er schenkte ihr ein warmes Lächeln. »Nein, ich meinte Lucinda Talbot. Du bist doch Ella-Mae. Wie könnte ich sie da nicht mögen?«

Die Regenluft war kalt, und auf den zweiten Blick war die Platane längst nicht so wasserdicht wie zunächst angenommen, doch Haileys Inneres war plötzlich warm. Logan mochte Cailin. Und er sagte es ihr. Einfach so. Unversehens stellte sie sich vor, wie er allein durchs verschneite Manhattan stapfte. Sein Telefon brummte tief in der Tasche seines Wintermantels, und er blieb stehen und zog es hervor. Er sah aufs Display. Schon wieder diese Cailin aus dem fernen Tobermory, wo es bereits tiefe Nacht war. Die Cailin, die niemals schlief. Weil eine Geschichte in ihr heranwuchs, die ihr den Schlaf raubte. Sie handelte von ihren Freunden, und das war eine ernste Sache. Es gab tausend Fragen, die rund um die Uhr besprochen werden wollten – tagsüber mit ihrer besten Freundin, nachts mit dem Mann in der anderen Zeitzone. Hailey stellte sich vor, wie er lächelte und den Anruf entgegennahm.

Im Hier und Jetzt hatte Cailin sein Lächeln jedoch nicht bemerkt. Ungehalten brummte sie: »Ich bin nicht Ella-Mae.«

»Und *wie* du Ella-Mae bist!«, entfuhr es Hailey. »Und du hattest schon immer diese komische Schwäche für Doppelnamen. Ich weiß noch, wie du mich eine Weile immer nur Ruby-Joy genannt hast. Und ich sollte dich Scarlett-Grace nennen.«

Logan prustete los. »Wie alt wart ihr da?«

»Also, *ich* war erst dreizehn, aber Cailin –«

»Halt die Klappe«, knurrte ihre Freundin.

»Du hast dich in den Film reingemogelt, Ella-Mae«, beharrte Hailey zwinkernd.

Logans Augen funkelten ebenfalls amüsiert. »Wenigstens bin ich nicht der Einzige, der das so sieht.«

»Ich wollte Fiona bloß eine Freundin verschaffen«, murrte Cailin gereizt.

»Das ist dir gelungen«, sagte Hailey. »Fiona liebt ihre Ella-Mae. Zumindest Lucindas Version von ihr. Was sagt sie eigentlich dazu, dass Lucinda nicht dabei ist?«

Logan seufzte. »Dasselbe wie Cailin.«

»Dass du ein Arsch bist?«, kam es von Cailin.

»Genau das.«

»Logan, warum magst du meine Lucy eigentlich nicht?«

»Sie sieht nur sich selbst.«

»Woher weißt du das? Du kennst sie doch gar nicht.«

»Ich habe sie in Haileys Garten erlebt. Wie sie ohne Rücksicht auf Verluste ihre Nummer durchgezogen hat, während ihre Großmutter von einem Schock in den nächsten fiel. Glaub mir, das hätte dir auch nicht gefallen.«

Hailey musterte ihn erstaunt. Sie hätte schwören können, dass er Verständnis für Leute hatte, die ohne Rücksicht auf Verluste ihre Nummer durchzogen. Außerdem wirkte er so geduldig. Kein bisschen dominant. Ganz anders als vorhin beim Casting mit Laurel. Der Grund hierfür lag auf der Hand: Er sprach mit einer guten Freundin. Die Tatsache, dass er hier im Regen unter der Platane stand und Cailin seine Entscheidung gegen Lucinda erläuterte, war der klare Beweis dafür, dass der Anruf im winterlichen Manhattan, sein Lächeln, wirklich stattgefunden hatte. Umgekehrt war genau dieses Lächeln der Grund, weshalb er Cailin noch immer nicht das gelöschte Happy End gebeichtet hatte. Anscheinend wollte er nicht mehr allein im Schneetreiben umherwandern, so ganz ohne brummendes Handy, ohne brummende Cailin. Denn Männer und Frauen konnten sehr wohl Freunde sein.

Cailin warf ihm einen spöttischen Blick zu. »Du willst Lucy nicht engagieren, weil sie neulich nicht nett zu ihrer Granny war? Geht es hier wirklich *darum?*«

Ungerührt erwiderte er: »Es geht darum, dass sie sich für eine Nebenrolle beworben hat, obwohl ihr Ego viel zu groß dafür ist. Alles an ihr schreit nach der Hauptrolle – und glaub mir, zwei Nova Townsends am Set sind eine zu viel.«

»Aber gute Filme brauchen starke Nebenrollen«, hörte Hailey sich sagen und biss sich auf die Lippe. Es fühlte sich an, als hätte sie sich in Cailins nächtlichen Anruf in New York hineingedrängt.

Zu spät. Ihre Freundin blickte sie erwartungsvoll an, und daher fügte sie hinzu: »Was wäre *Ghost* ohne Whoopi Goldberg? Oder *Durchgeknallt* ohne Angelina Jolie?«

Logan stemmte die Hände in die Seiten. »Du vergleichst Lucinda Talbot aus Birmingham allen Ernstes mit Whoopi und Angelina?«

Sie zuckte mit den Schultern. »Anfangs waren die beiden auch nur irgendwelche Leute, die eine Rolle haben wollten.«

»Du bist mir ein Rätsel, Cameron. Das Mädchen hat dich auf jede erdenkliche Weise beleidigt und du –«

»Ach, *darum* geht es hier«, warf Cailin triumphierend ein.

Er achtete nicht auf sie und fuhr an Hailey gewandt fort: »Du verteidigst sie bei jeder Gelegenheit und hast dich vorhin sogar von ihr auf die Bühne zerren lassen, obwohl du ganz offenkundig nicht dort sein wolltest und –«

Sie unterbrach ihn. »Erstens war Maisie diejenige, die mich

auf die Bühne gezerrt hat, und zweitens war Lucindas Verhalten in meinem Garten einfach nur eine Performance. Es ging überhaupt nicht um mich.«

»Es geht nie um dich, nicht wahr?«

Sie konnte sehen, wie seine Kiefermuskeln arbeiteten. Biss er etwa die Zähne zusammen? Jedenfalls war von seinem Lächeln nichts übrig geblieben. Natürlich nicht. Es gehörte seiner Freundin Cailin, nicht ihr.

»Wie meinst du das?«, fragte sie leise und war nicht sicher, ob sie seine Antwort hören wollte. Hier draußen wirkten seine Augen dunkel, doch sie wusste nicht, ob es an den Regenwolken lag oder an dem, was unter der Oberfläche brodelte. Zorn? *Ihretwegen?*

»Liv tobt sich in deinem Laden kreativ aus, während du die Kunden fragst, ob sie eine Tüte brauchen.« Sie bemerkte ein leichtes Beben in seiner Stimme. Definitiv Zorn. Seine Augen funkelten sie an, als er fortfuhr: »Cailin schreibt ein Drehbuch, und du sitzt daneben und liest meinen Ratgeber, damit sie es nicht selbst zu tun braucht. Lucinda will dringend eine Rolle haben, und du rückst sie mit deinem Fernrohr ins Rampenlicht. Laurel schreit nach ihrem Joker, und du bist sofort zur Stelle, damit sie ihre angeblichen Rohdiamanten bekommt. Du hilfst den anderen zu glänzen, während du –«

»Während ich ...?«

»Während du untergehst.«

Sie wechselten einen langen, dunklen Blick. Cailin, der Regen, der Garten unter den Lichterketten, alles schien hinter einem dicken schwarzen Vorhang verschwunden zu sein. Nur sie, Hailey Cameron, stand plötzlich auf der Bühne. Im Rampenlicht. Und es gefiel ihr nicht. Schlimmer: Es tat weh. Logan sah sie, und er mochte nicht, was er sah. Nein, viel schlimmer:

Sie mochte nicht, was er sah. Sie hatte geglaubt, der letzte Sommer wäre der Tiefpunkt gewesen. Als sie unsichtbar für ihn gewesen war. Aber alles war besser als das hier.

Sie schürzte die Lippen. »Du hast dich wirklich verändert. Früher wusstest du gute Nebenrollen zu schätzen.«

Er kam einen Schritt auf sie zu, und aus irgendeinem Grund wollte sie zurückweichen. Vor seinem düsteren Blick fliehen. Verstohlen drängte sie sich gegen die Platane, als er ohne ein Fünkchen Humor in der Stimme entgegnete: »Dein Leben ist kein Film, Hailey. Im wahren Leben gibt es keine Haupt- und Nebenrollen. Und jeder sollte im Zentrum seines eigenen Lebens stehen.«

»Sagt der totale Egoist«, murmelte sie. Sie brauchte Abstand. Sie brauchte …

Bevor sie einen klaren Gedanken fassen konnte, erwiderte er leise: »Das hat nichts mit Egoismus zu tun, sondern damit, nicht unterzugehen.«

Er streckte seinen linken Arm aus und legte die Handfläche auf den Stamm der Platane, so dicht neben ihr, dass er nur den Daumen zu spreizen brauchte, um ihren Hals zu berühren. Erneut hatte sie das Bedürfnis, ihm auszuweichen – seiner Hand, aber noch viel mehr diesen dunklen Augen, die sie so vorwurfsvoll ansahen. Als würde sie ertrinken und nichts dagegen unternehmen. Und genau das passierte gerade. Sie sank tiefer und tiefer und konnte nichts dagegen tun. Nur wie gelähmt dastehen und auf seine Worte warten, die sich wie Gewichte anfühlten und sie unerbittlich in die Tiefe zogen.

Logan beugte sich vor. »Sag mir, wenn ich dein Leben verfilmen würde – wessen Geschichte würde ich erzählen?«

Er hatte geflüstert. Weil sein Gesicht für alles andere zu nah war. Und jedes einzelne Wort drang unaufhaltsam in sie ein.

Der Regen war nicht laut genug, um sie zu retten. Sie wünschte sich den Lärm des Pubs herbei. Die Stimmen der anderen, die seine erstickten. Wo war Cailin? Sie konnte nicht nachsehen. Alles, was sie konnte, war in diese fremden und zugleich vertrauten Augen zu schauen und sich weit, weit weg zu wünschen. In die Vergangenheit. Als niemand daran gezweifelt hatte, dass ein Glückspenny etwas Gutes war.

10. Februar

DAS PIANO
Drehbuch und Regie: Jane Campion

Heute habe ich einen Film gesehen, der mein Leben verändert. Endlich verstehe ich, was die Leute meinen, wenn sie etwas »erotisch« finden. Und dabei habe ich schon jede Menge Filme mit nackten Leuten gesehen. Das Problem mit den Nackten ist, dass sie kein Loch im Strumpf haben. Ich habe aufgehört zu atmen, als George dieses Loch in Adas Strumpf berührt hat. Ein Penny Haut, mehr nicht.

Eigentlich mag ich keine Filme mit Hauben und Miedern und Leuten aus einer anderen Zeit. Tante Erin behauptet, das läge an meinem Alter. Fünfzehnjährige wollten ständig sich selbst erkennen, und dabei seien andere Epochen nun einmal nicht hilfreich. Bis heute dachte ich, sie hätte recht – aber sie lag falsch. Wenn ein Film echte Menschen zeigt, sind das Jahrhundert und die Kostüme völlig egal.

Außerdem ist es unwichtig, ob ich mich selbst erkenne. »Das Piano« hat wirklich nichts mit mir zu tun. Die einzige Gemeinsamkeit zwischen der stummen Ada und mir ist unsere schottische Heimat. Sie spricht mit den Augen, ich mit dem Mund. Sie ist Witwe, ich warte noch auf den ersten Kuss. Sie hat eine Tochter, ich bin eine Tochter. Sie spielt Klavier, ich spiele Scrabble. Trotzdem hatte ich einen Kloß im Hals, als Ada ihr Klavier an dem dunstigen, einsamen Strand zurücklassen musste, um ihrem neuen Ehemann ins Inselinnere zu folgen. Mein Kleid fühlte sich klamm an, als sie durch den schlammigen Dschungel Neuseelands stolperte, in dem sie von nun an mit einem Wildfremden leben sollte. Ich fühlte mich genauso verloren wie sie. Und ich verabscheute ihren Mann und seinen tätowierten Bekannten (George) dafür, dass sie mir, ähm, ihr das Klavier wegnahmen.

George kauft Adas Mann das Klavier ab, obwohl es ihr gehört. Und dann soll sie es von ihm zurückerwerben, indem sie ihn besucht und darauf für ihn spielt. Pro Besuch wandert eine Taste in ihr Eigentum zurück. Pro Besuch erwirbt George ein Stückchen mehr von ihrem Körper. Ich fühle mich wie eine Klavierhure. Und bin wahnsinnig erregt. Aber das, was er von mir haben will, kann er nicht kaufen. Er leidet. Vielleicht verliebe ich mich deshalb doch noch in ihn. Weil ich mich selbst in seinem Leiden erkenne. (Erin, falls du das liest: Ja, du hast die Fünfzehnjährigen durchschaut.)

Ob man mir anmerkt, dass ich jetzt begreife, was Erotik ist? Weißt du was, ich schlüpfe mal eben in mein schwarzes Rollkragenkleid, das ich im Herbst bei der Beerdigung von Großonkel Stuart tragen musste. Bestimmt finde ich auch noch irgendwo diese blickdichte Strumpfhose. Dann laufe ich zu Logan und bin still und unnahbar – der wird Augen machen!

PS: Logan hat mein schwarzes Kleid angesehen und gefragt, ob ich gekommen sei, um seinen Traum zu beerdigen. Er war gerade dabei, Bewerbungsbögen für ein Biologiestudium auszufüllen. Liebes Tagebuch, ich brauche endlich eine Idee, wie ich ihm helfen kann. Dringend!

9

Martha Hancock – die Mutter von Rektor Phil – besaß ein kleines Cottage in der Nähe von Salen, einer Siedlung auf halber Strecke zwischen Tobermory und dem Fähranleger in Craignure. Touristen kamen gern nach Salen, um den Schiffsfriedhof zu besuchen. Der morbide Charme der beiden vermoderten Fischerboote, die sich am Kiesstrand der Salen Bay zwischen gelbem Seetang, Felsen und alten Autoreifen aneinanderschmiegten, verlieh jedem Fotoalbum das gewisse künstlerische Etwas. Marthas Cottage hingegen war vermutlich in kaum einem Album zu finden. Es befand sich landeinwärts, jenseits der Touristenpfade. Oder vielmehr: jenseits jeglicher Pfade. Um zu dem winzigen Natursteinhaus zu gelangen, das von mit wogendem Gras bewachsenen Hügeln umgeben war, musste man ein Moor, ein paar Waldstücke und unzählige Schafweiden mit ihren sperrigen Holzgattern durchqueren. Die wenigen Urlauber, die hierherkamen, trugen Rucksäcke und waren gut zu Fuß.

Hailey bezweifelte, dass Logans Location Scout wirklich hier gewesen war. Vermutlich hatte er mit Martha Hancock in Tobermory im Café gesessen und bei einem Tässchen Tee die orangefarbenen Fotos bewundert, die Hamish in Marthas Auftrag von dem Cottage angefertigt hatte. (Hamish konnte Sonnenuntergänge. Und Fotos im Allgemeinen.) Der Scout hatte keinen einzigen Blick auf die Landkarte geworfen, so viel war sicher. Anderenfalls wäre ihm aufgefallen, dass nicht einmal eine Schotterpiste zu »Martha's Vineyard« führte, wie die Einheimischen das inselhafte Häuschen nannten.

Logan hätte es natürlich besser wissen müssen. Jeder, der eine Weile auf Mull gelebt hatte, konnte problemlos bei einem Tässchen Tee die Zivilisation von der Wildnis unterscheiden. Hailey hatte jedoch den Verdacht, dass er Martha's Vineyard bewusst ausgewählt hatte. Hier, in völliger Abgeschiedenheit, sollte Henry Crawford mit seiner Frau und seinen Söhnen leben, die ihm allesamt fremd waren. Es ging doch nichts über ein tief in der Natur versunkenes Cottage, wenn man beabsichtigte, einen Film über die Einsamkeit zu drehen.

Der Chefkameramann Jeff schien das anders zu sehen. Soeben fluchte er zum wiederholten Mal: »Logan, kannst du mir mal bitte verraten, wie wir das verdammte Equipment hierherschaffen sollen?«

Logan wartete bereits auf der anderen Seite des Zauns, während der Rest der Gruppe – bestehend aus Jasper, Juliet, Jeff, seinem Assistenten Neil, dem Oberbeleuchter Danny, dem Tontechniker Rashid, Vonda mit ihrem Requisiteur Charles und als Schlusslicht Hailey – im Gänsemarsch durch das achte Gattertor marschierte, um das letzte Birkenwäldchen vor dem Cottage in Angriff zu nehmen. Hailey achtete darauf, stets als Letzte durchs Gatter zu gehen. Zum einen hätten die anderen mit Sicherheit vergessen, die Tore hinter sich zu schließen. Für sie waren die grasenden Schafe nur eine hübsche Kulisse und keine Lebewesen, deren Alltag man durch fehlende Grenzen gehörig durcheinanderbringen konnte. Zum anderen ging Logan voran, und sie wollte möglichst viel Abstand zu ihm halten.

Als sie den Bolzen vorschob, hörte sie ihn hinter sich zu seinem Kameramann sagen: »Dir kann man sowieso nichts recht machen. Jetzt schimpfst du über die Abgeschiedenheit, und in der Glasbläserei wirst du dich über den Trubel am Hafen beschweren.«

Hailey fuhr herum. »Ihr dreht in Cailins Laden?«

Logan hielt inne. Offenbar hatte er nicht damit gerechnet, dass sie ihn ansprechen – oder auch nur ansehen – würde. Was nicht verwunderlich war. Immerhin hatte sie seit einer Woche weder das eine noch das andere getan. Sie hatte Logan beharrlich ignoriert, nachdem sie ihn und Cailin unter der Platane stehen gelassen hatte. An jenem Abend war sie ohne ein weiteres Wort nach Hause gegangen und hatte sich aufs Bett geworfen. Ihr altes Tagebuch, in dem sie neuerdings wieder vor dem Einschlafen herumblätterte, hatte neben ihr auf dem Nachttisch gelegen und ihr in goldenen Lettern »BLEIB HUNGRIG« entgegengeschrien. Sie hatte es umgedreht, damit sie die ärgerliche Botschaft nicht mehr sehen musste.

Irgendwann war Cailin neben ihrem Bett aufgetaucht. Wie üblich hatte sie ihren Ersatzschlüssel missbraucht.

»Geh weg«, hatte Hailey in ihr Kissen geknurrt.

Cailin hatte sich auf die Bettkante sinken lassen und über ihr zerzaustes Haar gestrichen, als wäre sie ein Kind. »Er hat recht, weißt du.«

Sie hatte – wie ein Kind – die Hand ihrer Freundin weggeschoben und sich kerzengerade im Bett aufgesetzt. »Womit genau? Damit, dass mein Ego zu klein ist? Dass mein Leben zu banal ist, um einen Spielfilm zu füllen?«

»Du brauchst was Eigenes, Hailey.«

»Ich habe einen eigenen Laden!«

»Es ist Livs Laden, und das weißt du genau.«

»Was ist so falsch daran? Färber waren schon im Mittelalter die Zuarbeiter der Tuchmacher. Es gehört zu unserem Berufsbild, die zweite Geige zu spielen.«

Cailin seufzte. »Du kannst doch nicht für immer so weitermachen.«

»Weißt du, wie alt Jasper ist?«

»Logans Regieassistent?«

»Genau der«, brummte Hailey. »Er ist zweiundsechzig.«

»Und was hat das mit irgendwas zu tun?«

»Er ist Logans Zuarbeiter, und auf mich wirkt er verdammt glücklich. In Jaspers Fall stört es anscheinend niemanden, dass er seinem Boss die Hauptrolle überlässt.«

»Weil er glücklich ist, Hailey.«

»Aber das bin ich doch auch!«

»Nein, du bist zufrieden. Das ist was völlig anderes.«

Sie schürzte die Lippen. »Das ist jedenfalls mehr, als die meisten Leute von sich behaupten können.«

»Dass du mit deiner Zufriedenheit zufrieden bist, ist ein klares Symptom deiner chronischen Krankheit.«

Hailey griff nach dem Tagebuch und schlug es ihrer Freundin gegen den Hinterkopf. »Bloß weil du mit einem Arzt zusammen bist, darfst du noch lange keine Diagnosen stellen.«

Cailin lachte, doch dann blieb ihr Blick an dem roten Buch hängen. Sie zog es ihr aus den Händen und starrte stirnrunzelnd auf die goldene Schrift. »Das ist es. Du musst ein bisschen hungern, um glücklich zu werden.«

»Hungern? Wonach?«

»Nach deinem Traum natürlich.«

»Der da wäre?«

»Keine Ahnung – Hollywood?«

Hailey schnaubte. »Ganz sicher nicht.«

Da hatte Cailin ihr mit dem Tagebuch gegen die Stirn getippt. »Nicht die Traumfabrik! *Dein* Hollywood. Der Film, der in deinem Inneren läuft und zweifellos irgendetwas mit Logans Film über Fiona zu tun hat.«

»Ich verstehe kein Wort«, hatte sie gemurrt. »Aber ich halte mich wegen deiner blöden Hungertheorie ganz bestimmt nicht von der Filmcrew fern. Sie verlassen sich auf mich, ich bin ihr Joker.«

Cailin hatte sie mit einem breiten Grinsen angesehen. »Prima, dann läuft ja alles nach Plan. Und jetzt sei still, ich muss in deinem Tagebuch lesen.«

Hailey wollte gar nicht wissen, worin genau Cailins Plan bestand. Ihr eigener Plan hatte jedenfalls nicht vorgesehen, an diesem Gatter im Nieselregen zu stehen und mit Logan zu sprechen. Jasper hatte ihr versichert, dass man problemlos an einer Drehortbesichtigung teilnehmen konnte, ohne ein einziges Wort mit dem Regisseur zu wechseln – wenn man nicht gerade die Aufnahmeleiterin, der Kameramann oder irgendein anderes wichtiges Mitglied der Crew war.

Sie hatte keinen Grund gehabt, an Jaspers Worten zu zweifeln. Immerhin war es ihr eine Woche lang gelungen, an Logans Unterhaltungen teilzuhaben, ohne ihn auch nur anzusehen. (Also, nur aus dem Augenwinkel oder wenn niemand hinsah.) Seit dem Casting am letzten Samstag war er Abend für Abend in den Pub gekommen. Und er war tatsächlich der viel beschworene Typ mit dem warmen Lächeln, der für jeden im Team ein offenes Ohr hatte. Der sich geduldig die Predigt seiner Aufnahmeleiterin über den Wert von Studioaufnahmen und das Übel des Dauerregens anhörte. Und belustigt das Gezänk zwischen der Szenenbildnerin und dem Requisiteur über das Schulskelett (Jackie) verfolgte, bevor er befand, dass beide recht hatten: Jackie sollte – zu Vondas Erleichterung – keinen mit schwarzem Filzstift bekritzelten Schädel haben. Aber sie sollte – wie von Charles gefordert – hin und wieder ein pinkes Stirnband, eine Lederjacke oder einen Nietengürtel tragen. Kates Klamotten, wie Logan erklärte. Das Skelett wachte nämlich über die beiden Liebenden, die sich nachts im Klassenraum trafen. Und fungierte nebenbei als Kleiderständer.

Logans salomonisches Urteil in Sachen Jackie hatte Hailey ein kleines Lächeln entlockt – und es war ihm nicht entgangen. Er hatte sie quer über den Tresen angesehen und zurückgelächelt. Einfach so. Als hätte er niemals behauptet, dass sie ihr Leben vergeudete. Als hätte es den eiskalten Blick, den er ihr beim Casting zugeworfen hatte, niemals gegeben. Sie hatte schnell weggesehen.

Doch jetzt, an diesem verdammten Gatter, konnte sie nicht wegsehen. Denn sie hatte ihm ja unbedingt eine Frage stellen müssen. Der Gedanke, dass Cailin für den Film ihren Laden räumen würde, war einfach zu absurd.

»Cailins Laden wird Kates Haus«, sagte Logan schlicht.

Sie spürte die neugierigen Blicke der anderen auf sich. Natürlich hatten sie längst bemerkt, dass zwischen ihrem Regisseur und ihrem Joker Funkstille herrschte. Schließlich war Logan der Einzige, dem sie keine Knoblauchcroutons in die Mitternachtssuppe regnen ließ. Der Einzige, den sie nicht über Hollywood ausfragte und beiläufig mit einem Augenzwinkern unter den Tisch trank.

»Aber Kates Mutter betreibt keinen Glasbläserladen, sondern eine Töpferei«, erwiderte sie perplex.

»Süße«, schaltete sich Vonda ein, »dafür gibt es ja Leute wie Charles und mich. Leider wollte uns deine Freundin Kirsty ihren Töpferladen nicht geben, das hätte uns eine Menge Arbeit erspart.«

»Cailin wird niemals zulassen, dass ihr die Glasbläserei auf links zieht«, meinte Hailey kopfschüttelnd.

Vonda sah sie erschrocken an. »Hoffentlich ist sie nicht so schwierig wie Rektor Phil. Wegen seiner tausend Einwände sind wir mit den Motiven in der Schule gewaltig in Verzug. Ich kann nur hoffen, dass seine Mutter sich von ihrem Cottage fernhält – und dass wir es nicht komplett umgestalten müssen. Ich war noch nicht einmal dort!«

Die Szenenbildnerin sah aus, als würde sie weinen. Oder es lag am Regen, der helle Rinnen in ihr Make-up gegraben hatte. Außerdem hatte er (der Regen) dafür gesorgt, dass ihre blonden Locken sich in eine triefende Matte verwandelt hatten. Wasser war eindeutig nicht Vondas Element. Mit bebender Stimme fügte sie in ihrem unverkennbaren New Yorker Akzent hinzu: »Normalerweise plane ich alles Monate im Voraus. Ich hatte ganz vergessen, wie sehr diese improvisierten Low-Budget-Projekte an meinen Nerven zehren.«

»Low Budget?« Jeff schnaubte. »Du weißt aber schon, dass Gregory Mailer und Nova Townsend dabei sind?«

»Umso schlimmer!«, rief Vonda. »Filmstars und kaum Geld fürs Szenenbild, eine Katastrophe!«

Charles legte tröstend den Arm um sie. »Mach dir mal keine Sorgen. Cailin Buchanans Laden ist ein bezauberndes Setting für die Töpferei, und sie war begeistert von deinen Skizzen. Außerdem müsste sie ihre unzähligen Glasvögel selbst in Kisten packen, wenn sie uns die Glasbläserei nicht für die Dreharbeiten überlassen würde. Wir ersparen ihr eine Menge Arbeit, indem wir ihren Laden auf links ziehen.«

Haileys Augen weiteten sich. »Warum müsste Cailin denn

die Vögel in Kisten packen? Ohne die Dreharbeiten würde doch gar kein Anlass dazu bestehen.«

»Nun, weil –«, begann Charles, aber Logan schnitt ihm das Wort ab: »Nur noch dieses Waldstück, dann sind wir da.«

Er fasste Vonda am Ellbogen und zog sie hinter sich her, auf den Trampelpfad, der in das Wäldchen führte.

Die anderen folgten ihnen – alle bis auf Jasper. Er war stehen geblieben und musterte Hailey nachdenklich. Schließlich sagte er sanft, verräterisch sanft: »Komm, Süße, es regnet.«

Aber Hailey trug ihre gelbe Öljacke und Gummistiefel. Der Nieselregen war ihr piepegal. Was ihr nicht egal war, waren Cailins Glasvögel. Sie stemmte die Hände in die Hüften und sah Jasper herausfordernd an. »Was weißt du über die Vögel? Spuck's aus.«

Er stemmte ebenfalls die Hände in die Seiten, ihr rothaariger Zwilling. Sogar sein Outfit ähnelte ihrem. Nur dass seine Öljacke rot war und seine Gummistiefel wie eine Attrappe wirkten. Sie hatten Zebrastreifen, endeten kurz über den Knöcheln und konnten Pfützen nicht ausstehen.

Bevor er ihre Frage beantworten konnte, donnerte es hinter ihm: »Jasper!«

Logan hatte kehrtgemacht und kam auf sie zu. Hailey schluckte. Von Weitem sah er unfassbar gut aus in seiner unvernünftigen schwarzen Lederjacke. Und aus der Nähe fast noch besser, mit den nassen Haaren und funkelnden Augen. Plötzlich wollte sie auch gern nass sein. Ihre leuchtend roten Haare aus der Kapuze befreien und diese vernünftige Öljacke abstreifen. Sich zeigen. Wie letztens in der Turnhalle. Jasper hatte – ungefragt – bestätigt, dass sie sich den Laufsteg nicht eingebildet hatte. Angeblich hatte er noch nie erlebt, dass sein Boss jemanden so schamlos angestarrt hatte wie sie in ihrem unanständigen Wollkleid. Sie hatte an einen Satz aus ihrem Tagebuch denken müssen: »Er will auf mich draufspringen, wenn ich achtzehn bin? Gut zu wissen.« Inzwischen war sich Hailey jedoch nicht mehr so sicher, ob sie es wirklich wissen wollte. Die ganze Sache war irritierend. Dass Logan offenbar auf ihre Wollkurven abfuhr, obwohl er sie nicht respektierte. Er war nicht besser als die Männer in *Das Piano*, die der stummen Ada ihr Klavier wegnahmen und sich einbildeten, sie würde trotzdem liebend gern mit ihnen schlafen. Wofür hielt er sie? Eine Klavierhure?

Sie schluckte erneut. *Klavierhure.* Gestern Abend, mit ihrem Tagebuch im warmen Bett, hatte sie noch über dieses durch und durch fünfzehnjährige Wort geschmunzelt. Doch hier draußen, mit Logan in dieser grauen Nieselwolke, empfand sie es verwirrenderweise als wahnsinnig erotisch. Genau wie Ada würde sie ihn verachten und nur mit ihm schlafen, um den Film zu bekommen, den er ihr seit einer Ewigkeit schuldete. Sie würde es sofort tun, ans harte Gatter gelehnt oder im nasskalten Gras. Völlig spaßfrei. Alles nur für ihren Film.

Er war es wert. (Ihr Film.) Jahr für Jahr war sie ins Kino gegangen und hatte vergeblich danach Ausschau gehalten. Logans Debüt war vielversprechend gewesen. Er hatte sogar beim Sundance Festival den Preis für die beste Regie abgeräumt. Doch das erhoffte Guckloch in seine Seele war ausgeblieben. Das würde sich jetzt ändern. Dass es sich bei *Geliebter Fehler* um ihren lang ersehnten Film handelte, war ihr spätestens klar geworden, als Logan jenen Satz zu James gesagt hatte, der ihr seit zwei Wochen im Kopf herumspukte: »Wenn die einzige Person, die einen versteht, zu jung ist, um einen zu verstehen.« Für Sätze wie diese wollte sie liebend gern bis auf die Knochen nass werden und seine Klavierhure, nein, Filmhure sein …

Logan schien ihren kleinen hormonellen Ausraster nicht zu registrieren. »Du kannst dich heute Abend im Pub mit Cameron unterhalten, wir sind zum Arbeiten hier«, brummte er an Jasper gewandt.

»Nicht in diesem Ton, mein Lieber«, entgegnete sein Assistent. »Normale Leute arbeiten samstags nicht. Und ohne Cameron hätten wir uns in dieser Einöde schon zehnmal verlaufen. Also sei so lieb und lass uns in Frieden.«

Logan fuhr sich gereizt durch die nassen Haare. »Kannst du mir mal bitte verraten, was es hier so Dringendes zu besprechen gibt?«

»Cailins Glasvögel.« Jasper klang so ernst, als wären die Vögel selbstredend eine immens eilige Angelegenheit.

Da richtete Logan seinen genervten Blick auf sie. »Warum sprichst du nicht einfach mit Cailin? Was machst du überhaupt hier? Müsstest du nicht arbeiten? Normale Ladeninhaber arbeiten samstags.«

»Ich baue Überstunden ab«, sagte Hailey sarkastisch.

Jasper prustete los, aber Logan schüttelte den Kopf. »Du hast hier nichts zu suchen.«

Ohne nachzudenken, entgegnete sie: »Du schuldest mir einen Film, und den hole ich mir jetzt, Taste für Taste.«

»Taste für Taste?« Logan sah sie perplex an, und zu ihrem Entsetzen erklärte sie: »Wie in *Das Piano*.«

Oh Mann. Sie musste dringend aufhören, vor dem Einschlafen in diesem unsäglichen Tagebuch zu blättern.

Jasper prustete erneut los, und sie bemerkte, dass Logans Mundwinkel ebenfalls zuckten. Mist, Mist, Mist. Manchmal war es wirklich einfacher, sich mit Leuten zu unterhalten, die nicht die gleichen Interessen hatten wie man selbst. Und nicht exakt wussten, wovon man sprach.

»Warum sollte ich dir einen Film schulden?«, wollte Logan wissen, und sie atmete auf. Anscheinend hatte er nicht vor, das Klavierthema zu vertiefen.

»Weil ...« Sie druckste herum. Die einzig plausible Antwort wäre die Wahrheit: *Weil ich dein Glückspenny gewesen bin.*

»Weil du ohne Cameron nichts weiter vorzuweisen hättest als eine beachtliche Videosammlung und ein Biologiestudium, das du mit Sicherheit abgebrochen hättest«, sagte Jasper freundlich, so freundlich, als hätte er seinem Meister ein Kompliment gemacht. Seine allwissenden Augen blitzten amüsiert, und Hailey nahm sich vor, ihren Doppelgänger bei nächster Gelegenheit festzunageln. Sobald sie unter vier Augen waren, würde sie ihn fragen, ob er wusste, was er nicht wissen konnte. Obwohl sie ganz und gar nicht bereit war für seine Antwort.

Verstohlen sah sie Logan an. Und bereute es sofort. Wider Erwarten blickte er nicht Jasper an, sondern sie. Er klang beinahe belustigt, als er sich erkundigte: »Du findest also, für meine bisherigen Filme hätte es sich nicht gelohnt, mich nach New York zu schicken?«

Hailey errötete und war froh, dass sie – trotz der Klavierhure – immer noch brav ihre Jacke trug. Sie zog sich die Kapuze tiefer in die Stirn und stammelte: »Ich war fünfzehn. Ich habe niemanden irgendwohin geschickt.«

Er musterte sie mit seinen klaren blauen Augen, und sie wäre am liebsten komplett in ihrer Kapuze verschwunden. Von wegen Hure. Eher schüchternes Mädchen. Logan hob seine Hand, und für einen Augenblick befürchtete sie, er würde sie berühren. Mit dem Finger über ihre Wange streichen. Oder eine feuchte Haarsträhne in ihre Kapuze schieben. Wenn er es täte, würde sie ihm alles sagen, alles geben, was er wollte. Vermutlich würde sie ihn sogar küssen. Ganz ohne Bezahlung.

Logan ließ die Hand sinken. Er wollte nicht haben, was sie zu geben hatte – nicht einmal umsonst. Leise sagte er: »Geh nach Hause, Cameron.«

Kaum hatte er die Worte ausgesprochen, schossen ihr die Tränen in die Augen. Wie oft hatte er diesen Satz zu ihr gesagt, damals im Videokeller? Ungefähr täglich. Und sie hatte ihn unbekümmert weggelächelt – bis auf das eine Mal. Ihr fünfzehnter Geburtstag hatte den Anfang vom Ende markiert. Vermutlich hatte er sie an jenem Tag, als sie den Fehler in seinem Film gefunden hatte, genauso eindringlich angesehen wie jetzt. Und sie war gegangen. Hatte ihn losgelassen, zum allerersten Mal.

Stumm wandte sie sich von ihm ab, um das Gatter zu öffnen und in die Zivilisation zurückzukehren. Raus aus diesem Sumpf, zurück auf den Pfad der Tugend.

Doch da legte sich eine erstaunlich warme Hand auf ihre. Ihr Zwilling versperrte ihr den Weg. »Unser Freund hier schuldet dir einen Film, Süße. Und den holst du dir jetzt.«

Mit diesen Worten zog Jasper sie beherzt an Logan vorbei, geradewegs in Richtung Wildnis. (Oder auch: Birkenwäldchen.)

10

Nieselregen war eine tückische Angelegenheit. Kein Mensch zückte wegen so ein paar winziger Tropfen den Schirm. Und erst recht keine Öljacke. Anfangs fühlte es sich sogar ganz gut an, eine Wolke im Gesicht zu haben. Wie ein kühles Erfrischungstuch. Nachdem man jedoch ein Moor, mehrere morastige Weiden und das eine oder andere Waldstück durchquert hatte, unterschieden sich die blütenzarten Tröpfchen kaum noch von einem Wolkenbruch. Nass war nun einmal nass.

Als Hailey mit den beiden Männern im hohen Gras den Hang zu Marthas Cottage hinablief, bot sich ihnen ein trostloser Anblick. Juliet, Vonda und Charles kauerten unter dem schmalen Vordach, dessen weiße Farbe ebenso abgeblättert war wie die der Sprossenfenster, und die kleine, schmale Juliet zitterte am ganzen Leib. Alle schienen zu bibbern, auch Jeff und seine drei Kollegen, die keinen Platz mehr unter dem Vordach gefunden hatten. Jeffs weißes T-Shirt war mittlerweile durchsichtig.

»*Spring Break*«, witzelte Jasper, der nach wie vor ihre Hand hielt. Als befürchtete er, sie würde doch noch Logans Aufforderung folgen und nach Hause gehen.

Sie seufzte. »Wenn wir nicht aufpassen, liegt die halbe Crew bei Drehbeginn krank im Bett.«

Logan schien dasselbe zu denken. Er beeilte sich, das Cottage aufzuschließen, während die Beschwerden seiner Leute auf ihn einprasselten. Jeff und der Oberbeleuchter Danny zeterten wegen der winzigen Sprossenfenster, die kaum Licht ins Haus ließen, Juliet beschwor wieder einmal die Vorteile von Filmstudios, und Charles verstand wirklich nicht, weshalb jemand ein Cottage in einer Senke errichtete und freiwillig auf den atemberaubenden Blick über die umliegenden Wälder verzichtete. Außerdem war ihm kalt. Allen war kalt. Im *Juli*, verdammt noch mal.

Hailey seufzte erneut. Sie war ein schlechter Joker. Anstatt ihre Filmschäfchen am Hotel abzuholen und ihnen zumindest Gummistiefel zu verordnen, hatte sie Jasper im blauen Haus zum Frühstück eingeladen, ihm im letzten Moment Maisies rote Öljacke übergeworfen, und dann waren sie auf direktem Weg nach Salen zum Treffpunkt gefahren. Sie hatte sich eigenartig erwachsen gefühlt, als sie all die strahlend weißen Sneaker erblickt hatte. Logan war der Einzige mit festem Schuhwerk gewesen. Anscheinend war auch ihm nicht in den Sinn gekommen, dass seine Leute in »Streetwear« durchs verregnete Moor wandern würden.

Statt dem schlotternden Haufen ins Cottage zu folgen, begab sie sich auf die Rückseite des Gebäudes, an der sich ein kleiner Anbau aus blau getünchten Holzlatten befand. Das verrostete Schloss stand offen, und Hailey atmete auf, als sie den Kopf durch die Tür steckte und die ordentlich gestapelten Holzscheite erblickte. Martha Hancock ließ ihre Touristen nicht frieren. Nicht einmal im Juli.

Als sie mit ihrem Holzstapel beladen das Cottage betrat, waren bereits alle bei der Arbeit. Danny, Jeff und sein Assistent Neil hatten sich unter der Treppe, die ins Obergeschoss führte, vor dem Stromkasten versammelt und diskutierten über die

Notwendigkeit von Generatoren. Charles lief mit einem Tablet hinter Vonda her und notierte die Dinge, die sie für das Szenenbild brauchten, und der Tontechniker Rashid war aus irgendeinem Grund auf den Esstisch geklettert, um die Balken der niedrigen Holzdecke zu inspizieren. Logan stand mit Jasper und Juliet in der Kochnische. Sie hörte ihn nur die Worte »Verzug« und »Budget« sagen, während Juliet nervös an den Fingernägeln kaute und Jasper seelenruhig einen Teekessel auf den Herd stellte.

Hailey schlüpfte aus den Gummistiefeln. Unbeachtet lief sie in ihrer tropfenden Öljacke mit den Holzscheiten im Arm am Esstisch vorbei zu der offenen Tür, die in die Stube führte. Der Raum roch nach Kamin, und sie bedauerte bereits jetzt, dass man Filme nicht riechen konnte. Aus ihrer Sicht würde es hier für Vonda, Charles und ihr Gefolge nicht viel zu tun geben. Das altmodische rote Samtsofa, die beiden geblümten Ohrensessel, die bestickten Kissen und der Teetisch mit dem Häkeldeckchen entsprachen bestimmt der Vorstellung, die das Publikum von einem schottischen Cottage hatte. Hier würden sich die Zuschauer von dem Skelett mit dem Nietengürtel, dem kargen Liebesnest im Klassenzimmer und allem anderen erholen, was die achtziger Jahre mit sich brachten. Ein bisschen Kraft tanken à la Jane Austen. Zumindest für zwei Sekunden. Bis Mrs Crawford in die Stube stürmen und wahlweise ihren Mann Henry oder einen ihrer Söhne anbrüllen würde. (Zu Recht. Jedes Mal zu Recht. In Cailins Drehbuch gab es keine schlechten Menschen. Nur Leute, die mit ihrem Leben überfordert waren. Weshalb der Film voraussichtlich trotz Nova Townsend an den Kinokassen floppen würde.)

Sie durchschritt den Raum und kniete sich vor den offenen Kamin, der aus den gleichen grauen Natursteinen gemauert war wie das Cottage. Als sie das Holz abgeladen und ihre Jacke abgestreift hatte, fiel ihr das laminierte Handbuch ins Auge, das neben dem Kaminbesteck auf dem Boden lag: *Wie benutze ich einen Kamin, ohne das Cottage abzufackeln.* Sie schmunzelte. Martha Hancock kannte ihre Pappenheimer.

Hailey benötigte jedoch kein Handbuch. Zufällig war Wärme ihre Kernkompetenz. (Nicht ganz zufällig. Sie hatte zwei Jahre lang die Kälte von ihrer Mum ferngehalten. Soweit das möglich gewesen war.) Im Handumdrehen prasselte ein hübsches Feuer im Kamin, und sie blickte zufrieden in die knisternden Flammen. Erst in der Wärme fiel ihr auf, dass auch sie fror. Ihr vermeintlich wetterfestes Outfit hatte nämlich eine große Schwachstelle: die dünnen blauen Leggins. Ihre Abneigung gegen Jeans und Hosen im Allgemeinen gewann immer, auch bei Regen. So erwachsen konnte sie gar nicht werden, dass sie ihre Beine einer Hose aussetzte. Hosen waren entweder eng und unbequem, oder sie verhüllten auf exzessive Weise, was stets sichtbar sein sollte. (Ihre Beine.) Nasse Leggins waren jedoch kein Stück besser. Sie fühlten sich an wie der Herbst auf zwei Beinen. Kalt und schmuddelig.

Unumwunden schälte sie sich aus dem nassen Stoff. Sie legte die Leggins auf die Steinplatten vor dem Kamin und setzte sich daneben. Als sie ihre Beine auf den Holzdielen ausstreckte, legte sich die Wärme des Feuers ein bisschen beißend, aber gerade richtig auf ihre nackte Haut. Entspannt lehnte sie sich auf den Handflächen zurück und kreuzte ihre trocken gebliebenen Sockenfüße übereinander. Sie blickte an sich hinab. Dies war der Sommer der Wollkleider. Heute trug sie jedoch kein abgelegtes Kleid von Kirsty, sondern eines in ihrer eigenen Größe. Es bedeckte beinahe die Knie. Verstohlen zog sie den hellblauen Saum hoch und legte ihre Oberschenkel frei. Sie war immer noch ziemlich erotisiert von den Huren und Tasten …

»Das habe ich gesehen«, riss Jasper sie aus ihren Gedanken. Er hatte sich auf leisen Sohlen (genauer: nassen Socken) genähert und ging neben ihr in die Hocke. Nun musterte er ihre langen weißen Beine so unverhohlen, wie nur Liebhaber oder schwule Männer es tun durften. »Birkenbeine«, murmelte er anerkennend.

»Wenn du wirklich hetero bist, schaust du jetzt besser ganz schnell in eine andere Richtung«, sagte sie mit gespielt strenger Miene.

Seine Katzenaugen blitzten verschmitzt. »Wenn ich schwul bin, verrätst du mir dann, warum du das gemacht hast?«

Sie sah ihn misstrauisch an. »Bist du denn schwul?«

»Manchmal.« Er grinste.

»Fiona hast du auf die Nase gebunden, du wärst hetero.«

Sein Grinsen wurde breiter. »Fiona kann niemand widerstehen. Also, sag einem schwulen Mann wie mir: Warum hast du dein Kleid bis zum Anschlag hochgezogen, obwohl ich hier auf deinem Arm ganz klar eine Gänsehaut erkenne?«

Unwillkürlich grinste sie zurück. Sie hatte keinen Schimmer, ob Jasper schwul, hetero oder bisexuell war, doch es war ihr egal. Sie spürte, dass er nicht mit ihr schlafen wollte. Er wollte sie nur schön finden, so wie sie ihre Freundinnen schön fand. Sie deutete auf die Stelle, an der ihre nackten Schenkel sich berührten. Anders als ihre langen Gliedmaßen, die der Schein des Kaminfeuers zum Schimmern brachte, lag dieses seichte Tal im Dunkeln. Als hätte jemand ihre Beine mit einem Bleistiftstrich voneinander getrennt. Und sie zugleich miteinander verbunden.

»Ich wollte diese Linie sehen«, gestand sie. »Ich finde sie

irgendwie ... erotisch.« Ein wenig befangen schob sie sich eine Haarsträhne hinters Ohr und erklärte: »Es ist, als hätte ich ein Loch im Strumpf. Nur umgekehrt. Wenn alles bedeckt ist, interessiert uns, was darunter hervorblitzt. Aber wenn alles entblößt ist, wird eine dunkle Linie wie diese plötzlich spannend. Ich glaube, so richtig erotisch kann nur sein, was im Dunkeln liegt.«

Jasper hob eine Augenbraue und betrachtete besagte Linie, die nicht wirklich zu ihrem Körper gehörte – aber irgendwie doch. Wie der eigene Schatten.

Schließlich befand er: »Das hast du ausgezeichnet auf den Punkt gebracht, meine Liebe.«

»Was genau?«, wollte eine vertraute Stimme wissen, und Hailey zuckte zusammen. Sie hatte nicht bemerkt, dass Logan (auf trockenen Socken) hinter sie getreten war.

Sie legte den Kopf in den Nacken und sah kurz zu ihm hoch, doch Jasper wandte sich nicht um. Er war immer noch mit ihren Birkenbeinen beschäftigt. Langsam ließ er seinen Zeigefinger über die Grenze zwischen ihren Schenkeln fliegen, von dem Saum ihres Kleids bis zu den Knien. Ohne zu landen, natürlich. Sie spürte, dass Logan – genau wie sie – die Route verfolgte. Und es war nicht der Flugschatten von Jaspers Zeigefinger, der ihre Haut zum Kribbeln brachte.

»Wir haben soeben diese erotische Linie entdeckt.« Jasper klang wie ein Naturforscher. Und nun ließ er seinen Finger erneut über die kribbelnde Grenze schweben, diesmal von ihren Knien zurück zum Saum. Endlich drehte er sich zu Logan um. »Findest du nicht auch, dass sie unfassbar erotisch ist? Wie ein Loch im Strumpf.«

Logan blickte seinen Freund verärgert an, und zum ersten Mal fiel Hailey auf, wie dunkel der Raum war. Danny, der Oberbeleuchter, war tatsächlich nicht zu beneiden. Es war noch nicht einmal zwei Uhr, und dennoch konnte sie die Flammen des Kamins in Logans Augen erkennen. Was vielleicht auch an den dunklen Gewitterwolken lag, die sich hinter den Sprossenfenstern zusammenbrauten.

»Seit wann belästigst du Frauen am Set?«, brummte Logan. Jasper sah sie mit großen Augen an. »Belästige ich dich?« Lächelnd schüttelte sie den Kopf.

»Und was hast du vorhin an dem Wort ›Verzug‹ nicht verstanden?«, knurrte Logan gereizt.

Hailey warf ihm einen unwilligen Blick zu. Offenbar hatte er vergessen, mit wem er sprach. Und zwar mit seinem besten Freund. Nicht einmal die schreckliche Cailin Buchanan klang derart herrisch, wenn Hailey sich mal wieder mit irgendwem festgequatscht und den Laden zu spät geöffnet hatte.

»Hast du mal aus dem Fenster gesehen?«, warf sie ein. »Der Himmel ist schwarz, wir stecken hier also erst mal fest. Deine Leute sollten schleunigst ans Feuer kommen und sich aufwärmen. Wenn sie alle krank werden, kannst du dir immer noch über das Wort ›Verzug‹ Gedanken machen.«

Jasper nickte zufrieden. »Und richte ihnen aus, sie sollen den Tee mitbringen. Er steht auf dem Küchentresen.«

»Machen wir!«, rief Vonda, die gerade mit Charles im Schlepptau durch die Tür gekommen war. »Aber vorher muss unser Joker mir eine Frage beantworten.« Sie fixierte Hailey mit ihren wachen Augen, die ganz anders aussahen als vorhin im Regen. Voller Tatendrang, keine Spur mehr von Tränen und Panik. »Kannst du dir unseren Henry und seine Familie in diesem Raum vorstellen?«

»Ja«, antwortete Hailey ohne Zögern.

»Du bist quasi unser Publikum, also sei ehrlich«, mahnte

Vonda. »Findest du diesen behaglichen Blümchencharme nicht irgendwie unpassend als Umgebung für eine Familie, in der ständig gebrüllt wird? Sollte die Einrichtung nicht lieber karg und kantig sein?«

Hailey schüttelte den Kopf. »Die Schule ist bereits karg und kantig. Ihr braucht den Kontrast. Und mir gefällt, dass nichts so richtig zusammenpasst. Das nüchterne Klassenzimmer wird Henrys Zufluchtsort und das gemütliche Cottage seine Hölle. Sein Leben ist aus den Fugen geraten.«

»Meine Rede«, hörte sie Logan hinter sich sagen und widerstand dem Impuls, sich umzusehen. Es war unwichtig, ob er lächelte.

Vonda strahlte sie jedenfalls an. »Sehr beruhigend«, meinte sie und verließ mit Charles den Raum, um den Tee zu holen.

»Nasse Jeans sind wirklich das Allerletzte«, jammerte Jasper neben ihr. »Sag mal, Cameron, fühlst du dich sexuell belästigt, wenn ich auch meine Hose ausziehe?«

Logan verpasste ihm einen leichten Tritt mit seinem Sockenfuß. »Schon die Frage ist belästigend. Und nur weil Cameron hier sitzt und grinst, heißt das nicht, dass Vonda, Juliet oder die anderen das genauso locker sehen.«

Bevor Jasper in die Diskussion einsteigen konnte, rief Hailey in Richtung Tür: »Hey Leute, kommt mal alle her!«

Zu ihrem Erstaunen kamen sie einen Moment später allesamt in die Stube marschiert: Jeff, Danny, Juliet, Rashid, Neil, Charles mit den Teetassen und Vonda mit einem Tablett, das mit einer Teekanne und einer Zuckerdose aus geblümtem Porzellan, zwei silbernen Milchkännchen, Löffeln und einem Keksteller beladen war.

»Was ist los?«, wollte Jeff wissen.

»Stört es euch, wenn Jasper seine nasse Hose auszieht?«

Logan stöhnte, aber da riefen Juliet und Charles wie aus einem Mund: »Oh, darf ich das auch?«

Kurz darauf waren alle – ausgenommen Logan, Jeff und Rashid – damit beschäftigt, sich von ihren nassen Hosen zu befreien. Es ging zu wie in einer Unisex-Umkleidekabine. Grinsend betrachtete Hailey all die halb nackten Menschen. So schnell konnte ein Raum sein Jane-Austen-Flair verlieren.

Die Steinplatten vor dem Kamin waren nicht breit genug für sechs weitere Hosen, und daher drängten nun alle bis auf Jasper ins Esszimmer, um ihre Sachen über die Stuhllehnen zu hängen. Hailey musterte gerade amüsiert die Rückseite der spindeldürren Beine von Jeffs jungem Kameraassistenten Neil, als Logans Fuß sich von hinten zwischen sie und Jasper schob. »Macht mal Platz«, forderte er.

Bevor sie ihn davon abhalten konnte, rückte Jasper von ihr ab, um seinen Boss in ihre Mitte zu nehmen.

Erneut warf sie Logan einen unwilligen Blick zu. Warum zum Henker wollte er neben ihr sitzen? Zum Glück war sie nicht gezwungen, hier auszuharren, neben diesem mürrischen Mann in dem grauen Hemd, das so gut nach Zigaretten duftete. (Seit wann dufteten Zigaretten?) Wie immer hatte er die Ärmel seines Hemds hochgekrempelt, und zu ihrem Entsetzen winkelte er jetzt die Beine an und legte seine gebräunten Unterarme entspannt auf die Knie. Da lagen sie nun, diese verdammten Arme, absolut in Reichweite ihrer aufgeregten Fingerspitzen.

Gerade als sie aufstehen und zum anderen Ende des Kamins flüchten wollte, ließen sich Juliet und Charles gegenüber von ihnen auf den Boden plumpsen, mitten in die letzte offene Parklücke am Feuer. Sie sah zu den Sesseln hinüber. Dort hockten bereits Jeff und Rashid in ihren nassen Klamotten und versicherten, dass sie sich durch den Striptease der anderen keineswegs sexuell belästigt fühlten. Sie zogen es lediglich aus Gründen des Gewichts (Jeff) und der Würde (Rashid) vor, bekleidet zu bleiben. Danny und Neil ließen sich nacktbeinig nebeneinander auf das Sofa sinken, als hätten sie nur auf das grüne Licht ihrer vollbekleideten Kollegen gewartet. Vonda gesellte sich zu ihnen. Zielsicher kramte sie hinter einem der Kissen eine Wolldecke hervor. Sie ignorierte die neidvollen Blicke der beiden Männer und kuschelte sich mit einem wohligen Seufzer darunter.

Nun waren tatsächlich sämtliche Plätze in dem einzigen warmen Raum im Haus besetzt. Hailey überlegte kurz, mit jemandem zu tauschen, aber schon bei dem bloßen Gedanken kam sie sich kindisch vor. Sie würde das aushalten. Schließlich gab es genug Ablenkung. Zum Beispiel Juliet, die ihren Premiumplatz am Feuer ebenfalls zu bereuen schien – jedoch aus völlig anderen Gründen als sie. Die arme Juliet trug nur einen kurzen Pullover, mit dem sie gerade vergeblich versuchte, ihren ziemlich transparenten Slip zu bedecken.

Hailey griff hinter sich nach ihrer Jacke und hielt sie der verzweifelten Aufnahmeleiterin hin. »Von innen ist sie trocken.«

Juliet legte sich rasch die Jacke auf den Schoß. »Danke, Hailey.«

»War ja klar«, raunte Logan neben ihr.

Verärgert sah sie ihn von der Seite an und raunte zurück: »Was habe ich denn jetzt wieder falsch gemacht?«

»Das Übliche.« Er blickte auf ihre Beine. »Du hättest die Jacke ganz gut selbst gebrauchen können.«

»Kinder, seid nett zueinander«, funkte Jasper dazwischen. »Ich hole uns erst mal einen schönen warmen Tee.«

Mit diesen Worten begab er sich in seinen bunten Boxershorts zum Sofatisch und ließ sie allein mit Logan am Feuer zurück. Juliet und Charles zählten nicht. Seitdem ihr Höschen wieder unsichtbar war, hatte Juliet ihre Sprache wiedergefunden und sich sofort in ein angeregtes Gespräch mit ihrem halb nackten Sitznachbarn vertieft.

Hailey wollte ihnen zuhören, aber sie konnte es nicht. Es erforderte all ihre Konzentration, gegen das nagende Bedürfnis anzukämpfen, Logans Arm zu berühren. Und sie kannte sich. Es war nur eine Frage der Zeit, bis ihre Finger auf Abwege geraten würden. So viel zum Thema sexuelle Belästigung. Hier half nur eins: Sie musste den Spieß umdrehen. Dem selbstgefälligen Typen, der sich ungebeten neben sie gepflanzt hatte, mit der erotischen Linie zwischen ihren Beinen den Kopf verdrehen. Für eine Weile seinen unfreundlichen Verstand ausknipsen ...

Verstohlen rieben sich ihre Beine aneinander und brachten Leben in die Linie. Es funktionierte. Aus dem Augenwinkel nahm sie wahr, wie er sie anstarrte, die fließende Grenze zwischen ihren Schenkeln. Kein Zweifel, sie törnte ihn an. Vermutlich so sehr, dass es wehtat. Jedenfalls biss er kräftig die Zähne zusammen, wie die Bewegung seiner Kiefermuskeln verriet. Es war verwirrend. Warum hatte er nicht längst mit ihr geschlafen? Zum Beispiel am Tag nach seiner Ankunft, als sie ihm wie eine Verrückte um den Hals gefallen war. Oder im letzten Sommer, als das Gleiche passiert war. Als sie ihn noch gemocht hatte. Weil sie nicht gewusst hatte, dass er sie für eine Versagerin hielt, die sich damit zufriedengab, die Läden, nein, die Leben der anderen zu hüten.

Die Läden, die Leben der anderen ...

»Warum will Cailin ihre Vögel in Kisten packen?«, fragte sie unvermittelt.

Er blinzelte. »Hm?«

Sie wiederholte die Frage, und er fuhr sich zerstreut durch seine feuchten Haare. Er wirkte irgendwie ertappt, aber sie konnte nicht sagen, ob es an ihren Schenkeln oder an Cailins Glasvögeln lag.

»Du solltest vielleicht weniger Zeit im Pub und mehr Zeit mit deinen Freundinnen verbringen«, meinte er ausweichend.

Hailey runzelte die Stirn. Sie wusste, dass er recht hatte. Nachdem Jasper vor zwei Wochen auf die Insel gekommen war, hatte sie keinen einzigen Abend in Kirstys Küche verbracht. Auch tagsüber hatte sie ihre Freundinnen kaum zu Gesicht bekommen. Die meiste Zeit hatte sie in der Glasbläserei die Stellung gehalten, damit Cailin, Ian und Hamish die ehemalige Wohnung von Doc Munro über der Arztpraxis renovieren konnten. Es war höchste Zeit, dass sie das verfallene Haus auf Vordermann brachten. Seit Ian im Herbst in Cailins winzige Wohnung über der Glasbläserei eingezogen war, stöhnten sie über den Platzmangel. Der reinste Trennungsgrund, wie Cailin zu sagen pflegte. Und eine Trennung kam gar nicht in die Tüte, denn Cailin war so glücklich wie nie zuvor.

Zu Haileys Erleichterung sahen Liv und Maisie das genauso wie sie. Während sie also Cailins begehrte Seeadler unters Touristenvolk brachte, wechselten sich ihre beiden Freundinnen in der blauen Boutique am Ladentresen ab. Was zur Folge hatte, dass auch Maisie ihre Abende nicht mehr so oft in Kirstys Küche verbrachte. Schließlich war dies der Sommer ihres Lebens, und den wollte sie mit Hamish, Beth und ihren anderen Schulfreunden verbringen. Irgendwo stieg immer eine Party. Liv hingegen holte abends die verlorene Zeit im Atelier nach. Häufig brannte in der ersten Etage noch Licht, wenn Hailey aus dem Pub nach Hause kam. Dann steckte sie den Kopf durch die Tür und hielt noch einen kleinen Plausch mit ihrer Freundin oder sah sich ihre neuesten Entwürfe an.

In dem Showroom über Kirstys Töpferei brannte zumeist ebenfalls noch Licht, wenn sie nachts daran vorbeilief. Kirsty hatte sich in den Kopf gesetzt, den riesigen Raum in eine Tropfsteinhöhle aus ungebranntem Ton zu verwandeln, und der unverzichtbare Hamish würde sich um die Lichtinstallation kümmern. Kirstys zigtausend Follower auf Instagram warteten bereits auf die Fotos und Videos (ebenfalls von Hamish). Die Zeit rannte, denn Hamish wollte sich unbedingt ein paar Tipps von Logans Kameraleuten holen. Vermutlich war es Kirsty also noch nicht einmal aufgefallen, dass in letzter Zeit niemand ihren Kühlschrank geplündert hatte.

Und Cailin? Wie verbrachte sie ihre Abende? Hailey hatte fest damit gerechnet, sie und Ian beim Stammtisch der Crew anzutreffen. Schließlich wurde ihre Freundin es nicht müde zu betonen, dass es *ihr* Film sei. Es war seltsam, dass Cailin seit dem Abend nach dem Casting kein einziges Mal im Pub aufgetaucht war. Sie sei »platt« nach der Renoviererei, hatte sie mehrfach behauptet. Was bei jedem anderen eine plausible Erklärung gewesen wäre. Doch nicht bei Cailin, dem notorischen Energiebündel. Cailin Buchanan war nie für etwas zu müde. Schon gar nicht für ihren Film. Und Hailey wurde das mulmige Gefühl nicht los, dass etwas nicht stimmte. So wie jetzt.

»Wie du meinst«, sagte sie zu Logan. »Dann rufe ich Cailin an und frage sie, was mit den Glasvögeln los ist.«

»Viel Glück, wir haben kein Netz.«

Ihre Augen wurden schmal. Die Zeiten, in denen sie sich über nichts geärgert hatte, waren definitiv vorbei. »Du sagst mir jetzt sofort, was hier los ist.«

Verwundert bemerkte sie, dass seine Mundwinkel zuckten. Er unterdrückte ein Lächeln, und zu ihrer noch größeren Verwunderung beantwortete er ihre Frage: »Cailin will ihren Laden für eine Weile schließen, um ein neues Drehbuch zu schreiben.«

Sie starrte ihn entsetzt an. Sofort verschwand das Lächeln aus seinen Augen. »Tut mir leid«, sagte er leise, »ich dachte, du freust dich über ein weiteres Buch von ihr.«

»Das tu ich«, murmelte sie geistesabwesend.

Alles, woran sie gerade denken konnte, waren seine drei Worte: *für eine Weile*. Cailin wollte ihren Laden nur *für eine Weile* schließen, hatte er gesagt. Es war also nur vorübergehend.

Nach dem zweiten Buch würde alles wieder so werden, wie es war. Die Glasvögel durften ihre Kisten verlassen, Cailin würde eine große Wiedereröffnungsfeier veranstalten, Maisie würde aus London zurückkehren ...

Doch wie so oft in letzter Zeit ließ ihr Gehirn sie im Stich. Der altbewährte Filter, der nur die guten Gedanken hineinließ, schien einen Riss zu haben. Deshalb fanden nun drei andere, unerwünschte Worte den Weg in ihr Bewusstsein: *in der Regel*. Im selben Moment erfasste sie das schlechte Gewissen. Wie konnte ihr nutzloses Gehirn es wagen, den Tod ihrer Mutter mit Cailins Ladenschließung zu vergleichen? Weil es ihr dringend etwas mitteilen wollte: Es war völlig zwecklos, sich an Worte zu klammern. Das Einzige, worauf man sich verlassen konnte, war Veränderung. Doch selbst auf dieses Wort war kein Verlass. Es kaschierte nur das, was Veränderung in Wahrheit bedeutete: *Gehen*.

»Die Einzige, die sich nicht verändert, bin ich«, hörte sie sich mit erstickter Stimme murmeln.

»Wem sagst du das«, entfuhr es Logan.

Zum zweiten Mal heute schossen ihr die Tränen in die Augen. Sie erinnerte sich wieder daran, was er letztes Jahr bei ihrem Wiedersehen zu ihr gesagt hatte: »Du bist anscheinend keinen Tag älter geworden.« Und dann: »Das war kein Kompliment, Cameron.« Er hatte bei seiner Rückkehr dieselbe Hailey vorgefunden, die er damals zurückgelassen hatte. Was ihn offenkundig enttäuscht hatte.

Ihre Blicke trafen sich, und Logan stutzte. Er hatte die Tränen entdeckt, die sie mühsam zurückblinzelte.

»Nein, Hailey, das ist etwas Gutes.« Er klang regelrecht erschrocken. Wie im Reflex legte er die Hand auf ihren rechten Oberschenkel. Sie hielt den Atem an, aber er schenkte ihrer prickelnden, nackten Haut keine Beachtung. Seine warme Hand lag so selbstverständlich auf ihrem Bein, als handelte es sich um ihre Schulter, und sein ungewohnt sanfter Blick blieb auf ihre Augen geheftet.

»Ja, klar«, brachte sie mühsam hervor. »Letzten Sommer klang das anders.«

Sie bemerkte, wie er schluckte. Als wüsste er genau, wovon sie sprach. Und er wusste es tatsächlich. Denn jetzt gestand er leise: »Ich stand unter Schock. Als du mich so stürmisch umarmt hast, war das wie ... eine Zeitreise. Ich war davon ausgegangen, du wärst mittlerweile erwachsen.« Er räusperte sich. »Ehrlich gesagt habe ich es sehr gehofft.«

»Damit ich nicht mehr zu jung sein würde, um dich zu verstehen?«, flüsterte sie heiser.

Er zögerte. Dann nickte er beinahe unmerklich.

»Dabei lag es gar nicht an deinem Alter. Das habe ich jetzt begriffen«, sagte er wie zu sich selbst.

»Woran lag es dann?«, fragte sie, obgleich sie viel lieber gewusst hätte, warum er der Meinung war, sie würde ihn nicht verstehen.

»An deinem Charakter.«

Sie verzog das Gesicht und stellte sarkastisch fest: »Wie beruhigend. Ich war also nicht zu jung, sondern zu dumm, um dich zu verstehen.«

»Nein, zu ... fünfzehn.«

»Also doch das Alter«, murrte sie.

»Nein, wie soll ich das erklären ...« Sein Daumen strich über ihr Bein, ohne dass er es zu merken schien. Er suchte nach Worten. Schließlich erklärte er: »Bei dir ist fünfzehn eine Charaktereigenschaft. Du bist fünfzehn, ganz gleich, wie alt du bist.«

»Im Klartext: Ich bin kindisch und unreif.«

»Nein.« Wieder dieser sanfte Blick. »Nur jung.«

»Du hast recht. Ich verstehe dich nicht.«

Seine Finger drückten nun in ihre weiche Haut. Er sah sie eindringlich an. »Erinnerst du dich an deinen fünfzehnten Geburtstag?«

»Und ob«, brummte sie.

»Cailin hat dir ein Tagebuch geschenkt, und du hast mir die Widmung vorgelesen. Ich weiß es noch genau. Sie hat dich ermahnt, nicht zu schnell erwachsen zu werden. Erwachsene würden Filme schauen und sie sofort wieder vergessen. Weil sie blind wären.« Seine Finger entspannten sich. Er lächelte sie an. »Du warst wirklich der letzte Mensch, der so eine Ermahnung nötig hatte. Ich wette, du weißt immer noch jedes Detail aus jedem Film, den du gesehen hast. Und manchmal bist du nach dem Film so aufgewühlt, dass du allen Leuten damit auf die Nerven gehst.«

Seine Hand strich zärtlich über ihr Bein, und endlich schien es, als wäre ihm die Berührung bewusst. Er spürte ihre Gänsehaut, die längst nicht mehr von der Kälte stammte. Und es gefiel ihm. Sie konnte es in seinen Augen sehen.

»Du bist immer noch das Gegenteil von blind«, fuhr er fort. »Du richtest dein Fernrohr auf die Leute und siehst hin. Das war schon immer so. Du betrittst einen Moment, als wäre er ein Raum. Und dann siehst du dich fasziniert darin um. Du erlebst alles, als wäre es das erste Mal. So was können nur Kinder.« Leise fügte er hinzu: »Kinder und du.«

Hailey wollte lächeln, aber sie konnte es nicht. Zu viele Berührungen – von außen und von innen. Wenn dieser Moment ein Raum war, dann wollte sie ihn nie wieder verlassen.

»Ich dachte, du magst mich nicht mehr«, flüsterte sie.

Er lächelte schief. »Habe ich das jemals getan?«

Sie knuffte ihn in die Seite. »Arsch.«

Seine Fingerspitzen fuhren sachte über die Linie, die definitiv zu ihrem Körper gehörte, und er flüsterte: »Es tut mir leid.«

Sie schauderte. Und flüsterte zurück: »Was genau?«

»Alles.«

»Dass du gesagt hast, ich wäre eine Versagerin?«

Seine Finger hielten inne. Verblüfft sah er sie an. »Wann war das denn?«

»Letzten Samstag unter der Platane.«

Er zog die Augenbrauen zusammen. »Von Versagen war überhaupt keine Rede. Ich habe bloß vorgeschlagen, dass du dich mal um dich kümmerst.«

»Weil ich nur eine unbedeutende Nebenfigur in meinem eigenen Leben bin«, erwiderte sie und ärgerte sich zugleich maßlos über sich selbst. Ganz ohne Not hatte sie den unwirklichen Raum verlassen, wo er sie berührt hatte, von außen und von innen ...

Abrupt nahm er die Hand von ihrem Schenkel. »Wenn du das so siehst«, entgegnete er kühl.

»Nein, *du* siehst das so«, stellte sie klar.

Mit einer frustrierten Geste fuhr er sich über den Dreitagebart. »Du verstehst mich nicht. Hast du noch nie.«

Sie funkelte ihn an. »Nein, Logan, *du* verstehst *mich* nicht. Es ging sowieso immer nur um dich.«

»Genau das meine ich doch!« Genervt warf er die Hände in die Luft – und hätte Jasper beinahe die Teetasse aus der Hand geschlagen. Er war neben Logan in die Hocke gegangen und ihm haarscharf ausgewichen.

Vorsichtig stellte er die Tasse auf dem Boden ab. »Ihr streitet ja immer noch.«

»Wo warst du so lange?«, brummte Logan, als wäre es die Aufgabe seines Regieassistenten gewesen, ihn nicht mit dieser Frau allein zu lassen.

»Der Tee war alle, ich habe frischen gekocht«, antwortete Jasper unbekümmert und reichte Hailey die zweite Tasse. Er zwinkerte ihr zu. »Außerdem sah es so aus, als würdet ihr ganz gut ohne mich zurechtkommen.«

»Die Dinge sind selten so, wie sie aussehen«, murrte Logan und erhob sich unvermittelt von seinem Platz.

Jasper und sie sahen ihm dabei zu, wie er wortlos das Sofa mit der schwatzenden Vonda passierte und den Raum verließ.

Hailey wusste, wohin er gehen würde. Nach draußen unter das Vordach, um eine zu rauchen. Zu ihrem Ärger verspürte sie den Drang, ihm zu folgen. Nur um ihm die blöde Fluppe wegzunehmen und ihn zurück ins Warme zu holen. So was Dämliches. Schließlich war dieser Dummkopf erwachsen. Zumindest hatte er das behauptet. Irgendwie.

»Dieser Dummkopf wird sich erkälten«, seufzte Jasper. »Er

hat seinen Tee vergessen, und seine nasse Hose hat er auch nicht ausgezogen.« Kopfschüttelnd nahm er Logans Tasse und stieß mit ihr an. »Auf geliebte Fehler.«

15. Februar

SMOKE
Drehbuch: Paul Auster
Regie: Wayne Wang

Nach »Das Piano« hat Logan mir einen weiteren Film mit Harvey Keitel gegeben. Er ist sein Lieblingsschauspieler. Zu Recht. Er hat in so vielen legendären Filmen mitgespielt. Oft nur in einer Nebenrolle, wie in »Taxi Driver« oder »Pulp Fiction«. Logan hat eine Schwäche für Nebendarsteller. Als ich ihm »Das Piano« zurückbrachte, hat er mir erzählt, dass Anna Paquin damals für ihre Rolle als Adas Tochter einen Oscar gewonnen hat. Mit nur elf Jahren! Er hat gelächelt. Aber nur kurz. Dann hat er sich wieder über die Bewerbungsbögen für das Biologiestudium gebeugt. Ich konnte kaum hinsehen.

Bei uns am Hafen gibt es jetzt ein Internetcafé. Ich weiß wirklich nicht, was Erin gegen das Internet hat. Nach nur zwei Minuten habe ich die Telefonnummer des Studentenbüros der Filmakademie herausgefunden. Bevor mir das Herz in die Hose rutschen konnte, habe ich in New York angerufen und gefragt, ob Logans Bewerbung dort eingegangen ist. Ich habe mich als seine Mum ausgegeben und behauptet, er wäre ein Nerd, der nirgendwo anruft. Das haben sie geschluckt! Scheint häufiger vorzukommen. Aber jetzt halt dich fest, liebes Tagebuch: Die Bewerbung ist nie dort angekommen! Es gibt keinen Logan Wallace in ihrer Kartei.

Zuerst wollte ich sofort loslaufen und ihm den Kopf ab-reißen. Hockt seit anderthalb Jahren tatenlos hier herum und wartet! Wenn es um seinen großen Traum geht, ruft man doch zumindest mal in Amerika an und fragt, ob das Päckchen dort angekommen ist – oder nicht? Logan ist tatsächlich einer dieser Nerds. Ich bin trotzdem nicht zu ihm gelaufen. Bis jetzt weiß niemand von meinem An-ruf. Dass ich es keinem verraten habe, liegt an »Smoke«, glaube ich. Seit ich den Film gesehen habe, fühle ich mich komisch. Die Szene mit dem Fotoalbum hat mich fertig-gemacht. Von vorne:

Paul ist Schriftsteller, Raucher und lebt allein. Seine schwangere Frau wurde vor langer Zeit auf offener Straße erschossen. Eines Abends geht er kurz vor Ladenschluss noch mal zum Laden um die Ecke, um sich seine geliebten Zigarillos zu kaufen. Der Inhaber Auggie (Harvey Keitel) lädt ihn auf eine Zigarrenlänge in seine Wohnung sein. Auggie erzählt Paul von seinem Fotoprojekt. Seit vielen Jahren stellt er jeden Morgen um Punkt acht Uhr an der-selben Straßenecke ein Stativ auf und schießt ein Foto von seinem Laden. Er zeigt Paul die Fotoalben. Man sieht immer dasselbe Motiv – aber nicht wirklich. Die Passan-ten, das Wetter, die Jahreszeiten, einfach alles ändert sich. Jedes Bild hat seine eigene Stimmung. Paul betrachtet sie mit ruhigem Interesse. Bis auf einem der Fotos seine ver-

*storbene Frau durchs Bild läuft. Da bricht er in Tränen
aus.*

*Nach guten Filmen weiß man plötzlich, was man schon
immer wusste, findest du nicht? Das Leben ist wie Rauch.
Man kann es nicht festhalten. Deshalb ist Loslassen ja unmöglich.*

11

Hailey drehte das Ladenschild auf »Geschlossen« und trat auf den Gehweg. Was gar nicht so einfach war. Vor ihrer Boutique drängten sich bereits die Schaulustigen. Nebenan bei Kirsty war es noch schlimmer, denn direkt vor ihrem zweiten Schaufenster begann das Sperrgebiet. Logans Leute hatten zwischen der Straßenlaterne vor der Töpferei und dem Geländer auf der Kaimauer ein orange-rotes Absperrband über die Straße gespannt. Das Gleiche hatten sie auf der anderen Seite von Cailins Haus getan, das heute im Rampenlicht stand. An den Absperrungen patrouillierten zwei Aufpasser mit Knopf im Ohr und finsterem Blick. Kein Normalsterblicher durfte sich dem gelben Häuschen – oder vielmehr: Nova Townsend – nähern. Heute Morgen auf dem Rückweg von Lauries Gemischtwarenladen hatte Hailey einen kleinen Plausch mit Novas Muskelmännern gehalten und sie nebenbei mit Lauries wunderbarem Milchkaffee bekannt gemacht. Dabei hatten die beiden ihr verraten, dass sie Brüder waren, aus Brooklyn stammten, große Fans von Adam Sandler waren und Lawrence und Franklin hießen. Für sie: Larry und Frank.

Es war nicht auszuschließen, dass Larry und Frank für sie ihren Job riskieren würden. Aber dazu würde es nicht kommen. Schließlich lag ihr nichts ferner, als das Sperrgebiet zu betreten. Sie machte bereits seit drei Tagen einen großen Bogen um Cailins Laden, obgleich Vonda und Charles sie mehrfach eingeladen hatten, einen Blick in »die Töpferei« zu werfen. Sie hatte jedes Mal abgewinkt. Schon das Wort *Töpferei* erzeugte ein eigenartiges Ziehen in ihrer Brust. Unter normalen Umständen hätte sie Kirsty und den Szenenbildnern nur zu gern dabei geholfen, Dee Boyds altes Atelier hinter dem (echten) Töpferladen zu plündern und die Keramikwaren nach nebenan in die (ehemalige) Glasbläserei zu schleppen. Abends im Pub hatte Vonda von all den Schätzen geschwärmt, die sie in Dees verstaubten Regalen entdeckt hatten – und von Kirsty, die ihnen mit den Leihgaben eine Menge Zeit und Geld sparte. Ebenso hatte sie von den leuchtend bunten Glasvögeln geschwärmt, die nun für eine Weile in dunklen Kisten im Werkraum hinter Haileys blauem Haus ausharren mussten. *Für eine Weile …*

Hailey wollte nichts mehr von diesen drei Worten wissen. Sie waren glatt gelogen. Wären sie wahr gewesen, hätte Cailin sich nicht aus dem Staub gemacht. Genau wie Hailey hatte ihre Freundin keinen Fuß mehr über die Schwelle ihres Häuschens gesetzt, seit Ian und sie am letzten Wochenende mit Sack und Pack in die unfertige Wohnung über der Arztpraxis umgesiedelt waren. Auch hierbei hätte Hailey normalerweise gern geholfen – zumal Cailin sie ohne Wenn und Aber zum Kistenpacken eingeteilt hätte. Dass sie es nicht getan hatte, war nur ein weiteres Indiz dafür, dass etwas nicht stimmte.

Sie musste ganz einfach den Tatsachen ins Auge sehen: Cailin wollte von nun an Bücher schreiben, die Zeit der Glasvögel war vorbei. Die »Voliere«, wie sie den Laden genannt hatten, war nur noch ein leerer Käfig. Die Sonne würde vergeblich ihre Finger durch die Schaufenster strecken, um über die bunten Glaskörper zu streichen und Regenbögen an die Wände zu zaubern. Und die Äste des knorrigen Baumes, den Cailin vor Jahren in der Ecke hinter dem Tresen aufgestellt hatte, würden vergebens auf die Rückkehr ihrer kleinen Bewohner warten. Der Weihnachtsschmuck war ausgeflogen. Vermutlich hatten Vonda und ihre Leute auch den Baum entsorgt. Nichts war mehr übrig geblieben von dem Raum, in dem Hailey so viele glückliche Stunden mit ihrer besten Freundin verbracht hatte.

Nicht einmal Cailin hatte damit gerechnet, dass es so schnell gehen würde. Die Filmszenen, die in ihrem Haus spielten, befanden sich ausnahmslos in der zweiten Hälfte des Drehbuchs. Daher hatte sie nach eigenem Bekunden angenommen, ihr würden noch einige Wochen bleiben, um sich – und Hailey – auf den Auszug vorzubereiten. Doch Logan hatte die Szenen in seinem Drehplan wild durcheinandergewürfelt. Kate war schwanger, noch bevor sie mit Henry geschlafen hatte. Und heute – am ersten Drehtag – beichtete sie ihrer Mutter die Affäre mit ihrem Lehrer, obgleich sie noch nicht stattgefunden hatte. Denn ein gewisser Hollywoodstar namens Gregory Mailer war erst ab der nächsten Woche verfügbar, um sich in Kate zu verlieben.

Cailin hatte behauptet, von diesem Zickzack würde sie seekrank – und sich mit Ian in ihr neues Heim auf dem Hügel zurückgezogen. Zum ersten Mal im Leben bedauerte Hailey, in der bunten Häuserreihe am Hafen zu wohnen. Anders als ihre Freundin konnte sie Hollywood nicht entkommen. Wie von Geisterhand hatte es sich vor ihrem Haus aufgebaut, und nun versperrten ihr die Wagen, das Equipment und all die Menschen den Blick aufs Meer und auf sich selbst. Sie konnte keinen klaren Gedanken mehr fassen. In ihrer Verzweiflung hatte sie beschlossen, die Flucht nach vorn anzutreten. Sie würde jetzt dort hinausgehen und Larry und Frank bei der Arbeit zusehen. Dabei würde sie peinlich genau darauf achten, nicht an ihnen vorbei durch die Schaufenster ins Innere des gelben Häuschens zu blicken. Die Fassade mit den pink gestrichenen Fensterrahmen sah aus wie immer. Solange sie nicht zu genau hinsah, hatte sich nichts geändert.

Entschlossen schob sie sich durch die Menschenmenge in Richtung Absperrband. Als sie Kirstys Ladentür erreichte, überlegte sie kurz, hineinzugehen und ihre Freundin zum Mitkommen zu überreden. (Liv hatte bereits gestreikt. Keine zehn Pferde würden sie dazu bringen, sich in dieses Gedränge zu begeben.) Im selben Moment erblickte sie den braunen Lockenkopf vorne in der ersten Reihe. Kirsty stand neben Lucinda, die mit ihren inzwischen kurzen leuchtend blauen Haaren aus der Menge hervorstach.

Als sie die beiden erreichte, bemerkte sie jedoch, dass es sich bei dem braunen Lockenkopf nicht um Kirsty, sondern um Fiona handelte. Sie stand mit Lucinda und Maisie an der Absperrung und krakeelte gerade: »Jasper!«

Hailey drängte sich neben Fiona und sah, wie Jasper aus dem Laden ins Freie trat. In wenigen Schritten war er bei ihnen. »Da seid ihr ja endlich!«

»Wir sind schon seit Stunden hier, aber du hast uns nicht beachtet«, murrte Lucinda.

»Ihr wart auch nicht gemeint, sondern Hailey und Fiona.«
Die beiden Mädchen stöhnten frustriert.

»Aber Lucy und ich gehören doch zur Crew«, sagte Maisie.
»Nein, zum Cast«, entgegnete Jasper.

Maisie blickte ihn perplex an. »Wo ist der Unterschied?«
Er seufzte. »Die Crewmitglieder werden bei allen Szenen gebraucht, die Schauspieler nur bei denen, in denen sie auftre-

ten. Und ihr zwei seid erst am Donnerstag dran. Ihr habt hier also nichts verloren.«

Jasper hob das Absperrband an, und Fiona schlüpfte darunter hindurch. Als Hailey zögerte, fasste er sie an der Hand und zog sie auf seine Seite. Auf direktem Weg ins Sperrgebiet.

»Das ist unfair«, protestierte Lucinda. »Die beiden gehören weder zur Crew noch zum Cast.«

»Cameron gehört sehr wohl zur Crew«, gab Jasper zurück, »und Fiona wurde vom Regisseur persönlich eingeladen, bei der ersten Szene dabei zu sein.«

»*Vom Regisseur persönlich.*« Lucinda verdrehte die Augen. »Sag Logan, ich schmeiße heute Abend eine Runde im Pub, wenn Maisie und ich jetzt endlich Nova Townsend treffen dürfen.«

Hailey musterte Lucinda nachdenklich. Logan hatte recht gehabt. Die Achtzehnjährige akzeptierte kein Nein – nicht einmal ein Absperrband. Genau wie Maisie steckte sie mitten im Sommer ihres Lebens, der magischen Zeit zwischen Schule und Zukunft. Das Dazwischen war bekanntlich der Sommer, in dem man tun und lassen konnte, was man wollte. Und manche Leute wollten nun einmal mehr als andere. Erst recht, wenn sie gerade Oberwasser hatten, weil all ihre Wünsche in Erfüllung gegangen waren.

Nach dem missglückten Turnhallen-Casting hatte Cailin ihren Schützling ohne Umschweife bei Fiona einquartiert. Nun wohnte Lucinda bereits seit gut zwei Wochen in Ians ehemaligem Zimmer über dem Pub. Genau wie Fiona bezahlte sie ihre Bleibe, indem sie Aidan an der Bar aushalf. Dabei hatte sich erwiesen, dass sie hart arbeiten konnte. Lucinda zapfte Bier, als hätte sie ihr Leben lang nichts anderes getan. Und plauderte nebenbei mit der Crew. Alle kannten und schätzten sie. Sie mochten ihre scharfe Zunge. Mit Lucinda wurde es nie langweilig, und mittlerweile verfügte sie über eine wahre Lobby unter den Szenenbildnern. Vonda hatte sogar laut darüber nachgedacht, die Online-Castings zu sabotieren, die Laurel und Holly auf der Suche nach der letzten unbesetzten Rolle (natürlich die der Ella-Mae) durchführten. Was der Castingdirektorin nur recht gewesen wäre.

»Was soll das, Logan?«, war es letzte Woche aus Laurel herausgebrochen. Sie hatte zwischen ihrem Regisseur und Hailey gesessen und auf Lucinda gedeutet, die am anderen Ende der Bar beschäftigt gewesen war. »Wir haben bereits unsere Ella-Mae! Sie braucht nicht mal das verdammte Method Acting, sie *ist* Ella-Mae.«

Fiona hatte abrupt den Zapfhahn zugedreht. »Ist sie wirklich«, hatte sie bestätigt. »Meine Ella-Mae.«

Hailey hatte geschmunzelt. Sie liebte das. Dabei zuzusehen, wie Menschen zueinanderfanden. Zwischen Fiona und Lucinda lagen gut dreißig Jahre, und dennoch hatte es klick gemacht. Fiona war regelrecht aufgeblüht, seit das Mädchen bei ihr wohnte. Als wäre die beste Freundin, die sie nie gehabt hatte, direkt aus Cailins Drehbuch in die Realität gestolpert. Ella-Mae lebte. Über Aidans Pub.

Niemand verstand so recht, warum sich ausgerechnet diese beiden eigenwilligen Frauen so glänzend verstanden. Das konnte nicht gut gehen. Tat es aber, und Hailey ahnte, weshalb: Es lag am Altersunterschied. Lucinda war die kleine Egoistin, die Fiona einmal gewesen war. Und Fiona war die große Egoistin, die Lucinda einmal sein würde. Sie erkannten einander. Und lachten sich darüber kaputt.

»Hey! Ella-Mae!«, hatte Logan zur allseitigen Überraschung über das Stimmengewirr des Pubs hinweg gerufen.

Sofort hatte Lucinda sich zu ihm umgedreht. Für eine Sekunde hatte sie ihn mit weit aufgerissenen Augen angestarrt, dann war sie auf ihn zugekommen. »Ja?« Offenbar hatte sie das Fragezeichen ihrer Mitbewohnerin ausgeborgt. Und es stand ihr gut.

»Wir arbeiten nicht mit Perücken«, hatte Logan unvermittelt gesagt, und das Fragezeichen in Lucindas Augen war noch größer geworden.

»Das heißt, du wirst dir deine Haare kurz schneiden und blau färben lassen«, fügte er ungerührt hinzu. »Und mit kurz meine ich *kurz*.«

Sie nickte perplex.

»Ich warne dich, ich will keine Diskussionen hören«, fuhr er fort. »Du wirst die Kostüme tragen, die man dir gibt. Du wirst hässlich sein und Nova schön. Du wirst pünktlich sein, auch wenn Nova ständig zu spät am Set erscheint. Und du wirst das nicht kommentieren. Du wirst dich auf deine Rolle konzentrieren und umsetzen, was ich dir sage. Auch das wirst du nicht kommentieren. Haben wir uns verstanden?«

»Ja?«, krächzte Lucinda.

»Einmal ohne Fragezeichen, bitte.«

Da hatte sie tief Luft geholt und »Ja!« gerufen.

Fiona und Lucinda hatten sich in den Armen gelegen, und alle anderen hatten Logan auf die Schultern geklopft – alle, bis auf Hailey. Seit dem verwirrenden Gespräch vor Martha Hancocks Kamin achtete sie mehr denn je darauf, ihren Sicherheitsabstand zu wahren. Daher hatte sie reglos neben Laurel an der Bar gesessen und sich still und leise für das Mädchen gefreut.

Nach einer Weile, als die anderen von ihm abgelassen hatten, hatte Logan ihren Blick gesucht. Neuerdings passierte das häufig. Immer ohne Worte. Und offenkundig ohne Plan. In jenem Moment hatte er jedoch gefragt: »Zufrieden?«

Sie hatte gelächelt. »Bin ich das nicht immer?«

Jasper ließ das Absperrband sinken und fixierte Lucinda mit ungewohnt kühlem Blick. »Die Dreharbeiten haben gerade erst begonnen, und du forderst schon eine Sonderbehandlung? Wir haben dich im Handumdrehen ausgetauscht, meine Liebe.«

»Ach, lass die Kinder doch –«, begann Fiona, verstummte aber, als sich sein kühler Blick auf sie richtete.

Hailey sah ihn verblüfft an. Eine neue Seite von Jasper: Logans knallharte rechte Hand. Gegen diese eiskalten Raubkatzenaugen wirkten Larry und Frank wie Miezekätzchen.

»Dann eben nicht«, murrte Lucinda.

Maisie zupfte an ihrem Ärmel. »Komm, wir stellen uns ans Wasser. Bestimmt sieht Nova dort als Erstes hin, wenn sie das Haus verlässt.«

»Aber da stehen schon jede Menge Leute«, maulte Lucinda. »Wir sind doch keine Schaulustigen, sondern *Kolleginnen*.«

»Ja, Kolleginnen, die am Hafenbecken stehen«, erwiderte Maisie unbekümmert und zog die schmollende Lucinda hinter sich her durch die Menschenmenge.

»Ihr müsst mitkommen«, raunte Jasper. »Wir haben dort drinnen ein kleines Problem.«

»Was ist los?«, wollte Fiona wissen.

»James ist los.«

Fionas Augen weiteten sich. »Er ist hier?«

»Ja, leider.«

»*Leider?*«, fragten Fiona und Hailey wie aus einem Mund.

»Kommt mit, dann seht ihr, was ich meine.«

»Ich kann da nicht rein.« Fiona und Hailey sahen einander verdutzt an. Sie hatten erneut gleichzeitig dasselbe gesagt.

»Warum nicht?«, fragte Jasper ungeduldig.

»Wegen James«, murmelte Fiona.

»Wegen der Glasvögel«, murmelte Hailey.

Jasper fixierte sie mit dem gleichen kühlen Blick, den er zuvor Lucinda zugeworfen hatte. »James lasse ich als Grund gelten, die Glasvögel nicht.«

Mit diesen Worten fasste er Hailey an der Hand und zog sie zu der vertrauten Holztür, durch die sie jahrelang gehopst, gesprungen, gestürmt war. Es war erschreckend, wie schnell sich die Dinge ändern konnten ...

Hilfe suchend sah sie sich nach Fiona um, aber die war bereits auf die sichere Seite des Absperrbands geflüchtet. Fiona warf ihr einen bedauernden Blick zu. *Tut mir leid, ich kann nicht*, schienen ihre Augen zu sagen. *Ich auch nicht*, dachte Hailey und blieb abrupt vor der Tür stehen.

Genervt wandte sich Jasper zu ihr um, doch dann bemerkte er ihren panischen Gesichtsausdruck. *»Bitte«*, sagte er eindringlich, »wir brauchen dich.«

»Warum? Was hat James getan?«

»Er sitzt auf der Treppe und weint.«

Sie sah ihn entsetzt an, und er fuhr fort: »Er hat die erste Szene nicht gut verkraftet. Nova hat das ziemlich perfekt gemacht. Man hat sich sofort in das verzweifelte Mädchen hineinversetzt, das seiner Mutter die Schwangerschaft und die Affäre mit ihrem Lehrer gesteht. James steht völlig neben sich, niemand konnte ihn beruhigen.«

Hailey hörte gerade noch seine letzten Worte. Sie hatte bereits die Tür aufgerissen und den Laden betreten, der nun ein Filmset war. Sie hatte keine Zeit, um nach dem knorrigen

Baum Ausschau zu halten und seine leeren Äste zu betrauern. Oder um Vondas Töpferei wahrzunehmen. Alles, was sie sah, waren die Hindernisse auf dem Weg zu ihrem Freund: Kameras, Scheinwerfer, Kabel, aber vor allem Leute. Jeff, Neil, Danny, Rashid und wie sie alle hießen. Grußlos hastete sie an ihnen vorbei durch die Hintertür ins Treppenhaus.

Dort, auf der schmalen Holztreppe, saß James. Er war nicht allein. Zwei Stufen über ihm hockte Nova Townsend, und Logan stand am Fuße der Treppe, mit dem Arm an das Geländer gelehnt. James hatte das Gesicht in seinen faltigen Händen vergraben und weinte lautlos. Hailey sah, wie seine Schultern bebten.

Nova hatte sich vorgebeugt und sprach mit James' Hinterkopf. »Wissen Sie, das ist das größte Kompliment, das Sie einer Schauspielerin machen können.«

Sie wurde unwirsch von Logan unterbrochen. »Nova, lass den Mann endlich in Ruhe und geh nach oben.«

Nova blickte auf und wollte offenbar etwas erwidern, doch jetzt bemerkte sie Hailey und Jasper. Ihre großen braunen Augen wurden schmal. »Hier gibt's nichts zu sehen«, sagte sie bissig.

Logan sah sich um, und sein Gesicht hellte sich auf. (Soweit die Schatten unter seinen Augen und der Dreitagebart es zuließen.) »Da bist du ja endlich.«

Im ersten Moment fühlte Hailey sich nicht angesprochen. Schließlich stand sein Assistent neben ihr, der immer und überall willkommen war. Nun fügte er jedoch an James gewandt hinzu: »Hailey ist hier.«

James hob den Kopf. Beim Anblick seiner leeren, rot unterlaufenen Augen zog sich alles in ihr zusammen. So musste er zu seinen schlimmsten Zeiten ausgesehen haben. Als er mit der Whiskyflasche ins Bett gegangen war. Sein zerfurchtes Gesicht sah älter aus als sonst. Und jünger. Hailey kannte dieses Phänomen von ihrer Mutter. Die Hilflosigkeit ließ Menschen zugleich älter und jünger wirken. Wie Greis und Säugling in einer Person. Vielleicht hatte die Natur das so eingerichtet, damit man sich um sie kümmerte. Damit man ihre Hand ergriff, wenn sie den Arm nach einem ausstreckten.

Seine Hand war kalt, und die Treppe war schmal – so schmal, dass Hailey kaum neben ihm Platz fand. Aber das störte sie nicht. Stumm lehnte sie ihre Schulter an seine und wartete, bis sein Beben langsam nachließ. Sie konnte nicht sagen, ob Nova noch immer hinter ihnen saß oder ob Jasper nach wie vor im Türrahmen stand. Das Einzige, was sie wahrnahm, waren James' kalte Hand und Logans besorgter Blick, der auf ihnen ruhte.

Irgendwann erkundigte sie sich vorsichtig bei James: »Wollen wir nach nebenan zu Kirsty gehen? Wenn du sie siehst, geht es dir bestimmt besser.«

»Nein, bitte sag ihr nichts davon«, erwiderte er heiser. »Sie wäre nur wieder zornig auf ihre Mutter.«

»Auf Fiona?«, fragte sie verblüfft.

James räusperte sich, und dann erklärte er in seinem gewohnt ruhigen Tonfall: »Kirsty findet es egoistisch von ihrer Mutter, dass sie auf dieses Filmprojekt bestanden hat. Sie hat sich gerade erst ein wenig mit dem Gedanken an den Film angefreundet, weil sie den Eindruck hatte, die Geschichte wäre bei Cailin und Logan in guten Händen.« Er zögerte, dann ergänzte er leise: »Dennoch wäre es ihr lieber gewesen, wir hätten die Vergangenheit auf sich beruhen lassen. Nicht nur unseretwegen, sondern vor allem wegen ihrer Großmutter. Kirsty erscheint es nicht richtig, dass Leute im Kino sitzen und dabei zusehen werden, wie Dee damals ihre Tochter verloren hat. Zumal wir sie nicht mehr um Erlaubnis bitten konnten.«

Logan seufzte. »Ich dachte, das wäre alles geklärt. Wenn ich gewusst hätte, dass das Projekt eure Familie belastet –«

»Es ist geklärt, Logan«, fiel James ihm ins Wort. »Wenn dieser Film Fiona dabei hilft, das Ganze zu verarbeiten, ist es das wert. Ich bin sicher, Dee würde das genauso sehen.«

»Dee würde sagen, die Erde gehört den Lebenden, nicht den Toten«, meinte Hailey, ohne nachzudenken.

Sie biss sich auf die Unterlippe. Die Erde mochte den Lebenden gehören, aber dieser Satz, den sie soeben Dee Boyd in den Mund gelegt hatte, gehörte Thomas Jefferson. Ihr Dad hatte ihn nach dem Tod ihrer Mum wieder und wieder zitiert – wann immer er sie allein im Färberschuppen oder im Garten ihrer Mutter vorgefunden hatte. Und wenn sie nicht aufpasste, würde sie gleich diejenige sein, die mit bebenden Schultern hier saß. Kein Wunder, dass Logan den Film schon jetzt bereute. Er war förmlich umzingelt von echten Menschen, die ihre Gefühle nicht im Griff hatten. Doch hier ging es weder um sie noch um ihre Mum. Sie war nur der Joker – also eine enge Artverwandte der Clowns. Und gute Clowns weinten bekanntlich nur, wenn niemand hinsah. Lachen war nämlich etwas für Profis. Genau wie die hohe Kunst, sich im richtigen Moment ein wenig danebenzubenehmen.

Unvermittelt gab sie dem älteren Herrn, der neben ihr saß, einen Klaps auf den Hinterkopf. »Aber Fiona ist verflucht noch mal nicht die einzige Lebende. Hör auf, immer nur an die anderen zu denken.«

Logan schnaubte, und sie warf ihm einen verärgerten Blick zu. *Hier geht es nicht um mich.* Er hob eine Augenbraue. *Tut es doch nie.*

James hatte ihren Blickwechsel nicht bemerkt. »Ich gebe zu«, sagte er mit zerknirschter Stimme, »es ist nicht ganz einfach für mich, alles noch einmal zu erleben – oder vielmehr: zu erleben, was ich nicht erlebt habe. Mir ist erst seit heute wirklich klar, was Fiona und Dee damals meinetwegen durchmachen mussten. Nach diesem furchtbaren Streit, den Nova und ihre Kollegin gerade so eindrucksvoll dargestellt haben, hat Dee ihre Tochter nie mehr wiedergesehen.« Er blinzelte. »Ich habe ihre Familie zerstört.«

»Nee, Mr Lennox«, ertönte eine junge, fröhliche Stimme hinter ihnen, »den Schuh brauchen Sie sich wirklich nicht anzuziehen. Wenn Sie mich fragen, hätte Kates Mum ruhig ein bisschen cooler reagieren können. Sie hat ihre Tochter ja regelrecht vergrault mit diesem schrecklichen Gezeter über die Nachbarn und angeblichen Freunde, die ihnen von nun an das Leben zur Hölle machen würden. So was von engstirnig – bei uns in San Francisco wäre das überhaupt kein Thema gewesen.«

Hailey hatte sich zu Nova umgedreht und musterte sie. Sie hatte ihr Gesicht schon so häufig in den Medien gesehen, dass es sich anfühlte wie ... Alltag. Als handelte es sich bei dem Mädchen, das zwei Stufen über ihnen hockte, um eine von Maisies Freundinnen und nicht um einen millionenschweren Stern am Hollywoodhimmel. Novas braune Locken waren auf die gleiche Weise mit einem goldenen Bleistift hochgesteckt, wie Kirsty es zu tun pflegte. Was natürlich kein Zufall war. Cailin hatte Kirstys Frisur ins Drehbuch geschrieben. Damals hatte Hailey es ebenfalls für eine gute Idee gehalten, aber jetzt war sie sich nicht mehr sicher. Offenbar war Kirsty in letzter Zeit nicht so gut auf ihre Mum zu sprechen gewesen. Vermutlich würde sie nicht erfreut darüber sein, dass die Grenzen zwischen ihr und

Fiona im Film verschwammen. Es lief immer auf dasselbe Problem hinaus: zu viele echte Menschen.

James hatte sich ebenfalls zu Nova umgedreht und drückte flüchtig ihren Fuß, der in einem pinken Chuck steckte. »Ich fürchte, San Francisco und Tobermory sind zwei völlig verschiedene Paar Schuhe. Ort und Zeit spielen in unserem Leben nun einmal eine tragende Rolle. Nur wenige Menschen können sich davon freimachen.« Er schenkte ihr ein schwaches Lächeln. »Allerdings hoffe ich, dass Sex zwischen Lehrern und Schülern auch in San Francisco verboten ist.«

»Wenn Sie es so ausdrücken –«

Er seufzte. »Sie sind jedenfalls eine ganz fantastische Schauspielerin, meine Liebe. Ich war sehr beeindruckt, wie unaufdringlich Sie unseren schottischen Akzent imitieren. Und bitte verzeihen Sie mir meine unangebrachte Reaktion, ich wollte den Betrieb nicht aufhalten.«

Nova strahlte ihn an. »Ach was, es macht mich glücklich, wenn ich mein Publikum zum Heulen bringe.«

»Es reicht, Nova«, schaltete sich Logan ein. »Geh nach oben, Kevin wartet schon in der Maske.«

Zu Haileys Erstaunen erhob sich das Mädchen ohne Protest und hüpfte die Stufen zu Cailins Wohnung hinauf, die nicht mehr Cailins Wohnung war. Hailey senkte den Blick. Sie wollte nicht daran denken, wie es nun dort oben aussah. Sie wusste, dass das Wohnzimmer mit Meerblick als Filmmotiv genutzt wurde, und nebenan in Cailins kleinem Schlafzimmer hatten wahrscheinlich die Maskenbildner ihre Zelte aufgeschlagen ...

Logans warme Stimme trug sie zurück ins Treppenhaus. Von seinem gereizten Tonfall war nichts mehr übrig, als er zu James sagte: »Es tut mir leid, dass ich dich hierher eingeladen habe. Ich habe nicht nachgedacht.«

»Nein, es hat sich richtig angefühlt«, widersprach James. »Es wird Zeit, dass ich meinen Blickwinkel ändere. Meine große Liebe hat mich mit unserem Baby im Bauch verlassen – das war die einzige Geschichte, die ich hören wollte. Es geschieht mir ganz recht, endlich das ganze Bild zu sehen. Wenn ich mich dazu überwinden kann, werde ich mir weitere Szenen anschauen, falls du nichts dagegen hast.« Er schenkte Logan das gleiche schwache Lächeln wie zuvor Nova. »Ich verspreche, dass ich mich zusammenreiße. Das nächste Mal bin ich besser vorbereitet.«

Logan lächelte zurück. »Du bist jederzeit am Set willkommen, und Tränen sind erlaubt.«

Hailey warf ihm einen irritierten Blick zu. Hatte Logan sie nicht erst kürzlich auf der Bank vor ihrem Garten sitzen lassen, weil sie die Unverschämtheit besessen hatte, die Belange der realen Menschen zu erwähnen?

Bevor sie sich bremsen konnte, platzte es aus ihr heraus: »Und wer hat neulich noch behauptet, er wäre nicht der sadistische Rupert?«

Logan blinzelte perplex, und da half sie ihm auf die Sprünge: »Mein Cousin, der das Gewaltvideo mit mir in der Hauptrolle gedreht hat – du erinnerst dich? Baby Hailey, Marty und der Ast? Hast du nicht behauptet, du wärst kein verdammter Therapeut? Du wolltest mit der Realität nichts zu tun haben. Wenn ich mich recht erinnere, hast du sogar gemeint, manche Leute sollten selbst im Film die Finger voneinander lassen – vor allem, wenn einer von ihnen ein abstinenter Alkoholiker ist.«

Sie funkelte ihren Sitznachbarn an, der sie ebenso verdutzt ansah wie Logan. »James, ich schwöre dir, wenn du wegen dieser überflüssigen Selbstbestrafung wieder anfängst zu trinken, dann ... dann nehme ich dir Gertie weg! Kein Schwein will bei einem Trinker leben. Meinst du nicht, du hast dich mit deinen dreißig Jahren Einsamkeit genug bestraft? Es wird verflucht noch mal Zeit, dass du dir selbst verzeihst. Und glaub mir, man muss nicht jeden Logan-Wallace-Film gesehen haben.«

Unwillkürlich blickte sie zu Logan. Seine Augen blitzten amüsiert. *Na warte ...*

Bevor sie zu einer weiteren verbalen Attacke gegen den Sadisten ausholen konnte, hörte sie James' freundliche Stimme sagen: »Tut mir leid, Hailey, verzeihen kann ich mir erst, wenn Fiona endlich glücklich ist. Aber du musst dir um Gertie und mich keine Sorgen machen. Weißt du, in die Vergangenheit zu blicken ist nicht immer eine Strafe. Ich bin sicher, Cailin hat in ihrem Drehbuch auch unsere schönen Momente untergebracht, und darauf freue ich mich schon sehr. Wer hätte gedacht, dass ich diese Momente einmal mit Fionas Augen sehen dürfte. Es wird so sein, als hätte mir jemand ein Fotoalbum mit Schnappschüssen von uns geschenkt, von denen ich bisher keine Ahnung hatte.«

»Solche Fotoalben können ganz furchtbar nach hinten losgehen«, entgegnete sie, immer noch aufgebracht. »Es braucht nur unerwartet eine erschossene Frau durchs Bild zu schlendern, die man geliebt hat, und schon fällt man in ein schwarzes Loch.«

Sie hielt inne. Und verfluchte ihr altes Tagebuch. In letzter Zeit blätterte sie viel zu oft in der Vergangenheit herum, genau wie James.

»Da du gerade davon sprichst«, warf Logan ein. Sie sah auf, doch er hatte sich bereits Jasper zugewandt, der die ganze Zeit stumm im Türrahmen gelehnt und ihnen aufmerksam zugehört hatte. »Buddy, hast du eine Zigarette für mich?«

Hailey spürte, wie ihre Wangen heiß wurden. Es war irritierend, dass er jede Windung in ihrem Filmgehirn mühelos verfolgen konnte. Sie nahm sich vor, zumindest nicht mehr über Filme mit Harvey Keitel zu sprechen. Am Ende würde Logan sich noch einbilden, sie hätte denselben Lieblingsschauspieler wie er. Weit gefehlt. Zwar hatte er sie damals freundlicherweise in sein unendliches Universum hineingelassen, aber was sie dort anstellte, was sie dachte und wen sie liebte, konnte er nicht beeinflussen. Ob er es glaubte oder nicht: Es gab jede Menge Dinge in ihrem Herzen, die nichts mit Logan Wallace zu tun hatten. (River Phoenix zum Beispiel.)

Logans treuer Assistent zog eine Packung Zigaretten aus der Brusttasche und deutete damit zur Hintertür.

Während die beiden Raucher im Hinterhof verschwanden, blieb Hailey gedankenverloren neben James auf der Treppe sitzen. Cailins Hinterhof ... Vermutlich war dies der einzige Ort, an dem sich nichts verändert hatte – es sei denn, Vondas Leute hatten den knorrigen Baum dorthin verfrachtet. Mist. Nun sah sie es vor sich. Wie er dastand, eingeklemmt zwischen den Mülltonnen, ganz allein mit zwei rätselhaften Männern, die Rauch aus Mund und Nase ausstießen. Und sich wünschte, er wäre nicht bloß ein stummer Baum. Dann hätte er die beiden fragen können, ob sie vielleicht wüssten, wann seine kleinen Freunde aus Glas zu ihm zurückkehren würden. Fragen kostete ja nichts.

12

Sie drehten bereits die dritte Runde auf dem Schulhof, als James abrupt unter dem Basketballkorb stehen blieb. »Warum hast du mir eigentlich nicht erzählt, dass du so ein großer Fan von Nova Townsend bist?«, fragte er mit einem Schmunzeln auf den Lippen.

Hailey sah ihn verdutzt an. »Wie kommst du denn darauf?«

Er deutete mit dem Daumen zum Fenster des Rektors. »Du starrst sie schon seit Tagen an.«

Sie unterdrückte den Impuls, ihren Blick erneut zu dem Mädchen wandern zu lassen, das hinter der Fensterscheibe saß und ihre gleichaltrigen Fans auf dem Schulhof beobachtete. Vorgestern, als sie mit den Szenen in der Schule begonnen hatten, war Nova Townsend von stammelnden Schülerkomparsen umringt gewesen, die sich mit roten Ohren bei ihr erkundigt hatten, wie ihr die Insel gefiele und ob sie so nett wäre, ihren Namen auf diverse Körperteile zu schreiben. Doch Logans Aufnahmeleiterin Juliet hatte sofort reagiert. Bereits in der ersten Drehpause hatte sie Nova ohne Umschweife in das Büro des Rektors geschickt, und Larry und Frank waren vor der Tür in Stellung gegangen. Als hätte Nova etwas ausgefressen.

Natürlich war das Gegenteil der Fall. Rektor Phil hatte eigens seine heiligen vier Wände geräumt, damit sie hier Zuflucht vor seinen aufdringlichen Schülern suchen und ungestört ihren Text durchgehen konnte.

Während also die dreizehn Schülerkomparsen plus Lucinda in den Drehpausen ausgelassen miteinander auf dem Schulhof herumalberten, saß der Filmstar mit dem Skript auf Rektor Phils Fensterbank und schaute sehnsüchtig nach draußen. Ihr Anblick versetzte Hailey diesen vertrauten Stich in der Brust, den sie so schlecht ertragen konnte. Dennoch erschien es ihr unmöglich, nicht hinzusehen. Sie hatte es ja schon immer geahnt: Der Mittelpunkt war ein einsamer Ort. Und Neunzehnjährige sollten nicht einsam sein – genauso wenig wie Einundsiebzigjährige oder Zweiunddreißigjährige.

»Niemand sollte einsam sein«, sagte sie gedankenverloren. »Nicht einmal ein Hollywoodstar.«

James schenkte ihr sein warmes Lächeln. »Da hast du völlig recht.«

»Gut, dann ändere ich das jetzt.«

»Aber wenn Nova auf den Schulhof kommt, bricht wieder das Chaos aus«, gab er zu bedenken. »Und sie muss sich auf ihre Rolle konzentrieren.«

Hailey verdrehte die Augen. »Manchmal klingst du echt wie ein Lehrer. Nova kann bleiben, wo sie ist. Aber ich leiste ihr jetzt beim Alleinsein Gesellschaft.«

Gesagt, getan. Larry und Frank, die wie zwei ungewöhnlich muskulöse Schüler auf dem bordeauxroten Sofa von Phils Sekretärin hockten, freuten sich über Haileys Besuch – und ließen sie ohne den geringsten Widerstand passieren, geradewegs ins Büro des Rektors.

Nova saß immer noch auf der Fensterbank, die Stirn an die Scheibe gelehnt. Als Hailey sich hinter ihr räusperte, fuhr sie erschrocken zusammen. Wie jemand, der bei etwas Verbotenem ertappt worden war. (Beim Einsamsein.)

»Tut mir leid, ich wollte nicht stören.«

Nova blickte zu der Uhr, die über der Tür hing. »Ist die Pause schon vorbei?«

»Nein«, antwortete Hailey ein wenig befangen. »Ich dachte nur, ich schau mal vorbei.«

Novas Miene hellte sich auf. »Ach, wie nett von dir.«

Sie rutschte von der Fensterbank und trat an Phils gigantischen Schreibtisch aus dunklem Holz, auf dem ein kleines Büfett aufgebaut war. Fingerfood, Obst, Kokoswasser.

»Kann ich dir etwas anbieten? Aber ich warne dich: Kokoswasser ist so ziemlich das Widerlichste, was es gibt.«

Hailey lächelte. »Danke, ich verzichte.«

»Ich glaube, Gregs Büfett drüben im Lehrerzimmer ist viel cooler als das hier«, meinte Nova und zog einen Schmollmund. »Angeblich hat er Donuts und ganz normale Cola, mit Zucker und allem. Dieses Obst hier ist purer Sexismus.«

»Soll ich rübergehen und Gregory Mailer fragen, ob er tauschen will? Vielleicht sitzt er dort drüben und nörgelt vor sich hin, weil niemand sein geliebtes Kokoswasser für ihn besorgt hat.«

Nova kicherte. »Das vergisst er bestimmt sofort, wenn er dich sieht.« Sie musterte Hailey von oben bis unten. »Du siehst supersexy aus in diesem Kleid. Greg kann seine Cola selber trinken, ich lass dich nicht gehen. Ehrlich gesagt habe ich mich schon die ganze Zeit gefragt, wer du bist.«

Ihre Augen weiteten sich. »Oh, Verzeihung! Mein Name ist Hailey Cameron.«

Sie streckte Nova die Hand entgegen, aber die winkte ab. »Das weiß ich doch.«

»Wirklich?«, entfuhr es ihr.

»Ich glaube, kein anderer Name fällt am Set so häufig wie deiner«, meinte Nova lachend. »Die einen rufen nach Hailey, die anderen nach Cameron, und immer bist du gemeint.«

»Ist mir gar nicht aufgefallen«, murmelte sie erstaunt.

»Soll das ein Witz sein?« Das Mädchen schüttelte ungläubig den Kopf. »Selbst Logan ruft ständig nach dir.«

Hailey lachte auf. »Nein, er knurrt: ›Weg da, Cameron!‹«

»Quatsch, er flucht: ›Wo zum Teufel steckt Cameron?‹ Bist du neben Jasper seine zweite Assistentin?«

»Wenn überhaupt, bin ich Jaspers Assistentin.«

»Sein Joker«, meinte Nova nickend.

»Du bekommst ja ganz schön viel mit.«

»Du interessierst mich«, gestand sie. »Seit du letzte Woche im Treppenhaus aufgetaucht bist, um James zu helfen. Logan war so erleichtert, und James konnte plötzlich wieder sprechen. Mir geht es übrigens auch richtig gut, seit du hier hereinspaziert bist. Wie machst du das? Bist du Psychologin oder so was? Und wie bist du an meinen beiden Bodyguards vorbeigekommen?«

»Gute Frage«, kam es von der Tür.

Hailey fuhr herum und blickte in ein frostblaues Augenpaar. Logan stand im Türrahmen. Er wirkte nicht gerade begeistert, sie hier zu sehen.

»Larry und Frank können nichts dafür«, sagte sie hastig.

»*Larry und Frank?*«

»Sie meint Lawrence und Franklin«, warf Nova ein.

»Ich ... ich bin durchs Fenster geklettert.«

»Aha.« Er hob die Augenbrauen. »Dann ist es also reiner Zufall, dass Larry und Frank da draußen gerade deine Lieblingsschokoriegel essen?«

»Schokoriegel?«, entfuhr es Nova. »Wieso hast du mir keinen mitgebracht?«

»Hab ich doch.« Hailey zog einen Riegel aus ihrer Umhängetasche und reichte ihn dem hungrigen Mädchen.

Nova riss sofort die Verpackung auf und biss hinein. Schmatzend fragte sie: »Was ist sonst noch in deiner Tasche?«

»Nur Fruchtgummis, fürchte ich.«

»Her damit!«, rief sie und machte einen Freudenhopser, als Hailey bereitwillig die nächste Süßigkeit herausrückte.

»Cameron, was wird das hier?«

Sie warf Logan einen tadelnden Blick zu. »Jetzt sag nicht, du spielst für Nova die Zuckerpolizei.«

»Hier geht es nicht um Zucker, sondern um Ruhe«, entgegnete er genervt. »Phils Büro sollte ihr Rückzugsort sein.«

»Und was machst du dann hier?«, wollte Hailey wissen.

Nova kicherte, aber er antwortete schlicht: »Die nächste Szene durchsprechen. Wärst du also so nett zu verschwinden?«

»Sag ich doch«, sagte sie an Nova gewandt. »Der Satz lautet: ›Weg da, Cameron!‹«

»Aber sobald du weg bist, will er wissen, wo du steckst.« Nova gluckste und vertilgte den Rest ihres Riegels.

Logan ignorierte sie. »Nova muss arbeiten.«

»Und ich muss mit dir reden«, erwiderte Hailey.

»Weißt du, ich versuche, hier einen Film zu drehen.«

»Und ich versuche, dir dabei zu helfen«, beharrte sie. »Es dauert nur eine Minute.«

Die Mädchentoilette war seit den achtziger Jahren nicht mehr renoviert worden. Eine Traumkulisse. Vonda hatte nichts verändern müssen. Die Sonnenstrahlen, die durch das Milchglasfenster fielen, ließen den hellblau gefliesten Raum blass und staubig erscheinen. Wie auf einem vergilbten Foto. Oder in einem dieser alten MTV-Videos. Am liebsten hätte Hailey sich eng umschlungen mit dem gut aussehenden Typen in der schwarzen Lederjacke an eines der Waschbecken gelehnt, und er hätte dabei ihren Hinterkopf im gesprungenen Spiegel ansingen können. Doch für die Achtziger hatte sie die falsche Frisur. (Sie hatte heute Morgen das Glätteisen benutzt.) Und außerdem war Logan ganz offensichtlich nicht in der Stimmung, um zu singen. Er war vor dem ersten Waschbecken stehen geblieben und klang extrem genervt, als er »Was ist los?« fragte.

Sie bemühte sich um den gleichen genervten Tonfall. »Es geht um Nova. Zuerst habt ihr das arme Mädchen in dieses Wellnesshotel fernab der Crew einquartiert, und jetzt sperrt ihr sie auch noch in Rektor Phils Büro weg. Soll sie etwa den gesamten Sommer allein mit Larry und Frank auf der Insel herumschleichen? Herrje, die beiden sind Fans von Adam Sandler, und Nova steht bestimmt auf Timothée Chalamet – kannst du mir mal sagen, worüber die sich unterhalten sollen? Also bring sie wenigstens mal abends in den Pub mit.«

Er verschränkte die Arme. »Und das war jetzt so dringend, dass du mich in die Mädchentoilette zerren musstest? Cameron, ich *arbeite*. Was hast du überhaupt schon wieder hier zu suchen?«

Sie verschränkte ebenfalls die Arme. »James wollte, dass ich ihn zum Set begleite.«

»Schon wieder? Hast du nicht einen Laden?«

»Nicht mehr«, erwiderte sie, ohne nachzudenken.

»Was soll das heißen?«

»Nichts. Geh und arbeite.«

»*Was soll das heißen?*«, wiederholte er ungeduldig.

Sie stöhnte. »Das soll heißen, Liv hat gerade ihre neue Kollektion fertiggestellt und möchte unten in der Boutique mit eigenen Augen sehen, wie ihre Klamotten bei den Leuten ankommen. Normalerweise würde ich mich unterdessen um die Glasvögel kümmern, während Cailin Wände streicht oder Bücher schreibt oder sonst was tut. Aber jetzt ...« Sie räusperte sich. »James ist der Einzige, der mich braucht.«

Er musterte sie für einen Augenblick, dann fragte er unvermittelt: »Sag mal, Hailey, wovon lebst du eigentlich?«

Hailey ... Ihr Vorname war pure Absicht. Logan erfreute sich am inneren Tumult anderer Leute, genau wie der sadistische Rupert. Pah. Das konnte er vergessen. Sie war die Ruhe in Person.

»Du klingst wie ein Amerikaner«, murrte sie. »Als Nächstes erkundigst du dich nach meinem Jahreseinkommen.«

Er stemmte die Hände in die Seiten. »Das würde mich in der Tat sehr interessieren.«

Ihre Augen wurden schmal. »Warum?«

Er zögerte, aber schließlich sagte er leise: »Hätte mich jemand vor einem Jahr gefragt, was aus dir geworden ist, wären mir nur zwei mögliche Antworten in den Sinn gekommen.«

»Da bin ich aber gespannt.«

»Hailey Cameron hat entweder Karriere als Model gemacht und ist mit einem berühmten Fotografen liiert, oder sie betreibt gemeinsam mit ihrem total verliebten Ehemann ein Kino in Tobermory und hat mindestens drei Kinder.«

Sie sah in seine klaren blauen Augen. Keine Spur von Ironie. Nur Enttäuschung. Zugegeben, nun war er da, der innere Tumult. Doch sie ließ sich nichts anmerken. Betont gelassen erwiderte sie: »Darauf fallen mir nur zwei mögliche Antworten ein.«

»Da bin ich gespannt.«

»Die erste lautet: Du Arsch.«

Er lächelte schief. »Und die zweite?«

»Die ist zu lang für deine Drehpause.«

Er fixierte sie mit dem forschenden Blick, den sie so gut kannte. Man konnte Logan Wallace einiges vorwerfen, aber Gleichgültigkeit gehörte nicht dazu. Und wenn ihn etwas interessierte, war alles andere egal. In dieser Hinsicht war er genau wie sie: Er betrat einen Moment, als wäre er ein Raum – selbst wenn es sich um eine Mädchentoilette handelte.

Daher wunderte es sie nicht, als er entgegnete: »Die Pause dauert so lange, wie ich es für richtig halte.«

»Kein Wunder, dass ihr in Verzug seid.«

Er schob die Hände in die Hosentaschen. »Ich würde jetzt gern die zweite Antwort hören.«

Oje, da war es wieder, das Alphatier. Die Autorität in seiner ruhigen Stimme törnte sie kolossal an – obgleich er noch vor einer Minute ihr Leben als Reinfall bezeichnet hatte. Zugegeben, nicht direkt. Aber durch die Blume. Das vertraute Flattern war also mehr als unangebracht.

Sie reckte ihr Kinn. »Weißt du, ich habe viel mehr erreicht als eine Modelkarriere oder ein Kino. Ich brauche kein Filmbudget und keine Produktionsfirma, um zu meinen Wurzeln zurückzufinden. Ich habe meine Zeit nämlich nicht mit Projekten vergeudet, die mir nichts bedeuten. Anders als du habe ich keine Kompromisse gemacht. Ich habe immer genau das getan, was ich wollte. Als meine Mum krank wurde, war ich für sie da. Und als sie starb, war ich für meinen Bruder Davie da, bis er mich nicht mehr brauchte. Das waren fünf Jahre, die ich für nichts in der Welt wieder hergeben würde – obwohl ich mit dreiundzwanzig nichts weiter vorzuweisen hatte als diverse

Aushilfsjobs auf dem Hof meiner Eltern. Letztlich haben sie mich doppelt und dreifach dafür entschädigt.«

»Entschädigt? Meinst du damit das blaue Haus?«

»Nein, das hat Erin mir überlassen, als sie nach Harris gezogen ist.«

»Hat deine Mutter dir etwas vererbt?«, hakte er nach.

Gegen ihren Willen stahl sich ein Schmunzeln auf ihre Lippen. Und sie bemerkte erstaunt, dass sich ihr innerer Tumult in Luft aufgelöst hatte. Dieser Amerikaner, der bei dem Wort »Entschädigung« an Geld dachte, konnte ihr nichts anhaben. Außerdem beschlich sie der tollkühne Verdacht, dass sein ernster Gesichtsausdruck, den sie als Enttäuschung gedeutet hatte, nichts weiter war als ... *Sorge?*

Unwillkürlich sprach sie aus, was sie dachte: »Keine Sorge, Logan, ich brauche keine Erbschaft, um über die Runden zu kommen. Aber meine Mum hat mir tatsächlich etwas hinterlassen, und zwar ihre Bücher über Färberpflanzen, ihren Garten und ihren Färberschuppen.«

Erneut entwischte ihr ein Schmunzeln, als sie hinzufügte: »Ihr Hobby, wie mein Vater sagen würde. Er betreibt natürlich eine richtige Manufaktur mit riesigen Färbekesseln und mehreren Angestellten, die sich nicht mit Experimenten wie Farbgewinnung aus der eigenen Pflanzenzucht oder Solarfärbung in Einweckgläsern aufhalten. Wäre es nach ihm gegangen, würde ich ihm längst dabei helfen, seinen Betrieb zu leiten.«

»Warum hast du es nicht getan?«

»Weil ich meine Mum behalten wollte.« Sie senkte den Blick und schob sich eine Haarsträhne hinters Ohr. »Weißt du, ich dachte mir, wenn ich ein bisschen so sein würde wie sie, dann wäre sie noch ein bisschen hier.«

Er zögerte, dann fragte er: »Wie war sie denn?«

Hailey blinzelte. Seine Frage hatte so sanft geklungen, dass sie sich am Waschbecken festhalten musste. Wie kam er nur dazu, sie so mitfühlend anzusehen? Wenn sie jetzt nicht ganz schnell die Kurve kriegten, würde sie in Tränen ausbrechen.

»Na, fünfzehn«, meinte sie kurz angebunden.

»Natürlich, was denn sonst.« Er hob belustigt die Augenbrauen. »Erzähl mir mehr.«

»*Erzähl mir mehr?*« Sie warf ihm einen entrüsteten Blick zu. »Logan, du solltest da draußen sein und meinen Film drehen.«

»Ich kann deinen Film aber jetzt nicht drehen.«

»*Warum nicht?*«

»Weil ich gerade in einer anderen Geschichte stecke.«

»Dann schmeiß ich dich sofort aus der blöden Geschichte raus, indem ich die Klappe halte.«

Er runzelte die Stirn. Sein belustigter Gesichtsausdruck war wie weggeblasen. »Cameron, ich muss das jetzt wissen.«

»Du musst umgehend erfahren, wie meine Mum so gewesen ist?«, fragte sie fassungslos.

»Ich muss umgehend erfahren, was aus dir geworden ist«, erwiderte er, ohne mit der Wimper zu zucken.

Frustriert warf sie die Hände in die Luft. »Aber das siehst du doch!«

Unversehens fuhr sein Blick über ihren Körper, der wie immer recht spärlich bedeckt war. Ihr indigoblaues Wickelkleid endete weit über den Knien, aber das Highlight war der Ausschnitt. Er brachte die Wölbung ihrer weißen Brüste so wunderbar zur Geltung, dass Jasper sie heute Morgen gefragt hatte, ob sie sich nicht ständig selbst anfassen wollte. (Natürlich wollte sie.)

Logan räusperte sich und sah ihr in die Augen. »Du bist mehr als das, was ich sehe.«

Sie hob eine Augenbraue. »Was genau siehst du denn?«

»Tu mir das jetzt nicht an«, bat er leise.

Hailey seufzte. »Na gut, dann reden wir eben über meine Mum. Wenn ich es mir recht überlege, war sie um einiges jünger als fünfzehn – eher so sechs oder sieben.«

Er schenkte ihr ein vorsichtiges Lächeln. Wie jemand, der soeben noch in der Klemme gesteckt hatte und nicht glauben konnte, dass er so einfach davongekommen war. »Erzählst du mir, weshalb?«

Sie erwiderte sein Lächeln. »Meine Mum hat alles, was die Erwachsenen den lieben langen Tag so treiben und fabrizieren, im Kleinen nachgespielt. Während mein Vater also eine riesige Schafzucht unterhielt, kümmerte sie sich um ihr Schaf Bessie, das sie mit der Flasche großgezogen hatte. Während mein Dad die Spinnerei immer weiter ausbaute, strickte sie Pullover und Schals für uns Kinder. Und als er die Färberei gründete, grub sie im Garten hinter dem Haus die Beete um und werkelte in ihrem Färberschuppen.«

Hailey spürte, wie ihre Gesichtszüge weich wurden. Es war nicht wirklich möglich, sachlich aus der Wäsche zu schauen, wenn man über Jessica Cameron sprach. Leise ergänzte sie: »Als Kind habe ich ihr oft dabei geholfen, ihre Farbflotte herzustellen. Wenn wir nebeneinander an ihrer Werkbank standen und die Blüten und Blätter zerkleinert haben, hat sie mir all die wundersamen Dinge erklärt, die ich später mit eigenen Augen sehen konnte.«

»Was für Dinge?«, wollte Logan wissen.

»Nichts Spannendes.«

»Offenbar doch«, widersprach er mit dieser ungewohnt sanften Stimme, die sie aus der Fassung brachte. »Sonst würden deine Augen nicht so glänzen.«

»Ja, aber das interessiert nur Leute wie mich«, entgegnete sie schroff.

»Leute wie dich?«

»Färber.«

»Aber du interessierst dich doch auch für meinen Film, obwohl es nicht dein Beruf ist.«

»Auf tierischen Fasern wie Schafswolle wirken die Farben intensiver als auf pflanzlichen Fasern – wusstest du das?« Er schüttelte den Kopf, und Hailey ergänzte widerwillig: »Liegt an der Eiweißkonstellation. Ach ja, und wusstest du, dass man mit Gelbflechte, Ammoniaklösung, Dunkelheit und viel Geduld eine wunderbare Violettfärbung erzeugen kann? Nein?« Sie zog eine Grimasse. »Ist vielleicht nicht ganz so aufregend wie die Dreharbeiten mit Nova und Greg.«

»Ich würde verdammt gern ein wunderbares Violett herstellen«, meinte er mit todernster Miene. »Und ich verstehe deine Mum. Ich hätte auch lieber nur ein Schaf namens Bessie als eine ganze Schafsfarm.«

»Ich weiß, was du denkst.«

»Ach ja? Was denn?«

»Dass mein Vater sich auf dem Hof abgeschuftet hat, während meine Mutter fröhlich ihren Hobbys nachging.« Bevor er etwas einwenden konnte, fuhr sie fort: »Aber meine Mum war nicht faul – im Gegenteil. Sie hat überall ausgeholfen und war sich für keine Arbeit zu schade. Sie hat unsere Welt, die mein Vater Tag für Tag geradezu zwanghaft vergrößert hat, im Kleinen zusammengehalten.«

Er sah sie stirnrunzelnd an.

»Was denkst du?«, wollte sie wissen.

»Du bist tatsächlich wie sie.«

»So, wie du das sagst, scheint das nichts Gutes zu sein.«

»Nein, ich frage mich nur –« Er verstummte.

»Was denn?«, beharrte sie.

Logan kratzte sich am Hinterkopf und wirkte plötzlich befangen. Er blickte an ihr vorbei, zu dem trüben Milchglasfenster, als er nachdenklich sagte: »Ich frage mich nur, wie dieses Kindbleiben funktioniert, wenn man niemanden hat, der sich um die Welt im Großen kümmert.«

Unwillkürlich lachte sie auf. »Du glaubst, ich brauche einen Ernährer? Logan, hör endlich auf, dir Sorgen zu machen. Ich lebe vom Geben und Nehmen, und das funktioniert einwandfrei.«

Er sah sie an. »Geben und Nehmen? Was soll das heißen?«

»Na gut, hier hast du deine zweite Antwort«, sagte sie seufzend. »Falls dich jemand fragt, wie zur Hölle Hailey Cameron ihre Rechnungen bezahlt, kannst du ihnen sagen: Sie lebt von der Miete, die ihre Freundin Liv ihr unbedingt zahlen will, und von der fein gesponnenen Biowolle, die ihr Dad ihr zu einem Spottpreis liefert.«

»Das klingt so, als würdest du vor allem vom Nehmen leben. Ich hätte gewettet, es wäre andersherum.«

»Ach, Geben und Nehmen halten sich ungefähr die Waage«, erwiderte sie unbekümmert. »Mein Dad kann dank mir eine viel größere Farbpalette in seinem Sortiment anbieten. Er bekommt von mir all die Naturfarben, die ihm in der Herstellung zu aufwendig sind. Und Liv bekommt auch so einiges von mir. Dem Vertrieb über den Online-Shop habe ich zum Beispiel nur ihr zuliebe zugestimmt. Wenn ich all das Verpackungsmaterial in meinem Werkraum sehe, wird mir ganz schlecht.« Sie seufzte erneut. »Trotzdem mag ich alle unsere Kundinnen – ganz gleich, ob sie in Livs Boutique spaziert kommen oder irgendwo in Deutschland auf ›Kaufen‹ klicken. Es handelt sich nämlich um Menschen, die handgefärbte Garne schätzen und etwas gegen chemische Schafbäder, Mulesing und lange Schlachttransporte haben.«

Sie lächelte versonnen. »Aber das Beste sind die alten Damen, die meine Färberkurse besuchen. Erinnerst du dich an Edith, Mildred und Mabel?«

Ein Grinsen stahl sich auf sein Gesicht.

»Die sind alle so.« Sie lachte. »Neugierig, fröhlich und wahnsinnig dankbar. Sie stecken mir ständig ein viel zu hohes Trinkgeld zu, bloß weil ich ihnen erzähle, dass man keine Aluminiumtöpfe beim Färben verwenden sollte oder dass Sodawasser die Farbe intensiviert.« Sie hielt inne. »Du hast recht, das Nehmen überwiegt.«

»Das bezweifle ich«, widersprach er, und sie konnte wieder die Sorge in seinen Augen erkennen. »Wenn ich das richtig verstanden habe, gehört deine Boutique in Wahrheit deiner Freundin Liv.«

»Oje, aus dir ist ja wirklich ein Amerikaner geworden.«

»Wie meinst du das?«, fragte er perplex.

»Wenn ich mit meinem total verliebten Ehemann ein Kino betreiben würde, würdest du nicht fragen, wem es gehört.«

»Das wäre ja auch etwas völlig anderes.«

»Warum?«

»Seid Liv und du etwa ein Paar?«

Sie warf ihm einen belustigten Blick zu. »Nein, aber enge Freundinnen. Warum ist das etwas anderes? Warum soll ich Liv nicht genauso vertrauen können wie meinem total verliebten Mann? Weshalb soll ich darüber nachdenken müssen, was ihr gehört und was mir?«

Logan fuhr sich mit der Hand über den Dreitagebart und

deutete zur Tür, auf die jemand mit schwarzem Filzstift gekritzelt hatte: »Ein Ort zum Bleiben.«

»Vielleicht sollte ich hierbleiben«, brummte er.

»In der Mädchentoilette?«

Er nickte. »Ich merke gerade, dass ich der Falsche für diesen Film bin.«

Sie lachte auf. »Zu amerikanisch?«

»Zu engstirnig.«

»Ach was, du hast in letzter Zeit bloß ziemlich viele Schwarz-Weiß-Filme gedreht, das ist alles.«

»*Schwarz-Weiß-Filme?*« Er stöhnte.

»Aber dein Debüt war richtig gut.«

Er lächelte schwach. »Immerhin war der tatsächlich in Schwarz-Weiß.«

»Jaha, aber er war weniger schwarz-weiß als all die bunten, die folgten.«

»Du machst mich fertig, Cameron.«

»Dachtest du etwa, es ist einfach, zu seinen Wurzeln zurückzukehren?«

Er warf ihr einen eigenartigen Blick zu. »Nein, das dachte ich nicht.«

»Dann geh jetzt da raus und dreh meinen Film.«

Er stöhnte erneut. »Wann hörst du endlich auf, das zu sagen?« Als sie ihn fragend ansah, ergänzte er: »*Dein* Film.«

Verdutzt ließ sie sich auf den kalten Heizkörper sinken, der sich direkt hinter ihr unter dem Milchglasfenster befand. Logans Blick fiel auf ihre gekreuzten Beine, und im selben Moment wurde ihr bewusst, dass ihr Wickelkleid sich nicht zum Sitzen auf Heizkörpern eignete. Oder zum Sitzen im Allgemeinen. Der dünne Stoff teilte sich direkt über der viel besungenen erotischen Linie und bot Logan freie Sicht auf ihre Schenkel.

Oje. Der Mann hatte jetzt keine Zeit für so etwas. Er musste einen Film drehen. *Ihren* Film. Augenzwinkernd erhob sie sich von ihrem Sitzplatz, strich das Kleid glatt und lehnte sich an die Wand neben dem Fenster.

»Danke«, murmelte er.

»Keine Ursache.«

Zu ihrer Überraschung kam er mit ein paar schnellen Schritten auf sie zu, bis er dicht vor ihr stehen blieb. Er presste seine linke Hand gegen die Wand und starrte sie mit dunklen Augen an. Unwillkürlich musste sie an den verregneten Abend in Aidans Garten denken, als er sich gegen den Stamm der Platane gelehnt und sie mit dem gleichen intensiven Blick bedacht hatte.

Aber diesmal hatte sie nicht das Bedürfnis, ihm auszuweichen. Im Gegenteil. Sie sah in seine Augen, und für einen Moment glaubte, nein, hoffte sie, er würde sie endlich küssen. Oder sie zumindest packen und in eine der Toilettenkabinen ziehen. Wenn er es nicht in zwei Sekunden tun würde …

Bevor sie den Gedanken zu Ende denken konnte, sagte er heiser: »Komm bitte nicht mehr her.«

Sie schluckte. »Und was soll ich tun, wenn ich zur Toilette muss?«, versuchte sie zu scherzen.

Doch Logan lächelte nicht.

»Du willst mich nicht mehr am Set haben«, stellte sie mit tonloser Stimme fest.

Er nickte.

»Aber ich habe James versprochen –«

»Das geht so nicht weiter«, unterbrach er sie. »Du verdrehst hier allen den Kopf.«

Sie sah ihn herausfordernd an. »Wem denn noch außer dir?«

»Meinem Star«, erwiderte er mit ärgerlich ruhiger Stimme.

Hailey blinzelte. »Gregory Mailer? Ich habe noch kein einziges Wort mit ihm gewechselt.«

Da huschte ein unerwartetes Lächeln über sein Gesicht. »Das ist beruhigend.«

»Dass ich noch nicht mit *Gregory Mailer* gesprochen habe?« Ungläubig schüttelte sie den Kopf. Natürlich sprach sie nicht mit ihm. Sie ging nicht einmal in seine Nähe. Schließlich war er ein Filmstar, und sie war nur ... *Persona non grata.*

»Nein, das habe ich nicht gemeint.« Logans Lächeln wurde breiter. »Ich finde es beruhigend, dass selbst in deinem Kopf die eine oder andere Schublade existiert.«

»Welche Schublade?«, wollte sie verwirrt wissen, aber Logan hatte sich bereits abgewandt.

»Man sieht sich im Pub, Cameron«, sagte er über die Schulter, während er durch die Tür mit der Aufschrift »Ein Ort zum Bleiben« verschwand.

Zu Haileys Überraschung erschien Logan am Abend mit der überglücklichen Nova im Pub. Doch Novas Glück währte nur kurz – bis die Touristen sie entdeckten. Über die Selfie-Orgie, die nun folgte, hätte man noch großzügig hinwegsehen können, aber auf die versteckten Kameras, die plötzlich überall aufblitzten, hatte niemand Lust. Am allerwenigsten Logans Chefkameramann Jeff, der seiner Frau versprochen hatte, trotz Schottland seine geschundene Leber zu schonen. Das Letzte, was Jeff also gebrauchen konnte, war ein verwackelter Internetauftritt in einem inoffiziellen Werbefilm für den Tobermory Single Malt Whisky.

Nova hatte Tränen in den Augen, als sie sich bei Frank und Larry unterhakte, um ins Hotel zurückzufahren. Frank und

Larry wirkten ebenfalls geknickt. Kein Wunder. Wer einmal Aidans Pub betreten hatte, wollte nicht mehr gehen. Hier schlug das Herz der Insel. Alle waren hier, in diesem gemütlichen Wirtshaus mit der niedrigen Balkendecke und dem gusseisernen Ofen, der selbst im Juli vor sich hin knisterte. Es summte wie in einem Bienenstock, und die Leute standen dicht gedrängt, als tanzten sie miteinander. Jeder sprach mit jedem, niemand war allein. Hailey hatte einmal gelesen, dass manche Rockstars nach ihren Konzerten die plötzliche Stille, die Abwesenheit des Jubels nicht verkrafteten. Mit Aidans Pub verhielt es sich so ähnlich. Wenn man nach draußen auf den Gehweg trat und die grüne Tür hinter einem zuschlug, spürte man eine seltsame Leere. Es war daher nicht ratsam, den Abend abrupt zu beenden. Am besten blieb man bis zur Mitternachtssuppe und gewöhnte seine Ohren langsam an die immer lauter werdende Stille.

Nova hingegen konnte sich einen solchen Luxus nicht erlauben. Dank Haileys gedankenlosem Vorschlag auf der Mädchentoilette hatte sie das Paradies kurz betreten dürfen und war gleich darauf wieder hinausgejagt worden. (Von Jeff.) Und nun wusste die Ärmste, was sie Abend für Abend verpasste, während sie allein in ihrem Hotelzimmer hockte und erfundene Erinnerungen auf Instagram postete.

Hailey, die mit Jasper an der Bar saß, warf Logan einen schuldbewussten Blick zu. Er lehnte an einem der Stehtische und schenkte ihr dieses warme Lächeln, das sie jedes Mal überrumpelte. Doch jetzt legte er die Hände um den Mund und brüllte über den Lärm hinweg: »Hey! Ella-Mae!«

Wie immer, wenn ihr Regisseur sie Ella-Mae nannte, reagierte Lucinda sofort. Sie ließ den Zapfhahn los und sah auf. Da deutete Logan auf Nova, die sich bereits mit Larry und

Frank zum Ausgang bewegte. »Sag Aidan, er muss ohne dich auskommen! Du hast Besuch!«

Als Lucinda begriff, dass sie keine Geringere als Nova Townsend nach oben in die Wohnung mitnehmen sollte, brach sie wider Erwarten in Panik aus. Von der patzigen Ella-Mae war nichts mehr zu sehen, als sie ihre Mitbewohnerin hinter dem Zapfhahn anbettelte: »Du musst mitkommen, *bitte*.«

»Tut mir leid, Süße, ich kann nicht.« Fiona zeigte bedauernd auf die unzähligen durstigen Gäste.

»Aber ich bin nicht interessant«, stammelte Lucinda und fuhr sich verzweifelt durch Ella-Maes kurze blaue Haare, die so gar nicht zu ihrer spießigen Bluse passten.

»Bist du wohl«, entgegnete Maisie. Sie war hinter Hailey und Jasper an der Bar aufgetaucht, und bevor Lucinda widersprechen konnte, brüllte sie genauso laut wie Logan kurz zuvor quer durch den Pub: »Hey! Nova!«

Nova wandte sich um. Sie wirkte sehr jung, als sie unsicher nach dem Rufer Ausschau hielt.

»Hier! An der Bar!«, rief Maisie und winkte.

Als Nova sie erblickt hatte, fügte Maisie noch eine Spur lauter hinzu: »KOMM ZURÜCK!«

Novas Miene hellte sich augenblicklich auf. Mit einer energischen Bewegung befreite sie sich von ihren Bodyguards und kämpfte sich trotz mehrerer Selfies im Rekordtempo zur Bar durch.

Die Schülerin Nummer eins teilte dem Filmstar ohne Umschweife mit, dass sie jetzt Ella-Maes coole Wohnung über dem Pub besichtigen müsse. Lucinda, die anscheinend ihre Sprache verloren hatte, nickte eifrig und deutete mit beiden Zeigefingern zur Hintertür neben dem Bartresen. Nova war genauso sprachlos – und nickte noch eifriger als Lucinda.

Hailey spürte, wie sie ebenfalls nickte. Am liebsten hätte sie ihre Lieblingscousine umarmt, aber sie beherrschte sich. Wer wollte schon von einer älteren Verwandten umarmt werden, wenn man gerade damit beschäftigt war, seinem Idol den Abend zu retten? Aber Maisie wollte umarmt werden. Jedenfalls zog sie Hailey unversehens in ihre Arme und flüsterte in ihr Ohr: »Bitte komm mit. Ich glaube, Nova mag dich.«

Im selben Moment legte Nova die Hand auf ihre Schulter. »Hailey Cameron, bist du dabei?«

Sie löste sich aus Maisies Umarmung und drehte sich zu Nova um. Bevor sie jedoch »Na klar« antworten konnte, legte sich von hinten eine andere Hand auf ihre Schulter. Wie im Reflex wandte sie sich erneut um. Logan hatte sich ebenfalls zu ihnen durchgekämpft, und nun stand er dicht vor ihr und bedachte sie mit seinem üblichen intensiven Blick.

»Hi.«

Sie räusperte sich. »Hi.«

»Hey Logan«, kam es von Nova, »du hast Glück, Haileys Platz an der Bar wird gerade frei.«

»Nein, *Jaspers* Platz wird gerade frei«, erwiderte er mit einem belustigten Seitenblick auf seinen Kumpel.

Jasper machte ein gespielt empörtes Gesicht. »Träum weiter.« Aber dann klopfte er seinem Freund gutmütig auf die Schulter und räumte das Feld.

Als Logan sich auf den Barhocker neben Hailey sinken ließ, erntete er einen gereizten Blick von Nova. »Das war unnötig, denn Hailey kommt jetzt mit nach oben.«

Logan schenkte dem Mädchen ein entspanntes Lächeln. »Träum weiter, Nova.«

Zu Haileys grenzenloser Überraschung legte er den Arm um sie und fügte hinzu: »Viel Spaß, Kinder.«

Maisie strahlte ihn an, doch Nova sah aus, als wollte sie ihn umbringen. Bevor sie es tun konnte, krächzte Lucinda hinter der Bar: »Mädels, ich hab Bier!«, und hielt drei randvolle Gläser in die Höhe. Ihr Hals war ebenso feuerrot gefleckt wie vor wenigen Wochen im Färbergarten, als sie dem berühmten Logan Wallace zum ersten Mal begegnet war.

»Komm, das wird lustig«, raunte Maisie der verstimmten Nova zu und zog sie an der Hand hinter sich her.

Als das Trio durch die Hintertür verschwunden war, ließ Logan abrupt Haileys Schulter los und bestellte bei Fiona ein Bier, als wäre nichts gewesen.

Hailey sah ihn aus schmalen Augen an. »Was sollte das?«

Er zuckte mit den Schultern. »Gern geschehen.«

»*Gern geschehen?*«

»Glaub mir, du wolltest sie nicht begleiten.« Seine Augen blitzten belustigt.

»*Glaub mir*, ich weiß selbst am besten, was ich will und was nicht«, entgegnete sie giftig. »Und falls du der Meinung bist, ich sei zu alt für die kleine Party da oben: Ich bin erst fünfzehn – schon vergessen?«

Er stützte den Ellbogen auf den Tresen und wandte sich ihr zu, sodass sein Knie gegen ihres stieß. Wider Erwarten schien ihm die Berührung nichts auszumachen. Im Gegenteil, er wirkte nervtötend amüsiert, als er erwiderte: »Du bist definitiv zu jung für die Party da oben. Und deine Schublade ist hartnäckiger, als ich dachte.«

Sie blickte ihn nur verständnislos an und griff nach ihrem Bierglas. Da erkundigte er sich aus heiterem Himmel: »Weißt du immer noch nicht, welchem Filmstar du den Kopf verdrehst?«

Hailey verschluckte sich an ihrem Bier und hustete los.

Lachend klopfte er auf ihren Rücken. »Endlich ist der Groschen gefallen.«

Als ihr Husten und sein Lachen nachgelassen hatten, sagte er leise: »Nova starrt dich seit fast zwei Wochen ununterbrochen an. Als ich dich heute bei ihr in Phils Büro angetroffen habe, dachte ich zuerst –«

»Logan!«, fiel sie ihm verärgert ins Wort. »Was hältst du eigentlich von mir?«

»Sind wir eine Spur homophob?«

»Herrje, ständig wirfst du mir das vor!«

»Dass du homophob bist?«, fragte er verblüfft.

»Guck nicht so unschuldig«, murrte sie. »Es steht schwarz auf weiß in meinem Tagebuch. Ganz vorne, unter *Chasing Amy*.«

Er grinste sie an. »Du liest in deinem alten Tagebuch?«

»Worauf du dich verlassen kannst.« Trotzig schürzte sie die Lippen. »Und genau wie damals ist es mir piepegal, dass die Hauptrolle auf Frauen steht. Nicht egal hingegen ist mir, dass Nova noch ein Kind ist.«

»Sie ist neunzehn.«

»Sag ich doch.«

»So alt wie unsere schwangere Kate am Ende des Films.«

Bevor sie etwas entgegnen konnte, ergänzte er: »Oder wie du, als du dich um deine kranke Mutter gekümmert hast.«

Er musterte sie wieder mit diesem intensiven Blick, der ihr Herz rasen ließ. Leise fügte er hinzu: »Und wie ich, als du begonnen hast, ein Film-Tagebuch zu führen.«

Für einen Moment sahen sie einander schweigend an.

»So alt wie du, als du nach New York gegangen bist«, murmelte Hailey. Sie biss sich auf die Lippe. New York war nie eine gute Idee.

»Oh Mann, du hast recht.« Er lächelte, aber seine Augen machten nicht mit. Sie wirkten plötzlich seltsam matt, als er meinte: »Sie ist tatsächlich noch ein Kind.«

19. März

INSELKINDER
Drehbuch: Das Leben, würde ich mal sagen
Regie: Logan Wallace

Ich bin so aufgeregt, liebes Tagebuch, dass ich nicht weiß, womit ich anfangen soll. Vielleicht mit dem Videoabend vor zwei Wochen bei Cailin. Logan war mit seinen Eltern irgendwo in Südengland unterwegs, und ich hatte vergessen, vor seiner Abreise ein paar Filme zu hamstern. Nach drei Tagen saß ich auf dem Trockenen. Da hat Cailin mich eingeladen, gemeinsam das Bücherregal ihrer Eltern zu plündern. Die Videos stehen in zweiter Reihe. »Basic Instinct« war auch dabei.

Irgendwann hat mich Logans Handschrift auf einer der Hüllen angesprungen: »Inselkinder«. Mehr nicht. Cailin meinte, er hätte vermutlich keine Lust auf einen Schreibkrampf gehabt. Er hatte für all seine Mitschüler Kopien angefertigt. Cailin wollte lieber »Basic Instinct« schauen, aber ich habe nicht lockergelassen. Ich hatte Logans Film nur ein einziges Mal gesehen, bei der Uraufführung in der Schule vor ungefähr zwei Jahren. Damals war ich noch ein Kind.

Ich verstehe, dass Cailin keine Lust auf den Film hatte. Es muss komisch sein, sich selbst zu sehen. Zumal sie nie um die Hauptrolle gebeten hat. Es hat sich einfach so ergeben. Eigentlich wollte Logan eine Doku über vierzehn Jugendliche drehen, die unter ungewöhnlichen Bedingungen aufwachsen. (Auf einer dünn besiedelten Insel, versteht sich.) Doch irgendwie wurde daraus ein Film über die CIA. Kein Wunder. Cailin, Ian und Aidan waren ein bisschen wie der Breakfast Club. Vom Rektor dazu verdonnert, Zeit miteinander zu verbringen – und am Ende stellt sich heraus, dass jeder etwas vom anderen in sich trägt. Wie hätte Logan da widerstehen können?

Komischerweise fühlt sich der Film über Cailin und ihre Freunde nicht an wie die Realität. Aber auch nicht wie etwas Erfundenes. Es ist ein Dazwischen. Ich bin gern an diesem Ort. Ich fühle mich dort so ... Was ist das Gegenteil von »allein«? Mir fällt nur »zusammen« ein, aber das Wort funktioniert nicht. Warum eigentlich nicht? Warum kann man sich allein fühlen, aber nicht zusammen?

Cailin will mir Ians Kopie aus Edinburgh mitbringen, damit ich den Film noch mal sehen kann. Ihre eigene Kopie ist schon in New York eingetroffen. Das hat Nancy, die lustige Sekretärin im Studentenbüro, mir vorhin erzählt. Und dass sie total in Captain Jack Sparrow verknallt ist – wer ist das nicht? Erin wird tot umkippen, wenn sie ihre Telefonrechnung sieht.

Hoffentlich fällt der Schwindel nicht auf! Wir kamen uns vor wie Kriminelle, als wir im Internetcafé die Bewerbungsbögen ausgedruckt haben. Cailin hat es genossen. Sie hat einen wunderbaren Motivationsbrief auf dem Computer geschrieben. Aber die Formulare musste ich ausfüllen und unterschreiben. Obwohl Cailins Sauklaue perfekt gewesen wäre. Jetzt denkt Nancy bestimmt, Logan hätte eine Mädchenschrift.

13

Hailey streifte die dünne Strickjacke ab und ließ sie neben sich auf die Picknickdecke fallen. Ihr Blick wanderte sehnsüchtig hinab zu den hellgrünen Wipfeln des Birkenwäldchens, das sich vom Fuße der Anhöhe bis zu den angrenzenden Weideflächen erstreckte. Nie hatte man einen Baum zur Hand, wenn man einen brauchte. Als sie heute Morgen mit James dieses letzte Waldstück vor Marthas Cottage durchquert hatte, war der Himmel noch bewölkt gewesen, und sie hatte gefröstelt. Jetzt hingegen, unter der gleißenden Mittagssonne, hätte sie alles für ein bisschen Schatten gegeben. Doch sie hatte Jasper versprochen, hier oben in Sichtweite des Cottage auf ihn und die Kinder zu warten. Unmittelbar nach dem Dreh würde sie mit ihnen zum Schiffsfriedhof fahren, um den Jungs die Otterfamilie zu zeigen, die sich zwischen den beiden Wracks der Fischerboote häuslich eingerichtet hatte. Seit Wochen schwärmten die Touristen in Aidans Pub von den niedlichen Tieren, denen man am Kiesstrand der Salen Bay beim Fischen, Schwimmen und Spielen im seichten Wasser zusehen konnte. Die Otter würden den Kindern bestimmt helfen, das Gebrüll am Set zu vergessen.

Die gesamte Crew würde aufatmen, wenn die letzte eheliche Brüllszene mit Henrys Frau endlich im Kasten war. Die Einzigen, die kein Problem damit zu haben schienen, waren die

Eltern der drei Kinderstars. (In Cailins Drehbuch hatte Henry – genau wie James – vier Söhne gehabt, aber nun waren es aus Kostengründen nur noch drei.) Der zehnjährige Seth, der achtjährige Riley und der fünfjährige Zac waren auch im echten Leben Brüder und hatten bereits in einigen TV-Serien und Komödien mitgewirkt. Nun hatten ihre Eltern befunden, es sei Zeit für ein paar ernste Charakterrollen – mit dem dazugehörigen Gebrüll. Sie selbst nahmen sich derweil eine kleine Auszeit. Offenbar betrachteten Bill und Claudia die Dreharbeiten als eine Art kostenlose, nein, gut bezahlte Kinderbetreuung in ihrem gratis Schottlandurlaub. Während die Kinder also ihrer Arbeit nachgingen, besichtigten die Eltern voller Begeisterung die Isle of Mull und ihre Nachbarinseln. Heute Morgen waren sie entspannt zur Klosterinsel Iona aufgebrochen, wie Jasper berichtet hatte. Und nicht einmal ihr Fünfjähriger hatte mit der Wimper gezuckt, als sie in ihrem Mietwagen davongebraust waren.

»Alles eine Frage der Erziehung«, hatte Jasper sarkastisch festgestellt. Aber dann hatte er mit einem belustigten Blick auf Hailey ergänzt: »Oder des Personals.«

Sie hatte die Augen verdreht. Natürlich weinte Zac seinen Eltern keine Träne nach mit der Aussicht auf einen Nachmittag bei den Fischottern mit seiner Freundin Hailey. Es war Liebe auf den ersten Blick gewesen, als sie mit Jasper vor drei Wochen in Craignure am Fähranleger gestanden hatte, um die Familie in Empfang zu nehmen. Wie üblich hatten die Kinder sofort bemerkt, dass Hailey eine von ihnen war. Schließlich sprach sie fließend die Banana Language der Minions, und Jasper hatte sie zu allem Überfluss als »den Joker« vorgestellt. Die gesamte Familie war sofort davon ausgegangen, dass sie die Mary Poppins dieser Filmproduktion sei. Ein magisches, kostenloses Kindermädchen. Zugegeben, sie hatte nicht wirklich versucht, das Missverständnis auszuräumen. Dafür hatte sie einfach zu viel Spaß mit den Jungs – vor allem mit Seth, der mehr Filme kannte, als gut für ihn war. So musste Logan mit zehn Jahren gewesen sein ...

Sie wandte sich um, zur anderen Seite ihres Ausgucks. Unten in der Senke duckte sich Marthas niedriges Steinhäuschen ins hohe Gras. Auch dort keine Bäume. Und immer noch keine Spur von den Kindern, Jasper oder James. Nur ein paar rauchende Crewmitglieder auf der Rückseite des Gebäudes. Dort parkten die fünf Geländewagen, die Gregory Mailer, seine Film-Ehefrau Anita Prescott, Jasper mit den drei Jungs, ein paar privilegierte Crewmitglieder und das Equipment hergebracht hatten. Jasper hatte die benachbarten Farmer so lange umgarnt, bis sie ihre Weiden für die Durchfahrt der Wagenkolonne freigegeben hatten. Von Westen her gab es eine waldfreie Route, und entgegen Juliets Unkerei waren die Jeeps nicht im Schlamm stecken geblieben. Denn vor gut fünf Wochen war endlich der Sommer auf die Insel gekommen. Ungefähr zeitgleich mit Nova Townsend.

Unter dem blauen Himmel erschien Hailey der kollektive Striptease vor Marthas Kamin Anfang Juli wie eine skurrile Erinnerung an einen fernen Herbsttag. Seit Beginn der Dreharbeiten war vieles in die Ferne gerückt. Manchmal erschien es ihr, als wäre alles, was bisher ihr beschauliches Leben in Tobermory ausgemacht hatte, in die Vergangenheit entschwunden. Als hätten Nova und ihre Kollegen nicht nur die Insel, sondern die Gegenwart als solche gekapert. Für die Dinge, die sich vor ihrer Ankunft abgespielt hatten, blieb kein Raum im Hier und Jetzt. Schließlich war die Welt eine Bühne, und die gehörte nun einmal den Schauspielern. Alles, was jenseits des Rampenlichts geschah, lag naturgemäß im Dunkeln.

So ein Quatsch. Es war unfair, den Schauspielern die Schuld in die Schuhe zu schieben. Sie, Hailey Cameron, hatte höchstpersönlich ihr bisheriges Leben von der Bühne geschubst – und zwar Wochen vor Novas Ankunft. Als sie aufgehört hatte, sich abends in Kirstys Küche einzufinden. Weil Logans Crew einen unwiderstehlichen Sog auf sie ausgeübt hatte. Und nach kurzer Zeit war der Strudel, der sich Hollywood nannte, nicht mehr aufzuhalten gewesen.

Zuerst hatte er Cailins Laden erfasst. Hailey war nicht mehr dort gewesen, seit sie an jenem ersten Drehtag vor fünf Wochen durch die Hintertür entkommen war. Zwar hatte sie mit Erleichterung festgestellt, dass Cailins Hof aussah wie immer. Und niemand hatte den knorrigen Baum zwischen den Mülltonnen geparkt. Wäre ihr Filter, der nur die positiven Gedanken durchließ, noch intakt gewesen, hätte sie vielleicht Hoffnung geschöpft. *Für eine Weile* und so weiter. Aber die neue Hailey ließ sich nicht täuschen. Sobald die Kameras und Schauspieler verschwunden waren, würde von der Voliere nichts bleiben als zwei leere Schaufenster, die traurig aufs Meer blickten.

Hollywood schien jedoch nicht nur Cailins Laden verschluckt zu haben, sondern auch seine Inhaberin. Offenbar war Cailin nun eine waschechte Drehbuchautorin, die in ihrem neuen Zuhause bereits an ihrem nächsten Werk feilte. Die renovierten Räume über Ians Praxis waren unerwartet hell und luftig geworden – ein paar Wände hatten dran glauben müssen. »Für meine Atelière«, hatte Ian gescherzt. Dennoch waren in der geräumigen Wohnung genug Wände übrig geblieben, um Cailin ein eigenes Arbeitszimmer einzurichten. »Eine Atelière braucht ihren Freiraum«, hatte Cailin gebrummt und den grinsenden Ian aus besagtem Freiraum hinausbugsiert, damit sie Hailey ungestört alles zeigen konnte.

Von ihrem Schreibtisch aus hatte Cailin einen herrlichen Blick über die Bucht. Und wie es aussah, blickte sie nicht zurück. Das einzige Überbleibsel aus ihrer Zeit als Glasbläserin war ein hellroter Gimpel, der neben ihrem Laptop hockte und ihr beim Schreiben zusah – so wie Hailey es im Herbst und Winter getan hatte. Sie beneidete den kleinen roten Vogel. Nun war er der Glückliche, der wusste, worüber ihre gemeinsame Freundin schrieb. Cailin wollte nicht darüber reden. Aber die Geschichte schien sie sehr zu beschäftigen. So sehr, dass sie – zu Logans Erstaunen und Erleichterung – noch kein einziges Mal am Set »ihres« Films erschienen war. Wenn Hailey sie mitnehmen wollte, winkte sie ab. »Keine Zeit, ich muss schreiben.« Wie es schien, war ihre Freundin bereits weitergezogen, zum nächsten Projekt. Vielleicht würde sie nicht einmal um das gelöschte Happy End trauern, wenn sie endlich davon erfuhr.

Die einzige Person, die – bis heute – noch weniger Interesse an »ihrem« Film gezeigt hatte als Cailin, war Fiona. Nachdem James tapfer beschlossen hatte, sich jede Szene anzutun, hatte Fiona sich dazu entschieden, die Dreharbeiten komplett zu ignorieren. Was eigentlich ein Ding der Unmöglichkeit war, wenn man abends im Pub die Crew bediente und darüber hinaus jede freie Minute mit Kate, Ella-Mae und Schülerin Nummer eins verbrachte.

Bei dem Gedanken an Fionas ungewöhnliche Clique musste Hailey unwillkürlich schmunzeln – obgleich dieser verrückte Haufen dafür gesorgt hatte, dass Maisie ungefähr genauso weit in die Ferne gerückt war wie Cailin. Manchmal fühlte es sich so an, als wäre sie bereits in London. Wenn Maisie nicht gerade als Schülerin Nummer eins vor der Kamera stand, war sie mit Fiona, Lucinda, ihrer Schulfreundin Beth und einer gewissen

Nova Townsend irgendwo auf der Insel unterwegs. (Larry und Frank tourten derweil durch die Highlands. »Sonderurlaub«, wie Nova es nannte.)

Nachdem die Bande vorgestern mit Hamish und ein paar anderen Jungs eine wilde Strandparty gefeiert hatte, war Kirsty am nächsten Tag in die Boutique gestürmt und hatte sich bitterlich bei Hailey beschwert: »Wo ist meine Maisie geblieben? Und was wollen diese Teenager mit meiner Mum?«

Hailey hatte sich ein Grinsen verkneifen müssen. »Für sie ist Fiona nicht deine Mum, sondern –«

»Eine Fünfzigjährige!«

»Neunundvierzig, dachte ich.« Nun hatte sie doch gegrinst, zumal die aufgebrachte Kirsty ein ungewohnter, ziemlich lustiger Anblick war. Ihre Wangen waren gerötet, und ihr goldener Bleistift hing auf halbmast in der zerzausten Lockenmähne. Aidan wäre entzückt gewesen.

»Das ist nicht witzig, Hailey! Ich komme mit meiner Tropfsteinhöhle im Schneckentempo voran, weil Maisie nie da ist und meine Mum mir ständig alberne Fotos schickt, die mich völlig durcheinanderbringen.«

»Ich wünschte, ich könnte dir mit der Höhle helfen«, sagte Hailey seufzend. »Aber dann wachsen dort Müslischalen aus der Decke – das ist das Einzige, was mir beim Töpfern einigermaßen gut gelingt.« Sie hielt inne. »Warte mal. Was für Fotos?«

»Die baden nackt mit den Robben unten in Fidden Beach!« Hailey prustete los.

»Nicht witzig! Das war bestimmt Mums Idee.«

»Da hast du den Grund, warum die Teenager deine Mutter dabeihaben wollen.«

Kirsty schnaubte. »Zuerst hetzt sie uns Hollywood auf den Hals, und dann macht sie sich mit einer Horde Jugendlicher aus dem Staub. Mein Dad quält sich seit Wochen ans Set und stellt sich seiner Vergangenheit, während sie vermutlich einen Halbstarken am Strand verführt.«

»Oder eine Halbstarke«, warf Hailey ein.

Ihre Freundin stöhnte auf. »Bitte sag nicht, meine Mum hat was mit Lucinda angefangen. Oh Gott, jetzt wird mir einiges klar. Seit sie zusammen wohnen, wirkt sie so glücklich und –«

Hastig erlöste sie Kirsty von ihrem Kopfkino. »Nicht Lucinda, sondern Nova. Sie steht auf ältere Frauen.«

Die Farbe wich aus Kirstys Wangen. Oje. Anscheinend hatte sie in ihrem Kopfkino nur den Film ausgetauscht. Gruselschocker statt Drama.

»Ich hab's gewusst.«

»Was genau?«

»Dass meine Mum irgendwann in der Regenbogenpresse landen würde«, jammerte Kirsty. »Ich kann das Foto vor mir sehen: eine Robbenkolonie und mittendrin, splitternackt und knallrot vom eiskalten Wasser, meine Mum mit Nova Townsend. Und nach kurzer Zeit werden die Paparazzi herausfinden, dass Fiona die echte Kate ist und sich wie die Hyänen auf sie stürzen. ›Kates heiße Küsse mit sich selbst!‹ Psychologen werden Statements abgeben, *Mum* wird Statements abgeben ...«

Erneut unterdrückte Hailey ein Grinsen und versuchte, ihre Freundin zu beruhigen: »Vielleicht ist Nova ja immer noch in mich verknallt.«

Kirstys Augen weiteten sich. »In dich?«

Sie nickte. »Ihretwegen war ich seit über drei Wochen nicht am Set. Logan meint, ich lenke sie von der Arbeit ab.«

»Du warst nicht am Set?«, fragte Kirsty erstaunt. »Aber was hast du dann gemacht? Liv behauptet, du wärst ständig unterwegs.«

»Ich helfe Jasper«, antwortete sie achselzuckend. »Meistens bin ich mit den Kindern beschäftigt. Sie drehen ja nur vormittags. Morgen ist ihr letzter Tag, und mit ein bisschen Glück erhasche ich doch noch einen Blick aufs Set. Aber vermutlich werde ich wieder draußen vor Marthas Cottage auf sie warten müssen. Nach Drehende zeige ich ihnen die Fischotter in der Salen Bay, bevor sie übermorgen abreisen – also, die Jungs reisen ab, nicht die Otter.« Sie lächelte schief. »Ehrlich gesagt wäre es mir umgekehrt lieber. Bill und Claudia sollten die Otter mitnehmen und die Jungs hierlassen.«

Kirsty warf ihr einen sanften Blick zu. »Hailey, hast du etwa jeden Tag dort draußen in der Wildnis herumgesessen und auf die Kinder gewartet?«

»Es ist schön da draußen.«

»Schön oder schöner?« Ihre Stimme klang immer noch sanft.

»Schöner als wo?«, wollte Hailey wissen.

»Bei uns.«

»Irgendwie schon«, gestand sie leise. »Ich denke nicht gern an Cailins Glasvögel.«

»Ich auch nicht«, meinte Kirsty stirnrunzelnd. »Irgendwie hat es mich eiskalt erwischt. Cailin hat vorher mit keinem Wort erwähnt, dass sie ihren Laden räumen wollte. Ich habe es von Vonda erfahren, als sie mich gefragt hat, ob sie ein paar Requisiten aus der Töpferei ausborgen könnte.« Mit trauriger Miene fügte sie hinzu: »Vor dieser Sache habe ich gedacht, unsere Läden, also, *wir* gehören zusammen.«

Hailey seufzte. »Das ist ja auch so. Aber wir haben uns in letzter Zeit so selten gesehen. Kein Wunder, dass Maisie sich einen neuen Clan gesucht hat.«

»Das ändern wir jetzt«, erwiderte Kirsty entschlossen.

»Morgen kommt ihr zu mir – meine Tropfsteinhöhle, Cailins Drehbuch und Maisies neue Freundinnen müssen sich mal hinten anstellen. Und Logan kann auch mal einen Abend ohne dich im Pub auskommen. Übrigens finde ich es völlig daneben von ihm, dass du nicht bei den Dreharbeiten zusehen darfst. Nova ist bei den Szenen mit den Kindern doch gar nicht dabei – es sei denn, Cailin hat ein paar ziemlich unwahrscheinliche Wendungen erfunden. Meine Mum hätte sich damals nämlich eher einen Arm abgehackt, als Dads Kinder zu treffen.«

»Warst du schon mal in Marthas Cottage?«

»Nein.«

»Es ist ziemlich eng dort drinnen – da muss jede überflüssige Person draußen bleiben.«

»Aber du bist keine überflüssige Person, sondern der Joker«, wandte Kirsty empört ein. »Sogar der Schüler Nummer eins darf sich in dieses Cottage quetschen, seit Jeff ihn zu seinem Ziehsohn auserkoren hat. Ich bekomme Hamish kaum noch zu Gesicht. Und wenn die Tropfsteinhöhle endlich fertig ist, wird vermutlich niemand mehr da sein, um sie zu filmen.«

Wie üblich zauberte der Gedanke an Jeff und Hamish ein Lächeln auf Haileys Gesicht. Gab es etwas Schöneres als das Band zwischen zwei Männern, die sich brennend für Kameras interessierten? Die einsilbigen Antworten, mit denen Jeff anfangs versucht hatte, den wissbegierigen Komparsen abzuspeisen, hatten sich mit der Zeit in leidenschaftliche Monologe verwandelt. Und nun war Hamish offiziell Jeffs unverzichtbarer Kabelträger.

»Logan soll gefälligst keine Ausreden erfinden, um dich vom Set zu verbannen«, platzte Kirsty in ihre Gedanken.

»Warum sollte er das tun?«, fragte sie lachend.

»Damit du ihn nicht von der Arbeit ablenkst.«

»Kirsty, wir quatschen jeden Abend total platonisch im Pub miteinander.«

»Genau: *jeden Abend.*«

»Fast die gesamte Crew ist jeden Abend dort«, stellte sie belustigt klar. »So ein Filmprojekt ist ein bisschen wie eine Klassenfahrt. Alle sind weit weg von ihren Familien, und niemand will allein in seinem Hotelzimmer herumsitzen.«

»Aidan sagt, Logan sitzt immer bei dir.«

»Aidan?«

Kirsty zog sich den verrutschten Bleistift aus den Haaren und schüttelte ihre Locken aus. »Ich habe ihn gebeten, Logan im Auge zu behalten«, meinte sie beiläufig.

»Inwiefern?«

Ihre Freundin zuckte mit den Schultern. »Wenn er dich irgendwie anknutscht, ruft Aidan mich an.«

»Anknutscht?« Hailey entfuhr ein Grunzen. »Gibt es das Wort überhaupt? Und was tust du, wenn Aidan dich anruft?«

»Ich verlasse auf der Stelle meine Tropfsteinhöhle, um dich zu retten.«

»Vielleicht will ich ja angeknutscht werden.«

Kirsty machte eine wegwerfende Handbewegung. »Du willst immer angeknutscht werden. Bei Touristen oder irgendwelchen entfernten Cousins soll mir das recht sein, aber –«

»Warum nicht bei Logan?«

»Weil er dein Herz brechen wird.«

Haileys Lächeln erlosch, und ihre Freundin murmelte zerknirscht: »Tut mir leid.«

»Weißt du«, sagte Hailey nachdenklich, »er hatte bereits einige Gelegenheiten und anscheinend auch gar nicht so wenig Lust, mich anzuknutschen. Ehrlich gesagt habe ich mich schon oft gefragt, warum er es nicht einfach getan hat. Genau genommen warte ich seit siebzehn Jahren darauf. Doch offenbar gilt heute dasselbe wie damals: Logan und ich sind bestenfalls Freunde.«

»Hast du nicht behauptet, Männer und Frauen können keine Freunde sein?«

»Es sei denn, einer von beiden ist fünfzehn.«

Zum ersten Mal hatte Kirsty gelächelt. »Ich wusste ja, dass Rauchen alt macht, aber –«

»Oh, Mist.« Abrupt hatte Hailey sich hinter dem Ladentresen aufgerichtet. »Dass ich nicht eher darauf gekommen bin.«

»Dass Logan Wallace erst fünfzehn Jahre alt ist?«

»Nicht fünfzehn.« Sie hatte Kirsty einen entsetzten Blick zugeworfen. »Aber neunzehn.«

Die Kinderstimmen, die an ihr Ohr drangen, holten Hailey in die Gegenwart zurück. Cast und Crew strömten aus dem grauen Natursteinhäuschen, das ihr von Weitem viel zu klein für all diese Menschen erschien. Vielleicht war es verzaubert. Genau wie die Wildblumenwiese vor dem Cottage, die sich wie von selbst in einen Picknickplatz verwandelt hatte. Bei all der Tagträumerei war ihr entgangen, dass die qualmenden Crewmitglieder ein paar Klapptische und -stühle aus dem Holzschuppen hinter dem Haus herbeigeschleppt hatten. Und nun waren sie gerade dabei, allerlei Essen auf den Tischen zu verteilen: Sandwiches, Donuts und abgepackten Caesar Salad. (Wie üblich hatte Laurie Ferguson vom Gemischtwarenladen den richtigen Riecher gehabt.)

Die Kinder winkten ihr zu, und Jasper rief: »Komm zu uns! Die Jungs müssen noch essen, bevor wir loskönnen!«

»Ich komme gleich!«, rief Hailey zurück, obgleich sie nicht

vorhatte, ihren sicheren Außenposten auf dem Hügel zu verlassen. Solange James keinen Fiona-Notalarm auslöste, würde sie schön hier oben bleiben, bis das Mittagessen vorbei war, und dann würde sie schnurstracks zu einem der Geländewagen marschieren, um mit Jasper und den Jungs davonzubrausen.

Seit ihrem gestrigen Gespräch mit Kirsty hatte sie sich von der Crew ferngehalten. Sie hatte sich noch nicht einmal im Pub blicken lassen. Wenn Logans innere Uhr damals tatsächlich stehen geblieben war, konnte sie unmöglich weiterhin Abend für Abend neben ihm an der Bar sitzen und wie damals über irgendwelche Filme streiten. Herrje, der Videokeller existierte nicht mehr. Genauso wenig wie ihre Freundschaft. Denn Logan wollte zweifellos auf sie (Hailey) draufspringen. Und seit gestern wusste sie endlich, weshalb dieses Vorspiel kein Ende nahm: weil er in ihrer Anwesenheit wieder neunzehn war. Ein ausgewachsener Junge, der zwischen damals und heute feststeckte.

Natürlich würde es ein Leichtes für sie sein, einen Mann aus ihm zu machen – aber was würde dieser Mann dann mit ihr machen? Ihr Herz brechen, wie Kirsty zutreffend bemerkt hatte. Mit dem berühmten Regisseur wäre ein bisschen Sex bestimmt eine willkommene Abwechslung gewesen. Der Neunzehnjährige hingegen war eine ganz andere Hausnummer. In weniger als vier Wochen würde er die Insel wieder verlassen, und sie war nicht bereit für all das, was hinter ihr lag. Sie musste schnellstmöglich erwachsen werden. Und sich in der Zwischenzeit von ihm fernhalten.

Daher hatte sie zunächst vorgehabt, Jasper und die Kinder direkt am Schiffsfriedhof zu treffen. Wenn sie um das Filmset und den Pub einen großen Bogen machte, würde sie den restlichen Sommer vielleicht ohne größere Verletzungen über-

stehen. Doch dann war Maisie gestern Abend mit ihrer Neu-
igkeit ins Wohnzimmer gehopst. Fiona wollte endlich ans Set
kommen! Nachdem sie erfahren hatte, dass der letzte Drehtag
mit den Kindern unmittelbar bevorstand, war sie unruhig geworden. Die Szenen mit Henrys Familie waren die einzigen, die
nichts mit der jungen Fiona Boyd zu tun hatten. Dies war ihre
letzte Chance, ans Set zu kommen, ohne sich selbst zu begegnen. Sie hatte sich bereits eine Mitfahrgelegenheit in Logans
Geländewagen organisiert. Und Maisie sollte dafür sorgen,
dass Hailey zur Stelle sein würde. Für James.

Hailey hatte ihn sofort angerufen und vorgeschlagen, mal
einen Tag blauzumachen. Sie könnten den Vormittag gemeinsam mit Gertie und ihrer Rotte verbringen. Nichts weiter tun,
als quatschen und Steckdosennasen streicheln. Klang das
nicht herrlich? Nicht für James. Der Mann war immer noch
ganz und gar im Selbstbestrafungsmodus. Fionas Gegenwart
am Set betrachtete er offenbar nur als das nächste Level, das es
zu bestehen galt. Er würde sich der Situation stellen. Und Fiona
dabei zusehen, wie sie seiner Hollywood-Ehefrau beim Brüllen
zusah. Zum Glück musste er nicht allein da durch. Mit einer
Freundin wie Hailey war alles einfacher.

Nur aus diesem Grund saß sie nun hier in der Wildnis
unter der gnadenlosen Sonne des Nordens und hoffte, nicht
gebraucht zu werden. Und nicht zu verbrennen. Gerade überlegte sie, ob sie die Sonnencreme zum fünften Mal aus ihrem
Rucksack hervorkramen sollte, als ein angenehmer Schatten
auf sie fiel.

Sie blinzelte, und der Schatten fragte: »Möchtest du ein
Sandwich haben?«

Logan ließ sich neben ihrer Picknickdecke ins Gras fallen
und streckte ihr einen von Lauries kleinen braunen Pappkar-

tons entgegen. »Käse-Schinken, alles andere war leider schon weg.«

»Danke, aber dein Schatten war mir lieber.«

Sein Blick fiel auf ihre geröteten Schultern, die wie üblich den Preis für ihre Spaghettiträger zahlten. »Cameron, du verbrennst auf diesem verdammten Hügel.«

»Sagt der Mann, der mich nicht ins Haus lässt.«

Er lehnte sich mit den Ellbogen ins Gras. »Sei froh, dass du nicht dort warst.«

Unwillkürlich sah sie hinunter zum Cottage und suchte nach James. Erleichtert stellte sie fest, dass er mit Jasper und den Kindern an einem der Tische saß und in ein Gespräch mit Seth vertieft war. Vermutlich sprachen sie über Mathe. Seth war zu schlau für Hollywood.

»Was war denn los?«, hörte sie sich fragen und biss schnell in das Sandwich. Neugier war wirklich keine Hilfe, wenn man sich von jemandem fernhalten wollte.

»Fiona war los«, brummte Logan.

Hailey ließ den Blick erneut über die Gruppe auf der Wiese schweifen, doch sie konnte Fiona nirgends entdecken. »Wo steckt sie denn?«, erkundigte sie sich mit vollem Mund. Resigniert legte sie das Sandwich beiseite. Es hatte nie eine Chance gehabt gegen ihre Neugier.

»Sie ist mit Greg weggefahren.«

Logan zog seine Sonnenbrille aus dem Ausschnitt seines schwarzen T-Shirts und setzte sie auf. *Mist.* Anscheinend hatte er nicht vor, sich in nächster Zeit irgendwo – weit weg – ein schattiges Plätzchen zu suchen. Stirnrunzelnd fuhr er fort: »Ich habe sie heute kaum wiedererkannt. Sie hat sich wie ein verzogener Teenager aufgeführt. Bitte erschlag mich, falls ich jemals wieder Zuschauer ans Set einlade.«

»Sagt der Mann, der mich nicht ans Set lässt«, entgegnete sie belustigt.

»Du wärst mir deutlich lieber gewesen als sie.«

»Oh, was für ein schönes Kompliment.«

Logan ignorierte ihre ironische Bemerkung und murrte: »Ich kann nicht fassen, dass sie sich nach so einem Tag tatsächlich mit Gregory Mailer aus dem Staub gemacht hat.«

Hailey gab auf. Sie wandte sich ihm zu und verlangte Details. Ein harmloser Plausch in der Mittagshitze hatte schließlich noch niemandem das Herz gebrochen. Sie würde ihm immer noch ausgiebig aus dem Weg gehen können, nachdem er ihre nagende Neugier befriedigt hatte. Außerdem tat sie ein gutes Werk. Denn der Mann, der neben ihr im Gras lag, hatte eindeutig Redebedarf.

»Bevor James das Cottage betreten hat, schien noch alles unter Kontrolle zu sein«, begann er kopfschüttelnd zu berichten. »Fiona wirkte ziemlich enthusiastisch. Jasper hat ihr das Set gezeigt, und sie hat sich sogar für die Technik interessiert. Jeff war dermaßen angetan von ihr, dass sie durch eine der Kameras schauen durfte.« Er zog eine Grimasse. »Ein schwerer Fehler. Als James hereinkam und sie begrüßen wollte, hat sie dem Stativ eine runtergehauen. Zum Glück hat Hamish blitzschnell reagiert, bevor es mitsamt der Kamera umkippen konnte.« Logan sah sie von der Seite an. »Ich musste kurz an Flash aus *Justice League* denken.«

»Der Rote Blitz«, warf sie lächelnd ein.

»Genau der.«

»Ich liebe Flash.«

»Ich liebe Hamish«, entgegnete Logan. »Er hat verhindert, dass Fiona die Hälfte unseres Equipments zerstört hat. Nachdem James eingetroffen war, ist sie nur noch wie ein aufgescheuchter Vogel durch den Raum geflattert.« Er schob seine Sonnenbrille auf die Nasenspitze und sah Hailey über den Rand hinweg an. »Erinnerst du dich daran, wie sie im letzten Sommer am Glengorm Castle gegen das Fenster geknallt ist?«

Sie nickte. Wie hätte sie diesen Tag vergessen können? Auf jener windigen Terrasse war sie Logan zum ersten Mal nach sechzehn Jahren wieder begegnet. Grenzenlose Freude gefolgt von grenzenloser Ernüchterung. Doch James war es noch schlechter ergangen als ihr. Auch für ihn und Fiona war es die erste Begegnung nach einem halben Leben gewesen. Anders als Logan war Fiona jedoch nicht zu Stein erstarrt, sondern hatte versucht, durch ein geschlossenes Fenster zu entkommen. Gleich zweimal. Und dann war sie mit James' jüngerem, besserem Ich (seinem Sohn Ian) verschwunden.

»Es war genauso – nur schlimmer«, brummte Logan.

Sie seufzte. »Ich dachte, das hätten wir hinter uns.«

»Wir schon, aber die nicht.«

Hailey stutzte. *Wir?* Sie musste sich verhört haben. Es gab kein Wir. Fiona und James waren einmal eines gewesen – aber Logan und sie? Ihre Begegnung dort draußen am Glengorm Castle war eine Nichtigkeit gewesen im Vergleich zu dem Wiedersehen zwischen diesen zwei gescheiterten Liebenden, die vor dreißig Jahren auf dem Fußboden eines Schulhauses ein Kind gezeugt hatten.

Logan musterte sie immer noch über den Rand seiner Brille hinweg und fügte hinzu: »Was allein an dir liegt.«

Sie blinzelte ihn perplex an. »Logan, ich verstehe kein Wort. Worüber reden wir hier eigentlich?«

Er versteckte seine Augen wieder hinter den dunklen Gläsern. »Über dein Gegenteil.«

»Über dich?«

»Fast.« Er lächelte schief. »Über Fiona, die bei mir gerade ziemlich unten durch ist. Dass sie heute beinahe unser Set zertrümmert hätte, konnte ich ihr noch nachsehen – schließlich war sie sehr aufgewühlt. Aber bei allem, was danach kam, hätte ich sie erwürgen können. Nach der ersten Einstellung hat sie James vor der halben Crew gefragt, ob die Streitszene mit seiner Frau genauso stattgefunden hätte. James war derart überrumpelt, von ihr angesprochen zu werden, dass er keinen Ton rausbrachte. Da hat sie sich über ihn lustig gemacht. Er sei voll und ganz Henry mit seiner Sprachlosigkeit und dieser defensiven Art. Sie hat sogar behauptet, Kirsty würde es gar nicht geben, wenn sie ihn damals so erlebt hätte. Männer, die lahm herumstünden und sich von ihren Frauen anbrüllen ließen, wären nämlich verdammt uncool.«

»*Uncool?*«

»Wie gesagt, sie hat dahergeredet wie ein Teenager.«

Hailey verzog das Gesicht. »Die Teenager, die ich kenne, reden nicht so ein dummes Zeug. Was soll das überhaupt bedeuten? Sind Männer, die zurückbrüllen, etwa cool?«

Er machte eine abwehrende Geste. »Sieh mich nicht so an. Wie es aussieht, kenne ich diese Person nicht.«

Sie seufzte. »Fiona ist nun mal eine Schachtel Pralinen.«

»Ich mag keine Pralinen.«

»Sag das nicht«, wandte sie grinsend ein. »Manche sind so unfassbar lecker, dass sie einen für das ganze widerliche Zeug mit der Whiskyfüllung entschädigen.«

»Also, in meiner Schachtel waren heute nur die Widerlichen mit Whisky«, erwiderte er trocken. »Besonders widerlich war, als sie meinte, selbst ein ›Sexiest Man Alive‹ wie Gregory Mailer würde in der Rolle des Henry keine gute Figur abgeben. Jenseits der Kameras wäre er sofort deutlich attraktiver. Das hat Greg natürlich gehört, und schon hatte sie ihn am Haken.«

»Fiona hat vor James' Nase mit seinem jüngeren Film-Ich geflirtet?« Sie rümpfte die Nase. »Das ist schräg.«

»Nicht schräg, sondern herzlos«, murrte Logan. »Du hättest James sehen sollen, er war ganz grau im Gesicht.«

»Warum ist er nicht zu mir gekommen?«

»Ich glaube, er konnte nicht gehen.«

»Das kenne ich«, gestand sie.

»Ich weiß.« Logans Stimme klang plötzlich sanft, als er hinzufügte: »Du bist wie er.«

»Ich bin wie James?«

Er nickte. »Du gehst auch nicht weg – selbst wenn jemand sich danebenbenimmt.«

»Jemand?«

»Ich«, sagte er leise.

»Ach ja?« Sie unterdrückte ein Lächeln. »Wann hast du dich jemals danebenbenommen?«

Logan ignorierte ihren ironischen Unterton und antwortete mit ernster Miene: »Letztes Jahr am Glengorm Castle und danach bestimmt noch Dutzende Male. Du bist wie James, und ich bin wie Fiona.«

Hailey blinzelte. Hatte er sich soeben für den letzten Sommer entschuldigt? Und hatte er sie – schon zum zweiten Mal – mit dem tragischen Liebespaar verglichen, über das er einen Film drehte? Ihr fehlten die Worte, und daher murmelte sie kaum hörbar: »Auf diesen Vergleich wäre ich in tausend Jahren nicht gekommen.«

Er schob erneut seine Sonnenbrille nach unten und fixierte sie mit seinen blauen Augen. »Wenn man darüber nachdenkt, gibt es ziemlich viele Parallelen zwischen denen und uns.«

»Ach ja?« Sie räusperte sich. »Nenn mir drei.«

»Einer von uns beiden sieht verflucht gut aus, einer schwärmt seit Jahren für den anderen und einer war gestern Abend nicht im Pub.«

Unwillkürlich musste sie lächeln. »Jetzt hast du aber nur mich beschrieben.«

Er hob eine Augenbraue. »Bist du dir sicher?«

»Warst du gestern Abend nicht im Pub?«

»Doch, ich war da.«

»Siehst du verflucht gut aus?«

Logan grinste. »Definitiv nicht.«

Sie gab seiner Schulter einen leichten Schubs. »Alles klar, du schwärmst also seit Jahren für mich.«

Er erwiderte ihren Schubs und meinte unvermittelt: »Mir fällt gerade eine weitere Gemeinsamkeit ein.«

»Schieß los.«

»Wir teilen genauso wenig die gleichen Erinnerungen wie Fiona und James. Hätte Fiona die Szenen, die wir heute gedreht haben, in irgendeinem Film gesehen, wäre sie nie auf die Idee gekommen, dass es sich bei dem Mann um ihren James handeln könnte. Und wenn ich einen Film über unsere gemeinsame Zeit drehen würde, käme dir vermutlich nie in den Sinn, dass es sich um uns handeln könnte.«

Sie warf ihm einen zweifelnden Blick zu, und da meinte er: »Glaub mir, deine und meine Wahrnehmung der Realität hatten nicht viel miteinander zu tun.« Das Lächeln verschwand aus seinen Augen. »Wenn es um unsere Vergangenheit geht, sind wir alle wie Unfallzeugen. Jeder erinnert sich an etwas anderes, und jeder glaubt fest an die eigene Version.«

Sie schluckte. »Was für ein einsamer Gedanke.«

»Ich weiß.«

»Trotzdem würde ich mir deinen Film über uns jederzeit ansehen«, sagte sie sanft. »Selbst wenn ich uns nicht erkennen würde.«

Er betrachtete sie mit einer eigenartigen Mischung aus Verärgerung und Bewunderung. »Du wendest dich nie ab, oder? Wie hältst du das eigentlich aus?«

Befangen schob sie sich eine ihrer roten Haarsträhnen hinters Ohr. »Komisch, ich frage mich nämlich immer, wie die Leute es aushalten, jemanden loszulassen.«

Hailey bemerkte, dass Logan schluckte, doch jetzt fiel ein Schatten auf ihn. Sie blickte auf, in Jaspers Gesicht.

»James braucht die Fischotter heute genauso dringend wie die Jungs«, berichtete ihr Zwilling. »Wir sollten uns mal langsam auf den Weg machen.«

Während Jasper gesprochen hatte, war Logan aufgestanden und hatte sein Visier wieder heruntergeklappt. Ohne sie noch einmal anzusehen, wünschte er ihnen viel Spaß und schlenderte den Hang hinab. Auf halbem Weg wandte er sich jedoch noch einmal um und rief ihr zu: »Und halt dich endlich von meinem Set fern, Cameron!«

»Der Hügel gehört dir nicht!«, rief sie leichthin zurück. Als hätte das Gespräch nicht stattgefunden. Als hätte er nicht soeben noch neben ihr gesessen und ... geschluckt.

»Als ob«, schnaubte Jasper spöttisch.

»Hey, der Hügel gehört nicht zum Set.«

»Nein, ich meine Logan. Als ob er dich nicht dabeihaben wollte – dass ich nicht lache.«

»Er hat dich«, erwiderte sie augenzwinkernd, »und deshalb braucht er mich nicht mehr.«

Jasper zwinkerte ebenfalls. »Süße, es ist genau umgekehrt. Er braucht dich, und deshalb hat er mich. Hast du eigentlich die leiseste Ahnung, wie er dich nennt?«

»Cameron?«

Er schüttelte den Kopf. »Glückspenny.«

14

Auf den ersten Blick war alles wie immer. Kirsty hatte Kerzen angezündet, obgleich die goldene Abendsonne noch durchs Fenster schien, und jetzt stand sie gerade summend am Herd und wärmte Aidans Chicken Curry vom Vortag auf. Cailin, Maisie und Liv saßen an Dees altem Küchentisch und alberten herum, während Hailey den Kühlschrank inspizierte. *Aha.* Zum Nachtisch gab's hausgemachte Mousse au Chocolat. Das Schokoladenmeer in Dees riesiger Kristallschüssel war noch unberührt – ein klarer Hinweis darauf, dass in Wahrheit nichts war wie immer. Offensichtlich hatte Aidan sich eigens für die Mädels in die Küche gestellt und dieses aufwendige Dessert zubereitet. Und Hailey hatte den Verdacht, dass auch das Chicken Curry keineswegs vom Vortag stammte. Jedenfalls war die Kasserolle auf dem Herd randvoll, und zufällig handelte es sich um Cailins Leibspeise. Die Tatsache, dass auf der anderen Herdplatte ein perfektes kleines Gemüsecurry für Maisie vor sich hin blubberte, ließ ebenfalls darauf schließen, dass Aidan sich mächtig ins Zeug gelegt hatte. Kirsty hatte ihm zweifelsohne klargemacht, dass dieser Abend enorm wichtig war. Cailin und Maisie sollten sich daran erinnern, wohin sie gehörten.

Hailey ließ die Kühlschranktür zufallen und setzte sich neben Liv auf die Bank – weit weg von ihrer besten Freundin, die am Kopfende des Tisches thronte. Sie hatte Cailin bislang kaum eines Blickes gewürdigt. Zu riskant. Auf keinen Fall wollte sie diesen enorm wichtigen Abend ruinieren. Sie würde einfach neben der weltbesten Liv sitzen, ihr Curry essen und möglichst bald wieder verschwinden, ohne ein Wort mit Cailin gewechselt zu haben. Sollte dieses unbekümmerte, lachende Wesen am anderen Ende des Tisches allerdings auf die Idee kommen, sie anzusprechen, würde sie für nichts garantieren können.

Seit Jasper heute Mittag den Glückspenny erwähnt hatte, brodelte es in ihr. Zuerst hatte sie ihn zur Rede stellen wollen, aber irgendetwas hatte sie – wie üblich – davon abgehalten. Sie hatte sich schon unzählige Male vorgenommen, ihrem allwissenden Zwilling auf den Zahn zu fühlen, doch sie hatte jedes Mal einen Rückzieher gemacht. Sie war einfach nicht dazu in der Lage gewesen, sich Jaspers Anspielungen und ihrer unausweichlichen Bedeutung zu stellen.

Jasper hatte jedoch ihren Kopf mit einem gewaltigen Ruck aus dem Sand gezogen, als er heute ihren Spitznamen ausgeplaudert hatte. Unversehens hatte sie daran denken müssen, wie Logan sie damals angestrahlt und sie darum gebeten hatte, sein Glückspenny zu sein. Sie hatte ihn noch nie so aufgeregt erlebt wie an jenem fernen Tag, als er sein Bewerbungsvideo für die Filmakademie zur Post gebracht hatte. Aufgeregt und *glücklich*. Und dann hatte sie mit ihrer Neugier alles kaputtgemacht. Er war ohne sie zur Post gegangen. Dass er sie nun ausgerechnet Glückspenny nannte, konnte also nur eines bedeuten: Cailin hatte sie verpfiffen. Offenkundig hatte ihre Freundin während ihrer nächtlichen Anrufe bei Logan das einzige Geheimnis preisgegeben, das ihr heilig war. Für Cailin war die *Taskforce Inselkinder* nur eine harmlose Anekdote. Aber Logan wusste es besser. Er hatte zu viele Filme gesehen, um einen Akt der Liebe nicht zu erkennen.

Es ärgerte sie, wie sehr sie Cailins Vertrauensbruch überraschte. Denn ihre Freundin hatte nie wirklich begriffen, weshalb Logan nichts von dem zweiten Bewerbungsvideo erfahren sollte. Weil sie nicht verstand, wie wichtig es für Hailey war, ihr inneres Gleichgewicht zu bewahren. Cailin war durch und durch Künstlerin. Ein Leben ohne Leidenschaft war für sie undenkbar. Dass darin das Wort *Leiden* enthalten war, nahm sie bereitwillig in Kauf.

Was sie dabei gern übersah: Hailey war anders. Womöglich war sie sogar noch leidenschaftlicher als Cailin, mit ihrer Filmsucht, der mangelnden Impulskontrolle und überzogenen Anteilnahme am Leben anderer. Im Gegensatz zu Cailin konnte sie damit jedoch nur umgehen, indem sie darüber lachte. Sie war gern die Verrückte, die alle Leute wegen eines Films vollquatschte, nicht mit Umarmungen sparte und irgendwie jeden kannte. Ohne diese Leichtigkeit wären ihre Gefühle schlicht nicht zu ertragen gewesen. Sie musste die Dinge herunterspielen – aufgedreht statt aufgewühlt, anhänglich statt einsam, zufrieden statt glücklich sein. Und sie war nicht verliebt. Sie schwärmte.

Hailey warf ihrer Freundin einen verstohlenen Blick zu. Wie unbeschwert sie dort in Ians riesigem Kapuzenpulli mit der Aufschrift »Tobermory« saß und über eine von Maisies Nova-Geschichten kicherte. Sie hatte nicht zugehört, aber zumeist handelten Maisies Erzählungen von Touristen, die sich als normale Menschen getarnt an Nova heranpirschten, nur um ihr dann doch noch einen Heiratsantrag zu machen.

Doch jetzt hörte Cailin auf zu kichern, und ihre hellen Augen richteten sich auf sie. »Sag mal, Hailey, weißt du eigentlich, wer Kates alte Version spielt? Oder werden Nova ein paar Falten geschminkt?«

Für einen Wimpernschlag überlegte sie, sich einfach unwissend zu stellen. *Kates alte Version? Keine Ahnung, wer die spielt.* Andererseits verspürte sie einen geradezu überwältigenden Drang, es Cailin heimzuzahlen – und zwar nicht nur, weil sie ihr Geheimnis verraten hatte. Genau genommen brodelte es bereits seit geraumer Zeit in ihr. Die Art, wie ihre Freundin sich davongestohlen hatte, war einfach nur kaltblütig. Was fiel der schrecklichen Cailin Buchanan eigentlich ein, achtlos ihren Laden, nein, ihr *Leben* zu verrammeln? Warum hatte sie ihrer besten und ältesten Freundin nicht von ihrem Traum erzählt, eine echte Drehbuchautorin zu werden? Und warum durfte sie nicht an der neuen Geschichte teilhaben, die in Cailin heranwuchs? Weshalb hatte sie ihr nicht wenigstens dabei helfen dürfen, die Umzugskartons zu packen?

»Es gibt keine alte Version«, sagte Hailey geradeheraus. »Die gesamte Rahmenhandlung wurde gestrichen.«

Cailin ließ die Gabel, mit der sie herumgespielt hatte, auf den Tisch fallen. »Du nimmst mich auf den Arm.«

Gleichgültig schüttelte sie den Kopf. »Logan fand das orangefarbene Ende misslungen.«

Einen Moment lang starrte ihre Freundin sie ungläubig an, doch dann griff sie wieder nach der Gabel und hielt sie drohend in die Luft. »*Misslungen?* Der spinnt wohl! Das ist ein einwandfreies Happy End!«

»Also, ich fand es auch ziemlich orange.«

»Wirklich?« Kirsty, die immer noch am Herd stand, warf Hailey einen verblüfften Blick zu. »Wie hätte das Ende von Cailin denn ausgesehen?«

Hailey zuckte mit den Schultern. »Na ja, deine betagten Eltern hätten zusammen die Fähre in Richtung große weite Welt bestiegen, um all die Orte deiner Kindheit zu bereisen«, teilte Hailey ihr mit.

»Ach so.« Kirsty senkte den Blick und sah so konzentriert in den Currytopf, als handelte es sich beim Aufwärmen dieser Mahlzeit um einen wissenschaftlichen Vorgang.

»Spuck's aus«, knurrte Cailin. »Was stört dich an meinem Ende?«

Kirsty holte hörbar Luft, bevor sie antwortete: »Ich finde den Gedanken irgendwie trostlos, dass meine Mum am Ende die gleiche Reise unternehmen soll wie am Anfang. Es fühlt sich so an, als könnte sie diesem Kreislauf nie entkommen. Als käme sie nicht von der Stelle.«

»Aber diesmal ist es doch etwas völlig anderes!«, stieß Cailin hervor. »Sie unternimmt die Reise mit James!«

»Meinst du?«, fragte Kirsty unsicher.

»Nein, Cailin irrt sich«, funkte Maisie dazwischen. »Fiona will nicht mehr reisen. Sie will ankommen.«

»Aber nicht bei James, fürchte ich«, hörte Hailey sich sagen, bevor sie sich bremsen konnte.

»Danke, Hailey«, seufzte ihre Cousine.

»Wofür?«, fragte sie perplex.

»Dass ich es nicht aussprechen musste.«

Kirsty ließ den Kochlöffel sinken. »Meine Mum ist in Nova verliebt, nicht wahr?«

Zuerst starrte Maisie ihre Freundin verdutzt an, dann prustete sie los. »Wie kommst du denn darauf? Wenn überhaupt, dann in Gregory Mailer.«

Bei der Erwähnung von Gregory Mailer gab es plötzlich eine Menge zu erzählen. Maisie musste loswerden, wie Greg und Fiona heute Mittag plötzlich in Lucys Küche aufgetaucht waren. Sie hatten sich zu den Mädels (Lucy, Maisie und Beth) an den Küchentisch gesetzt und mit ihnen einen Salat gegessen, obwohl die Küche ganz offensichtlich nicht ihr Ziel gewesen war. Fiona sei »ausgehungert nach Sex«, wusste Maisie zu berichten. Vermutlich war sie genau in dieser Sekunde bei Greg im Hotel. Nova, deren Zimmer in derselben Etage war, hielt jedenfalls Augen und Ohren offen.

Während Kirsty sich mit verzweifelter Miene ein Glas Gin einschenkte, wollte Maisie von Hailey wissen, wie James den Drehtag mit Fiona verkraftet hatte. Sie erzählte ausführlich von ihrem gemeinsamen, sehr entspannten Nachmittag bei den Fischottern, doch Kirsty roch den Braten. Sie klang fast so schroff wie Cailin, als sie brummte: »Jetzt sag schon, Hailey. Was hat meine Mutter ihm angetan?«

Widerwillig berichtete sie, was sie von Logan über Fionas Auftritt am Set erfahren hatte.

Kirsty kippte ihren Gin herunter. »Meine Mum ist …«

»… nicht so«, vervollständigte Maisie den Satz.

»Oh doch, genauso ist sie«, stöhnte Kirsty.

Maisie reckte ihr Kinn. »Nur manchmal.«

»Fiona hin oder her«, schaltete sich Cailin ein, »wie endet mein Film denn nun?«

Hailey zuckte wieder mit den Schultern. »Fiona steht allein auf der Fähre, und James geht in den Pub.«

»Und dann?«

»Nichts weiter. Ende.«

Cailins Augen verengten sich zu Schlitzen. »Wie lange weißt du schon davon?«

»Keine Ahnung.« Haileys Katzenaugen wurden ebenfalls schmal. »Wie lange wusstest du denn schon davon, dass du den Laden schließen würdest?«

»Das ist was völlig anderes.«

»Wirklich? Logan hat dir dein Happy End weggenommen, und du hast mir unseren Laden weggenommen, ohne vorher auch nur einen Piep zu sagen. Das klingt für mich nach zwei ziemlich vergleichbaren Sachverhalten.«

»Nur dass es nicht unser Laden war, sondern meiner.«

Hailey stutzte. Sie bemerkte, wie eine ungewöhnliche Röte in Cailins Wangen stieg. Niemand sagte ein Wort. Liv und Maisie hielten sich die Hand vor den Mund, und Kirsty stellte erschrocken ihr Ginglas beiseite. Haileys Hals wurde trocken. Hatte Logan am Ende doch recht gehabt? Bedurfte es eines verliebten Ehemannes, um alles zu teilen? Hatten all die Stunden, Tage und Jahre, die sie hinter Cailins Ladentresen verbracht hatte, nichts bedeutet? Vielleicht brauchte sie jetzt auch einen Gin.

Da sagte Kirsty mit heiserer Stimme: »Erinnert ihr euch noch an meinen ersten Abend in Tobermory? Als ihr Aidan und mich im Pub bei etwas, ähm, Privatem unterbrochen habt?«

Alle – ausgenommen Maisie – nickten.

»Cailin war feindselig und Liv war still, aber Hailey war Hailey. Sie hat mir freudestrahlend erklärt, dass ihr alle zusammengehört. Die ganze Zeit hat sie von ›unserem Unternehmen‹ gesprochen. Ich war so neidisch. Noch nie wollte ich irgendwo dazugehören – bis zu diesem Abend.«

»Mir ging es genauso, als ich herkam«, warf Liv leise ein. »Cailin, Hailey und Dee waren unfassbar unhöflich zueinander, so etwas hatte ich bei Freundinnen noch nie erlebt. Man hat sofort gespürt, dass sie bedingungslos zusammengehörten, fast so wie …«

»… eine Familie«, ergänzte Maisie und warf Cailin einen vorwurfsvollen Blick zu.

Cailin stöhnte. »In Familien muss man auch nicht alles teilen und darf seine eigenen Entscheidungen treffen. Sonst erstickt man.«

»Ich habe dich *erstickt?*«, entfuhr es Hailey. Sie hasste sich, weil ihre Augen sich mit Tränen füllten.

Liv griff unter dem Tisch nach ihrer Hand und sagte an Cailin gewandt: »Hailey ist die Letzte, die hier irgendwen erstickt. Du bist doch diejenige, die sich überall einmischt und den Leuten mit ihren Taskforces auf die Pelle rückt.«

»Ich habe nicht behauptet, dass Hailey mich erstickt. Und wenn ich mich recht erinnere, wolltet ihr alle immer unbedingt bei meinen fabelhaften Taskforces mitmachen.«

»*Wolltet*«, murmelte Kirsty betreten. »Vergangenheit.«

»Die Dinge ändern sich eben«, brummte Cailin. Ihre Augen glitzerten verdächtig. Oje. Hoffentlich würde sie nicht anfangen zu weinen. Wenn Cailin weinte, ging die Welt unter.

Unversehens schlug Maisie mit der flachen Hand auf den Tisch. »Hört sofort auf damit! Wie soll ich denn nach London gehen, wenn hier alle verrücktspielen?«

Hailey und Cailin wechselten einen schuldbewussten Blick.

Schließlich murmelte Cailin: »Eigentlich wollte ich dir heute Abend zwei wichtige Fragen stellen.«

Bevor Hailey einwenden konnte, dass sie heute nicht in der Verfassung für wichtige Fragen war, meinte ihre erschreckend erwachsene Lieblingscousine an Cailin gewandt: »Dann tu's doch einfach.«

Sie räusperte sich. »Hailey Cameron, willst du …«

»Dich heiraten? Kannst du vergessen«, schnaubte Hailey.

»… die Patentante von meinem Drachenei werden?«

Erneut senkte sich eine plötzliche Stille über die Küche.

Alle starrten zuerst Cailin an, dann ihren unsichtbaren Bauch. Seufzend erhob sie sich von ihrem Platz und zog halb widerwillig, halb lächelnd Ians Pullover hoch. Das enge weiße T-Shirt, das sie darunter trug, gab den Blick auf einen kleinen, irgendwie spitzen Hügel frei.

»Dreizehnte Woche, Geschlecht unbekannt, Name Jamie.«

»Jamie«, flüsterte Hailey. »Wie James.«

Cailins Gesicht leuchtete auf. »Oder wie Jamie Lee Curtis, wenn's ein Mädchen wird.«

»Ich liebe Jamie Lee Curtis«, wisperte Hailey und spürte erneut, wie sich ihre Augen mit diesem nervigen Tränenzeug füllten. »Fast so sehr wie James.«

Sie sprang von der Bank auf, stürmte auf ihre Freundin zu und schlang die Arme um sie. Die anderen taten es ihr gleich, und dann konnte sie nur noch einen einzigen hopsenden Gedanken denken: *Jamies erste Gruppenumarmung.*

Als alle endlich mit ihrem Curry am Tisch saßen, erkundigte sich Liv bei Cailin: »Seit wann weißt du es?«

»Oh Mann, nicht schon wieder«, stöhnte sie. »Hailey wäre am Boden zerstört gewesen, wenn ich die kleine Erdnuss in der achten Woche oder so verloren hätte.«

»Das stimmt«, gab Hailey zu. »Seit wann weißt du es?«

Cailin verdrehte die Augen. »Seit dem Tag, als ich das Casting in der Turnhalle verpasst habe, weil ich den Backfisch nicht vertragen habe.«

»Du hast gar keinen Backfisch gegessen«, rief Kirsty.

»Lag es an der kleinen Erdnuss, dass du nie zu uns in den Pub gekommen bist?«, wollte Hailey wissen.

»Unter anderem.«

»Was meinst du damit?«

»Auch wegen all der Dinge, die Logan unter der Platane zu dir gesagt hat.« Sie seufzte. »Der Tag hatte es in sich. Zuerst diese Übelkeit nach dem Backfisch, dann der positive Schwangerschaftstest, später Lucys Geheule, weil sie das Casting zum zweiten Mal vermasselt hatte, und als krönender Abschluss Logans Ansprache unter der Platane.«

»Unter Aidans und meiner Platane?«, fragte Kirsty ein bisschen zu beiläufig.

»Keine Sorge, euer heiliger Baum wurde nicht entweiht«, versicherte Cailin mit dem Anflug eines Lächelns. »Wenn Logan versucht hätte, Hailey dort zu küssen, wäre ich dazwischengegangen.«

Hailey schnaubte verächtlich. »Das hätte der mal versuchen sollen nach allem, was er mir an dem Abend an den Kopf geworfen hat.«

»Was hat er denn nun gesagt?«, drängelte Maisie. »Und warum ist Cailin deshalb nicht mehr in den Pub gekommen?«

»Logan findet, Hailey ist eine Randfigur.«

Maisie blinzelte perplex, und Cailin erklärte ungeduldig: »Du weißt schon – jemand, der nur am Rand herumsteht. Logan findet, sie assistiert uns beim Leben, anstatt es selbst zu tun. Er meint sogar, es wäre nicht möglich, einen Film über Hailey zu drehen. Weil sie immer nur die verdammte Nebenrolle spielt.«

Hailey senkte den Blick. Anscheinend war ihr Filter, der nur die angenehmen Gedanken hereinließ, besser intakt als vermutet. Jedenfalls hatte er Logans Worte in letzter Zeit prima blockiert. Und zwar so gut, dass sich Cailins Zusammenfassung wie ein Schlag in die Magengrube anfühlte.

Und jetzt fügte sie erbarmungslos hinzu: »Ich muss gestehen, Logan Wallace hat den Durchblick. Ich konnte nie wirklich in Worte fassen, weshalb mich Haileys permanente Zufriedenheit so sehr auf die Palme gebracht hat. Manchmal habe ich mich sogar verdächtigt, neidisch auf sie zu sein. Wie ihr Cousin Marty, der sie damals als Baby mit dem Stock ... egal. Jedenfalls weiß ich dank Logan endlich, was mich die ganze Zeit so gestört hat: dass sie sich damit zufriedengegeben hat, mir beim Leben zuzuschauen.« Sie wandte sich Hailey zu. »Wusstest du, dass ich mich monatelang geweigert habe, mit Ian die Wohnung über der Praxis zu renovieren?«

Verwundert schüttelte sie den Kopf.

»Wenn man eine wahnsinnig zufriedene Hailey hat«, fuhr Cailin mit unerwartet sanfter Stimme fort, »traut man sich nicht, etwas zu verändern. Man traut sich auch nicht, ihr zu sagen, dass man jetzt wirklich, *wirklich* die Nase voll hat von den Glasvögeln – obwohl es kaum etwas Schöneres gibt, als mit ihr zusammen im Laden abzuhängen.«

Hailey schluckte. Und schwieg. Es gab nichts zu sagen. Endlich verstand sie, warum Cailin sich von ihrer Zufriedenheit unter Druck gesetzt gefühlt hatte. Cailins Uhr war weitergelaufen, als Ian auf die Insel zurückgekehrt war. Dennoch hatte sie ihr zuliebe fast ein Jahr lang die Zeit angehalten. Doch die gemütliche Wohnung über der Glasbläserei war zu klein gewesen für zwei Personen – und erst recht für drei. Der kleine spitze Hügel unter Cailins Pullover würde wachsen und keinen Stillstand dulden. Leben war Veränderung, das wusste doch jedes Baby ...

»Und was hat all das damit zu tun, dass du nicht mehr in den Pub gekommen bist?«, bohrte Maisie nach.

»Sie hat Hailey die Hauptrolle überlassen«, antwortete Liv an Cailins Stelle.

Cailin nickte. »Außerdem sollte sie nicht bei jedem Anflug

von Einsamkeit zu mir kommen können. Wisst ihr, nachdem ich mich eine halbe Ewigkeit abgemüht habe, Haileys Lebensraum zu erhalten, war es fast ein bisschen befreiend, mal zur Abwechslung das genaue Gegenteil zu tun.«

Die anderen drei sahen sie entsetzt an, und Kirsty sprach aus, was alle dachten: »Cailin Buchanan, du bist schrecklich.«

»Stellt euch nicht so an«, knurrte sie. »Die Heldin muss auch mal leiden, das ist der Preis fürs Rampenlicht. Und Logan verliebt sich nicht in jemanden ohne Tiefgang.«

Liv stieß einen empörten Laut aus. »Hailey hat mehr Tiefgang als wir alle zusammen.«

»Jaha«, brummte Cailin, »aber es merkt keiner, weil sie immer so unerträglich fröhlich ist.«

»Du hast deinen Laden ausgeräumt und mich allein gelassen, damit Logan mich gut findet?«, stammelte Hailey.

Da schob Cailin ihren Teller weg, lehnte sich mit verschränkten Armen auf den Tisch und funkelte sie an. »Nein, damit du endlich erwachsen wirst. Hast du eine Ahnung, was für eine Überwindung es mich gekostet hat, mich aus dem Film, deinem Leben, einfach allem herauszuhalten? Gerade du solltest doch am besten wissen, wie schwierig es ist, jemanden loszulassen, damit er seinen Weg gehen kann.«

Sie blinzelte. »Reden wir jetzt vom …?«

»Glückspenny«, ergänzte Cailin unumwunden.

Hailey spürte, wie ihr das Blut in die Wangen schoss, und plötzlich war es wieder da, dieses zornige Brodeln. Wie konnte ihre Freundin nur so gelassen dasitzen und dieses Wort in den Mund nehmen nach allem, was sie –

»Wusstest du, dass Logan mich hinter meinem Rücken so nennt?«, platzte es aus ihr heraus.

»Wie?«

»Glückspenny.«

»Warum?«, fragte Cailin verdutzt.

»Ich weiß nicht, sag du es mir«, erwiderte sie ungewohnt bissig. »Vielleicht kannst du mir auch sagen, warum Jasper schon so ziemlich alles über mich wusste, als er auf die Insel gekommen ist. Bei unserem ersten Treffen hat er sogar meine Zahnspange erwähnt. Und später hat er *Inselkinder* ganz nebenbei als Logans ›Regiedebüt‹ bezeichnet. Er ist der Meinung, ohne mich hätte Logan heute nichts weiter vorzuweisen als ein abgebrochenes Biologiestudium und eine schöne Videosammlung. Hast du vielleicht eine Erklärung dafür, dass Jasper all das gesagt hat?«

»Ich? Ich kenne Jasper doch so gut wie gar nicht.«

Hailey warf die Hände in die Luft. »Aber du kennst Logan! Weißt du, woran ich den ganzen Tag denken musste? Wie er durchs verschneite Manhattan gewandert ist, mit dir am Ohr. So ist es passiert, nicht wahr? Nachdem ihr stundenlang über das Drehbuch geredet hattet, wollte Logan nicht auflegen. Niemand will auflegen, wenn du in der Leitung bist. Und irgendwann hast du ihm dann die Geschichte erzählt, wie die fünfzehnjährige Hailey Cameron ihn heimlich bei der New Yorker Filmschule angemeldet hat. Vermutlich ist er direkt danach mit seinem Buddy Jasper in die nächste Bar marschiert und hat ihm von meiner Zahnspange erzählt und –«

»Halt!«, rief Kirsty. »Noch mal von vorne.«

Alle – bis auf Cailin – blickten Hailey mit großen Augen an. Erst jetzt fiel ihr auf, dass keine der drei anderen einen blassen Schimmer hatte, wovon sie sprach.

»Ich habe mit keiner Menschenseele außer Ian über die *Taskforce Inselkinder* gesprochen«, brummte Cailin, ohne auf Kirstys Aufforderung einzugehen. »Und er wusste, dass ich ihn eigenhändig kastriert hätte, wenn er nicht dichtgehalten hätte.« Sie zog eine Grimasse. »Vielen Dank also für dein Vertrauen. Da ich meine Versprechen ernst nehme, darfst du unseren Freundinnen jetzt selbst die Geschichte erzählen, wie Logan versagt hat, weil er keine Weihnachtslieder von Simon & Garfunkel hört.«

Hailey biss sich beschämt auf die Unterlippe. Sie wusste, dass Cailin die Wahrheit sagte. Streng genommen sagte sie immer die Wahrheit – wenn sie nicht gerade äußerst ungeschickt log. Aber das hier war keine Lüge.

»Es tut mir leid«, murmelte sie kleinlaut. »Ich konnte es mir einfach nicht anders erklären.«

»Schon gut«, seufzte Cailin. »Wenn du mir dafür die Kleinigkeit mit meinem Laden verzeihst, sind wir quitt.«

»Wunderbar, ihr habt euch verziehen«, sagte Maisie ungeduldig, »und jetzt erzählt ihr uns endlich, was es mit Simon & Garfunkel und dem Glückspenny auf sich hat.«

Die Geschichte war erzählt, das Curry war aufgegessen, und alle – ausgenommen Cailin – löffelten nachdenklich ihre Mousse au Chocolat. (Cailin hatte an dem Schokoladenmeer geschnuppert und befunden, dass es verdächtig nach Grand Marnier roch.)

Liv war die Erste, die das Wort ergriff. »Sei mir nicht böse, Hailey, aber ich verstehe nicht ganz, wo dein Problem liegt. Deine Aktion damals mag zwar ein wenig übergriffig gewesen sein, aber letztlich hast du damit doch Logans Zukunft gerettet. Und dass er dich Glückspenny nennt, zeigt ziemlich eindeutig, dass er das genauso sieht.«

Bevor Hailey darauf antworten konnte, meinte Cailin gereizt: »Ihr rationalen Leute versteht auch immer nur die Hälfte.

Ist doch klar, dass sie das geheim halten wollte – man muss Logan schließlich nicht auf die Nase binden, dass Hailey sein Glück wichtiger war als ihr eigenes.«

Hailey sah ihre beste Freundin verblüfft an. »Dann verstehst du es also doch?«

»Da gibt's nichts zu verstehen. Es geht Logan nun wirklich nichts an, dass du ihn liebst.«

Unvermittelt entfuhr Maisie ein Glucksen.

Liv, die zwischen ihr und Hailey auf der Bank saß, rammte ihr den Ellbogen in die Seite. »Das ist nicht –« Sie hielt inne. Dann brach das perlende Lachen aus ihr hervor, für das Hailey jederzeit Eintritt bezahlt hätte.

»Nicht lustig?« Kirsty kicherte mit vollem Mund.

»Überhaupt nicht«, keuchte Liv.

Hailey und Cailin wechselten einen genervten Blick, doch Hailey spürte schon das Kratzen in der Kehle. Ihr Grunzen war dann auch für Cailin zu viel. Sie lachte so schallend, dass Hailey sich kurz fragte, ob die kleine Erdnuss sich die Ohren zuhielt.

Irgendwann rief Maisie über das Gekicher der anderen hinweg: »Sag mal, warst du damals nicht erst fünfzehn?«

Als sie nickte, fuhr Maisie fort: »Ist das mit der Liebe dann nicht längst verjährt?«

»Liebe verjährt nicht«, meinte Cailin ohne einen Funken Ironie. »Und außerdem ist Hailey immer noch fünfzehn.«

Hailey warf ihrer Freundin einen zärtlichen Blick zu. Am liebsten wäre sie aufgestanden und hätte sie ein weiteres Mal umarmt. Sie wusste jedoch, dass Cailins Tagesdosis Kuscheln aufgebraucht war. Sie kannten einander. Und verstanden einander. Die Welt war endlich wieder in Ordnung.

Doch Cailin wich ihrem Blick aus, und sie klang seltsam nervös, als sie immer noch an Maisie gewandt sagte: »Genau aus diesem Grund habe ich richtig Schiss, ihr meine zweite Frage zu stellen. Ich bin nämlich nicht sicher, ob Hailey dafür erwachsen genug ist.«

»Ach ja, die zweite wichtige Frage!« Maisie sah gespannt zwischen ihnen hin und her.

»Jetzt kommt der Heiratsantrag«, witzelte Kirsty.

»So ähnlich.« Endlich sah Cailin sie an. »Hailey Cameron, willst du meinen Laden haben?«

Schon wieder wurde es still in der Küche. Schon wieder starrten alle Cailin an. Aber diesmal sprang niemand auf, um sie zu umarmen. Stattdessen stellte Liv mit sonderbar brüchiger Stimme fest: »Sie hat bereits einen Laden.«

»Nein, Liv, *du* hast einen Laden«, entgegnete Cailin. »Hailey hat eine Wollecke.«

Liv sah sie entsetzt von der Seite an. »Oh Gott, habe ich dich verdrängt? Das wollte ich nicht! Ich hatte immer den Eindruck, wir wären ...«

»... ein Dreamteam«, vollendete Hailey ihren Satz. »Und genauso ist es.«

»Aber die Boutique platzt aus allen Nähten«, wandte Cailin ein, »und mein Laden steht leer. Ich finde, er hat gerade die richtige Größe für einen hübschen kleinen Wollladen. Das blaue Haus war schon immer viel zu wuchtig dafür. Du könntest die Wolle in meine Regalfächer sortieren, dann gäbe es dort wieder eine bunte Wand und –«

»Ich sehe, du hast dir alles schon genau überlegt«, fiel Hailey ihr tonlos ins Wort.

»Ich finde einfach, du brauchst mal was Eigenes«, meinte Cailin leise. »Vielleicht kannst du auch etwas ganz Neues mit dem gelben Haus anstellen und einfach mal selbst entscheiden, wo es hingehen soll.«

»Du tust so, als wäre ich total fremdbestimmt.«

»Hat Erin dich etwa nach deiner Meinung gefragt, als sie dir die Boutique aufs Auge gedrückt hat?«

»Nein, aber –«

»Und hast du dich jemals bewusst fürs Färben entschieden? Oder hast du nicht vielmehr nahtlos dort weitergemacht, wo deine Mum aufgehört hat?«

Hailey schwieg. Sie konnte nicht antworten. Sie konnte überhaupt nicht mehr sprechen. Kaum zu glauben, dass sie noch vor einer Minute gedacht hatte, ihre Freundin verstünde sie wie kein anderer Mensch. Und nun stellte ausgerechnet Cailin so gut wie jede wichtige Entscheidung infrage, die sie in ihrem Leben getroffen hatte. Nein, schlimmer, Cailin bezweifelte, dass sie überhaupt jemals eine Entscheidung getroffen hatte. Sie hatte ihr keinen neuen Laden angeboten, sondern ein neues Leben. Die Uhr sollte endlich weiterlaufen. Die Zukunft war ein unbeschriebenes Blatt, und offenbar ging Cailin davon aus, dass die Ideen nur so aus Hailey heraussprudeln würden, wie sie es von sich selbst kannte. Und dass sie das Vergangene einfach über Bord werfen würde, wie sie es mit ihren Glasvögeln getan hatte. Hailey schluckte. Ihre beste Freundin war ihr plötzlich so fremd, dass sie noch nicht einmal in ihrer Gegenwart weinen konnte. Und die Tränen wollten jetzt endlich raus.

Unvermittelt erhob sie sich von der Bank und war mit zwei Schritten an der Tür. Im Türrahmen hielt sie inne und wandte sich noch einmal zu Cailin um. Aus dem Augenwinkel nahm sie die bestürzten Gesichter der anderen wahr.

»Ich will deinen Laden nicht haben«, sagte sie heiser. »Und hör endlich auf, nach Wegen zu suchen, mich glücklich zu machen. Du bewirkst damit nämlich das glatte Gegenteil. Lass mich einfach ...« Sie stolperte über das Wort, das ihr auf der Zunge lag, aber sprach es dennoch aus: »... zufrieden.«

12. Juni

THE THING CALLED LOVE
Drehbuch: Carol Heikkinen
Regie: Peter Bogdanovich

Jedes Mal wenn ich »The Thing Called Love« ausleihen will, macht sich Logan über mich lustig. Ob es wieder Zeit sei für Miranda Presley und ihre peinliche beste Freundin Linda Lue Linden. Dann sage ich, wie interessant ich es finde, dass er sich die Namen der Figuren gemerkt hat, obwohl er den Film angeblich nur einmal gesehen hat. Er hingegen findet es interessant, dass ausgerechnet aus der Nebenrolle der naiven Linda Lue später ein Weltstar (Sandra Bullock) wurde, während der coole Hauptdarsteller (River Phoenix) kurz nach den Dreharbeiten an einer Überdosis gestorben ist.

An dem Punkt halte ich mir für gewöhnlich die Ohren zu, singe aus vollem Hals den Countrysong »Blame It On Your Heart« und denke an die Szene, in der James (der quicklebendige River Phoenix) die angefressene Miranda auf die Bühne bittet, um mit ihm ein Duett zu singen. Ich muss das mindestens einmal im Monat sehen. Logan behauptet, an der Stelle leiert sein Video vom endlosen Zurückspulen. Und ich finde es interessant, dass er das weiß.

Wie gesagt, das ist der übliche Ablauf. Du kannst dir also vorstellen, wie erstaunt ich war, als er mir heute kommentarlos das Video in die Hand gedrückt hat. Er wirkte regelrecht weggetreten.

»Logan, soll ich einen Arzt holen?«, habe ich gefragt.

Da hat er leise erwidert: »Soll ich nach New York gehen?«

Ich stand da, mit dem Video in der Hand, und konnte ihn für einen Moment nur anstarren. Dann habe ich einen Freudenschrei ausgestoßen und bin auf ihn draufgesprungen, obwohl sein Ledersessel zu klein ist für zwei Leute und ein Video. Deshalb habe ich das Video auf einen seiner Fernseher geworfen. Danach habe ich es mir auf seinem Schoß bequem gemacht und ihn geherzt und gedrückt. Ich habe sogar seine Haare durchgestrubbelt. Es hat sich ein bisschen so angefühlt, als hätte ich einen Bewusstlosen geknuddelt. Aber wenigstens hat er sich nicht gewehrt.

Irgendwann hat er leise gesagt: »Du freust dich.«

Ich habe innegehalten. »Merkt man das?«

Da musste er lächeln, und ich habe gefragt: »Du dich nicht?«

»Ich weiß nicht. Ich kann mir einfach nicht erklären ...«

Er hat den Satz nicht beendet und mir einen sonderbaren Blick zugeworfen. »Du freust dich also.«

Es war eigenartig. Irgendwie hatte ich das Gefühl, ihn aufmuntern zu müssen. Also habe ich ihn angegrinst und geantwortet: »Zuerst werde ich das ›Zutritt ab 16‹-Schild abhängen, und dann bitte ich deine Eltern um den Kellerschlüssel.«

Das hat ihn aus seiner merkwürdigen Trance herausgeholt. Er hat mich von seinem Schoß geschubst und sich das

Video geschnappt. Ich glaube, er hat erst dann begriffen, um welchen Film es sich handelte. Jedenfalls hat er gestöhnt: »Schon wieder Linda Lue Linden? Das kann nicht dein Ernst sein, Cameron.«

15

Hailey lehnte sich auf ihrer Bank unter der sturmkrummen Eiche zurück und blickte zum Festland hinüber. Es war schön, wieder hier zu sein. Die Meerenge zu ihren Füßen hatte keine Ähnlichkeit mit dem uferlosen Ungeheuer am Ross of Mull. Man musste sich vor dem Meer dort unten in Acht nehmen. Es tendierte nämlich dazu, einen zu verschlucken. In den letzten zehn Tagen hatte sie – wie nach dem Tod ihrer Mutter – stundenlang auf ihrem Felsen gehockt und in das Nichts gesehen, das sich Horizont nannte. Anfangs hatte sie gehofft, diese neutrale Linie in der Ferne würde ihr helfen, eine Antwort zu finden. Aber sie kannte ja nicht einmal die Frage. Alles, was sie wusste, war, dass sie sich einsam fühlte, und zwar auf eine gruselig fundamentale Art. Manchmal kam es ihr fast so vor, als wäre sie kein Mensch. Die Menschen waren anders als sie. Sie wollten sich voneinander abgrenzen und wahrgenommen werden. Denn wer nicht wahrgenommen wurde, war nicht vorhanden. Wer sich also damit zufriedengab, den anderen beim Strahlen zu helfen, verschwand im Dunkeln. Oder am Ross of Mull.

Bereits nach wenigen Tagen hatte sie sich gefragt, was zur Hölle sie sich von diesem Trip erhofft hatte. Der Garten ihrer Mum war verwildert, der Färberschuppen von Spinnweben verhangen. Ihr Dad und ihr Bruder Patrick, der in nicht allzu ferner Zukunft den Hof übernehmen würde, hatten keine Zeit für Hobbys. Und Dads Frau Jill erst recht nicht. Sie war voll und ganz mit Rose und Ruby, den dreijährigen Zwillingen, beschäftigt. Hailey hatte sich auf ihre quirligen Halbschwestern gefreut, aber die beiden hatten ihre eigenartige Stimmung gespürt. Sie wollten nur ihre Mummy, nicht den deprimierten Gast aus Tobermory.

Sie hatte kurz überlegt, ihre Sachen zu packen und zur Isle of Harris weiterzureisen. Zu Erin. Doch Erin hatte Keith, den kleinen Shay und ... vermutlich viele Fragen. Vor allem: *Was ist los mit dir? Wo ist meine fröhliche Hailey geblieben?* Hailey hatte jedoch keinen Schimmer, was mit ihr los war. Klar, sie musste sich an eine Reihe von Veränderungen gewöhnen. Maisie würde gehen, Cailin würde sich demnächst um ein echtes Kind kümmern müssen, und der Laden war leer. Aber all das war ein Klacks im Vergleich zu dem, was hinter ihr lag: der Tod ihrer Mum, die fünf einsamen Jahre am Ross ohne verwandte Seelen und dann diese Leere, als Erin sie kurz nach ihrer Rückkehr ins blaue Haus mit ebendiesem Haus allein gelassen hatte. Zugegeben, sie war nie wirklich allein gewesen. Cailin und Dee hatten sich um sie gekümmert. Bis Dee im letzten Frühjahr mit dem Auto verunglückt war. Und? Hatte der Joker dadurch sein Lachen verloren? Nein, hatte er nicht. Warum also jetzt?

Hailey erkannte sich nicht wieder. Sie hatte sich wie ein Waschlappen verhalten, als sie Kirstys Küche so überstürzt verlassen, ihre Klamotten ins Auto geworfen und sich auf dem Hof ihres Vaters verkrochen hatte. Für ein paar egoistische Stunden hatte sie sämtliche Nachrichten ihrer Freundinnen ignoriert, bevor sie der besorgten Maisie mitten in der Nacht mitgeteilt hatte, dass sie am Ross of Mull war. Und dass man sie für eine Weile in Ruhe lassen sollte. (*Für eine Weile.* Oje.) Die weltbeste Liv hatte ihr noch einmal geschrieben, sie solle sich keine Sorgen um den Laden machen. »Einfach entspannen.« Danach war es still geworden auf ihrem Handy. Sie war sich ein wenig vorgekommen wie im Auge eines Sturms. Fühlte es sich so an, das Gehen?

Nach zehn Tagen mit dem wenig hilfreichen Horizont, dem verwilderten Garten und der fremden Familie war ihr klar geworden, was sie schon immer gewusst hatte: Gehen war nicht ihr Ding. Was hatte sie sich bloß dabei gedacht? Maisie würde nur noch für kurze Zeit auf der Insel sein. Genau wie Jasper, die Filmcrew und ... jemand, der sie Glückspenny nannte. Oh Mann. Verpasste sie etwa gerade den Sommer ihres Lebens? Und alles nur, weil Cailin fand, sie müsste einen eigenen Laden haben? Wie unfassbar dumm von ihr! Wenn ihre Freunde fort waren und der Pub sich geleert hatte, wenn niemand mehr Abend für Abend an der Bar auf sie warten würde, konnte sie immer noch selbstmitleidig aufs Meer schauen und sich fragen, ob der Joker eine eigene, unverstandene Spezies war.

Es war vorhin ein unglaublich gutes Gefühl gewesen, die Zwillinge zu knuddeln, ihren Koffer ins Auto zu werfen und nach Hause zu fahren. Als der Hafen von Tobermory mit seinen leuchtend bunten Häuschen und den schaukelnden Segelbooten in der Ferne in Sicht gekommen war, hatte ihr Herz einen Freudensprung, nein, einen Salto gemacht. An der Gabelung in Richtung Heimat hatte sie jedoch gezögert. Aus unerfindlichen Gründen war sie noch nicht bereit gewesen anzukommen. Kurzerhand hatte sie die andere Abzweigung genommen, die zu ihrem Garten hoch oben über der Bucht führte. Und hier saß sie nun unter der Eiche und bestaunte ihre glitzernde Welt. Wenn man eine Weile fort gewesen war, wirkte das Festland viel näher ...

»Lottie! Evie!«, riss eine dunkle Stimme sie aus ihren Gedanken, und schon kamen zwei sehr vertraute braune Labradore hechelnd und wedelnd auf sie zugeschossen. Bevor sie aufspringen konnte, bohrte Lottie die nasse Schnauze in ihre Kniekehle, und Evie kratzte mit der Vorderpfote an ihrem nackten Bein.

»Lottie! Evie! Hierher!«, kam es erneut aus einiger Entfernung von rechts. Wider Erwarten handelte es sich jedoch nicht um Nathan Wallace, den die beiden Hundedamen mal wieder auf dem steilen Pfad zur Hügelkuppe abgehängt hatten, um unter Haileys Eiche ihre wohlverdiente Pause einzulegen. (Wenn Hailey gerade im Garten war, kam sie für gewöhnlich mit den beliebten Hundekuchen herbeigehopst, die sie eigens für Lottie und Evie im Gartenhaus aufbewahrte.)

Jedenfalls handelte es sich diesmal nicht um Nathan, der nach den beiden Damen rief, sondern um seinen Neffen. Als Logan ziemlich außer Puste bei ihnen angekommen war, hatten die Hunde sich längst zu ihren Füßen im schattigen Gras niedergelassen und genossen friedlich die Aussicht. Er bedachte die beiden mit einem genervten Blick, während er sich schnaufend neben Hailey auf die Bank fallen ließ.

»Weniger rauchen«, meinte sie grinsend.

»Weniger Hunde«, knurrte er.

»Wo ist Nathan?«

»Er nutzt die Gelegenheit, um ein paar Freunde in Wales zu besuchen.« Logan beugte sich vor, nahm Lotties Kopf in beide Hände und sah ihr tief in die Augen. »Euch zwei Rabauken kann man ja nirgendwohin mitnehmen.«

Doch das Einzige, was Lottie verstand, war seine Körpersprache. Daher warf sie ihm einen verliebten Blick zu, der zu sagen schien: *Ich dich auch.* Logan seufzte und fuhr sanft mit den Daumen über ihre dunkelbraunen Samtohren, bevor er sich wieder auf der Bank zurücklehnte.

Hailey wollte ihn ein bisschen necken, aber jetzt fragte er: »Seit wann bist du zurück?«

»Seit ein paar Minuten.«

Er nickte und sah zum Festland hinüber. Sie wartete auf weitere Fragen, doch es kamen keine. Logan saß nur schweigend da, und nach einer Weile zog er eine Schachtel Zigaretten und ein silbernes Feuerzeug aus der hinteren Tasche seiner Jeans.

»Du solltest wirklich damit aufhören«, murmelte Hailey.

»Ich weiß«, sagte er und zündete sich eine Zigarette an.

»Wann hast du eigentlich damit angefangen?«

»Im letzten Jahr.«

Sie sah ihn verblüfft an. »Welcher Idiot fängt denn mit fünfunddreißig noch an zu rauchen?«

»Einer, der seine Nerven beruhigen muss.«

Er blickte weiterhin in die Ferne, übers Meer, und Hailey musterte ihn von der Seite. Ein wenig erleichtert stellte sie fest, dass der Sommer nicht spurlos an Logan vorübergegangen war. Sein Gesicht war leicht gebräunt, und er wirkte irgendwie ... aufgeräumt. Vielleicht lag es auch nur daran, dass er seinen dunklen Dreitagebart abrasiert hatte. Jedenfalls hatte er kaum noch Ähnlichkeit mit dem übermüdeten Mann, mit dem sie vor mehr als zwei Monaten auf dieser Bank gesessen und über echte Menschen diskutiert hatte. Bei genauem Hinsehen waren die Schatten unter seinen Augen zwar noch vorhanden, aber sein Blick war anders. Nicht mehr so stechend. Fast ein bisschen ...

»Sag mal, Logan, bist du etwa zufrieden?«, entfuhr es ihr.

Unvermittelt sah er sie an. Seine blauen Augen blitzten belustigt, als er erwiderte: »Du bist zurückgekommen, ich habe ein freies Wochenende und sitze mit Lottie, Evie und dir auf der besten Bank der Welt – wie könnte ich da nicht zufrieden sein?«

Seine Offenheit kam so unerwartet, dass sie lahm anmerkte: »Lottie und Evie sitzen *unter* der Bank.«

Er grinste. »Noch besser.«

»Soll ich mich auch lieber unter die Bank setzen?«

»Würdest du?«

Sie gab seiner Schulter einen Schubs. »Was würdest du denn hier oben ohne mich tun?«

Er zog an seiner Zigarette und blies den Rauch in den blauen Augusthimmel. »Nach Herzenslust rauchen.«

»Das tust du sowieso.«

Mit einem schiefen Lächeln drückte er die Zigarette an dem Mülleimer neben sich aus. »Mich ausstrecken und eine Runde schlafen.«

Ohne nachzudenken, rutschte sie bis ans äußerste Ende der Bank und klopfte auf ihren Schoß. »Dann komm.«

Logan sah sie misstrauisch an. »Ist das eine Falle? Irgendetwas sagt mir, dass ich gleich bei Lottie und Evie unter der Bank lande.«

»Feigling«, entgegnete sie grinsend.

Er hob eine Augenbraue. »Feigling? Dachtest du, das zieht bei mir?«

»Dann lass es halt bleiben, du Schisser«, meinte sie achselzuckend.

Kaum hatte sie den Satz beendet, ließ Logan sich abrupt zur Seite und auf ihren Schoß kippen. Mit einem wohligen Stöhnen drehte er sich auf den Rücken, und dabei schob sich ihr zitronengelber Flatterrock so weit nach oben, dass seine Haare ihre nackten Oberschenkel kitzelten. Doch Hailey kicherte nicht. Sie hielt still. Passierte das hier gerade wirklich? Logan war noch nie, wirklich nie auf eine ihrer Provokationen eingegangen. Allerdings machte er gerade den Eindruck, als wäre sie für ihn nichts weiter als ein bequemes Kopfkissen. Er schloss die Augen und seufzte zufrieden, während er die Beine anwinkelte und die Arme auf seiner Brust verschränkte.

Verwirrt sah sie zu ihm hinab. Seine Lider flatterten kurz, als spürte er ihren Blick, aber die Augen blieben geschlossen. Zum Glück. Denn sie musste ihn jetzt ansehen. Ihn sich einprägen. Für später. Die warme Nachmittagssonne beschien jeden Winkel seines entspannten Gesichts – die feinen Lachfalten um Mund und Augen, ebenso wie jene vertraute Linie zwischen den Brauen, die sich viel zu oft in eine Furche verwandelte.

Gerade betrachtete sie die leicht nach oben geschwungenen Lippen, als seine belustigte Stimme aus heiterem Himmel fragte: »Cameron, wo hast du deine Hände gelassen?«

Ihre Hände? Gute Frage. Nach kurzen Nachforschungen antwortete sie: »Ähm, unter meinem Hintern?«

Das Fragezeichen war laut und deutlich zu hören gewesen, und Hailey ärgerte sich darüber. Genauso wie über den Aufenthaltsort ihrer Hände. Herrje, sie war doch kein Mauerblümchen. Sie wusste, was man mit seinen Händen anstellte, wenn einem ein schöner Mann in den Schoß fiel.

»Na dann«, meinte Logan, ohne die Augen zu öffnen.

Hm. Wer provozierte jetzt wen? Prompt kamen ihre Hände aus dem dunklen Versteck hervor und umschlossen sein Gesicht – in etwa so, wie er es vor wenigen Minuten bei Lottie getan hatte. Ihre Finger strichen sanft über seine Wangen, die Schläfen, die Stirn und schließlich über seine Lippen, die ein leichtes Lächeln umspielte. Da öffnete er endlich die Augen. Und sie stolperte hinein in dieses tiefe Blau, das weder dem Meer noch dem Himmel gehörte. Das weder unten noch oben war. Das Blau, in das sie fiel, gehörte ihr. Und es war ... in ihr.

»Ich habe dich vermisst«, flüsterte er, und sie überkam die überwältigende Gewissheit, dass er mehr meinte als die vergangenen zehn Tage.

Vorsichtig, beinahe schüchtern strich sie mit der rechten Hand durch seine Haare und sagte ebenfalls flüsternd: »Ich dich auch.«

»Nicht aufhören«, forderte er leise.

Hailey lächelte. Nicht aufhören? Nichts lieber als das. Versonnen fuhr sie wieder mit den Fingern durch seine dichten Haare, doch jetzt flüsterte er: »Mich zu lieben.«

Sie erstarrte und hörte abrupt mit allem auf: streicheln, lächeln, atmen. Abgesehen von der einen Sache, mit der sie seit gut siebzehn Jahren nicht aufhören konnte.

Logan griff nach ihrer linken Hand und murmelte: »Als du nicht mehr am Set erschienen bist –«

»Du wolltest, dass ich mich fernhalte«, verteidigte sie sich wie im Reflex.

»Ja, aber doch nur, weil ich in deiner Gegenwart nicht arbeiten kann«, gestand er mit frustrierter Miene.

Unwillkürlich musste sie lächeln. »Dann lief es die letzten zehn Tage bestimmt wie geschmiert.«

»Von wegen«, brummte er. »Ohne dich waren alle mies gelaunt. Sogar Jasper war nicht er selbst. Außerdem ist Cailin ständig am Set aufgetaucht und hat mich wütend angestarrt wegen ihrer verdammten Rahmenhandlung, und die Pralinenschachtel kam auch jeden Tag vorbei und hat an allen Ecken und Enden gestört.«

Er hatte die Augenbrauen zusammengezogen, aber Hailey spürte, dass er froh war über die Wendung, die ihr Gespräch genommen hatte. Zurück ins Alltägliche, auf sicheren Grund. Und sie war ebenso erleichtert wie er. Sie brauchte Zeit, um den unerwarteten Blick in sein Herz zu verarbeiten. Daher folgte sie ihm nur zu gern zurück in die reale Welt, zu den Querelen und Pralinen am Set.

»Oh nein, hat Fiona ...?«

»Mit Greg geflirtet?« Er schnaubte. »Ununterbrochen.«

»Wie hat James es weggesteckt?«, fragte sie besorgt.

»Ich bin mir nicht sicher. Jedenfalls ist er trotzdem eisern zum Set gekommen und hat hingesehen. Cailin ist nicht von seiner Seite gewichen.«

»Gut, dass sie da war«, seufzte Hailey.

»Geht so«, murrte Logan. »Mit ihrer schlechten Laune hat sie nebenbei Ella-Mae gegen mich aufgebracht. Ich musste mir abwechselnd von den beiden anhören, was angeblich alles im ›Original-Drehbuch‹ anders gewesen ist. Nicht einmal die Drehgenehmigung für Staffa hat Cailin besänftigen können. Plötzlich fand sie, die Basaltklippen von Ulva hätten es auch getan – vor allem, als gestern auf dem Schiff bei dem Seegang das große Kotzen losging.«

»*Das große Kotzen?*«

Er zuckte mit den Schultern. »Der Cast bestand zum Glück vorwiegend aus Maisies robusten Mitschülern, sodass außer der Crew nur Greg, Nova und Ella-Mae über der Reling hingen.«

Sie prustete los. »Das tut mir leid!«

»Das sollte es auch.«

»Als hätte meine Anwesenheit daran etwas ändern können«, wandte sie lachend ein.

Ohne Vorwarnung führte er ihre Hand zu seinem Mund

und küsste zärtlich die Innenfläche. »Deine Anwesenheit ändert alles.«

Sie hielt inne. Das Lachen war ihr im Hals stecken geblieben. Man hätte meinen können, das Gespräch über kotzende Crewmitglieder, Cailins Zorn und Fionas schlechtes Benehmen hätte das heftige Flattern aus ihrem Bauch verscheucht. Aber wer so etwas meinte, war ein Narr. Der Mann, den sie liebte, lag auf ihrem Schoß und fand, dass ihre Anwesenheit alles änderte.

»Als du letzte Woche nicht ans Set gekommen bist, hat Cailin behauptet, du hättest genug von uns.« Er warf ihr einen fragenden Blick zu, aber sie brachte keinen Ton heraus. Da fuhr er leise fort: »Sie meinte, du würdest vielleicht nicht zurückkommen. Du bräuchtest Abstand von all den Schwachköpfen, die dich mit einem Ast drangsalieren würden.« Er lächelte. »Cailin hat das Video vom sadistischen Rupert gesehen, oder?«

»Cailin hat so ziemlich alles von mir gesehen.«

»Beneidenswert.« Sie erwartete ein weiteres Lächeln, doch stattdessen sagte er leise: »Es tut mir leid, Hailey. Ich wollte dich nicht quälen. Was ich an dem Abend nach dem Casting zu dir gesagt habe, war …«

»… die Wahrheit.«

»Der größte Schwachsinn aller Zeiten«, widersprach er.

»Es stimmt, dass ich gern am Rand stehe.«

»Das mag sein, aber ich lag trotzdem völlig falsch.« Er strich sanft mit dem Daumen über ihren Handrücken. »Du gehst nicht unter. Nie. Die anderen gehen unter, wenn du nicht da bist. Wir ersticken ohne dich.«

»Ich bin wie Luft?« Sie lächelte. »Das gefällt mir.«

Er runzelte die Stirn. »Ist dir eigentlich klar, wie wenigen Menschen das gefallen würde?«

Sie blickte ihn verständnislos an. »Wäre nicht jeder gern unverzichtbar?«

»Unverzichtbar ja, unsichtbar nein.«

Sie verdrehte die Augen. »Logan, für dich mag ich ja mein halbes Leben lang unsichtbar gewesen sein, aber im Allgemeinen bin ich schon fast nervtötend sichtbar. Weißt du, Nova Townsend ist nicht die Einzige, die mich mag. Auf die Gefahr hin, unbescheiden zu klingen: Meistens sehen die Leute mich nicht nur, sondern sie sehen *nur mich*.«

Endlich lächelte er. »Das weiß ich doch, Cameron. Denen geht es wie mir – sie würden dich am liebsten einatmen. Aber sieht irgendwer von denen auch dein Inneres?«

»Um Himmels willen, nein! Das wäre ja furchtbar.«

»Ungefähr so furchtbar wie ein Tagebuch ohne Schloss.«

»Das Tagebuch ist was anderes«, widersprach sie. »Cailin darf jederzeit mein Inneres sehen.«

Logan zögerte kurz, und er klang seltsam befangen, als er fragte: »Nur Cailin?«

»Vermutlich ja«, murmelte Hailey. »Niemand liebt mich so bedingungslos wie sie.«

Die vertraute Furche erschien zwischen seinen Brauen, und sein Schweigen wirkte irgendwie bedrückt. Als sie jedoch zu befürchten begann, dass ihre Worte ihn verletzt hatten, räusperte er sich und meinte: »Das solltest du ihr schleunigst sagen. Cailin geht es deinetwegen ziemlich schlecht. Ich weiß zwar nicht, was genau sie mal wieder angestellt hat, aber sie meinte, sie sei zu weit gegangen.«

Hailey seufzte. »Rein gar nichts hat sie angestellt. Cailin war so nett, mir ihren Laden anzubieten. Sie findet, ich sollte mal etwas Neues mit meinem Leben anfangen. Weil ich immer nur in die Fußstapfen von Erin und meiner Mum getreten bin.« Sie warf ihm einen traurigen Blick zu. »Ich bin nicht vor Cailin oder dir zum Ross geflüchtet, sondern vor Cailins leeren Schaufenstern, die mich anstarren, wenn ich die Hafenpromenade entlanglaufe. Und gerade wird mir klar, dass ich ihretwegen vorhin die Abzweigung zu meinem Garten genommen habe, statt nach Hause zu fahren.«

Sie deutete auf das Hafenbecken, das in der Bucht vor sich hin glitzerte. »Dort unten am Wasser steht ein gelbes Häuschen mit pink gestrichenen Fenstern und wartet auf mich. Es ist nur deshalb noch leer, weil ich leer bin. Meine Freundinnen wissen gar nicht, wohin mit all ihren Ideen – und ich? Ich glaube, unter Aidans Platane hast du es so ausgedrückt: ›Du fragst die Kunden, ob sie eine Tüte brauchen.‹ Genau aus diesem Grund will ich nicht, dass die Leute mein Inneres sehen, Logan. Sie würden nichts finden.«

Bevor er etwas einwenden konnte, fuhr sie fort: »Du hast behauptet, im wahren Leben gäbe es keine Haupt- und Nebenrollen. Ich glaube, du hast dich geirrt. Jedenfalls brauche ich immer jemanden, in dessen Leben ich mitspielen kann. Ich ergebe nur mit den anderen zusammen einen Sinn. Deshalb darf man mich nicht allein lassen oder – noch schlimmer – mir einen eigenen Laden andrehen.«

Sie wechselten einen langen Blick, und Hailey stolperte erneut in das tiefe Blau seiner Augen. Doch es war nicht dieselbe Farbe wie vorhin. Dieses Blau wirkte dunkler. Viel dunkler. Logan war sauer, und jetzt brummte er: »Wie ich sehe, haben wir es geschafft.«

»Wir?«, fragte sie perplex.

»Cailin und ich. Du hast lange durchgehalten, aber wir haben dich so beharrlich mit unserem verdammten Ast schikaniert, bis du schließlich doch noch dein Lachen verloren hast.«

Sie gab ihm einen leichten Klaps auf den Kopf. »Was für ein Blödsinn, mein Lachen funktioniert einwandfrei. Ich muss bloß endlich lernen, allein zu sein.«

»Warum musst du das lernen?«, entgegnete Logan. »Warum zur Hölle ist es eine Tugend, allein sein zu können?«

»Weil auf jedes Kommen ein Gehen folgt«, meinte sie, ohne zu zögern. »Daher ist man gut beraten, sein eigener Mittelpunkt zu sein.«

Abrupt ließ er ihre Hand los und setzte sich auf. Für einen Moment nahm sie an, er würde Lottie und Evie wecken und zornig mit ihnen davonstapfen. Stattdessen griff er erneut nach ihrer Hand und flocht seine Finger um ihre.

»Weißt du, ich war immer mein eigener Mittelpunkt«, sagte er nachdenklich. »Doch wenn du glaubst, ich käme deshalb mit dem Gehen besser zurecht als du, irrst du dich gewaltig. Meistens bin ich selbst derjenige, der fortgeht, aber das macht es nicht besser. Ich haste von einem Projekt zum nächsten, von einer Filmcrew zur anderen. Wochenlang hocken wir aufeinander, verbringen unsere Abende und Wochenenden zusammen, doch wenn die letzte Szene abgedreht ist, sind plötzlich alle weg. Man kehrt in sein leeres Apartment, sein sogenanntes Leben zurück und fragt sich, wo alle geblieben sind.« Er sah sie an. »Du denkst, du ergibst nur gemeinsam mit anderen einen Sinn? Das geht uns allen so – ganz gleich, ob wir die Haupt- oder die Nebenrolle spielen.«

Sie wollte etwas erwidern, aber ihre Stimme versagte. Alles, was sie denken konnte, war: *Er ist einsam.*

»Begreifst du jetzt, warum ich dir aus dem Weg gegangen bin?«, fuhr er fort. »Ich hatte Angst, mich wieder an dich zu gewöhnen. Ich hatte Angst vor uns, Hailey.«

Sie räusperte sich. »Und jetzt nicht mehr?«

»Doch, aber es ist längst passiert.« Er senkte den Blick und sah auf ihre ineinander verschränkten Finger. »Ich hätte nie damit anfangen dürfen, in den Pub zu kommen. Nach dem Casting warst du so abweisend – da habe ich mir eingeredet, wir würden ohnehin nicht viel miteinander zu tun haben.«

Logan sah auf und lächelte. »Das ist gründlich schiefgegangen, wie du weißt. Am Ende habe ich nur noch auf dich gewartet. An dem ersten Abend, als du nicht mehr dort aufgetaucht bist, hat mich deine Abwesenheit kalt erwischt. Ich habe wie ein Idiot deinen Platz an der Bar frei gehalten und konnte die Tür nicht aus den Augen lassen. Nachdem du nicht gekommen bist, war ich irgendwie überzeugt davon, du hättest allmählich genug von mir. Als ich dich am nächsten Tag auf dem Hügel vor Marthas Cottage entdeckt habe, ist mir ein Stein vom Herzen gefallen. Nach der letzten Szene habe ich alles stehen und liegen gelassen, um vor Jasper und den Kindern bei dir zu sein. Wir haben über Fiona und James geredet, aber in Wahrheit hat mich nur interessiert, warum du nicht in den verdammten Pub gekommen bist.«

Hailey blickte ihn erstaunt an. »Ich erinnere mich nicht daran, dass du danach gefragt hättest.«

»Natürlich nicht – wie hätte das denn geklungen? Als dürftest du kein Privatleben haben. Aber als du meintest, du könntest nicht loslassen, habe ich gehofft, dass der Abend ohne dich eine Ausnahme war. Und dann habe ich wieder im Pub gehockt und die Tür angestarrt, bis Aidan netterweise erwähnt hat, du würdest mit den anderen in Kirstys Küche sitzen und sein Curry essen. Da ist mir schon wieder ein Stein vom Herzen gefallen.«

Sie warf ihm einen verwirrten Blick zu, und er erklärte knapp: »Bloß die Mädels, kein anderer Mann.«

Sie lachte auf. »Seit du wieder auf der Insel bist, lebe ich wie eine Nonne.«

»Ich auch.«

»Wie eine Nonne?«

»Definitiv.«

Sie grinsten einander an, und abermals fiel sie in sein Blau, das leuchtende Hellblau vom Anfang. Doch diesmal hatte sie keine Lust, darin zu versinken. Sie wollte schwimmen – oder noch viel lieber: quietschvergnügt darin herumplanschen. Sie selbst sein. Leicht, hell wie der Tag und wahnsinnig geschlechtsreif. Unvermittelt ließ sie Logans Hand los und kletterte auf seinen Schoß, nahm sein überraschtes Gesicht in beide Hände und sah ihm tief in die Augen, so wie er es bei Lottie getan hatte. Und genau wie der alte braune Labrador schien Logan zu spüren, was sie (noch) nicht aussprechen konnte. Jedenfalls sagte sein verliebter Blick: *Ich dich auch*, bevor er erneut die Augen schloss.

16

Sie gluckste ungläubig, während sie auf nackten Füßen über die kalten Küchenfliesen tapste. Wer hätte gedacht, dass sie einmal splitternackt durch das Haus von Nathan Wallace wandern würde? Oder den Kopf in seinen Kühlschrank stecken. Oder Sex auf seiner Treppe haben. Und an der Wand oben im Flur. (Sie mussten daran denken, einen neuen Rahmen für den William-Turner-Kunstdruck zu besorgen.) Nachdem sie Logan auf der Bank geküsst hatte, waren die Dinge ein wenig außer Kontrolle geraten. Offensichtlich hatte ihm das Leben als Nonne schwer zugesetzt. Seine geschickten Hände waren plötzlich überall gewesen, und sie hatte so lustvoll gestöhnt, dass Lottie und Evie schließlich befunden hatten, nach dem Rechten sehen zu müssen.

Logan hatte nicht lange gefackelt. Er hatte sie (Hailey) hinter sich her zu Nathans Haus am Ende des Weges gezogen, die Hunde in die geräumige Wohnküche gesperrt und war mit ihr die Treppe hinaufgehastet, die zu seinem Schlafzimmer führte. Auf halbem Weg hatte Hailey jedoch dem Impuls nachgegeben, ihren zitronengelben Flatterrock ein bisschen lasziv zu lüften. Das war zu viel für Logan gewesen. Er hatte sie auf die harten Holzstufen hinabgezogen, ihr den Rock abgestreift und endlich, endlich das mit ihr getan, was sie in all den Träumen geträumt hatte, aus denen man nicht erwachen wollte.

Wenig später, als sie die Tür zu seinem Zimmer beinahe erreicht hatten, hatte er sie gegen den orangefarbenen Sonnenuntergang von William Turner geschoben und es noch einmal getan. Sie hatten die Wände zum Wackeln, die Hunde zum Bellen und das Bild zu Fall gebracht.

»Dieser William Turner ist viel zu schön für den Flur«, hatte Hailey danach angemerkt, und Logan hatte erwidert: »Du bist viel zu schön für den Flur.«

Daraufhin waren sie noch eine ganze Weile in seinem Bett miteinander beschäftigt gewesen, bis Hailey irgendwann Bedenken geäußert hatte. So eine Orgie barg schließlich immer das Risiko, die Lust aneinander zu verlieren.

Logan hatte abrupt innegehalten. »Meinst du wie Jodie Foster und Rob Lowe in *Hotel New Hampshire*?«

»Genau so«, hatte sie mit Grabesmiene bestätigt.

»Aber die wollten voneinander loskommen, weil sie Geschwister waren.«

»Und wir wollen voneinander loskommen, weil …«

Er hatte sich auf den Ellbogen gestützt und sie herausfordernd angesehen. »Weil?«

»Weil dein Leben woanders stattfindet.«

Logan hatte geblinzelt. Und geschwiegen. Gegen die Wahrheit gab es nun einmal keine guten Argumente. Er hatte bedrückt die Stirn in Falten gelegt.

Doch Hailey war wieder sie selbst. »Weißt du was?«, hatte sie unbekümmert gemeint. »Wir reißen uns in den verbleibenden zwei Wochen zusammen und halten unser Lustlevel oben, damit wir es in der Nacht vor deiner Abreise so exzessiv miteinander treiben können, bis wir einander für alle Ewigkeit leid sind.«

Da hatte er ihr diesen intensiven Blick zugeworfen, der

jegliche Leichtigkeit in ihr sofort vernichtete. Wortlos hatte er seine Finger über ihre erotische Linie gleiten lassen, bis die Hitze sie erneut erfasst hatte. Gerade als sie den ersten Teil ihres Vorschlags (das mit dem Zusammenreißen) zurücknehmen wollte, hatte er die Hand von ihren Schenkeln genommen und sie ihr entgegengestreckt. »Einverstanden – maximal zweimal täglich Sex und in der letzten Nacht so lange, bis wir es hassen.«

Tapfer hatte sie eingeschlagen, doch er hatte ihren Widerwillen gespürt. Und die Hitze. Bevor sie wusste, wie ihr geschah, hatte sich seine linke Hand Gewissheit verschafft. »Cameron, du bist ja schon wieder so weit«, hatte er belustigt festgestellt. »Wir könnten es auch einfach ab jetzt so exzessiv tun, bis wir schreiend davonlaufen wollen.«

Das Angebot war ihr sehr verlockend erschienen, aber aus irgendeinem Grund hatte ihr Appetit sie plötzlich beschämt. Sie hatte heftig ihren hochroten Kopf geschüttelt und gemurmelt, dass er keine Zeit für solch einen Quatsch hätte. Schließlich hatte er einen Film zu drehen. *Ihren* Film. Ohne seine Antwort abzuwarten, war sie vom Bett aufgesprungen, hatte etwas von Bier gestammelt und den Raum verlassen.

Und nun stand sie splitternackt in Nathans Küche und versuchte vergeblich, sich am Kühlschrank abzukühlen, während sich die hocherfreuten Hunde an ihre Beine schmiegten. Seufzend zog sie zwei Flaschen Bier aus dem untersten Fach und erkundigte sich bei Lottie, wo Nathan den Flaschenöffner aufbewahrte. Trotz Lotties ratlosem Blick fand sie ihn in der Besteckschublade. Sie öffnete die Flaschen, tätschelte die wippenden Hundeköpfe und stieg wieder die Treppe hinauf, vorbei an dem Rock und ihrem dünnen Slip, den Logan vorhin hollywoodreif zerrissen hatte. Für einen Augenblick überlegte sie, ihre Klamotten von den Stufen zu fischen, aber ihr bloßer Anblick törnte sie geradezu lächerlich an. Daher huschte sie mit den Flaschen im Arm an ihnen vorbei und zurück ins Schlafzimmer.

Irgendwie hatte sie gehofft, er wäre eingeschlafen. Dann hätte sie sich leise neben ihn setzen und sein Gesicht betrachten können, während das eiskalte Bier sie allmählich auf Normaltemperatur heruntergekühlt hätte. Doch Logan war hellwach. Er lag auf dem Bett, hatte entspannt die Arme hinter dem Kopf verschränkt und trug nach wie vor nichts weiter als seinen amüsierten Gesichtsausdruck.

Unschlüssig blieb sie, die Bierflaschen immer noch gegen die Brust gepresst, im Türrahmen stehen.

»Hailey, ich habe schon alles gesehen.«

Sie blinzelte perplex. *Ach so.* Großes Missverständnis. Sie wollte nichts verstecken. Nie. (Ob die Stars, mit denen er geschlafen hatte, etwas verstecken wollten?)

Langsam ließ sie die Flaschen sinken und bemerkte, wie sich sein belustigter Ausdruck veränderte. Ihre eisgekühlten Brüste hatte er nämlich noch nicht gesehen. Sie hatten sich wie im Zustand äußerster Erregung aufgerichtet – und unter Logans Blick war nicht damit zu rechnen, dass sie sich in absehbarer Zeit wieder abregen würden. Vermutlich würde er ihr künftig einen neuen Spitznamen verpassen. »Sexpenny« oder »Bierhure« oder so.

Vielleicht würde es helfen, ein bisschen die Wand anzustarren. Sie fixierte das Plakat über dem Kopfende des Bettes – und stutzte. In den letzten Stunden hatte sie nichts weiter wahrgenommen als diesen Mann. Erst jetzt fiel ihr auf, dass sie sich in dem Zimmer eines Neunzehnjährigen befand. Eines Neunzehnjährigen aus einer vergangenen Zeit. Über seinem Bett hing ein Filmplakat von *Night On Earth*, und die Wand danebben zierten *Fargo*, *Clerks* und das Gesicht von David Beckham. Die Türen des Kleiderschranks waren mit Konzertpostern von Oasis und Suede bepflastert, und das niedrige Regal unter dem Fenster war mit alten Comicheften vollgestopft.

»Sag mal, ist das *dein* Zimmer?«, entfuhr es ihr.

»Dachtest du, ich schleppe dich in Nates Bett?«

»Nein, ich meine«, stammelte sie, »ist das dein Zimmer von früher?«

»Ach was.« Sein Grinsen war zurück. »Als ich vor zwei Monaten hier angekommen bin, habe ich als Erstes mein Beckham-Poster aus dem Koffer geholt.«

»Aber ...« Sie war immer noch zu verdutzt, um mitzulachen. »Warum haben deine Eltern deine Sachen hiergelassen?«

Er zuckte mit den Schultern. »Sie sind damals in eine kleine Wohnung gezogen, und Nate brauchte das Zimmer nicht. Ich war ohnehin in New York und habe die Sachen nicht vermisst.« Logans Blick wanderte wieder zu ihren Brüsten. »Unser Bier wird warm.«

Geistesabwesend setzte sie sich auf die Bettkante und reichte ihm eine der Flaschen. Sie konnte nicht aufhören, die Wände anzustarren. Es fühlte sich eigenartig an. Als wäre er die ganze Zeit hier gewesen. Was natürlich ein kindischer Gedanke war – einmal abgesehen davon, dass sie sein Zimmer noch nie zuvor betreten hatte. Warum auch? Sie war nur eine Kundin gewesen. Und wie alle anderen Kunden hatte sie die Videothek ausschließlich von außen über die Kellertreppe aufgesucht.

Logan strich mit seinen angenehm kühlen Bierfingern über ihre Wirbelsäule. »Das hier ist harmlos im Vergleich zum Keller. Zum Glück liebt mein Onkel Filme.«

Sie wandte sich zu ihm um. »*Filme?*«

Er stupste mit der Flasche gegen ihre Schulter. »Sag nicht, du weißt nichts von den Filmen – du müsstest sogar noch den Kellerschlüssel haben, den ich dir zum Abschied geschenkt habe.«

Der Kellerschlüssel ... Sie erinnerte sich noch genau daran, wie sie nach ihrem letzten Besuch bei Logan heulend durch den Regen nach Hause gelaufen war. Erin hatte bereits an der Tür gewartet, sie fest in den Arm genommen und sie schließlich zu einem Videoabend überredet. Schniefend hatte Hailey ihre karierte Umhängetasche geöffnet, um den letzten Film hervorzukramen, den sie von Logan mitgebracht hatte. Und dort, auf dem Video, hatte der weiße Briefumschlag gelegen. Logan hatte mit blauem Kugelschreiber darauf gekritzelt: »Kellerschlüssel für Cameron. Nicht an Kriminelle oder sonst wen weitergeben, sonst bringt meine Mum mich um.«

»Er liegt immer noch in meiner Nachttischschublade«, gab sie leise zu. »Ich habe ihn nie benutzt.«

Seine Augen weiteten sich. »Nie?«

»Ich hab dein Video trotzdem zurückgebracht«, versicherte sie hastig und bemerkte, dass sie wie eine schuldbewusste Fünfzehnjährige geklungen hatte. Dennoch ergänzte sie: »Ich habe es in euren Briefkasten geworfen.«

Er starrte sie immer noch ungläubig an. »Und ich dachte, ich hätte dir den Schlüssel zum Paradies geschenkt.«

Hailey senkte den Blick. »Aber das Paradies war leer.«

»Du hast all die Jahre auf all diese Filme verzichtet, weil ich nicht da war, um dich anzuknurren?«

»Deine Eltern sind sowieso ein knappes Jahr später fortgezogen und ...«

»... haben kein einziges Video mitgenommen.«

Sie sah auf. »Du nimmst mich auf den Arm.«

Logan antwortete nicht, sondern schob sie sanft zur Seite und erhob sich vom Bett. Er stellte die Bierflasche auf der Fensterbank ab und zog seine Hose an, die neben dem Bett auf dem Boden gelegen hatte. Verwirrt sah sie ihm dabei zu, wie er die Oasis-Tür des Schranks öffnete. Kurz darauf überrumpelte sie ein dunkelblauer Wollpullover, der – dicht gefolgt von einem ziemlich großen Paar Socken – durch die Luft auf sie zugeflogen kam.

Sie stellte ebenfalls ihre Bierflasche weg. »Ist das deine Art zu sagen, ich soll dir beim Anziehen helfen?«

Er zog einen grauen Pullover aus dem Schrank und streifte ihn sich über. »Das ist meine Art zu sagen, dass es im Keller kalt ist. Das ist mein wärmster Pullover. Ich hätte dir auch eine Hose gegeben, aber die wird dir vermutlich nicht passen.«

Der Pullover bedeckte nur knapp ihren Hintern, doch er schmiegte sich weich und warm an ihren nackten Körper. Sie machte daher keine Anstalten, sich den dünnen gelben Rock überzustreifen, als sie auf der Treppe erneut daran vorbeilief. Logan hingegen rupfte ihren zerrissenen Slip von der Holzstufe und musterte ihn. »Scheiße, dieses Ding törnt mich an.«

»Mich auch«, gestand sie lächelnd. »Im kalten Keller wird's uns besser gehen.«

Er warf ihr einen beinahe vorwurfsvollen Blick zu, aber dann seufzte er. »Manchmal vergesse ich, dass wir nicht die gleichen Erinnerungen haben. Ungefähr alle meine feuchten Träume haben sich in diesem kalten Keller abgespielt.«

Bevor sie einräumen konnte, dass es ihr genauso ergangen war, schob er den Slip in die hintere Tasche seiner Jeans und wandte sich ab, zur Kellertreppe.

Als Hailey ihm nach unten folgte, wurde ihr zum ersten Mal

bewusst, dass sie tatsächlich nicht die gleichen Erinnerungen teilten. Sie hatten damals nicht einmal dieselbe Treppe benutzt, um in den Keller zu gelangen. Während sie mit Regen, Schnee oder Sonne im Schlepptau von draußen hereingesegelt war, hatte Logan ihre gemeinsame Bühne auf Socken betreten. Und während sie zumeist nur ein paar kostbare Minuten in seinem dunklen Universum hatte verbringen dürfen, hatte er sich fast den ganzen Tag dort unten bei den Sternen aufgehalten.

Logan öffnete die Metalltür am Fuße der Treppe, und für einen Wimpernschlag glaubte sie, sich in der heutigen Version des Videokellers zu befinden. Uferlose Orte aus der Kindheit entpuppten sich im Nachhinein ja häufig als enttäuschend winzig. Doch sie schrumpften nicht auf die Größe einer Waschküche zusammen, oder? Logan hatte bereits die Tür neben dem Wäschetrockner aufgestoßen. Er knipste das Licht an, und was nun folgte, raubte ihr den Atem. Sie wusste nicht, was sie erwartet hatte. Vermutlich einen Berg brauner Umzugskartons, die mit dem Wort »Videos« beschriftet waren. Jedenfalls hatte sie nicht damit gerechnet, eine Zeitkapsel zu öffnen. Hier unten hatte sich nichts verändert. Die bis zum Anschlag mit Videos vollgestopften Regale stießen sich nach wie vor den Kopf an der niedrigen Decke. Der blaue Metalltisch lag wie immer unter den fünf kleinen Röhrenfernsehern, drei Videorecordern und einem Kabelgewirr begraben, das sich zum Boden hinabschlängelte. Logans alter Sessel ragte wie eine rettende Insel aus dem Kabelmeer. Alles war noch da.

Sie griff nach seiner Hand. »Das ist ...«

Wie eine Zeitreise, hatte sie sagen wollen, doch Logan murmelte: »... mein Wartezimmer.«

Mit einem schiefen Lächeln deutete er auf seinen verschlissenen Ledersessel. »Ich habe einen Film nach dem anderen geschaut, aber in Wahrheit habe ich nichts weiter getan als zu warten.«

»Ich weiß«, erwiderte sie mit dem gleichen Lächeln. »Du hast die Hoffnung auf New York nie aufgegeben.«

Er warf ihr einen eigenartigen Blick zu. »Du denkst, ich hätte auf New York gewartet?«

»Auf was denn sonst?«

»Auf dich natürlich.«

Bevor sie seine Worte verarbeiten konnte, zog er sie über die Kabelschlangen hinweg zu dem Sessel und ließ sich mit ihr hineinfallen. Als Hailey ihre langen, nackten Beine seitlich über die Armlehne warf, schlang er seine Arme um ihre Taille und flüsterte: »Zieh den Pullover aus.«

Doch sie schüttelte entschieden den Kopf. »Das hier ist keiner deiner feuchten Träume, Logan. Du hast gerade all meine Erinnerungen über den Haufen geworfen, und ich bin total verwirrt.« Sie legte den Arm um seinen Hals und nahm ihn halb zärtlich, halb verärgert in den Schwitzkasten. »Erzähl mir sofort die Wahrheit über ... über New York. Nein, warte, zuerst über mich.«

»Das lässt sich nicht trennen«, brachte er halb erstickt, halb lachend hervor.

Als sie ihn in die Freiheit entließ, legte er die Stirn gegen ihre Schläfe und fragte: »Erinnerst du dich an den Tag, als ich meine Bewerbung abschicken wollte?«

Sie nickte. »Ich sollte dein Glückspenny sein, doch dann hast du es dir anders überlegt.«

Er nickte ebenfalls. »Du hast irgendetwas gesagt, was mich mal wieder auf die Palme gebracht hat, und ich habe dich stehen gelassen. An der nächsten Straßenecke habe ich es schon bereut. Trotzdem konnte ich nicht umkehren – du weißt ja, ich war ein Idiot. Ich bin zur Post gegangen und habe den Umschlag frankieren lassen, aber ich konnte ihn nicht abschicken.«

»Warum nicht?«

»Ich hatte dieses ungute Gefühl – als würde es ohne dich Unglück bringen.«

»Du spinnst ja.«

»Ich weiß.« Er schenkte ihr ein kurzes Lächeln. »In den Tagen darauf habe ich ein paar Anläufe unternommen, dich ein weiteres Mal zu bitten, mich zur Post zu begleiten, aber ich hab's nicht hingekriegt.«

»Nicht hingekriegt?« Sie sah ihn ungläubig an. »Du hast es nicht hingekriegt, eine Dreizehnjährige zu fragen, ob sie mit dir zur Post geht?«

»Auf die Gefahr hin, eine weitere deiner kostbaren Erinnerungen zu zerstören: Ich war ein totaler Nerd.«

»Glaub mir, das wusste ich bereits.«

»Allein der Gedanke, dich noch einmal danach zu fragen, fühlte sich an wie ein Geständnis.«

»Was für ein Geständnis?«, fragte sie perplex.

»Dass du meine einzige Freundin warst.«

Hailey verdrehte die Augen. »Auch das habe ich gewusst.«

»Ja, aber ich wollte es mir selbst nicht eingestehen«, sagte er leise. »Das Video konnte ich trotzdem nicht absenden. Also habe ich mir eingeredet, dass es ohnehin klüger wäre, erst mal ein paar Bewerbungen an weniger renommierte Filmhochschulen zu schicken. Einfach probehalber. Ich habe einen ganzen Stapel Videos losgeschickt und war überzeugt, es würde Zusagen regnen. In meiner jugendlichen Selbstherrlichkeit habe ich natürlich geglaubt, die Filmwelt würde nur auf mich warten.«

»Hat sie ja auch«, warf Hailey ein, aber er fuhr kopfschüttelnd fort: »Als die ersten Absagen kamen, war ich am Boden zerstört. Doch irgendwann wurde mir klar, dass du mir trotz allem Glück gebracht hast. Dank dir wusste die einzige Filmhochschule, die mich wirklich interessierte, noch nichts von meinem mangelnden Talent.«

»Oh Mann«, war alles, was ihr dazu einfiel.

»Du sagst es.«

»Und wie ging es weiter?«

»Meine idealistischen Eltern fanden, ich sollte meinen Traum nicht aufgeben. Sie haben mir geraten, mir Zeit zu nehmen und einen neuen Bewerbungsfilm zu drehen.« Er zuckte mit den Schultern. »Und das habe ich getan.«

Gespannt richtete sich Hailey in seinem Schoß auf. »Du hast noch einen Film gedreht?«

Er lachte. »Nein, ich habe mir nur Zeit genommen. Der zweite Teil ihres Ratschlags hat mich komplett überfordert. Die Enttäuschung über die Absagen war zu groß. Mein Hirn war rund um die Uhr mit der Frage beschäftigt, was mit meinem Film nicht gestimmt hatte. Also habe ich hier unten in der Dunkelheit gesessen und vor mich hin gebrütet.« Zärtlich strich er ihr eine Haarsträhne hinters Ohr. »Und auf den roten Lichtstrahl gewartet, der immer öfter durch die Kellertür fiel und von Monat zu Monat heller leuchtete.«

Sie schluckte. Was hatte er noch gleich auf dem Hügel vor Marthas Cottage zu ihr gesagt? *Wenn es um unsere Vergangenheit geht, sind wir wie Unfallzeugen. Jeder glaubt fest an die eigene Version.* Wie gut, dass sie seine nicht gekannt hatte. Hätte sie damals geahnt, dass sie sein roter Lichtstrahl war, wäre alles anders gekommen. Sie hätte niemals bei Nancy in New York angerufen. Und noch viel weniger wäre sie in dieses Internetcafé gegangen, um die Bewerbungsbögen auszudrucken. Stattdessen hätte sie ihm gnadenlos ihre voll ausgereiften Brüste gezeigt und all seine anderen Träume ausgeknipst. Selbst heute noch fand sie den Gedanken unglaublich erregend, einen (quasi) erwachsenen Mann zu verführen. So musste sich Fiona damals gefühlt haben. Unwiderstehlich. Wie das Zentrum des Universums.

Logan klopfte hinter ihrem Rücken auf die zweite Armlehne. »Hier hast du gesessen, als wir uns mein langweiliges Bewerbungsvideo zusammen angesehen haben. Du hast dich nicht gerührt, nur gebannt auf den Bildschirm gestarrt. Ich habe dich noch nie so still erlebt. Und während ich an nichts anderes denken konnte als daran, dein nacktes Bein zu berühren, hast du den Fehler gefunden.«

»Simon & Garfunkel«, flüsterte Hailey heiser. Sie wollte jetzt den Pullover ausziehen. Ihm zeigen, was seine Erinnerungen mit ihr machten. Aber noch viel mehr wollte sie erfahren, wie seine Version der Vergangenheit aussah.

Er lächelte sie an und sagte: »Nein, die fehlenden Menschen. Du hast schon immer gewusst, worum es geht. Ich dagegen konnte nichts weiter sehen als mich. Aus diesem Grund habe ich ja nichts zustande gebracht. Statt das Naheliegende zu tun, habe ich aufgegeben.«

»Das Naheliegende?«

»Ich brauchte keinen neuen Film zu drehen. Schließlich lag das perfekte Bewerbungsvideo bereits seit zwei Jahren in meiner Schublade. Aber darauf bin ich natürlich nicht gekommen. Die Inselkinder hatten bei mir den Stempel ›Schulprojekt‹. Ich habe nichts begriffen.« Er küsste ihre Nasenspitze. »Zum Glück warst du mir mal wieder drei Schritte voraus.«

Sie sah ihn gespannt an. Jetzt kam der Teil mit dem Glückspenny …

Logans Augen blitzten amüsiert.

»Hast du eine Ahnung, wie unheimlich es ist, eine Zusage von einer Schule zu bekommen, bei der man sich nicht beworben hat? Zuerst habe ich wie verrückt nach dem Umschlag gesucht, den ich niemals abgeschickt habe. Als ich ihn nirgends finden konnte, bin ich davon ausgegangen, ich hätte ihn mit dem Schwung der anderen Umschläge zur Post gebracht. Das war die einzige plausible Erklärung. Trotzdem habe ich mich darüber gewundert, dass man mich nach so langer Zeit berücksichtigt hatte. Aber meine Eltern meinten, ich solle mich gefälligst darüber freuen, im Nachrückverfahren angenommen worden zu sein. Und dann habe ich mich endlich gefreut. *Sehr*.«

Er umschloss ihr Gesicht mit beiden Händen und küsste sie zärtlich auf den Mund. Sie schloss die Augen und spürte, wie alles in ihr weich wurde. Weich und wahnsinnig bereit ... Unvermittelt löste sie sich von seinen Lippen, zog sich den Pullover über den Kopf und warf ihn achtlos auf den Kabelsalat.

Logan hatte offenbar nicht damit gerechnet, mit einem Mal eine nackte, wahnsinnig bereite Frau (in dicken Wollsocken) auf dem Schoß zu haben. Und sie hatte seine heftige Reaktion nicht kommen sehen. Er war plötzlich überall – unter, über, hinter ihr. Sie befanden sich an einem fernen Ort, und zwar in dem verzweifelten Traum eines Neunzehnjährigen. Logan hatte sie hineingelassen, in sein Inneres, wo die Zeit stillgestanden hatte. Alles passierte zum ersten Mal. Seine erfahrenen Hände waren unbeholfen, verweilten überall zu kurz, enttäuschten jeden Zentimeter ihres Körpers, taten alles zugleich, machten alles falsch. Bis sie seine Handgelenke umfasste und die Regie übernahm. Als wäre sie die ältere Geliebte, die ihm zeigte, wie er das Mädchen seiner Träume glücklich machen würde. Stumm und konzentriert befolgte er ihre leisen Anweisungen, bis sie seinen Namen stöhnte und – so wie er – alles vergaß, was sie jemals gewusst hatte.

Als sie sich schließlich mit einem glücklichen Lächeln auf dem Sessel, auf ihrem Mann zusammenrollte, schob er ihre Haarmähne beiseite und flüsterte in ihr Ohr: »Danke, Hailey.«

»Ich habe zu danken«, flüsterte sie zurück.

»Nein, ich meinte für New York.«

Sie sah ihn an. »Wie hast du es eigentlich herausgefunden?«

»Zieh dir erst mal was über, Süße«, erwiderte er sanft, und ihr Herz stolperte mit voller Wucht über das letzte Wort. Obgleich sie es von tausend Leuten tausendmal am Tag zu hören bekam. Die Mädels, Laurie Ferguson, ihre Kundinnen, Jasper, Vonda, ach, einfach alle sagten es zu ihr: *Süße*. Aus Logans Mund hingegen war es ein absolutes Fremdwort. Ob er es jemals zuvor benutzt hatte?

In ihrem Inneren flatterte es so aufgeregt, dass sie nicht einmal bemerkt hatte, wie er ihr den Pullover über den Kopf gezogen hatte. Und nun schlang er wieder die Arme um sie und beantwortete seelenruhig ihre Frage, die sie längst vergessen hatte.

»Eines Tages, als ich schon ein knappes Jahr in New York war, rief mich meine Mutter aus Tobermory an und teilte mir verblüfft mit, dass sie den frankierten Briefumschlag unter meinem Schreibtisch gefunden hatte. Sie hat vor dem Umzug noch mal das ganze Haus für Nate geputzt und ist mit dem Staubsauger dagegengestoßen.« Er grinste sie an. »Hätte ich hin und wieder mal mein Zimmer geputzt, wäre ich dir viel eher auf die Schliche gekommen.« Er fixierte sie mit seinem belustigten Blick. »Hast du eine Ahnung, wie unheimlich es ist, an einer Eliteschule in Amerika zu studieren, bei der man sich nicht beworben hat? Ich bin sofort ins Studentensekretariat gegangen und habe um Einsicht in meine Bewerbungsunterlagen gebeten.«

Haileys Augen leuchteten auf. »Oh, war Nancy da? Wie sah sie aus? Ich habe sie mir wie Melanie Griffith in *Die Waffen der Frauen* vorgestellt, mit so einem sinnlichen Kussmund und dieser Wolke aus blonden Haaren.«

»Meinst du die prollige Mähne vom Anfang des Films oder die Oma-Frisur vom Ende?«

Sie grinste. »War es denn eine von beiden?«

Er grinste zurück. »Ich muss dich leider enttäuschen. Nancy hatte kurze graue Haare und schmale Lippen.«

»Das hast du jetzt erfunden«, entfuhr es ihr.

Aber er lächelte nur. »Sie hat mich zu meiner überaus witzigen Mutter beglückwünscht. Noch nie hätte sie sich bei einem Anruf aus Übersee derart verquatscht. Unter anderem hat sich meine Mum offenbar bei ihr danach erkundigt, ob ein gewisser River Phoenix bei uns studiert hat.« Er zwinkerte. »Anscheinend hat meine Mum eine Schwäche für diesen Kerl.«

Hailey strahlte ihn an. »Und Nancy hatte eine Schwäche für Piraten.«

Er küsste ihr Ohr. »Hailey Cameron, was würde ich nur ohne dich tun?«

»Biologie unterrichten.«

»Unter einer Brücke schlafen.« Er lachte. »Du hättest bestimmt gern mein Gesicht gesehen, als Nancy mir das Video gab, auf das jemand in meiner eigenen Handschrift ›Inselkinder‹ gekritzelt hatte.«

Sie gluckste. »Das war die Kopie, die du Cailin geschenkt

hast. Sie hat auch diesen genialen Besinnungsaufsatz darüber geschrieben, wie Filme unser Bewusstsein verändern. Die Zitate von Martin Scorsese stammten allerdings von mir.«

»Das habe ich mir gedacht«, sagte er und drückte erneut einen Kuss auf ihr Ohr. »Es hat sich angefühlt wie ein Brief von zu Hause. Ich glaube, Nancy musste ihn mir aus der Hand reißen. Danach habe ich sie beschwatzt, mir *Inselkinder* für einen Abend zu überlassen. In unserem Gemeinschaftsraum im Wohnheim gab es einen Fernseher mit einem alten Videoplayer. Ich habe mir den Film dreimal angesehen, und keiner meiner Mitbewohner hat es gewagt, mich zu vertreiben. Vermutlich habe ich ziemlich fertig ausgesehen. Als ich das Heimweh nicht mehr ausgehalten habe, bin ich ins Village gegangen, um mich in einer Bar zu betrinken. An diesem Abend habe ich Jasper kennengelernt.«

Logan hielt kurz inne. »Also, genau genommen kannte ich ihn schon. Er war Gastdozent bei uns, und ich hatte im ersten Semester einen Kurs bei ihm belegt. Deshalb sind wir ins Gespräch gekommen. Ich war schon ziemlich betrunken, und du kennst ja Jasper. Er hat kaum eine halbe Stunde gebraucht, um herauszufinden, was mit mir los war. Nach einer weiteren halben Stunde kannte er mein ganzes schottisches Leben.« Er lächelte sie an. »Und dich. Manchmal denke ich, wir sind nur deinetwegen Freunde geworden. Wir haben dieses Spiel gespielt –«

Hailey machte ihren Rücken gerade. »Ein Spiel, das mit mir zu tun hatte?«

»Du erinnerst dich, ich war ziemlich betrunken –«

»Keine Ausreden, spuck's aus!«

»Jasper hat immer einen Film genannt, und ich habe ihm Camerons Expertenmeinung dazu erzählt.«

Ihre Augen wurden schmal. »Ich stelle mir gerade vor, wie zwei erwachsene Männer in einer Bar in Manhattan hocken und über eine Fünfzehnjährige lästern. Ich wette, Linda Lue Linden kam in eurem kleinen Spiel vor.«

»Und ob!«, lachte er. »Jasper findet Linda Lue fabelhaft. Wir haben nicht über dich gelästert, Cameron. Im Gegenteil. Ich wollte ihm klarmachen, warum ich dieses Mädchen mit der Zahnspange so brutal vermisst habe. Damals wusste ich ja noch nicht, dass Jasper nie über Leute urteilt. Oder dass er unser kleines Spiel nie vergessen würde. Bei jedem einzelnen Film, den wir gemeinsam gedreht haben, hat er mich mit der Frage genervt, was Cameron wohl davon halten würde. Als ob ich mich das nicht ohnehin gefragt hätte.«

Sie sahen einander schweigend an, bis Hailey beinahe schüchtern fragte: »Hattest du nicht das Bedürfnis, dich mal bei mir zu melden? Wenn auch nur, um mich anzuschreien, weil ich deine Unterschrift auf der Bewerbung gefälscht habe?«

»Doch, das hatte ich.«

»Warum hast du es nicht getan?«

Er räusperte sich. »Das ist kompliziert.«

»Ich habe Zeit.«

»Weißt du, Jasper hatte mich an diesem Abend schon so weit. Hätte ich Erins Telefonnummer gehabt, hätte ich dich um vier Uhr morgens sturzbetrunken aus der Bar angerufen, um mich bei dir für mein neues Leben zu bedanken.«

»Ich wollte kein Danke«, sagte sie leise. »Aber deine Stimme hätte ich gern gehört.«

»Ich hätte auch gern deine Stimme gehört. Viel zu gern.«

»Verstehe«, murmelte sie, doch er widersprach: »Nein, ich glaube nicht, dass du es verstehst. Du hast es nie verstanden.«

Sie warf ihm einen irritierten Blick zu. »Das sagst du andauernd, und jedes Mal klingt es so, als hätte ich etwas falsch gemacht.«

Er seufzte und schlang seine Arme enger um sie. »Nein, Hailey, du hast überhaupt nichts falsch gemacht. Du warst einfach nur du. Mein kluger, leidenschaftlicher und dazu noch unfassbar hübscher Glückspenny. Aber du hast mich nicht so gesehen, wie ich war. Für dich war ich der coole Außenseiter, der sein eigenes Ding durchzog. Doch es ist nicht cool, ein Einzelgänger zu sein. Die meiste Zeit tut es ziemlich weh. Weißt du, wie verzweifelt ich versucht habe, dieses scheiß Oxford-Englisch loszuwerden? Ich habe mich gefühlt wie ein verdammter Cartoon. Mit Cartoon-Eltern. Sie waren nicht nur Umweltaktivisten, sondern sie sahen auch noch aus wie welche. Und damals war das noch nicht normal. Wenn mein zotteliger, unrasierter Dad in unseren Biologieunterricht kam, um meinen Mitschülern etwas über das Artensterben oder – noch besser – die Überfischung der Meere zu erzählen, bin ich danach wochenlang damit aufgezogen worden.«

Hailey musste unwillkürlich lächeln. »Ich ahne, von wem.«

Auch Logan lächelte. »Ja, die schreckliche Cailin Buchanan hatte meistens ihre Finger im Spiel. Und ausgerechnet Cailin war die Einzige in meinem Jahrgang, die nach dem Schulabschluss für zwei weitere Jahre auf der Insel geblieben ist. Zum Glück hat sie nie erfahren, dass ich in eine Fünfzehnjährige verliebt war.« Logan hörte auf zu lächeln. »Merkst du es? Sogar heute rede ich noch drumherum. Wenn ich ehrlich bin, warst du erst vierzehn, als ich mich in dich verliebt habe. Ich kam mir vor wie ein Perverser. Deshalb war ich immer so abweisend zu dir. Ich war rund um die Uhr damit beschäftigt, mich selbst zu hassen.«

Logan beugte sich zurück und sah sie an. »Doch in New York war plötzlich alles anders. Alle mochten mich. Diese eigenartigen Amerikaner sind sogar auf mein britisches Englisch abgefahren. Und auf meine Ideen. Im Unterricht schienen alle nur darauf zu warten, was ich zu sagen hatte. Frauen kamen auf mich zu, um –«

»Alles klar.« Hailey grinste.

»Ich fühlte mich wie ein neuer Mensch. Der Tag, an dem Nancy mir das Video gegeben hat, war ein herber Rückschlag. Als sie River Phoenix erwähnt hat, ist mir heiß und kalt geworden. Du hast mir mein Happy End vermasselt, Hailey. Ich wollte nur noch weg aus meinem perfekten neuen Leben, zurück in diesen kalten Keller. Hätte ich mich bei dir gemeldet, hätte mich die Einsamkeit danach umgehauen. Und der ganze Mist mit der Selbstverachtung wäre wieder von vorn losgegangen.«

Sie küsste ihn sanft auf die Lippen. »Ich verstehe.«

»Endlich«, flüsterte er.

»Was ich nicht verstehe –«

Logan stöhnte auf. »Oh nein.«

»Warum bist du hierher zurückgekommen?«

»Jasper hielt es für eine gute Idee.«

Ihre Augen weiteten sich. »Warum?«

»Es ging mir nicht gut«, gestand er leise. »Ich hatte kein Privatleben. Alle meine Beziehungen spielten sich an Filmsets ab und endeten mit den Dreharbeiten. Ich bin auf der Stelle getreten – und habe ziemlich viel Zeit in Bars verbracht. Jasper fand, ich müsste nach Tobermory zurückkehren, damit ...«

»... deine innere Uhr weiterlaufen kann«, sagte Hailey leise.

Er musterte sie nachdenklich, und schließlich nickte er. »Aber dann ist das Gegenteil passiert. Es begann im letzten

August schon damit, dass Fiona mich auf der Fähre mit ihrer Geschichte in den Bann gezogen hat. Dieses elende Lolita-Thema hat mich sofort in die Vergangenheit zurückgeworfen.«

»Oh Mann, Logan, du warst doch selbst erst neunzehn.«

»Gefühlt fünfzehn«, brummte er. »Jasper meinte, es würde mir bestimmt helfen zu sehen, dass du mittlerweile erwachsen bist und dir dein Happy End geholt hast. Und dass ich auch in Tobermory der erfolgreiche Regisseur bin und nicht der merk-würdige Junge ohne Freunde.«

Sie lachte auf. »Da hat Jasper ja mal voll ins Klo gegriffen.«

Logan verdrehte die Augen. »Ich hätte ihn erwürgen kön-nen, als mein roter Lichtstrahl auf dieser verdammten Terrasse vorm Glengorm Castle auf mich zugeschossen kam. Selbst die schreckliche Cailin Buchanan blieb mir nicht erspart. Sie stand daneben und hat mich mit ihren Blicken vernichtet wie eh und je. Alles war wie immer.« Er strich ihr über die Wange. »Doch ich hatte so eine seltsame Ahnung, dass ich auf Mull diesen Coming-of-Age-Film über Fiona drehen musste, damit meine innere Uhr endlich weiterlaufen würde.«

»Und?«, fragte Hailey. »Hat es funktioniert?«

»Nein, kein Stück«, erwiderte er, ohne zu zögern. »Aber durch die Arbeit an dem Film ist mir eins klar geworden: Es ist völlig egal, ob man ein Außenseiter, ein Filmstar oder sonst wer ist – diese verdammte Uhr macht, was sie will. Sie läuft nicht im Uhrzeigersinn, und manchmal springt sie um Jahre vor, nur um dann wieder rückwärts zu laufen. Fiona hat sich zum Beispiel damals, als sie mit ihrem Baby im Bauch die Insel verließ, weitaus umsichtiger verhalten als heute. Wenn sie am Set mit Gregory Mailer herumknutscht, kommt sie mir vor wie ein alberner Teenager. Der Einzige, der auf mich noch jünger wirkt als sie, ist James, mit seinem Spielplatz für Schweine und diesem kindlichen Staunen über die Welt. Ich vermute mal, er war schon immer zu jung für Fiona.«

Sein Mund verzog sich zu einem verschmitzten Lächeln. »Jedenfalls kommt es mir so vor, als wäre ich mit meinem Chaos nicht allein. Wahrscheinlich würde es uns allen besser gehen, wenn wir einfach mal auf dieses pochende Ding in unserem Inneren hören würden, auch wenn es uns defekt erscheint.«

Hailey musterte ihn für einen Moment, dann stellte sie anerkennend fest: »Du bist ja gar nicht so amerikanisch, wie ich dachte.«

»Amerikanisch oder engstirnig?«

»Gibt es da einen Unterschied?«

Er knuffte sie in die Seite. »Du musst nach New York kommen, um deine Vorurteile gegen Amerika loszuwerden.«

Ohne nachzudenken, entgegnete sie: »Ich komme auf keinen Fall nach New York, Logan.«

Sie sah, wie er stutzte. »Warum nicht?«

Unbehaglich wand sie sich auf seinem Schoß, aber er ließ nicht locker und wiederholte seine Frage.

»Kommen und Gehen ist einfach nicht mein Ding«, murmelte sie widerwillig.

Er sah aus, als wollte er etwas dagegen einwenden, doch dann hielt er inne und legte seine Stirn gegen ihre. »Verstehe«, flüsterte er schließlich.

»Ich weiß«, flüsterte sie zurück. »Du hast mich immer verstanden.«

⌢

24. *August*

WILLIAM SHAKESPEARES ROMEO + JULIA
Drehbuch: Baz Luhrmann und Craig Pearce
Regie: Baz Luhrmann

Ich komme gerade von Logan. Also, von seinem Haus. Ich habe »Romeo + Julia« bei seinen Eltern in den Briefkasten geworfen. Es war niemand zu Hause. Logan ist in New York, schon seit zwei Wochen. Cailin sagt, ich soll mich abregen. Schließlich würde ich Logan bereits in den Weihnachtsferien wiedersehen. Doch ich habe so eine komische Ahnung, dass er nicht kommen wird. Ich stelle mir vor, wie er im Central Park durch den Schnee stapft und ungewohnt zufrieden »Have Yourself A Merry Little Christmas« vor sich hin summt. Er wird zu glücklich sein, um nach Hause zu kommen.

Trotzdem wirkte er irgendwie durch den Wind, als wir uns verabschiedet haben. Wahrscheinlich lag es nur an mir. Ich bin ihm heulend um den Hals gefallen. Irgendwann hat auch er die Arme um mich gelegt. Ich glaube, er hat meinen Kopf geküsst. Ganz sicher bin ich mir aber nicht. Meine blöden Haare sind wie ein Stoßdämpfer, da kriegt man nichts mit. Ich war enttäuscht, weil er mir kein Video zum Abschied geschenkt hat. Da wusste ich noch nicht, dass er mir ALLE überlassen würde. Er hat mir seinen Kellerschlüssel in die Tasche geschmuggelt. Dir kann ich es ja sagen, liebes Tagebuch: Über ein einziges Video hätte ich mich mehr gefreut. Welchen Film er wohl für mich ausgesucht hätte?

»Romeo + Julia« jedenfalls nicht. Er hat die Augen verdreht, als ich ihn aus dem Regal gezogen habe. Aber ich brauchte die Superlative. Bedingungslose Liebe und all das. Ich konnte mir nicht verkneifen zu erwähnen, dass Julia erst dreizehn war. Logan hat mich böse angesehen. Ich solle machen, dass ich verschwinde. Einen Moment lang haben wir uns angestarrt, dann bin ich zur Tür gerannt. Ich war schon halb draußen, als er mich am Ellbogen gepackt hat. Da war etwas in seinen Augen, als ich mich umgedreht habe ... Als wollte er mich küssen. Hat er natürlich nicht.

Stattdessen meinte er mit einer fremden, heiseren Stimme: »Manchmal ergibt ein trauriges Ende einfach mehr Sinn.« Ich konnte nicht antworten. Nur nicken und weinen. Und heftig den Kopf schütteln.
»Spul die Szene mit dem Aquarium nicht so oft zurück«, hat er leise hinzugefügt. »Wenn der Film leiert, gibt's Ärger.«
»Okay«, habe ich gekrächzt. Mehr nicht. Wie soll man auch das Richtige sagen, wenn einem alles falsch vorkommt? Es fühlt sich so an, als hätte Logans Happy End unseres auf dem Gewissen. Romeo und Julia haben sich wenigstens dasselbe gewünscht. Die wussten, wie Romantik geht. Deshalb hätte Romeo auch niemals »Man sieht sich, Capulet« gebrummt und Julia hinaus in den Regen geschoben.

Wahrscheinlich war Logan einfach nicht mein Romeo. Trotzdem bin ich neulich nach Oban rübergefahren und habe mir den Soundtrack besorgt. Seitdem höre ich »Kissing You« in Endlosschleife und stelle mir vor, wir hätten es getan. Wie das wohl gewesen wäre?

17

Lottie und Evie begrüßten sie, als gäbe es kein Morgen. Hunde hatten einfach den Durchblick. Wenn man sich liebte, war nach jeder Trennung eine Party fällig – selbst wenn es sich bloß um eine (ziemlich kurze) Nacht gehandelt hatte.

»Nate bleibt noch eine ganze Woche in Wales«, sagte Logan, der unbeeindruckt quer durch das Freudenfest geradewegs zum Teekocher marschiert war.

»Oje, das wird Lottie und Evie nicht gefallen.«

»Aber mir.« Er wandte sich um und griff nach dem Saum des weiten Wollpullovers, den sie sich beim Aufstehen erneut übergestreift hatte. (Ihr Rock kauerte immer noch verlassen auf der Treppe.)

Logan versuchte, sie zu sich zu ziehen, doch Evie hatte die gleiche Idee gehabt und zog an der anderen Seite des Pullovers. Hailey tätschelte zärtlich ihren Kopf. »Einmal loslassen, du süßes Biest.«

Zu ihrem Erstaunen gehorchte Evie und lächelte sie an.

»Es geht doch nichts über ein ehrliches Hundelächeln am Morgen«, seufzte sie versonnen.

»Das ist kein Lächeln, sondern ein Hecheln«, brummte Logan. »Bis Nate zurückkommt, wirst du die beiden total verzogen haben.«

»*Bis Nate zurückkommt?* Nach dem Frühstück bin ich weg.«

Diesmal gelang es ihm, sie zu sich zu ziehen. »Sagt wer?«

»Na, ich«, murmelte sie wenig überzeugend, während er mit seinen warmen Händen unter ihren Pullover fuhr. »Ich muss nach Hause und –«

»Es weiß doch keiner, dass du zurück bist«, flüsterte er in ihr Ohr. »Du könntest einfach bei uns bleiben und –«

Lachend zog sie den Kopf zurück. »Vergiss es! Mein Wagen steht am anderen Ende der Straße, direkt gegenüber von Ians Praxis. Und zufällig weiß ich, dass Cailin beim Schreiben gern aus dem Fenster schaut. Wir können froh sein, dass sie nicht schon gestern vor der Tür stand.«

Logan sah sie vorwurfsvoll an. »Warum hast du denn mitten auf dem Präsentierteller geparkt?«

»Weil ich nicht ahnen konnte, dass ich hier übernachten würde?«, gab sie belustigt zurück. »Oder dass du mich als Hundesitterin und Sexsklavin in deinem Keller verstecken willst, bis Nathan zurückkommt?«

Bevor er etwas entgegnen konnte, schrillte die Türklingel. Haileys Gesicht leuchtete auf. *Cailin!* Wer sonst würde es wagen, um acht Uhr an einem Sonntagmorgen an Nathans Haustür zu klingeln? Sie schob den brummigen Mann beiseite und flitzte den Hunden hinterher, die bellend in den Flur gestürmt waren.

Sie hätte vor Glück aufheulen können, als sie die Tür aufriss und ihre grinsende, unerwartet rundliche Freundin in zu engen Latzhosen vor ihr stand. Es war ein einziges Tohuwabohu mit den Hunden, dem Hopsen, der Muffintüte aus Lauries Laden und dem pinken Waschbeutel, den Cailin ihr bei der Umarmung versehentlich ins Gesicht schlug.

»Meine Zahnbürste!«, jubelte Hailey.

»Ich hab ja einen Schlüssel von deinem Auto«, sagte Cailin achselzuckend. Sie warf Lottie einen verwunderten Blick zu, die mit einem gelben Stück Stoff im Maul angetrottet kam und es zielsicher auf ihren Badelatschen ablegte. Der braune Labrador ließ sich auf den Hintern plumpsen und blickte die Besucherin erwartungsvoll an, als rechnete er fest mit einer Belohnung.

»Lottie, troll dich!« Hastig fischte Hailey ihren zerknitterten, ziemlich nassen Rock von Cailins nackten Zehen, bevor ihre Freundin es selbst tun konnte.

Cailin warf ihr einen amüsierten Blick zu. »Ich glaube, der Rock hat's hinter sich. Soll ich noch mal zum Auto gehen und deinen Koffer holen?«

»Das wollte ich gerade tun«, kam es von Logan, der mit einem schiefen Lächeln hinter ihnen im Flur erschienen war.

Hailey rollte mit den Augen. »Logan, zum letzten Mal, ich kann nicht bleiben.«

»Wie es aussieht, bist du bereits geblieben«, meinte Cailin trocken und warf Logan ohne Vorwarnung die Muffintüte zu. Als er sie geistesgegenwärtig auffing, fügte sie an ihn gewandt hinzu: »Lass Hailey nach dem Frühstück mal für fünf Minuten in Frieden, damit sie auf einen Tee bei mir vorbeikommen kann.«

Er lachte. »Du meinst, damit ihr über mich reden könnt.«

»Damit wir über *Hailey* reden können«, entgegnete Cailin. »Du bist nur eine Randfigur, mein Lieber.«

Mit diesen – glatt gelogenen – Worten und einem kurzen Winken schlurfte sie wieder von dannen.

Für einen Moment versammelten sich Hailey, Logan und die Hunde vor der Haustür und blickten ihr nach.

»Ihr beide seid mir ein Rätsel«, meinte Logan. »Seid ihr letzte Woche nicht im Streit auseinandergegangen?«

Hailey zuckte mit den Schultern. »Ja, und?«

»Müsstet ihr euch nicht irgendwie vertragen, bevor ihr euch um den Hals fallt?«

»Wir haben uns vertragen, *indem* wir uns um den Hals gefallen sind.«

»Ach so.« Er legte den Kopf schief. »Können wir das in Zukunft vielleicht auch so handhaben?«

»In Zukunft?«

»In den nächsten zwei Wochen«, räumte er mit einem schuldbewussten Gesichtsausdruck ein.

Stirnrunzelnd bugsierte Hailey die Hunde und Logan zurück ins Haus. Als sie die Tür hinter sich geschlossen hatten, schlang sie abrupt die Arme um ihn. »Du und ich«, sagte sie leise, »wir sind wie Romeo und Julia.«

Logan sah nicht begeistert aus. »Müssen wir sterben?«

»Nein, aber uns bleibt nicht genug Zeit, um zu streiten.«

Hailey sog gierig die kühle Septemberluft ein, obgleich sie nach Veränderung schmeckte. Die feuchte Erde, in die sie ihre Hände gegraben hatte, duftete bereits nach Herbst. Wenn sie frühmorgens mit den Hunden spazieren ging, hingen dichte Nebelschwaden über der Bucht, und nachmittags, wenn sie wie jetzt in ihrem Garten werkelte, tauchten die Sonnenstrahlen die Berghänge auf dem Festland in ein sanftes kupferfarbenes Licht. Die Tage wurden kürzer. Er neigte sich dem Ende zu, der Sommer ihres Lebens.

»*Don't you forget about me, don't, don't, don't, don't*«, dröhnte es aus ihrer Umhängetasche, die hinter ihr auf dem Kiesweg lag. Hailey klopfte sich mit wenig Erfolg die Erde von den Händen und zog mit spitzen Fingern den Störenfried aus der Tasche. Logan hatte bereits aufgelegt. Geduld war nicht seine

Stärke. Die Simple Minds als Klingelton waren ein Kompromiss gewesen. Zuerst hatte Hailey *The Only Living Boy in New York* ausprobiert, doch Simon & Garfunkel hatten regelmäßig versagt. Sie waren einfach zu leise gewesen. Von Logans Favorit *Cigarettes & Alcohol* hingegen bekam sie Kopfschmerzen.

Kaum hatte sie den Gedanken zu Ende gedacht, erschien eine Nachricht von ihm auf dem Handy: »Der Song funktioniert auch nicht. Nimm endlich Oasis!«

Und noch eine: »Wann kommst du nach Hause?«

Nach Hause ... Hailey schluckte. Er meinte natürlich Nates Haus, ihr fabelhaftes Paralleluniversum, gegen das sie sich anfangs so sehr gesträubt hatte. Als Logan an jenem ersten Morgen vor zwei Wochen zu ihrem Wagen gegangen war und den Koffer geholt hatte, hatte sie ihn (den Koffer) demonstrativ neben der Haustür stehen gelassen. Entschlossen hatte sie Logan mitgeteilt, dass sie lediglich ein paar frische Klamotten brauchte, um zu Cailin zu gehen. Danach würden sie und ihr Koffer schnurstracks nach Hause fahren, zurück in die Realität.

Kurz darauf, beim Hinausgehen, hatte sie klargestellt, man könne sich selbstverständlich abends im Pub treffen und im Anschluss ein bisschen Sex haben. Da hatte er sie wortlos in seine Arme gezogen und sie ziemlich leidenschaftlich geküsst – so leidenschaftlich, dass sie danach völlig benebelt zu Cailin gewankt war. Erst als sie ihr Auto an der Bordsteinkante erblickt hatte, war ihr aufgefallen, dass sie den Koffer bei Logan vergessen hatte. Cailin hatte bereits in ihrem efeubewachsenen Häuschen auf der anderen Straßenseite am Fenster gestanden und ihr wie verrückt zugewinkt. Sie hatte also unmöglich kehrtmachen können, um ihr Gepäck zu holen.

Im Treppenhaus war sie beinahe mit Ian zusammengestoßen.

»Ich muss in die Praxis«, hatte er erklärt.

»An einem Sonntag? Ist etwas passiert?«

Er hatte sie angelächelt. »Nein, Cailin will nur ungestört mit ihrer besten Freundin plaudern.«

»Aber du störst nicht!«

»Doch! Tut er!« Cailin hatte oben auf dem Treppenabsatz gestanden, die Hände in die Hüften gestemmt, und dabei ganz besonders schwanger ausgesehen.

»Cailin Buchanan, du bist schrecklich! Und warum bist du plötzlich so schwanger? Ich war doch bloß zehn Tage weg!«

»Elf, dank Logan«, hatte ihre Freundin geknurrt. »Jetzt komm endlich rein, ich will alles wissen!«

Hailey und Ian hatten ihren üblichen resignierten Blick gewechselt, und dann waren sie ihrer Wege gegangen – er nach unten in die friedliche Praxis, sie nach oben zum Verhör.

Doch letztlich hatte Cailin keine einzige Frage stellen müssen. Noch vor dem ersten Schluck Tee war alles wie von selbst aus ihr herausgesprudelt. Was Cailin betraf, hatte ihr Tagebuch nun einmal kein Schloss. Nachdem sie ihr von dem zerstörten Sonnenuntergang in Nathans Flur, der Zeitkapsel im Keller seines Hauses, dem Glückspenny und allem anderen erzählt hatte, war ihre Freundin für einen Moment ungewohnt still gewesen.

»Du bist also glücklich«, hatte sie schließlich mit einem leisen Lächeln festgestellt.

»Bin ich«, hatte Hailey irgendwie verwundert bestätigt.

»Wieso bleibst du dann nicht bei ihm?«

Hailey hatte ihr einen erschrockenen Blick zugeworfen. »Das kann ich nicht. Dieser Mann ist überall und nirgends, bei dem bloßen Gedanken an sein Leben werde ich ganz seekrank. Sobald die Dreharbeiten hier beendet sind, muss er in die Staaten hetzen und mit tausend Leuten reden, die seine Filme finanzieren sollen. Im Herbst und Winter hat er dann dieses gigantische Filmprojekt in Australien, und danach geht er nach Kanada und in die Arktis für eine Doku über den Klimawandel und –«

»Ich meinte für seine restliche Zeit hier bei uns«, fiel Cailin ihr ins Wort. »Mach nicht den Fehler, vor ihm davonzulaufen, weil er fortgehen wird. Es wird ohnehin höllisch wehtun, ganz egal, was du tust. Also nutze jede Sekunde, die ihr miteinander habt. Und verschwende keine Zeit mit Alltäglichem.«

»Verstanden. Nicht mehr duschen oder Zähne putzen.«

»So ähnlich«, meinte Cailin grinsend. »Flieg doch einfach mal zu einem fremden Planeten – sprich: Nates Haus.«

Regelrecht verängstigt klammerte Hailey sich an ihrer leeren Teetasse fest. »Wie stellst du dir das vor? Ich bin schon so lange weg gewesen und muss mich endlich um meinen Laden, die Online-Kunden und meine Kurse kümmern.«

Cailin griff nach der Teetasse und befreite sie aus ihrer Umklammerung. »Deine Färberkurse sagen wir ab, und Liv und ich kümmern uns um den Laden und den Versand. Das hat letzte Woche auch prima funktioniert.«

»Aber Maisie will bestimmt …«

»… mit Nova um die Häuser ziehen.«

»Aber James wird sich fragen …«

»Den lass mal meine Sorge sein, ich bin ohnehin jeden Tag am Set. Ich grüße alle schön von dir und richte ihnen aus, dass sich der Joker weiterhin in seinem wohlverdienten Sommerurlaub befindet.«

»Aber Logan ist ohnehin den ganzen Tag mit dem Film beschäftigt, und ich würde ihn nur durcheinanderbringen. Da könnte ich doch genauso gut unten im Laden –«

»Hast du nicht gemeint, sämtliche Videos aus Logans Keller wären noch an Ort und Stelle?«

Sie hatte innegehalten. »Oh.«

Cailin hatte verheißungsvoll genickt. »Ich schlage vor, du tust einfach mal, was du willst.«

Und das hatte sie getan. Wahrscheinlich hätte Cailin ihren unbedachten Rat sofort zurückgenommen, wenn sie geahnt hätte, was ihre nichtsnutzige Freundin im Grunde ihres Herzens tun wollte: Logans Sexsklavin und Hundesitterin sein. Sie war eine Schande für alle unabhängigen, selbstbestimmten Frauen. In der ersten Woche hatte sie ihr Kleid abgestreift, sobald er zur Tür hereingekommen war. Sie hatte ihm sogar erlaubt, den Ernährer zu spielen. Im wahrsten Sinne des Wortes. Er hatte sich um das Essen und ihren Hunger im Allgemeinen kümmern dürfen, während ihre einzige Aufgabe darin bestanden hatte, immer schön nackt zu sein. Und hin und wieder (angezogen) mit den Hunden spazieren zu gehen.

In Logans Abwesenheit hatte sie sich kein bisschen besser angestellt. Während ihre Freundinnen dort unten am Hafen fleißig ihr Geschäft über Wasser hielten, hatte sie nichts weiter getan, als auf Nathans plüschigem Sofa herumzuhängen und einen alten Film nach dem anderen zu schauen. Zu ihrer Überraschung hatte sie es genossen, das Alleinsein. Niemand konnte über ihre Faulheit urteilen. Oder über die kitschigen Filme, die sie auswählte. Manchmal hatte sie selbst die Hunde aus dem Wohnzimmer verbannt, um wirklich allein zu sein – und unbeobachtet Logans leiernde Pornos aus den neunziger Jahren anzuschauen, die sie beim Wühlen im Videokeller entdeckt hatte.

Beim ersten Porno hatte sie fröhlich »Klavierhure« vor sich hin gesummt und sich unbekümmert ausgezogen. Splitternackt war sie zu dem großen Spiegel im Flur gewandert, um sich zu betrachten. Und zu sehen, was Logan sah. Belustigt hatte sie sich die Hand vor den Mund gehalten. Oje. Wie sollten die armen Hollywoodstars jemals mit diesem Anblick mithalten können? Keine Frage, Logan hatte ein Problem. »Und das Problem nennt sich *Birke im Mondlicht*«, hatte sie gesummt und war übermütig kichernd ins Wohnzimmer, zu ihrem superwitzigen Porno zurückgehopst. Wie gut, dass niemand sie gesehen hatte. Alleinsein hatte seine Vorteile, wenn man glücklich war.

Es war purer Zufall gewesen, dass Nathan nicht in eine ihrer kleinen Alleine-Partys hineingeplatzt war. Er war einen Tag früher als erwartet aus Wales zurückgekehrt und hatte sie auf dem Sofa überrumpelt. Lottie und Evie waren zwar zur Tür gerannt, aber das taten sie so oft, dass sie nicht einmal vom Fernseher aufgesehen hatte. Sie hatte sich mitten im dritten Harry-Potter-Film befunden. Dank der Dementoren hatte sie zur Abwechslung eine anständige Leggins unter ihrem kurzen Kleid getragen. (Es fröstelte sie, wenn diese gruseligen Gestalten ins Bild schwebten.) Dennoch hatte Nate sie angestarrt, als wäre sie nackt. Er war bis in die grauen Haarspitzen errötet und hatte seine altmodischen Hosenträger so fest umklammert, dass seine Fingerknöchel weiß hervorgetreten waren. Wie so oft hatte sie den guten Harry Potter um seinen magischen Tarnumhang beneidet. Ihretwegen würde dieser schüchterne Rentner vermutlich nie wieder sorglos sein Wohnzimmer betreten können ...

Mit einer inbrünstigen Entschuldigung auf den Lippen war sie vom Sofa aufgesprungen in der Absicht, ihre Siebensachen zu packen und das Weite zu suchen. Doch da hatte Nate auf den Fernseher gedeutet, in dem Harrys Lehrer Lupin gerade im Begriff gewesen war, sich in einen Werwolf zu verwandeln. »Der dritte Film gefällt mir am besten.«

Hailey hatte ihn erstaunt angesehen. »Mir auch.«

»Wartest du auf Logan?«, hatte er sich leise erkundigt.

Wartete sie auf Logan? Gute Frage. »Er darf gern nach Hause kommen, wenn der Film vorbei ist«, hatte sie diplomatisch geantwortet.

Nach Hause ... Vermutlich waren diese zwei kleinen Worte der Grund gewesen, weshalb sie (zu Cailins Entzücken) eine weitere Woche auf dem fremden Planeten verbracht hatte. Jedenfalls hatte Nate sie mit diesem unwiderstehlichen, scheuen Lächeln angesehen und sie gebeten, nicht zu gehen. Und Bleiben lag nun einmal in ihrer Natur. Selbst wenn sie nicht mehr (überall) nackt herumlaufen und unbehelligt fünf Filme hintereinander schauen konnte.

Abgesehen von ihrer Fernsehroutine hatte sich auch ihr Abendprogramm durch Nates Rückkehr grundlegend geändert. In der zweiten Woche waren Logan und sie wieder dazu übergegangen, abends den Pub aufzusuchen. Sehr zu Jaspers Freude. Seine Begrüßung hatte sie ein wenig an Lottie und Evie erinnert, und auch die anderen Crewmitglieder hatten einen regelrechten Freudentanz aufgeführt. Selbst der mürrische Jeff hatte ihr ein Bier ausgegeben. Nach ihrem ersten Pubbesuch war sie erschöpft in Logans Bett gefallen. Wie schnell man sich an die Isolation gewöhnen konnte ...

Auch Nates Anwesenheit war ihr nach einem Tag zu viel geworden. Was streng genommen eine Frechheit war. Immerhin war es sein Haus, und der ruhige Einzelgänger war ein angenehmer Zeitgenosse. Doch Hailey brauchte Luft zum Atmen – und zufällig war die Luft nirgends reiner als in ihrem Garten. Daher hatte sie in der letzten Woche viel Zeit mit ihren Färberpflanzen verbracht. Mit den Pflanzen und ihrer Mum. Ein weiterer Vorteil am Alleinsein: Man konnte sich ungestört mit Geistern unterhalten. Und sie hatte ihrer Mum erstaunlich viel zu erzählen. Nichts Weltbewegendes. Nur ein paar alltägliche Gedanken, die sie durch all das Theater um Hollywood beinahe vergessen hatte.

Sie hatte ihrer Mum von der Idee berichtet, einen Workshop über das Färben mit Obst und Gemüse anzubieten. Daraufhin hatten sie sich stundenlang in den wunderbaren Möglichkeiten verloren, die sich in Holunderbeeren, Heidelbeeren, Brombeeren, Johannisbeeren, Weintrauben, Roter Bete, Rotkohl, getrockneter Granatapfelschale oder der schlichten Küchenzwiebel verbargen. Hailey hatte überlegt, den wissbegierigen Touristen auch ein paar Grundlagen über Pflanzenfarbstoffe beizubringen. Damit sie sich später nicht nur an Burgen und Basaltklippen erinnern würden, sondern auch an Flavonoide und Betalaine – obgleich die sich auf Fotos nicht so gut machten. Ihre Mum hatte gelacht. Am Ende würde wieder jemand wie Edith fragen, ob sie Chemie studiert hätte. »Nein, es war Geschichte!«, hatte Hailey gerufen. »Oh, Mum, was würdest du davon halten, wenn ich außerdem einen Kurs über historische Färberpflanzen wie Wau, Krapp oder Waid in mein Programm aufnehmen würde?«

Auf diese Weise waren die Tage wie im Fluge vergangen. Heute hingegen stand Hailey nicht der Sinn nach botanischer Fachsimpelei. Es war ihr letzter Tag in dieser sonderbaren Parallelwelt, in der sie Gefallen am Alleinsein fand und mit Geistern sprechen konnte. Wahrscheinlich würde ihre Mum morgen genauso verschwunden sein wie Logan. Also hatte sie vorhin allen Mut zusammengenommen und ihr die Fragen gestellt, die ihr auf der Seele brannten, seit Cailin ihr den Laden angeboten hatte: »Liebe ich die Farben der Natur nur deshalb, weil ich dich liebe? Lebe ich deinen Traum, nur um dir nahe zu sein?«

Ihre Mum hatte das getan, was vermutlich alle Geister taten: Sie hatte den Ball zurückgeworfen. »Liebst du Filme allein deshalb, weil du Logan liebst? Würdest du seinen Traum leben, nur um ihm nahe zu sein?«

Hailey hatte gestutzt. Die Antworten hierauf waren erschreckend einfach.

»Don't you forget about me, don't, don't, don't, don't!«

Sie warf ihrem plärrenden Telefon einen unwilligen Blick zu. Als ob sie ihn jemals vergessen könnte. Morgen um diese Zeit würde er bereits im Flugzeug nach New York sitzen, und von ihrem süßen Alleinsein würde nichts bleiben als Einsamkeit. Sobald sie Logans Anruf beantwortete, würde das Ende ihres Sommers beginnen: Nates Abschiedsmahl mit Crab Cakes, Pommes und Scottish Trifle, die Party im Pub und schließlich der vereinbarte Sexmarathon, bei dem sie vermutlich ununterbrochen heulen würde.

»Logan, hör auf zu nerven!«, rief sie ins Handy.

Kurze Stille, dann: »Ich dachte, unsere Zukunft wäre zu kurz, um zu streiten.«

Sie hörte das traurige Lächeln in seiner Stimme, das sie ihm in den letzten Tagen so oft von den Lippen geküsst hatte. »Komm endlich nach Hause, Hailey«, fügte er leise hinzu.

Aidan hatte ein Schild an der grünen Tür befestigt, auf dem in knallroten Lettern zu lesen war:

»GESCHLOSSENE GESELLSCHAFT«

Er hätte es natürlich besser wissen müssen. Das Schild schreckte allenfalls die Touristen ab. Niemand aus Tobermory wäre jemals auf die Idee gekommen, nicht zu besagter Gesellschaft zu gehören. Und die leuchtenden Buchstaben erinnerten jeden einzelnen Passanten daran, dass morgen das große Gehen anstand.

Naturgemäß strömten also nicht nur die Schauspieler, Komparsen und Crewmitglieder in den Pub, sondern alle, die sich heute Abend von Hollywood verabschieden wollten. Cailins gesamte Hotelfamilie war mit Personal gekommen, Martha Hancock mit ihrem Sohn, Rektor Phil, einige Lehrer, der Hausmeister der Schule ebenso wie Laurie Ferguson vom Gemischtwarenladen mit ihren Freundinnen, Larry und Frank, Clyde von der Polizei mit Anhang, Hamishs Kumpels vom Mietwagenverleih, ach, einfach alle. Die Leute drängten gnadenlos in den viel zu kleinen Pub, und ohne den rettenden Garten hätte vermutlich der Notarzt kommen müssen.

Zum Glück war Ian (der Notarzt) sowieso anwesend. Er stand inzwischen seit Stunden mit Aidan und Hamish hinter der Bar und zapfte Bier. Das übliche Personal (Fiona und Lucinda) hatte zur Feier des Tages frei – schließlich war es Lucindas letzter Abend auf der Insel. Genau wie Logan und die anderen würde sie morgen früh die Fähre Richtung Zukunft besteigen. Vor lauter Wehmut hatte sie vergessen, Ella-Mae zu sein, und umarmte jeden, der ihren Weg kreuzte.

Hailey konnte es ihr nachfühlen. Bis vor wenigen Minuten hatte sie dasselbe getan, doch dann hatte Cailin sie zu dem langen Tisch unter der Platane gezogen, den sie unter skrupellosem Einsatz ihrer Babykugel organisiert hatte. Angeblich hatten Laurie Ferguson und ihre Freundinnen, die den ganzen Abend unter der Platane gesessen hatten, wegen der kalten

Nachtluft ohnehin die Segel streichen wollen. Was vielleicht sogar zutraf. Hailey war froh, dass Logan sie vorhin noch dazu überredet hatte, ihre kuschligen Dementoren-Leggins unter das perlviolette Wollkleid zu ziehen. Außerdem hatte er ihr seine Lederjacke aufgeschwatzt, die schwach nach Zigaretten duftete. Sie würde diesen ungesunden Duft vermissen ...

Jedenfalls gehörte Lauries Tafel im hintersten Winkel des ummauerten Gartens nun ihnen. Obwohl die Sonne längst untergegangen war, kam es Hailey so vor, als säße sie im Schatten des Baumes. Der Schein der Lichterketten, die wie ein Sternenhimmel über den übrigen Garten gespannt waren, reichte nicht bis zu ihrer Insel der Dunkelheit. Nur die kleinen roten Windlichter bildeten eine flackernde Spur zwischen der Platane, an die der Tisch angrenzte, und Fiona, die auf der anderen Seite am Kopfende saß. Hailey konnte die Gesichter ihrer Freunde kaum erkennen. Und ihre Stimmen waren gedämpft, als handelte es sich bei dem dichten Blätterdach um eine Bettdecke, unter die sie sich gemeinsam verkrochen hatten.

Fiona, Maisie und Nova waren gerade am anderen Ende des Tisches damit beschäftigt, Logan und Jasper dazu zu überreden, sich zurück ins Gedränge zu begeben, um eins, zwei, drei, vier ... zehn Gläser Bier, ein Glas Rotwein (für Fiona) und ein Mineralwasser (für Cailin) zu besorgen. Logan warf Hailey, die zwischen Liv und der Platane saß, einen seiner verstohlenen Blicke zu, mit denen er sie in der vergangenen Stunde so häufig taxiert hatte. *Lass uns gehen.*

Doch Gehen kam für sie nicht infrage. Bei Nate hatte sie kaum einen Bissen heruntergekriegt, aber seit sie in den Pub und in die Arme ihrer Freunde (genauer: *Livs* Arme) gestolpert war, konnte sie endlich wieder lachen. Liv war den ganzen Abend nicht von ihrer Seite gewichen. Wie ein kleiner bissiger

Terrier hatte ihre sonst so sanftmütige Freundin die Filmleute weggebissen. Nach ein paar Gläsern Bier hatte sie Jasper mit diesem feindseligen und zugleich entzückenden Funkeln in den Augen angeschnauzt: »Wieso suchst du dir nicht deinen eigenen Joker?«

Jetzt richtete sich jenes entzückende Funkeln jedoch gegen Hailey. Sie hatte aufstehen wollen, um Logan und Jasper bei ihrem Kellnerauftrag zu helfen, aber Liv hielt sie am Ellbogen fest. »Wohin willst du?«

»Getränke holen?«

»Die brauchen dich nicht«, knurrte ihre Freundin. »*Wir* brauchen dich.«

Cailin, die Liv gegenübersaß, rief den beiden Männern lachend zu: »Kein Bier mehr für Liv, sonst gibt's heute noch eine Schlägerei! Tobermory gegen Hollywood!«

»Ich bin stocknüchtern«, murrte Liv, während Logan sich mit einem schiefen Lächeln und einem ziemlich betrunkenen Jasper zur Hintertür des Pubs aufmachte, um seine schwierige Mission zu erfüllen.

Ohne Haileys Ellbogen loszulassen, beschwerte Liv sich bei Cailin: »Warum kannst du nicht zur Abwechslung mal im richtigen Moment schrecklich sein?«

Cailin lachte. »Ich dachte, ich wäre immer schrecklich.«

»Nein, du bist selbstlos«, widersprach Liv gereizt. »Du willst sie gehen lassen.«

»Leute, ich wollte wirklich nur kurz zur Bar springen«, versicherte Hailey. »Jasper kann kaum noch geradeaus laufen, das gibt ein Scherbenmeer.«

Doch niemand achtete auf sie.

»Vielleicht hätten wir es ihr heute schon zeigen sollen«, meinte Kirsty nachdenklich. Genau wie Hailey saß sie neben der Platane, allerdings mit Blick auf den Garten und das Gedränge. Hailey war froh, dass sie Hollywood den Rücken zukehrte. Tobermory erforderte gerade ihre volle Konzentration – wovon sprach Kirsty?

»So etwas nennt sich emotionale Erpressung«, erwiderte Cailin, und erneut reagierte niemand auf Hailey, als sie sich neugierig erkundigte: »Was wollt ihr mir denn zeigen?«

Kirsty machte ein trauriges Gesicht. »Sie wird es nicht einmal gesehen haben, wenn sie morgen mit ihm verschwindet.«

»So ein Unsinn, sie verschwindet nicht«, entgegnete Cailin. »Du kannst nicht klar denken wegen deiner Mum.«

»Wegen Fiona? Was ist mit ihr?«, entfuhr es Hailey, obgleich sie hatte fragen wollen: *Was zur Hölle habe ich noch nicht gesehen?*

Immerhin erhielt sie diesmal von Kirsty eine Antwort. »Meine Mum geht nächste Woche mit Maisie und Beth nach London. Die beiden haben noch ein freies Zimmer in ihrer Bruchbude in Camden. Fiona will sich vorübergehend einen Job in einem Pub suchen, aber sie hat sich in den Kopf gesetzt, im nächsten Jahr aufs College zu gehen und zusammen mit Maisie zu studieren.«

Hailey blickte zu Fiona hinüber, die gerade ein Windlicht durch die Luft schwenkte, um Lucinda aus dem Getümmel herbeizuwinken. Ohne nachzudenken, stellte sie fest: »Ich werde die Pralinenschachtel vermissen.«

»Wem sagst du das«, seufzte Kirsty.

Für einen Augenblick sahen sie Fiona dabei zu, wie sie das deprimierte Mädchen auf den freien Platz neben sich und in ihre Arme zog. Praktischerweise waren Lucindas blaue Haare zu kurz, um in dem Windlicht Feuer zu fangen, mit dem Kirstys verrückte Mutter immer noch herumfuchtelte.

»Ich bin froh, dass du sie vermissen wirst«, meinte Hailey leise. »Ich habe mir Sorgen um euch gemacht. Du warst in letzter Zeit so oft sauer auf sie.«

Kirsty zuckte mit den Schultern. »Sie ist nicht wie andere Mütter, aber sie hat ihre fürsorglichen Momente. Als sie vor ein paar Wochen bemerkt hat, dass ich in meinem Showroom auf der Stelle trete, hat sie mir dabei geholfen, die Höhle fertigzustellen.«

»Deine Tropfsteinhöhle ist endlich fertig?« Begeistert klatschte Hailey in die Hände. »War es das, was ihr mir zeigen wolltet?«

Ihre Freundinnen wichen ihrem fragenden Blick aus, und Kirsty begann seltsam hastig zu erzählen: »Hamish hat die Stalagmiten und Stalaktiten, die meine Mutter allein angefertigt hat, mit so einem geheimnisvollen blauen Licht angestrahlt. Seine Fotos werden sich in ihrer Bewerbungsmappe fürs College bestimmt gut machen. Wir eröffnen die Ausstellung nächstes Wochenende, bevor Fiona und Maisie abreisen. Dann wird Hamish auch noch da sein, um die Installation zu filmen.«

»Hamish verlässt die Insel?« Hailey sah verblüfft in die Runde. »Ich dachte, er hat noch keine Zukunftspläne.«

»Jetzt schon«, sagte Cailin. »Jeff hat ihm ein Praktikum in Los Angeles angeboten.«

Perplex fuhr Hailey sich durch die Haare. »Da ist man mal drei Wochen weg, und schon ist alles anders.«

»Es waren drei*einhalb* Wochen«, warf Liv ein, »und es hat sich überhaupt nichts geändert.«

»*Nichts geändert?*«, rief sie entrüstet. »Hamish wird der Kameralehrling eines Oscar-Gewinners, Fiona geht studieren, und Kirsty versteht sich wieder mit ihrer Mum!«

Kirsty seufzte versonnen. »So eine Tropfsteinhöhle ist der

ideale Ort, um sich zu unterhalten. Wir haben sogar über Gregory Mailer geredet.«

»Oh!« Hailey riss die Augen auf. »Wie ist er denn so?«

Kirsty schnitt eine Grimasse. »Keine Ahnung. Jedenfalls total verknallt. Wie es aussieht, hat meine Mum ihm das Herz gebrochen. Er ist gestern frustriert abgereist, und Fiona ist ziemlich zerknirscht. Sie hat es einfach nicht für möglich gehalten, dass ein Weltstar wie er sich in jemanden wie sie verlieben könnte.«

»In jemanden wie sie?«, entfuhr es Cailin. »Deine Mum hat mit deinem Diplomatenvater doch die halbe Welt gesehen. Bestimmt hat sie weitaus mehr zu erzählen als dieser langweilige Greg. Und außerdem: Hat sie in letzter Zeit mal in den Spiegel geschaut?«

»Ja«, erwiderte Kirsty, »und alles, was sie sieht, ist eine geschiedene Frau mittleren Alters ohne Ausbildung, die in einem Pub kellnert.«

»Verstehe, er war zu gut für sie«, stellte Cailin sarkastisch fest, »und deshalb hatte sie es nur auf seinen durchtrainierten Hollywoodkörper abgesehen.«

Kirsty lachte auf. »Nee, in erster Linie wollte sie meinen Dad ärgern.«

»Sie wollte James eifersüchtig machen?«, kam es von Liv.

»Nein, im Gegenteil.« Kirsty hörte abrupt auf zu lachen. »Er sollte sich endlich abgewöhnen, sie gernzuhaben.«

»Warum?«, hörte Hailey eine vertraute Männerstimme hinter sich fragen.

»Damit er nicht wieder in den Pub gehen würde, sobald sie die Insel verlassen würde«, antwortete Kirsty, ohne mit der Wimper zu zucken.

Hailey wandte sich zu James um. Er trug seine ausgebeulte

Cordhose unter einer verschlissenen Wolljacke und wirkte irgendwie fehl am Platz zwischen all den herausgeputzten Menschen. Was nur einer der vielen Gründe war, weshalb sie sich wie verrückt freute, ihn zu sehen. Ein weiterer Grund war dieser sanfte Blick, mit dem er Fiona bedachte. Nichts und niemand würde ihn davon abhalten können, sie gernzuhaben. Jeder an diesem Tisch wusste das – ausgenommen Fiona, die noch nicht einmal seine Anwesenheit bemerkt hatte. *Noch* nicht. Denn jetzt konnte Hailey sich nicht mehr beherrschen. Die Freude musste raus. Abrupt sprang sie von ihrem Stuhl auf, um ihren guten Freund hopsend und zappelnd zu umarmen.

Aus dem Augenwinkel nahm sie wahr, dass Fiona zu ihnen hinübersah, als James in ihr Ohr fragte: »Meine liebe Hailey, wo hast du nur so lange gesteckt?«

»Auf einem fremden Planeten.«

James beugte sich zurück und musterte sie mit seinen freundlichen braunen Augen. »Fremde Planeten sind gut, um seinen Blickwinkel zu ändern. Hattest du schönes Wetter?«

Sie nickte. »Und einen Garten, in dem es spukt.«

»Das klingt höchst interessant, davon musst du mir unbedingt mehr erzählen.«

Hailey spürte, wie sie ihn anstrahlte. Wie hatte sie es nur die ganze Zeit ausgehalten, ihn nicht zu besuchen? Der fremde Planet war nur einen Steinwurf von James' Haus und Gerties Schweinegehege entfernt gewesen. Doch reale Menschen (und Schweine) hatten dort nichts verloren gehabt. Es hatte nur Logan, sie und Hollywood gegeben. Na gut, und den sehr realen Nate. Aber der hatte sie nicht vom Alleinsein abgehalten. Niemand hatte sie daran gehindert, um sich selbst zu kreisen – ihren Blickwinkel zu ändern, wie James sagen würde. Sie fasste ihn an der Hand und schob ihn auf Logans freien Platz neben Cailin.

»Dad, es ist nach Mitternacht – wie lange bist du schon hier?«, wollte Kirsty von ihm wissen.

»Oh, seit einer guten Stunde«, antwortete James leichthin. »Ich habe mir schon gedacht, dass ihr hier draußen seid, aber der Pub war so überfüllt, dass ich kaum vom Fleck gekommen bin. Außerdem musste ich mich von all den lieben Leuten verabschieden, die so nett waren, einen Film über Fiona und mich zu drehen.«

Alle sahen ihn entsetzt an, und Kirsty begann heiser: »Bitte sag jetzt nicht, dass du –«

Er warf ihr einen belustigten Blick zu. »Liebes, jeder in diesem Pub kennt meine Geschichte. Niemand von ihnen würde mit mir anstoßen.«

»Aber du wolltest heute Abend doch nicht kommen, weil dir der Pub zu gefährlich erschien.«

James seufzte. »Der Pub war nur eine Ausrede, um mir all diese Abschiede zu ersparen. Aber es hat sich nicht richtig angefühlt, allein zu Hause auf dem Sofa zu sitzen und das Ende dieser eigenartigen Reise zu verpassen. Deshalb habe ich mich doch noch aufgerafft und bin hergekommen.«

Hailey, die sich wieder neben Liv gesetzt hatte, schaute ihn mit großen Augen an. »Der Pub ist wirklich kein Problem für dich?«

Er schenkte ihr ein verschmitztes Lächeln. »Jedenfalls nicht mit euch – und erst recht nicht, wenn wie heute mein Sohn hinter der Bar steht.«

»Weshalb bist du dann nie mit uns hier gewesen?«, wollte Cailin wissen.

James sah zu Fiona hinüber, die ihre flauschige Leopardenjacke über sich und Lucinda ausgebreitet hatte und sehnsüchtig zur Hintertür blickte. Keine Frage, die Frau wartete auf ihren Rotwein.

»Meint ihr, es war Zufall, dass Fiona ausgerechnet in einem Pub gewohnt und gearbeitet hat?«, fragte James leise. »Ich glaube, dies war der einzige Ort in Tobermory, an dem sie nicht befürchten musste, mir zu begegnen. Es wäre sehr unaufmerksam gewesen, wenn ich hier reingeplatzt wäre.«

Kirsty verdrehte die Augen. »Mum hat sich nur von dir ferngehalten, weil sie wusste, dass sie nicht bleiben konnte. Ihr Leben fängt doch gerade erst an, nachdem sie fast dreißig Jahre lang die Nebenrolle im Leben meines Stiefvaters gespielt hat.«

Hailey schluckte. Wie so oft erinnerte sie sich daran, was Logan zu ihr auf dem Hügel vor Marthas Cottage gesagt hatte: *Du bist wie James und ich bin wie Fiona.* Logan war tatsächlich ein bisschen wie Fiona. Auch er war ihr gegenüber abweisend gewesen, weil er nicht bleiben konnte. Auch er musste seinen eigenen Weg gehen. Wie es schien, war Freiheit nur zum Preis von Einsamkeit zu haben. Doch anders als Fiona war Logan eingeknickt. Er hatte sie auf seinen Planeten gelassen. Es würde schrecklich leer dort oben sein ohne sie. Sie runzelte die Stirn. Wer verließ hier eigentlich wen?

»Ich wünschte, sie hätte mit mir geredet«, platzte James' warme Stimme in ihre Gedanken. »Dann hätte ich ihr erklären können, dass nicht die Sehnsucht nach ihr mich damals in den Pub getrieben hat. Was mich aus der Bahn geworfen hat, waren die Schuldgefühle, weil ich ihr Leben ruiniert habe.«

Erneut blickte er zum anderen Ende des Tisches, an dem gerade ein kicherndes Gruppenkuscheln zwischen Fiona, Lucinda, Maisie und der Leopardenjacke stattfand. Offenbar hatte Fiona auch heute nicht vor, mit James zu reden.

»Also, jemanden mit einem ruinierten Leben stelle ich mir anders vor«, brummte Cailin.

Unvermittelt legte James den Arm um seine Sitznachbarin und drückte sie an sich. »Das hat sie dir zu verdanken.«

Cailin warf ihm einen genervten Seitenblick zu. »Mir?«

»Cailin Buchanan, habe ich dir in letzter Zeit eigentlich mal gesagt, was für ein Hauptgewinn du bist?«, meinte James. »Zuerst hast du die längst überfällige Ella-Mae erfunden, und dann hast du auch noch dafür gesorgt, dass sie bei Fiona über dem Pub eingezogen ist. Da war es nur noch eine Frage der Zeit, bis eine Handvoll weiterer Freundinnen hinzukommen würde.« Er sah lächelnd in die Runde. »Ich weiß, wovon ich spreche.«

»Jetzt rück endlich ab, Jamie will nicht geknuddelt werden«, murrte Cailin und fuhr sich mit der Hand über ihren kleinen runden Bauch.

James lachte so herzhaft und befreit auf, dass Fiona erneut zu ihnen hinübersah.

Da blickte er ihr geradewegs in die Augen und sagte in seinem üblichen interessierten Tonfall über den Tisch hinweg: »Alles, was du gebraucht hast, waren Freundinnen in deinem Alter, nicht wahr?«

Hailey blinzelte. In der Dunkelheit war es unmöglich, Fionas Gesichtszüge zu erkennen. Sie hätte jedoch schwören können, dass ein leises Lächeln auf ihren Lippen lag.

18

Fiona musste ziemlich lange auf ihren Rotwein warten. Und mit ansehen, wie Jasper an ihrem Glas nippte, als er endlich aus dem Gedränge hervortrat. Hailey wandte sich neugierig um, als sie empört rief: »Jasper! Ich kann dich sehen!«

Hastig nahm er das Glas von den Lippen und blieb auf der Wiese stehen. Als überlegte er, mit dem Wein abzuhauen.

Cailin murrte gerade »Wo ist mein Wasser?«, als Logan gefolgt von Hamish in Sicht kam. Beide trugen jeweils ein vollbeladenes Tablett, und Logan warf seinem Assistenten im Vorbeigehen einen tadelnden Blick zu. »Jasper, jetzt reiß dich mal zusammen, sonst bringe ich dich sofort ins Hotel.«

Die Mahnung wirkte. Jasper setzte sich in Bewegung und lieferte das Glas ohne weitere Zwischenfälle bei der maulenden Fiona ab. Kleinlaut versicherte er ihr, dass sie den Wein gefahrlos trinken könne. Er sei nicht erkältet. Nur betrunken. Aber nicht von ihrem Wein, sondern von Aidans Whisky. Ohne Fionas Antwort abzuwarten, wankte er auf Hailey zu.

»Cameron«, sagte er mit einem vielsagenden Seitenblick auf Liv, »du musst sie jetzt wegschicken.«

Hailey sah ihn verdutzt an. »Ich soll Liv wegschicken?«

Jasper sah aus, als wollte er in Tränen ausbrechen, als er zu jammern begann: »Sie hat dich doch noch morgen und übermorgen und … und für immer. Ich dagegen …«

Er brauchte nicht weiterzusprechen. Seufzend erhob sich Liv von ihrem Platz. Sie rückte sogar den Stuhl für ihn ab. Jasper warf ihr einen dankbaren Blick zu und ließ sich so hastig auf den Platz neben Hailey fallen, als spielten sie *Reise nach Jerusalem*.

Hailey hingegen sprang auf und griff nach Livs Hand. »Er hat recht, weißt du. Wir beide haben uns noch morgen und übermorgen und für immer.«

»Bist du dir sicher?«, fragte Liv zweifelnd.

Sie nickte inbrünstig. »Ich gehe nirgendwohin.«

Unversehens schlang Liv ihre spindeldürren Arme um sie und zog sie so fest an sich, dass ihr beinahe die Luft wegblieb. Sie hatte es ja schon immer geahnt: Die winzige Liv mit dem blassen Gesicht war die stärkste Frau der Welt. Loslassen unmöglich.

Als Hailey aufsah, fiel ihr Blick auf Logan. Er stand wie versteinert auf der anderen Seite des Tisches hinter Cailin, die ihm gerade ihr Glas Mineralwasser aus der Hand riss, und sah sie an. Sie spürte, wie sie ebenfalls erstarrte. Auch Liv schien es zu bemerken. Sie ließ die Arme sinken, trat einen Schritt zurück und blickte zu Logan.

»Bist du dir sicher?«, murmelte Liv erneut.

Aber diesmal konnte sie nicht nicken. Nur mit hängenden Armen dastehen und in seine blauen Augen starren, die an diesem dunklen Ort schwarz wirkten. Vielleicht hätte sie bis morgen und für immer dort gestanden, wenn Jaspers Kopf nicht auf den Tisch gerumst wäre. Der Knall ließ alle – abgesehen von dem schnarchenden Jasper – zusammenfahren.

»Wir sollten gehen«, stellte Logan ungerührt fest, und Hailey nickte wie ferngesteuert. Er lächelte schwach. »Ich meinte Jasper und mich. Es ist immer dasselbe mit ihm. Wenn er sich verabschieden soll, knipst er sich einfach aus.«

Hailey wollte etwas erwidern, aber ihre Stimme versagte. Stumm sah sie dabei zu, wie Logan den Tisch umrundete und vergeblich versuchte, seinen Freund zu wecken. Sie erwachte erst aus ihrer Starre, als er den ausgeknipsten Jasper schließlich mit Hamishs Hilfe von dem Stuhl hievte. Beide schnappten sich einen schlaffen Arm, und dann nahmen sie den reglosen Körper so routiniert in ihre Mitte, als hätten sie ihr Leben lang nichts anderes getan, als Alkoholleichen zu entsorgen. Ohne Aufhebens schleiften sie Jasper zu dem Gittertor in der Mauer, das sich hinter der Platane verbarg. Hailey folgte ihnen und zog das verrostete Tor für sie auf.

Nachdem sie Jasper durch die Öffnung bugsiert hatten, hielt Logan inne und sah sie an. »Ich bringe ihn ins Hotel. Geh zurück zu deinen Freunden, Hailey.«

»Nein, ich komme mit«, hörte sie sich mit leicht panischer Stimme sagen und schob die drei Männer in die Gasse, die zum nächtlichen Hafen und zu Nates Jeep führte, der am Wasser auf sie wartete.

Die schwach beleuchtete Uferstraße war menschenleer. An der Kaimauer schaukelten die Fischerboote friedlich auf den dunklen Wellen, bereit für einen neuen strahlenden Spätsommertag. Aber an den neuen Tag wollte Hailey jetzt nicht denken. Auf Logans Bitte holte sie den Autoschlüssel aus der Innentasche seiner Lederjacke und öffnete die Tür hinter dem Fahrersitz. Logan und Hamish ließen den Jasper-Mehlsack unsanft auf die Rückbank fallen, doch er schnarchte weiter. Mit einem Kopfschütteln schlug Logan die Wagentür zu und klopfte Hamish dankend auf die Schulter.

Der winkte ab und meinte: »Ich drücke Nate die Daumen, dass er ihm nicht den Wagen vollkotzt. Kommst du noch mal zurück?«

»Nein«, sagte Logan nur, und das Wort traf Hailey wie ein Schlag. Nein, er würde nicht zurückkommen.

Wie betäubt stand sie daneben, als die beiden sich die Hände schüttelten. Sie lächelten sogar. Als wäre die Sache mit dem Gehen das Normalste auf der Welt. Und nun wandte sich dieser nervtötend entspannte Hamish auch noch an sie und fragte: »Und du? Kommst du wieder mit rein?«

»Ich ... ich weiß es nicht«, hörte sie sich stammeln.

»Okay, dann vielleicht bis gleich«, meinte er leichthin.

Mit den Händen tief in den Hosentaschen schlenderte der schlaksige, erwachsene Junge über die Straße, um in die Wärme zurückzukehren. Ohne Eile, als handelte es sich um eine Nacht wie jede andere. Als wären morgen alle noch da.

Logan hatte sich mit verschränkten Armen an die Fahrertür gelehnt und ihm ebenfalls hinterhergeblickt. Als die grüne Tür des Pubs hinter Hamish zugeschlagen war, griff er sanft nach ihrer Hand und zog sie zu sich. Sein dunkelgrauer Wollpullover duftete ebenso schwach nach Rauch wie die Jacke, die sie ihm früher oder später zurückgeben musste. Was hatte diese altkluge Fünfzehnjährige noch gleich in ihr Tagebuch notiert? »Das Leben ist wie Rauch. Man kann es nicht festhalten.« Wie es aussah, war diese Göre klüger gewesen als Logan. Denn nun legte er die Stirn gegen ihre und sagte leise: »Ich weiß, die Sache war längst geklärt, aber jetzt wirkst du so ... unentschlossen. Deshalb verzeih mir, wenn ich dich frage –«

Hailey unterbrach ihn. »Bitte nicht.«

»Ich muss aber.« Er beugte sich zurück und sah ihr fest in die Augen. »Bitte komm mit, Hailey.«

»Aber ... wohin denn?«, brachte sie mühsam hervor.

»Überallhin. Hauptsache, wir sind zusammen.«

Zusammen. Er kannte ihr Lieblingswort. Sie zögerte und

sah die Hoffnung in seinen Augen aufblitzen. Und erinnerte sich daran, was er ihr auf der Bank unter der krummen Eiche über sein Dazwischen erzählt hatte. Über die kurze Zeitspanne, in der ein Dreh zu Ende war und der nächste noch nicht begonnen hatte. Wenn er allein in seine New Yorker Wohnung zurückkehrte und sich fragte, wo alle geblieben waren. Morgen würde es wieder so weit sein …

Ein Klopfen riss sie aus ihren Gedanken. Sie blinzelte und bemerkte Jaspers blasses, verwirrtes Gesicht hinter der Autoscheibe. Logan hatte sich ebenfalls zu ihm umgedreht, und nun sahen sie ihm perplex dabei zu, wie er langsam die Scheibe herunterfuhr.

»Wo sind wir?«, wollte Jasper wissen.

»Am Hafen«, antwortete Hailey.

»An welchem?«

»Na, an unserem«, sagte sie.

»Ach so.« Er nickte und sah Logan an. »Buddy, hast du eine Zigarette für mich?«

»Nicht jetzt«, erwiderte Logan gereizt.

»Kommt sie mit?«, fragte Jasper unvermittelt und blickte Hailey mit glasigen Augen an.

Sie spürte, dass Logan sie ebenfalls ansah, doch sie fixierte ihren rothaarigen Zwilling, als sie leise sagte: »Nein, sie kommt nicht mit.«

Jasper hängte die Arme aus dem Fenster und ruderte damit wie ein Nichtschwimmer durch die Luft. Sie griff nach seinen Händen, und ohne nachzudenken, steckte sie den Kopf durch das Fenster, damit er sie küssen konnte. Auf den Mund. Der Kuss schmeckte nach Whisky und Rauch und den Tränen, die ihr über das Gesicht rannen.

»Gute Antwort, Cameron«, raunte Jasper ihr zu und schob

sie fort, damit er die Scheibe wieder hochfahren konnte. Durch das Glas blickte sie ein letztes Mal in seine allwissenden Katzenaugen, bevor er sich abwandte, um sich wieder auf der Rückbank einzurollen.

Als ihre Augen aufhörten, durch die Tränen und das Glas in das Innere des Jeeps zu blinzeln, nahmen sie unwillkürlich die verzerrte Spiegelung in der Scheibe wahr, bei der es sich um Logan handelte, der dicht hinter ihr stand. Sein dunkles Spiegelbild ließ keinen Zweifel daran, wer hier wen verließ. Und diesmal war sie diejenige, die mit dieser fremden, heiseren Stimme seinen Satz sagte, den sie damals heulend in ihr Tagebuch gekritzelt hatte: »Manchmal ergibt ein trauriges Ende einfach mehr Sinn.«

Sie wandte sich zu ihm um. Es tat weh, ihn anzusehen. Er bemühte sich nicht mehr, die Einsamkeit zu verstecken, die in seinem Blick lag.

»Orange ist nicht unsere Farbe, Logan«, begann sie leise. »Es würde uns nicht glücklich machen, zusammen in den Sonnenuntergang zu segeln, von Land zu Land, wie Fiona damals mit ihrem Diplomaten. Jede neue Filmcrew würde mich ›Joker‹ nennen, und bei jedem Abschied müsstest du mich wie Jasper aus der Bar tragen.« Sie lächelte schief. »Vermutlich würde ich sogar anfangen zu rauchen – du könntest Jasper und mich nicht mehr voneinander unterscheiden.«

»Das würde ich nicht zulassen«, entgegnete Logan ohne einen Funken Humor. Er nahm ihr Gesicht in beide Hände, wie er es so oft getan hatte, und sie wechselten einen langen Blick, bevor er resigniert flüsterte: »Ich weiß, Kommen und Gehen ist nicht dein Ding.«

»Es ist mehr als das«, erwiderte sie. »In den letzten paar Wochen war ich so oft nackt und allein.«

Er ließ abrupt die Hände sinken. »Oh Gott, Hailey, das tut mir leid, das wollte ich nicht«, stammelte er. »Ich weiß nicht, wie mir das entgehen konnte. Auf mich hast du so ausgelassen und glücklich gewirkt –«

»Das war ich doch«, versicherte sie schnell, doch er fügte verzweifelt hinzu: »Ich schwöre, in Zukunft wärst du jederzeit am Set willkommen, und ich würde dich niemals bedrängen, dich für mich auszuziehen. Ich würde sogar komplett auf Sex verzichten, wenn du nur –«

Sie legte die Finger auf seinen Mund. »Logan, erzähl keinen Quatsch. Ich bin verdammt gern nackt – mit dir oder ohne dich. Weißt du, bevor Nate zurückgekommen ist, habe ich mich mit deinen alten Pornos vergnügt.« Zu ihrem Erstaunen gelang ihr ein Grinsen. »Ich glaube, ich bin die geborene Maitresse. Es war ganz fabelhaft, nackt und allein zu sein.«

Er stöhnte. »Cameron, du bringst mich um.«

Sie ignorierte seine Hände, die irgendwie genervt über ihren Wollhintern strichen, und fuhr fort: »Jedenfalls sind mir dabei ein paar Dinge klar geworden. Deine Filme waren die ganzen Jahre lang hier bei mir in Tobermory – und weißt du auch, weshalb?«

Geistesabwesend murmelte er: »Weil meine Eltern sie bei ihrem Umzug nicht mitnehmen konnten.«

Sie schüttelte den Kopf. »Weil diese alten Videos mehr zu mir gehören als zu dir. Wenn ich dich in deinem Keller besucht habe, hat es sich immer so angefühlt, als würde ich in deine Welt stolpern. Aber es war genau umgekehrt. Du hast dort unten auf mich gewartet und dich gefragt, welchen Film ich wohl aussuchen würde. Oder ob es dir gelingen würde, mir einen von deinen Favoriten aufs Auge zu drücken. Die Filme waren enorm wichtig für uns. Von ihnen hing ab, worüber wir uns unterhalten würden. Und ich allein habe sie ausgesucht. Immer. Nicht du hast Regie geführt, sondern ich.«

Seine Hände strichen immer noch über ihren Hintern, aber sie hatte seine Aufmerksamkeit. Er musterte sie mit gerunzelter Stirn, als sie ihn neckte: »Du konntest ja nicht einmal ohne mich zum Briefkasten gehen. Die Inselkinder, Nancy, New York, all das war mein Film. Ich habe nie die Nebenrolle in deinem Leben gespielt, Logan. Du durftest bloß die Hauptrolle in meinem spielen. Das ist etwas komplett anderes.«

Logans blaue Augen sahen sie eindringlich an. »In deinem Film würde ich sogar eine Rolle als Komparse annehmen, nur um dabei zu sein.« Er deutete auf den Jeep. »Dafür ertrage ich sogar, dass du meinen besten Freund küsst.«

»Jasper ist schwul«, sagte sie und verdrehte die Augen.

»Ist er das?«

»Ist er das nicht?«

Er sah sie herausfordernd an. »Komm mit nach New York und finde es heraus.«

Sie lachte auf. »Ist nicht dein Ernst.«

»Ich würde alles dafür tun, dass du mitkommst«, erwiderte er mit todernster Miene.

Hailey kräuselte die Nase. »Das wäre Inzest, er ist mein Zwillingsbruder.«

Endlich lächelte er. Zumindest ein bisschen. »Siehst du, ich bin gar nicht so engstirnig, wie du dachtest. Mit mir kann man es aushalten.«

Zärtlich umschloss sie sein Gesicht mit ihren Händen. »Ich liebe dich wie verrückt«, sagte sie leise, »ganz gleich, wie amerikanisch du bist. Ich schaue mir sogar diese langweiligen Actionfilme an, die du aus irgendeinem Grund wie am Fließband drehen musst. Aber mein Film findet nicht in Amerika,

Australien, der Arktis oder sonst wo statt. Ich halte es ja nicht einmal am Ross of Mull aus. Mein Heimatplanet ist Tobermory, und Liv darf die Hauptrolle in meinem Laden spielen. Weißt du, warum das blaue Haus mir gehört? Weil ich es mehr liebe als jeder andere, Erin eingeschlossen. Genau wie meinen Garten. Für meine Mum war das Färben ein Hobby, aber nicht für mich. Hobbys sind Kompromisse, die ich nicht eingehen kann. Ich kann den Dingen, die ich liebe, keine Nebenrolle in meinem Film geben. Das hat noch nie funktioniert.«

Logan sah sie an und schwieg.

»Was denkst du?«, flüsterte sie.

Er zögerte, dann gestand er mit einem verlegenen Lächeln: »Ich denke an eine Komödie.«

Ihre Augen weiteten sich. »Wirklich? An welche?«

»*Dan in Real Life.*«

Gespielt empört zog sie die Augenbrauen zusammen. »Du denkst an Juliette Binoche, während ich dir mein Herz ausschütte?«

»Nein, an Steve Carell.«

»Das wird ja immer besser.«

»Also, genau genommen an dieses Mädchen, das seine Tochter spielt.«

»Noch besser«, brummte Hailey und versuchte, sich das neugierige Kribbeln nicht anmerken zu lassen, als sie nachbohrte: »An welche? In dem Film hat er drei Töchter.«

»Die Mittlere«, antwortete Logan, und seine Augen blitzten belustigt. Er wusste von ihrem Kribbeln. »Sie ist so ungefähr fünfzehn Jahre alt und wütend auf ihren Vater, weil sie wegen dieses blöden Familienwochenendes nicht mit ihrem Freund zusammen sein kann. Ich kriege den genauen Wortlaut nicht mehr hin, aber sie schleudert Steve Carell mit dieser einzigartigen, aufrichtigen Verachtung eines Teenagers so etwas entgegen wie: ›Liebe ist kein Gefühl, sondern eine Fähigkeit!‹.«

Hailey grinste. »Ich erinnere mich daran.«

»Natürlich tust du das«, sagte er sanft. »Weil du Filme liebst. Und bei dir bedeutet das etwas völlig anderes als bei anderen Leuten. Du bist ein absolutes Ausnahmetalent in Sachen Liebe.«

»Und in Sachen Sex«, ergänzte sie.

Sie sah, wie er schluckte. »Ich bin froh, dass du es erwähnst. Bei mir hätte das irgendwie frauenfeindlich geklungen.«

Immer noch grinsend schlang sie die Arme um seinen Hals und drängte sich an ihn. Wie erwartet konnte Logan nicht widerstehen und schob sie gegen die Fahrertür, um sie um den Verstand zu küssen. Nach einer Weile flüsterte sie atemlos: »Heute Nacht darfst du es mit mir tun, bis du es nie wieder mit mir tun willst.«

Zu ihrer Überraschung hielt er inne. Unvermittelt zog er seine Hände unter ihrem Kleid hervor und trat einen Schritt zurück. Er klang seltsam distanziert, als er sagte: »Das Leben ist kein Film, Cameron.«

»Ich weiß?« Sie verfluchte Fionas Fragezeichen, das nun über ihrem Kopf tanzte.

»Nein, weißt du nicht«, entgegnete er. »Hast du nie.«

»Was willst du mir damit sagen?«

Logan fuhr sich mit der Hand über das Gesicht. Er sah mit einem Mal sehr müde aus. »Die Fähre legt in sechs Stunden ab, es ist mitten in der Nacht, ich muss Jasper im Hotel abladen, und gepackt habe ich auch noch nicht. Also, lass mich jetzt gehen.« Er zögerte kurz, dann fügte er kühl hinzu: »Und gib mir bitte meine Jacke zurück.«

Sie stutzte. Erst jetzt wurde ihr bewusst, dass sie fest damit gerechnet hatte, seine Lederjacke behalten zu dürfen.

»Aber sie riecht nach dir«, stammelte sie und spürte, wie ihr erneut die Tränen in die Augen schossen.

Er blinzelte, und für einen Moment glaubte sie, er würde sie wieder in seine Arme ziehen. Stattdessen sagte er mit dieser heiseren, fremden Stimme, die ihr schrecklich bekannt vorkam: »Nein, sie riecht nach dir.«

Unversehens trat er hinter sie und half ihr aus der Jacke. Gentleman und Grobian zugleich. Der Herr hatte keine Lust mehr, die Dame vor der Kälte zu bewahren.

Als hätte er ihre Gedanken gelesen, deutete er auf die grüne Tür des Pubs. »Geh ins Warme.«

Doch sie konnte nicht gehen. Reglos stand sie da, bis er sie zur Seite schob, um die Fahrertür zu öffnen. Ohne sie eines weiteren Blickes zu würdigen, setzte er sich hinters Steuer und warf die Jacke auf den Beifahrersitz.

Als er jedoch die Tür schließen wollte, kam Leben in Hailey. Blitzschnell drängte sie sich in den Spalt. Sie beugte sich vor, stieß sich die Stirn und küsste seine verschlossenen, harten Lippen. Ohne nachzudenken, flüsterte sie: »Bleib hungrig, ja?«

Als sie ihren Kopf zurückzog, sagte er wie zu sich selbst: »Was bleibt mir anderes übrig.«

Sie wollte etwas erwidern, doch er murmelte: »Man sieht sich, Capulet«, und knallte die Autotür zu.

Hailey blinzelte. Es war ungewohnt, in ihrem eigenen Bett aufzuwachen. Fast einen Monat lang war sie nicht hier gewesen, in ihrem blauen Haus, in das sie gestern Nacht blind vor Tränen zurückgekehrt war. Sie war nicht mehr in den Pub gegangen, nachdem Logan in Nates Jeep davongerauscht war. Zu viele

Abschiede. Zum Glück war sie bestens versorgt, was Holly-woods Kontaktdaten anging. Vonda, Charles, Laurel, Holly, Jeff, Neil, Rashid, Danny und wie sie alle hießen – jeder von ihnen hatte ihr seine Telefonnummer ins Handy getippt. Herrje, sogar Nova Townsend. (Mit geröteten Wangen.) Sie würde allen eine Nachricht schicken. Vielleicht mit einem Foto von Tobermory.

»Nicht wieder weinen«, murrte Maisies schlaftrunkene Stimme neben ihr. Sie hatte sich gestern zu ihr ins Bett ge-wühlt, nachdem sie das Schluchzen durch die Wand gehört hatte. Und irgendwann war Hailey doch noch eingeschlafen, mit ihrem großen Maisie-Teddybär im Arm.

»Ich weine nicht.«

»Tust du doch.«

Verstohlen wischte Hailey sich die Tränen weg. »Meinst du, Liv spielt nächste Woche für mich den Teddybär, wenn du nach London gehst?«

»Liv als Teddy?« Maisie gluckste in ihr Kissen. »Nein, die ist eine hundertprozentige Katze.«

Hailey seufzte. »Hauptsache, kein Kater.«

Sie fasste sich an den brummenden Schädel und wollte auf-stehen, um Kaffee zu kochen, doch sie hielt inne. Ihr Blick war an dem schwarzen Koffer hängen geblieben, der neben der Tür stand. Er wirkte genauso unschuldig wie damals, vor zwei Wo-chen, als er neben Nates Haustür gehockt und geduldig darauf gewartet hatte, ausgepackt zu werden. In Logans Schlafzim-mer.

»Wie kommt der denn hierher?«, fragte sie heiser.

Maisie folgte ihrem Blick. »Ach, den hat Aidan mir in die Hand gedrückt, als ich nach Hause gegangen bin.«

Hailey sah ihre Cousine mit einer Mischung aus Erstaunen und Entrüstung an. »Wie kommt Aidan zu meinem Koffer?«

»Er meinte, Logan hätte ihn gestern Abend mitgebracht.«

Sie starrte ihren Koffer an. »Gestern Abend?«

»Hör auf, ihn so böse anzugucken.« Maisie schlug ihr ein Kissen auf den schmerzenden Kopf. »Er hat dir doch nichts getan, oder?«

»Es lag gar nicht daran, dass er müde war«, murmelte Hailey wie zu sich selbst. »Er wollte mich von vornherein nicht mehr in sein Bett lassen.«

»Sei froh«, scherzte Maisie. »Ich habe gehört, Koffer sind nicht besonders gut im Bett.«

Aber Hailey konnte nicht mitlachen. »Er wusste, dass ich nicht mitkommen würde.«

Sie schlüpfte unter der Decke hervor und durchquerte in drei Schritten das Zimmer. An jedem anderen Morgen wäre sie zuerst an das Sprossenfenster getreten, um die kreischenden Möwen, die Boote und die freundlichen kleinen Wellen im Hafenbecken zu begrüßen. Stattdessen begab sie sich schnurstracks zu dem Eindringling neben ihrer Schlafzimmertür. Sie kniete sich auf den Dielenboden und öffnete den Reißverschluss. Es fühlte sich an wie ein Déjà-vu, als sie den Koffer aufklappte und den strahlend weißen Briefumschlag auf ihrem pinken Waschbeutel entdeckte.

Maisie setzte sich im Bett auf. »Was ist das?«

»Das?« Sie hielt das pinke Ungetüm in die Höhe. »Mein Leben.«

Maisie rief gerade »Nicht das!«, als ihr das Video ins Auge fiel, das unter dem Waschbeutel gelegen hatte. Bevor sie es aus dem Koffer ziehen konnte, kam ihre Cousine herbeigeflitzt und schnappte sich die altmodische, wuchtige Hülle, auf der Samantha Mathis selbstbewusst und sexy mit Gitarre und Cowboystiefeln in Richtung Erfolg stapfte. Im Hintergrund in

Großaufnahme das skeptische Gesicht von River Phoenix mit Cowboyhut.

»*The Thing Called Love*«, las Maisie andächtig. Sie ließ sich neben ihr auf den Boden plumpsen und verlangte, dass Hailey jetzt sofort den Briefumschlag öffnen solle.

»Muss ich?« Haileys Kinn zitterte.

Da legte Maisie den Kopf an ihre Schulter. »Wenn du willst, warte ich draußen.«

»Nein, bitte bleib hier.« Sie hielt ihrer verdutzten Cousine den Umschlag hin. »Lies du.«

Maisie zögerte. »Meinst du nicht, er hätte etwas dagegen?«

Sie schüttelte den Kopf. »Logan weiß, dass mein Tagebuch kein Schloss hat. Das hat ihn nie gestört.«

Maisie sah sie perplex an. »Wieso sollte es Logan stören, dass *dein* Tagebuch kein Schloss hat?«

»Weil es von ihm genauso handelt wie von mir. Das lässt sich nicht trennen.« Sie knuffte ihre verwirrte Cousine in die Seite. »Los, öffne ihn.«

Das ließ Maisie sich nicht zweimal sagen. Eifrig riss sie den Umschlag auf. Sie sah ein wenig enttäuscht aus, als sie den eilig bekritzelten Notizzettel hervorzog, der sich darin befand. Dennoch räusperte sie sich feierlich und las: »Dein Glück, Cameron, dass *Walk the Line* damals noch nicht als Video raus war. Dann läge der jetzt in deinem Koffer. Auch ein Phoenix, bessere Musik. Sei nett zu dem Video, die meisten Streamingdienste haben Linda Lue Linden nicht im Programm. Falls du einen Videoplayer brauchst, hol dir einen aus dem Keller. Den Schlüssel hast du ja. Nate wird sich freuen, dich zu sehen.«

Maisie hielt inne, und ihre großen grünen Augen blickten sie so mitfühlend an, dass Hailey gegen ihren Willen lächeln musste. »Was hast du erwartet? Das ist Logan, der schreibt keine Liebesbriefe.«

Da murmelte Maisie: »Ich liebe dich, Hailey.«

»Ich dich auch, meine Süße.«

»Nein, das steht hier«, sagte Maisie kleinlaut und hielt ihr den Zettel hin.

Und tatsächlich, dort stand es. Krakeliges Blau auf umweltfreundlichem Beige: »Ich liebe dich, Hailey.«

Erneut begann ihr Kinn zu beben, doch bevor sie wieder in Tränen ausbrechen konnte, erkundigte sich Maisie hastig: »Sag mal, wie spät ist es eigentlich?«

Hailey sah auf ihre Armbanduhr, die sie gestern Nacht ebenso anbehalten hatte wie das Wollkleid und die Leggins. »Kurz vor zehn. Logan und die anderen sitzen schon im Zug nach Glasgow.«

»Und Liv und die anderen sitzen bestimmt schon im Laden«, erwiderte Maisie ungerührt. »Wir müssen los.«

Im Laden. Hailey war so sehr neben der Spur, dass sie nicht nachgefragt hatte, in welchem Laden die anderen auf sie warteten. Sie hatte nicht einmal in Erwägung gezogen, zu duschen und sich frische Sachen anzuziehen. Während Maisie im Badezimmer verschwunden war, hatte sie sich mit Logans Zettel auf die Bettkante sinken lassen und ihr rotes Tagebuch vom Nachttisch genommen. Wie von selbst hatten ihre Hände den letzten Eintrag aufgeschlagen: »WILLIAM SHAKESPEARES ROMEO + JULIA.«

Sie hatte die Zeilen überflogen, bis zu der Stelle: »Über ein einziges Video hätte ich mich mehr gefreut. Welchen Film er wohl für mich ausgesucht hätte?« Und dann, etwas weiter unten: »Die wussten, wie Romantik geht. Deshalb hätte Romeo auch niemals ›Man sieht sich, Capulet‹ gebrummt und Julia hinaus in den Regen geschoben.« Nachdenklich war sie mit den Fingerspitzen über die Zeilen gefahren. Hatte Logan etwa ihr altes Tagebuch gelesen? Nun, er wusste, dass sie es mit der Privatsphäre nicht ganz so genau nahm. Aber wo und wann hätte er es tun sollen? Das Buch hatte die ganze Zeit hier auf ihrem Nachttisch gelegen, und er hatte ihr Schlafzimmer kein einziges Mal betreten.

Bevor sie einen klaren Gedanken fassen konnte, war Maisie im Türrahmen erschienen und hatte sie zum Gehen gedrängt. Geistesabwesend war sie ihr die Treppe hinunter, durch die Boutique und hinaus auf die Straße gefolgt. Daher stand sie nun – in ihrem Kleid von gestern – an dem letzten Ort, an dem sie sein wollte: vor Cailins Laden.

Vielleicht war dieses sonnengelbe Häuschen mit den pink gestrichenen Fensterrahmen der wahre Grund, weshalb sie so konsequent dort oben auf dem fremden Planeten geblieben war. Jedenfalls hatte ihr Aufenthalt im All den willkommenen Nebeneffekt gehabt, dass sie seit Wochen nicht mehr in die leeren Schaufenster hatte blicken müssen. Gestern auf dem Heimweg vom Pub war sie bewusst auf der anderen Straßenseite geblieben und hatte stur in die entgegengesetzte Richtung, aufs dunkle Wasser, gesehen, als sie an dem verlassenen Laden vorbeigelaufen war.

Aber jetzt war Wegschauen unmöglich. Maisie hatte sie ohne Umschweife zu den pinken Schaufenstern gezogen, die alles andere als leer waren. Als Hailey ihre Wolle erblickte, die fein säuberlich nach Farben sortiert und in Pyramiden gestapelt die Auslage zierte, bekam sie eine Gänsehaut. Keine gute. Die knallbunten, selbst gestrickten Wolltiere, die zwischen den Pyramiden spazieren gingen, hätten auch einem Horrorfilm entsprungen sein können. Ihre eigenen Tiere waren zum Leben erwacht und ihr in den Rücken gefallen. Sie hatten sich mit der schrecklichen Cailin Buchanan verbündet, die ihr um jeden Preis einen eigenen Laden andrehen wollte. Als wäre dieser Tag nicht ohnehin schon traurig genug.

Gerade als sie Anstalten machte, Maisie beiseitezuschieben und auf dem Absatz kehrtzumachen, wurde die Ladentür von innen aufgerissen, und ihr blonder Dämon stand im Rahmen. Wie immer in zu engen Latzhosen und mit einem frechen Grinsen im Gesicht.

»Da seid ihr ja endlich!«, rief Cailin, und Maisie schob ihre widerstrebende Cousine über die Türschwelle.

Zuerst nahm sie nur Liv und Kirsty wahr, die nebeneinander am Kassentisch lehnten und um die Wette strahlten. Dann fiel ihr Blick auf den knorrigen Baum, der hinter ihnen in der Ecke stand und dessen Äste ebenso wenig leer waren wie die Schaufenster. Wie eh und je baumelten Cailins Glasvögel an ihm und spielten mit den Strahlen der Morgensonne, die durch die Fenster fielen. Der gesamte Raum war in die Farben eines Regenbogens getunkt. Was in erster Linie an den unzähligen bunten Vögeln lag, die in dem deckenhohen Setzkasten an der rechten Seitenwand des Ladens hockten und auf Hailey und die anderen hinabblickten.

Auf der gegenüberliegenden Seite hatte sich jedoch einiges verändert. Die wuchtigen Seeadler, die immer ein wenig bedrohlich in den Regalen gelauert hatten, waren fort. Stattdessen stapelte sich dort nun Haileys Wolle, die durch das Regenbogenlicht bunter wirkte als sonst. Auch Kirstys Keramik auf dem langen Tisch vor den Regalen wurde durch das gebrochene Licht der Voliere verzaubert. Hailey stutzte. *Kirstys Keramik?* Für einen Augenblick hatte sie vergessen, dass die kunstvoll getöpferten Schalen und Teller nicht hierher gehörten. Genauso wenig wie Maisies filigrane Tassensammlung. Oder die Handtaschen mit den Knopfreihen aus Perlmutt, die Liv aus den Ärmeln ausrangierter Sakkos geschneidert hatte.

»Was *ist* das?«, flüsterte Hailey.

Cailin war neben sie vor den Tisch mit der Keramik und den Ärmeltaschen getreten und antwortete achselzuckend: »Unser Laden, was denn sonst.«

»Wir haben den Sekt mal weggelassen«, kam es von Kirsty. »Nach gestern Abend hatte keiner Lust darauf, und Cailin darf ja sowieso nichts trinken.«

»Sekt?« Haileys Verstand machte nicht mehr mit. Zu wenig Schlaf, zu viel Regenbogen.

»Na ja, so eine Ladeneröffnung –«, begann Kirsty, doch Maisie fiel ihr aufgeregt ins Wort: »Wie gefällt er dir?«

»Wie er mir gefällt?«, stammelte sie verwirrt.

»Wir haben die Wände gestrichen, den Dielenboden abgeschliffen und die Regale erneuert«, warf Liv ein.

Hailey sah Cailin von der Seite an. »Hast du mich deshalb auf den fremden Planeten geschickt?«

»Bei der *Taskforce Joker* hättest du bloß im Weg herumgestanden.«

»Jetzt sag schon, gefällt er dir?«, drängelte Maisie.

»Er ist noch viel schöner als vorher«, sagte Hailey heiser, »aber ... ich will ihn nicht haben.«

Sie warf Liv einen hilflosen Blick zu, und wie üblich verstand ihre Freundin, was los war. »Der Laden ist nicht für dich allein, Hailey. Niemand will dich aus deinem blauen Haus vertreiben. Es hat sich nichts geändert. Wir rücken nur ein wenig näher zusammen.«

»Zusammen?« Sie bekam eine Gänsehaut. Diesmal eine gute.

»Also, du wirst schon hin und wieder mal allein hinter dem Tresen stehen«, stellte Cailin klar, »zumal Maisie nur in den Ferien hier sein wird und ich meine Bücher schreiben und die Milchkuh für Jamie spielen muss.«

»Aber der Laden gehört uns allen«, schaltete sich Kirsty ein. »In ihm steckt das Beste von uns.«

»*Best of Five*«, scherzte Maisie.

Kirsty grinste. »Das wären dann wohl Hailey, Liv und ich.«

»Hey!«, rief Maisie empört. »Wieso seid ihr besser als Cailin und ich?«

»Weil du dich in London vergnügst und Cailin wie üblich in Wolkenkuckucksheim herumhängen wird.«

»In Wolkenkuckucksheim?« Cailin warf Kirsty einen entrüsteten Blick zu. »Falls es dir noch nicht aufgefallen ist, meine Liebe: Was ich mir ausdenke, tendiert dazu, Realität zu werden. Diesen Laden gab es zuerst auch nur in meinem Kopf, genau wie Ella-Mae. Und er ist mindestens genauso genial.« Sie grinste von Ohr zu Ohr. »Was mich zur alleinigen *Best of Five* machen dürfte.«

»In deinem Kopf befand sich ein ganz anderer Laden«, erwiderte Liv trocken. »Ohne Logan stünde Hailey jetzt zu Tode betrübt in ihrem höchstpersönlichen Wollladen.«

»Das hier war Logans Idee?«, fragte Hailey ungläubig.

»Nein, aber er hat dafür gesorgt, dass Cailin nicht mit Vollgas in die falsche Richtung gerannt ist.« Liv warf ihrer Freundin einen belustigten Blick zu. »Ich glaube, es ist Zeit für eine Drehbuchbeichte.«

Cailins Augen verengten sich. »Du hast versprochen, den Mund zu halten.«

»Hab ich doch«, erwiderte Liv unbekümmert. »Eine ganze Nacht lang. Außerdem war ich gestern Abend total betrunken, sonst hätte ich das niemals versprochen.«

Cailin knurrte: »Verräterin«, aber sie wirkte nicht sauer. Eher schuldbewusst. Zerstreut griff sie nach einer von Maisies Tassen und drehte sie nervös in den Händen.

»Was ist los?«, fragte Hailey alarmiert.

Ihre Freundin sah von der Tasse auf, und ihre graublauen Augen wirkten genauso nervös wie ihre Hände, als sie zögernd antwortete: »Du erinnerst dich doch an den Abend nach dem Casting in der Turnhalle.«

»Oh Mann«, stöhnte Hailey, »nicht schon wieder.«

Cailin schürzte die Lippen. »Dein Streit mit Logan unter der Platane hat mich nun mal nachhaltig inspiriert. Als er meinte, über dich könnte man keinen Film drehen, hatte ich zuerst nur das Bedürfnis, ihm eine runterzuhauen. Aber dann wollte ich ihm das Gegenteil beweisen.«

Hailey riss die Augen auf. Endlich war sie wach. Hellwach. »Dein neues Drehbuch handelt von *mir*?«

Cailin räusperte sich verlegen. »Also, nicht direkt von dir, sondern von dieser Kellnerin in New York.«

»Ich bin eine Kellnerin in New York?«

»Eine sehr kluge und hübsche, mit roten Haaren und so.«

»Cailin«, funkte Maisie dazwischen, »kannst du vielleicht mal meine Tasse wegstellen? Es macht mich ganz verrückt, wie du damit in der Luft herumfuchtelst.«

Cailin knallte die Tasse auf den Tisch, ohne ihren Blick von Hailey abzuwenden. »Vielleicht wäre diese blöde Inspiration sofort wieder verflogen, wenn du mir nicht noch am selben Abend dein verdammtes Tagebuch unter die Nase gehalten hättest. Du bist eingeschlafen, während ich darin herumgeblät-

tert habe, und ich konnte gar nicht mehr aufhören zu lesen.«
Sie zog eine Grimasse. »Ich hab's geklaut, weißt du.«

Hailey sah ihre Freundin verblüfft an. »Nein, hast du nicht. Es lag die ganze Zeit auf meinem Nachttisch.«

»Ich habe es erst vor drei Wochen geklaut, als du unten am Ross warst. Und gestern habe ich es zurückgebracht.«

»Cailin Buchanan!«, entfuhr es Liv. »Es wird Zeit, dass du all diese Ersatzschlüssel rausrückst. Du bist ja noch viel schrecklicher, als ich dachte!«

»Ich weiß«, murmelte Cailin. »Ich hatte zum ersten Mal eine Schreibblockade und war verzweifelt.« Sie warf Hailey einen reumütigen Blick zu. »Hätte ich geahnt, dass Logan weiß, wie dein Tagebuch aussieht, hätte ich es niemals ans Filmset mitgenommen.«

»Du hast mein Tagebuch ans Set mitgeschleppt?«

Cailin berührte liebevoll die Brusttasche ihrer Latzhose. »Es passt genau hier rein.«

Maisie entfuhr ein Glucksen, und Hailey spürte das Grunzen in ihrer Kehle, bevor sie es herunterschlucken konnte. Natürlich war die ganze Sache eine bodenlose Frechheit. Doch der Gedanke, dass Cailin neben ihrem Baby auch noch das Tagebuch in die zum Platzen gefüllte Latzhose gestopft hatte, war einfach zu komisch. Anscheinend waren Liv und Kirsty derselben Meinung. Alle kicherten los – ausgenommen Cailin.

»Das ist nicht lustig«, brummte sie. »Warum zur Hölle weiß Logan, wie dein Tagebuch aussieht?«

»Weil ich es ihm an meinem fünfzehnten Geburtstag gezeigt habe«, antwortete Hailey grunzend.

Was die anderen noch mehr zum Kichern brachte. *An ihrem fünfzehnten Geburtstag, hihihi!*

»Er hat mir beinahe den Kopf abgerissen«, murrte Cailin. »Dabei hat er die Sache mit dem Drehbuch herausgefunden.«

Hailey hörte auf zu grunzen. »Wann war das?«

»Ein paar Tage bevor du vom Ross zurückgekehrt bist.«

»Der Blödmann hätte ruhig mal was sagen können.«

»*Cailin* hätte ruhig mal was sagen können.« Liv hatte ebenfalls aufgehört zu kichern und musterte die Übeltäterin nachdenklich. »Ich frage mich, wie du es ausgehalten hast, all diese Geheimnisse für dich zu behalten.«

»Gar nicht«, gestand Cailin. »Deshalb war es ja so praktisch, dass Hailey den Sommer in Hollywood verbracht hat. Als sie dann zum Ross abgerauscht ist, habe ich mich zum ersten Mal ans Set getraut. Ich konnte ja nicht ahnen, dass Logan so eine Nervensäge ist. Nachdem er erfahren hat, dass ich über Hailey schreibe, wollte er unbedingt die Geschichte hören.« Sie schnaubte. »Zuerst habe ich mich geweigert, weil er mein Happy End auf dem Gewissen hat. Aber als Haileys Tagebuch mir mit dem Drehbuch kein bisschen weitergeholfen hat, habe ich ihn vor lauter Verzweiflung im Pub getroffen, um ihm von meiner Idee zu erzählen.«

»Und was war deine Idee?«, wollte Hailey wissen.

»Meine Kellnerin sollte ein eigenes Restaurant bekommen.«

Maisie und Kirsty prusteten erneut los.

Cailin warf ihnen einen verärgerten Blick zu. »Was ist daran so lustig?«

»Alles«, sagte Maisie kichernd, und Kirsty fragte atemlos: »Hat Logan etwa nicht gelacht?«

»Nein, er war sauer«, knurrte Cailin. »Er fand, kein Mensch bräuchte noch eine Story über den amerikanischen Traum. Meine Film-Hailey solle mal schön eine Randfigur bleiben. Aushilfe auf Lebenszeit und fertig.«

»So ein Arsch«, entfuhr es Kirsty.

»Das habe ich zuerst auch gedacht«, pflichtete ihr Cailin bei. »Außerdem widerspricht es allem, was in meinem schlauen Ratgeber über Drehbücher steht. Die Hauptfigur muss eine Entwicklung durchmachen, sonst gibt es keine Geschichte. Aber Logan meinte, es würde mir gar nicht ähnlich sehen, mir von so einem engstirnigen Ratgeber erzählen zu lassen, was eine Geschichte ist. Vielleicht bestünde die Geschichte ja gerade darin, dass die dämlichen Nebenfiguren eine Entwicklung durchmachen müssen. Indem sie endlich begreifen, dass ›Aushilfe‹ kein Schimpfwort ist. Und dass Glück in kein Schema passt.«

Sie seufzte und sah Hailey an. »Wie gesagt, der Mann war sauer. In deinem Tagebuch würde ganz bestimmt nicht stehen, dass du ein eigenes Restaurant haben wolltest. Da habe ich es aus meiner Brusttasche gewühlt und es vor ihm auf den Bartresen geknallt. Er sollte mir gefälligst sagen, wo in diesem Buch stünde, dass du als Kellnerin glücklich sein würdest. Natürlich hat er das Buch verärgert weggeschoben. Er bräuchte nicht in deinem Tagebuch herumzuschnüffeln, um dich zu kennen.«

»Aber ich bin mir sicher, er hat darin gelesen«, wandte Hailey ein. »Und es ging ihm schlecht deswegen. Er wollte es mir sagen und konnte es nicht. Deshalb hat er mich gestern Nacht ›Capulet‹ genannt und mir zum Abschied ein Video geschenkt.«

Die anderen sahen sie verständnislos an, doch Cailin nickte. »Klar hat er es gelesen. Ich habe es absichtlich auf Aidans Tresen liegen gelassen, als Jamie und ich mal wieder zur Toilette gehen mussten. Logan ist auch nur ein Mensch. Als ich zurückkam, war er so in die Lektüre vertieft, dass ich mich in eine der

Tischnischen verzogen und gewartet habe, bis er wieder aus dem Buch aufgetaucht ist. Danach war er ziemlich fertig. Und wütend auf sich. Nun hätte er sich wie ein Arschloch verhalten, meinte er, nur um zu erfahren, was er ohnehin schon gewusst hatte.«

Haileys Puls spielte plötzlich verrückt. »Was hat er gewusst?«, flüsterte sie.

Ihre Freundin warf ihr einen dermaßen zärtlichen Blick zu, dass es sich fast so anfühlte, als handelte es sich um ein anderes blaues Augenpaar. Sie musste sich am Tisch festhalten, als Cailin leise sagte: »Dass du dich nicht ändern sollst. Niemals. Nicht einmal im Film.«

Sie spürte, wie ihr Kinn bebte. Oje. Das hier war fast noch schlimmer als das »Ich liebe dich, Hailey«, das er heimtückisch in ihrem Koffer versteckt hatte. Wie um Himmels willen sollte sie jemals über diesen Mistkerl hinwegkommen, der ihr Tagebuch gelesen hatte?

Erneut bewahrte Maisie sie mit einer praktischen Frage vor den Tränen: »Heißt das, es wird kein Drehbuch geben?«

»Oh doch«, antwortete Cailin leichthin, »aber die Geschichte verläuft anders.«

»Die Kellnerin bleibt Kellnerin?«

»Ja und nein.« Cailin grinste. »Sie bekommt ein eigenes Restaurant, aber sie darf weiterhin nach Herzenslust Leute bedienen. Und sie muss den Profit mit ihrer besten Freundin, einer schrecklichen Sterneköchin, teilen. Die Köchin macht in dem Film allerdings eine enorme Entwicklung durch. Am Ende regt sie sich nicht einmal mehr darüber auf, wenn die Kellnerin im Restaurant nebenan aushilft.«

Haileys Augen weiteten sich. »Im Restaurant nebenan? Wem gehört es? Einem Mafiaboss?«

»Fabelhafte Idee«, meinte Cailin anerkennend. »Ein gut aussehender Mafiaboss, der dringend ihre Hilfe braucht.«

»Oh!« Hailey klatschte begeistert in die Hände. »Wobei?«

~~

23. Mai

GELIEBTER FEHLER
Drehbuch: Cailin Buchanan
Regie: Logan Wallace

Ich bin froh, dass noch ein paar leere Seiten in diesem Buch übrig sind. Mit »Romeo + Julia« war die Geschichte nämlich noch nicht zu Ende, liebes Tagebuch. Siebzehn Jahre später ist Logan auf unsere Insel zurückgekehrt, um einen Film über meine Freunde Fiona und James zu drehen. Der Film ist vor ein paar Tagen in Oban ins Kino gekommen. Das war vielleicht ein Spaß! Halb Tobermory hat sich auf die Fähre nach Oban gedrängt. Obwohl der Film in beiden Sälen lief, mussten einige Leute draußen bleiben. Duncan und Finlay sind richtig sauer geworden. Sandy Elliot hat ihnen zum Trost ein Eis gekauft – was sie gar nicht lustig fanden. Gegessen haben sie es dann aber trotzdem.

Wir sind alle reingekommen, weil Liv die Karten vorbestellt hat. Die London-WG ist extra angereist, da durfte nichts schiefgehen. Schließlich hätten Maisie, Fiona und Beth den Film auch auf einer riesigen Leinwand am Leicester Square schauen können. Oder zusammen mit Nova bei der Premiere in Los Angeles vor zwei Wochen. Ich bin froh, dass sie nach Hause gekommen sind. Fiona hat neben James gesessen, und er hat Händchen gehalten – allerdings mit Kirsty, die mit Aidan auf der anderen Seite saß. Fiona braucht niemanden, der sie festhält. Sie fliegt lieber. Im Herbst fängt sie an, Keramikdesign zu studieren. Kirsty ist sehr stolz auf sie.

Ich habe neben Cailin gesessen. Es war ihr erster Abend ohne Jamie, und sie war nicht sie selbst. Sie hat den armen Ian mit Nachrichten bombardiert. Ob Jamie sein Bäuerchen gemacht hätte und so. Irgendwann hat Ian damit gedroht, sein Handy auszuschalten, falls sie ihm während des Films schreiben sollte. Danach hat sie nur noch grimmig auf den kleinen Glatzkopf auf ihrem Display geschaut und gebrummt: »Wann geht der scheiß Film endlich los?«

Der Platz zu meiner Rechten war komischerweise leer – bis ich noch mal aufgestanden bin, um Popcorn zu holen. Ich kam nicht weit, weil mein Herz stehen blieb. Das passiert immer, wenn ich einen Mann in einer schwarzen Lederjacke sehe. Aber der Mann mit den belustigten blauen Augen, der vor mir stand, war tatsächlich Logan. »Hallo Cameron«, hat er gesagt. Und gefragt, ob ich einverstanden wäre, wenn er weniger Filme drehen würde. Qualität statt Quantität und so. Ich habe ihn so stürmisch umarmt, dass wir auf einen der Gangplätze gekippt sind. Dort saß schon jemand. Ich bin also schnell von Logan runtergestiegen, und er ist von dem Mann runtergestiegen. Beide blieben zum Glück unverletzt.

Logan meint, er hätte von dem Film nichts mitbekommen. Ich schon. Allerdings wäre das anders gewesen, wenn ich gewusst hätte, was seine rechte Hand tat. (Seine linke lag brav in meinem Schoß.) Logan hielt die ganze Zeit den Ring für mich umklammert. Angeblich konnte er nichts anderes denken als: »Und wenn sie Nein sagt?« Er hat zu viel mit Cailin telefoniert. Sie hält ja nichts davon, andere Leute mit Ringen zu markieren. Ich sehe das ein bisschen lockerer.

»Geliebter Fehler« war eine Achterbahnfahrt. Wir haben viel gelacht. Darüber war Cailin so erfreut, dass sie nach einer Weile sogar ihr Handy weggepackt hat. Zum Glück stammten die meisten Zuschauer aus Tobermory. Sonst hätte es vermutlich Ärger gegeben, weil Maisies ehemalige Schulklasse bei jedem Komparsen, der durchs Bild huschte, in Jubel ausbrach. Was für ein erstes Klassentreffen! Und was für ein Auftritt! Von Maisie. Einmal war ihr Gesicht in Nahaufnahme zu sehen, und ich fürchte, Laurel hatte recht: Früher oder später wird Hollywood kommen, um unsere Schülerin Nummer eins zu holen.

Als Kate am Ende auf der Fähre in Richtung Festland stand, war sie zu meiner Überraschung nicht allein. Ein Mädchen mit kurzen blauen Haaren lehnte neben ihr an der Reling. »Für dich«, hat Logan mir ins Ohr geflüstert, und ich konnte sogar lächeln. Trotzdem habe ich geweint, als Henry in den Pub ging. Alle haben geweint. Da wurde auch Cailin endlich klar, dass ihr Happy End für die Tonne gewesen ist. Mit dem orangefarbenen Ende wäre den Zuschauern vermutlich gar nicht aufgefallen, dass sie den beiden Hauptfiguren trotz all ihrer Fehler wünschten, zusammen zu sein. Manche von ihnen haben sogar Trost im Kinosaal gesucht. Martha Hancock, die hinter mir saß, hat Phil und Dana hoffnungsvoll zugeflüstert: »Seht mal, Fiona sitzt neben James.«

Logan hatte recht. Filme können die Realität verändern. Ich bin sicher, Martha und einige andere werden eine seltsame Wehmut empfinden, wenn Fiona am Sonntag wieder die Fähre in Richtung Zukunft besteigt. Und sie werden erleichtert sein, James nicht im Pub anzutreffen. Er sitzt nämlich viel lieber mit uns in Kirstys Küche, auf Maisies Platz. Die meiste Zeit ist er mit Jamie beschäftigt. Er ist der Einzige, der dieses Baby im Arm halten darf, ohne dass Cailin ihn mit Argusaugen anstarrt.

Maisie war ein bisschen geknickt, weil Hamish nicht gekommen ist. Er dreht gerade mit Jeff in Mexiko und konnte nicht weg. Dafür hat Lucy nach dem Film vor dem Kino gewartet. Sie hat in Bristol den Zug verpasst und geflucht wie ein alter Seemann. Maisie und Beth gehen heute Abend mit ihr noch einmal in den Film. Sie haben vorhin gefragt, ob Logan und ich mitkommen wollen, aber wir bleiben lieber auf der Couch. Logan muss morgen ganz früh nach London aufbrechen. Er trifft dort ein paar Leute wegen Cailins neuem Drehbuch.

In zwei Tagen kommt er zurück, und dann sprechen wir noch einmal in Ruhe über sein Apartment in Manhattan. Er will es verkaufen, weil er von nun an eine Hauptrolle in meinem Leben übernehmen darf. Aber Maisie, Liv und Kirsty freuen sich schon wie verrückt auf New York, und Cailin sagt, sie geht nicht ins Hotel. Außerdem wohnt Jasper gleich um die Ecke. Mit einem Mann und einer Frau. Die beiden muss ich unbedingt kennenlernen.

Komisch. Vor Kurzem dachte ich noch, auf jedes Kommen folgt unweigerlich ein Gehen. Heute erscheint es mir genau umgekehrt. James würde sagen, ich habe meinen Blickwinkel geändert.